2016
短篇小说
中篇小说
散　文
报告文学
中国文坛纪事

21世纪年度散文选

2016

散文

人民文学出版社编辑部／编选

人民文学出版社

图书在版编目（CIP）数据

2016散文/人民文学出版社编辑部编选．—北京：人民文学出版社，2017
（21世纪年度散文选）
ISBN 978-7-02-012574-6

Ⅰ.①2… Ⅱ.①人… Ⅲ.①散文集—中国—当代 Ⅳ.①I267

中国版本图书馆CIP数据核字（2017）第068926号

责任编辑　杜　丽
装帧设计　刘　静
责任印制　王重艺

出版发行　人民文学出版社
社　　址　北京市朝内大街166号
邮政编码　100705
网　　址　http://www.rw-cn.com

印　　刷　三河市西华印务有限公司
经　　销　全国新华书店等

字　　数　310千字
开　　本　880毫米×1230毫米　1/32
印　　张　11.625　插页3
印　　数　1—5000
版　　次　2017年9月北京第1版
印　　次　2017年9月第1次印刷

书　　号　978-7-02-012574-6
定　　价　36.00元

如有印装质量问题，请与本社图书销售中心调换。电话:010-65233595

出 版 说 明

我社自 1980 年起,曾经编选和出版过《1980—1984 年散文选》《1985—1987 年散文选》《1988—1990 年散文选》和《1991—1993 年散文选》,受到文学界和广大读者的好评。一九九四年后,这项工作一度中断。进入 21 世纪,散文创作仍然欣欣向荣、气象万千,成为文学园地一道亮丽的风景。为了及时总结年度散文创作的实绩,向读者集中推荐优秀的散文作品,进而为新世纪的文学积累做出我们的贡献,我社决定恢复年度散文的编选和出版工作。

恢复出版的散文年选总冠名为"21 世纪年度散文选",每年编选一册。编选范围为当年全国各报刊上发表的散文作品,入选篇目以发表时间顺序排列。此项工作得到了许多著名文学评论家和编辑家的支持和帮助,并且提出了很好的编选意见,我们在广泛阅读的基础上,充分参考专家们的意见,严格进行编选。在此,谨向诸位专家深表谢忱。

我们希望读者通过这个选本,不仅能了解本年度散文创作的总体概貌,而且能集中欣赏和阅读这一年里出现的最优秀的散文作品。我们的努力是否达到了这样的效果,真诚地期望得到文学界和读者的批评和建议。

人民文学出版社编辑部

目 录

在土地上睡着和醒来……………	刘亮程	1
半叶清风吹故乡……………………	马金莲	18
高原反应…………………………	鱼　禾	29
宛在水中央………………………	汪广松	46
因为秋风因为寒凉………………	程　静	49
故乡的人，他乡的我……………	马　语	55
车过华家岭………………………	杨显惠	66
前头有很多好东西………………	阿　慧	79
大猫纪事（节选）………………	胡翠君	92
多年以后…………………………	裘山山	111
礼让……………………………	车前子	117
生死二题…………………………	李修文	127
春山如煮…………………………	赖赛飞	145
有一场雨在许多人心里发酵……	毕　亮	150
死…………………………………	傅　菲	164
洛克的旅行………………………	沈　苇	178
乡村游戏谱………………………	宋长征	188
电影放映员………………………	李云雷	206
哲学是他的生活方式……………	黄　萱	219
麦事………………………………	刘汉斌	224
白马………………………………	王樵夫	233
爱欲与哀矜		
——重读格雷厄姆·格林…	张定浩	243
安放自我…………………………	梁鸿鹰	252
鸟道………………………………	李青松	279

和旧物相濡以沫 ················ 朝　颜　291
草原动物园 ···················· 马伯庸　300
故园的女人与花朵 ··············· 王　彬　319
母亲来电 ······················ 张晓东　334
像海鸥那样飞 ··················· 韦晓明　337
月亮,月亮 ····················· 罗张琴　348
绥远,绥远 ··············· 艾贝保·热合曼　353
冬夜记 ························ 李　娟　365

在土地上睡着和醒来

刘亮程

一　菜籽沟早晨

我要在一山沟的鸡鸣声里,再睡一觉。布谷鸟、雀子、邻家往小河对岸的大声喊叫,都吵不醒;满坡喳喳疯长的花豆草、野油菜、麦苗和葵花吵不醒。山梁呼噜噜长个子,在我傍着她的均匀鼾声里,有一匹马和小半群绵羊,枕边走过,行到半坡拐弯处,一只羊突然回头,对着我半开的窗户,咩咩咩叫,仿佛叫她前年走失的羔子。我就在那时睁开眼睛,看见在我被一只羊叫醒的另一世里,我跟着她翻过了山坡。

二　乌鸦

我认识乌鸦中的老者。他们一伙在杨树梢呱呱叫时,我听出他苍哑的嗓音,像一个八十岁老人在喊叫。我不知道他喊谁。我听见了,他就是在喊我。我朝树下走几步,想从一树黑乌鸦中认出老了的那只。可是,乌鸦再老羽毛也是乌黑的,他们不会像人,活到头发花白。

我住的菜籽沟村最多的是白发老人,那些沿路零散地排开的老宅子里,有的住一个老人,顶多住两个,住两个的过一阵剩下一个。在村委会上班的也是老人,村长、支书都老了,天天到村办公室开会,讨论菜籽沟未来发展的事。

乌鸦在讨论什么呢。他们在树上开会,听上去每只都在呱呱叫,只有我在树底下听。我听了半辈子乌鸦叫,还是不知道他们在叫什么,但我终于听出一只老乌鸦的叫声。在一树黑压压往天上飘的叫喊中,有一个粗哑的喊声往地下落,好像尘土里有什么被他喊出来。只是我仍然辨不出哪只是他。我仰得脖子都酸了,满耳朵是他们的嘈杂喊叫。

我一冲动,扯嗓子对着树上呱呱呱大叫几声,他们全惊飞起来。

他们飞过书院菜地时,我认出那只老乌鸦了,飞在最后面,迟缓地动着翅膀,脖子伸得长长的,像人老了一样,走不快了,头使劲往前伸,他明显跟不上疾飞的鸦群。他们飞过河沟和马路,飞到那片长满藏红花的山坡后,不见了。

那只老乌鸦留下来,落在水溪边的榆树上,他没叫,头朝这边看我,可能他听出我的声音比他还老。也可能他被一只在地上大叫的乌鸦吸引住,他在天上飞累了,也想到地上来。他一直盯着我看,他的眼睛也许早花了,辨不出我是一个人还是一只乌鸦。也许在他眼里我就是一只老乌鸦,弓着腰,背着膀子,匍匐在地上。他看了我好一阵,呱呱,叫了两声,我知道他是叫我的。我没好意思再学乌鸦叫。多少年我跟着乌鸦学他们叫,早学得太像一只乌鸦了。我担心把他从树上叫下来。万一他真飞下来,落我身旁,跟着我走,我会把他领哪儿去呢。

三　鸽子

一只灰白鸽子,站在屋檐上看我们在院子里做饭,大案板上摆满青菜、肉和醒好准备下锅的拉面,她大概看得嘴馋,咕咕叫。我抓一把苞谷撒上去,她跳开几步,眼睛依然盯着我们锅里的饭。

我们坐在锅头边的案子上吃饭时,她落下来,小心地朝饭桌旁走来,走两步,偏着头望一阵,又走几步,那感觉仿佛她认识我们中的谁,前来打招呼;又仿佛她是我们忘了很久的一个孩子,回家来吃饭了,我们忘了给她摆筷子,忘了给她留位子,忘了做她的那份饭。突然地,我们全停住筷子,看着她一步一步走过来,快到跟前她停下来,依然偏着头望,像一个一个认她久别的家人。

我妈说,给她撒点米饭,鸽子爱吃米。

方圆起身拿米饭时她飞了。

她朝屋后的麦田飞去时,连头都没回一下,仿佛她真的跟我们没有一点关系。

四　挖坑

我蹲在坑沿,看他们俩往外扔土。头一天,他们挖到半人深回去了。第二天挖到中午,老八找到方如泉,说坑两天挖不完,原来说的六百块太少了,让方如泉加点钱。方如泉说先干,干完再说。第三天下午,他们终于把自己挖进了坑里,只见一锨一锨扔出来的土。我没再去坑沿上看。我一去,老八就跟我说干亏了,让加点钱。

老八和老五接活儿的时候,可能都忘掉了自己的年纪,他们都五六十岁的人了。年轻时挖一个菜窖,也就一两天工夫。后来,菜籽沟就没有人家挖菜窖了。老八老五也有十年时间没挖过菜窖。这十年他们挖得最多的是管沟,自来水通到村里,光缆拉进村里,都得挖沟往地下埋。他们早已忘了挖菜窖这回事了,可是,我们书院要挖一个大菜窖。我们地里的洋芋丰收了,黄萝卜也丰收了,得有一个大菜窖来冬藏。方如泉找来老八,老八在地上踏了尺寸,一口价要了六百块。老八回去又拉上老五,他们俩计划两天干完,一人挣三百。可是,他们干了整整三天,最后一天,干到星星出来了,菜窖的深度还差半尺。第四天上午,两人又过来补挖,等于干了三天半。

多干的这一天半,成了老八给自己挖的一个坑。菜窖挖完了,院子的其他活儿还在继续,老八每天一早骑摩托来,干到中午回家吃饭,下午又来干到天黑。只要碰到方如泉,老八就说加钱的事。他说自己多干一天半不要紧,关键是老五不愿意,老五六十多岁的人了,被自己叫来干活,还干赔。他说自己挖坑累得胳膊疼,现在都没缓过来。还说自己夜夜做梦,梦见自己在一个越挖越深的坑里,出不来。方如泉只是笑着装糊涂,老八一嘟囔他就走开。

　　方如泉到最后也没给老八他们加钱。这期间我去湖北"长江讲坛"讲了一场课,题目是《从家乡到故乡》,我用自己富有感召力的散文语言,带着在场的五六百人,从家乡出发,往永恒的故乡走。那么多的人,跟着我回家,一个童年的家,路窄窄的,天低低的,光线时暗时明。我讲的是我一个人的家乡,但是,那条语言之路通向所有人的故乡,仿佛人人都回到自己的故乡,我带他们去,喊他们回,他们仿佛忘记了回。

　　演讲结束后,突然觉得我给他们挖了一个叫故乡的大坑,五六百人被我带进这个大坑里。离开武汉后的好多天里,一些人还在我挖的那个坑里,我从微博信息中看见他们留言。有一个读者说,刘亮程老师都回新疆了,我还在他讲述的那个村庄里。

　　我回到菜籽沟时菜窖已经修好,里面躺了一堆洋芋。这个温暖的盖了顶棚的大坑,成了一堆洋芋的家。在接下来的漫长冬天里,我们会一次次地下到这个坑里,拿洋芋出来,炒土豆丝,做土豆烧牛肉。到那时,老八梦里的这个坑或许还没挖完,这个活儿他得在梦里干一个冬天。我们帮不了他,或许他会叫上老五,老五比老八聪明,但老五不知道,每个夜里老八都拉着他挖坑,一边挖一边听老八嘟囔活儿干亏了。老五就这样被老八白白地在一场场的长梦里使唤,他以为自己睡觉休息了。他干完白天的活儿,回家洗漱,吃妻子做的汤面条,有时还自己喝两口酒,然后上床睡觉。可是,他睡着后被老八喊走了,他不知道自己夜夜在老八的梦里跟着他挖坑,那个坑越挖越深,永远挖不完了。因为老八认为挖亏了,所以在每个梦里,老八都扭亏为盈,他在一些梦里轻松挖好坑拿了钱,分给老五一半,有时不分,自己独吞。可是,那些梦里挣的钱他带不到梦外,醒来他依然是亏的,这个梦没完没了。老五每天睡不醒,白天干活老没劲,他不知道劲去哪儿了,只能承认自己老了吧。有些人就是这样老的,当然,也有另一种老法,像老八,掉进一个坑里,再也出不来了。

我们的菜窖呢,只装了小半窖洋芋。他们说洋芋丰收了要挖一个大菜窖的时候,没有谁怀疑。可是,我们在菜籽沟书院的第一季洋芋没有丰收,但也足够吃到来年的洋芋成熟。期间大菜窖会逐渐空荡地等候新一年的收成。只是我没下去看过,下菜窖都是方如泉和方圆的事,我只是偶尔经过时探头朝里看看,有时晚上经过,突然想起老八,不由得站住。菜窖上面星星密布,在多少个有月光的夜里,这个菜窖被一次次重新开挖。我看不见老八和老五,他们或许能看见我。在老八完全封闭的梦里,我的脚步声传不进去,太阳月亮的吠叫传不进去,厨房煮肉炒菜的香味飘不进去,金子提茶壶倒的一碗水递不过去。在他们挖菜窖的那几天,金子每天做完饭洗好碗给他们烧一壶茶放在坑边,老八老五都夸金子热心。在老八不着边际的梦里,金子是否也一次次地给他烧茶?我不知道进入老八梦境的门在哪儿,但我一定夜夜在他梦里,他光梦见挖坑不行,得有一个梦中给他付钱的人。那个人肯定不是方如泉,因为方如泉不会给他加工资。他有一次找到我,说挖坑亏的事,我答应给他加一点。可是,我去湖北讲课了,回来再没见到他。他在梦里每重挖一次坑,我就给他加付一次工钱,我不知道给他付了多少钱,一个小小的菜窖会让我没完没了地给一个梦中人付钱,也许我早把所有的钱付完,变成一个穷光蛋了。接下来,老八会不会在梦中翻身,我们书院和所有房子,都归了他。他背个手,站在坑沿,看我给他挖菜窖,一天天把自己陷到一个深坑里。他低头跟我说话,我在坑里仰脸看他,说这个坑挖亏了,让他加点钱。他说加钱,没门的事,一扭屁股走了。

五 木匠

赵木匠家弟兄五个,以前都是木匠,现在剩下他一个干木匠活儿。菜籽沟村的老木匠活儿只剩下一件：做棺材。这个活儿一个木匠就够做了，做多少都有数，只少不多。村里七十岁以上的，一人一个，六十岁以上的也一人一个，算好的。也有人一直活到八九十岁，木匠先走了，干不上他的活儿，这个不知道赵木匠想过没有。也有人被儿女接到城里住，但人没了都会接回来。

赵木匠的工棚里，堆了够做几十个寿房的厚松木板，一个寿房五块板，所谓三长两短。我在里面看了好一阵，想选几块做书院的板桌，又觉得不合适，那些板子在赵木匠心里早有了下家，哪五块给哪个人，都定了。做一个寿房多少钱，也都定了，不会有多大出入的。

村里的老人或许不知道赵木匠心里定的事。有时哪家儿子看着老父亲气儿不够可能活不过冬天，就早早地给赵木匠搁下些定金，让把寿房的料备好，到时候很快能装出来。更多时候是赵木匠自己做主，把他想到的那些老人的寿房都定制了。早晚都是他的活儿，人家不急他急，他得趁自己有气力时把活儿先做了，万一几个人凑一起走了，他又没个打下手的，那就麻烦了。

赵木匠心里定了的事，旁人不知道，鬼会知道。鬼半夜里忙活着抬板子，三长两短盖房子，给每人盖一间，盖到天亮前拆了板子抬回原处。我不能买老木匠和鬼都动过心思的板子，看几眼，倒退着出来，临出门弯个腰，算请罪了。

我们的大书架和板桌、木桥，原打算请赵木匠做的，问了下工钱，也不贵，但最后请了英格堡乡打工的外地木匠。也是想着赵木匠二十年来只做寿房，他把菜籽沟的门窗、立柜、橱柜、八仙桌还有木车都做完了，一个老木匠时代的活儿，都叫他干完，我不忍再往他手里递活儿。另一个我就是考虑他脑子里下料、掏卯、刨可能都想的是打寿房的事，我不能让他把这个活儿干成那个活儿。

赵木匠到我们书院串过几次门，他跟我们说着话，眼睛盯着院子里成堆的木头木板，他一定看出这摊木活儿的工程量。

他没问我们要干啥。我也没给他说我们要干啥。赵木匠耳朵背，我怕跟他说不清，我说这个，他听成那个，所以啥都不说。

赵木匠是个明白人,他心里一定也清楚,一个木匠一旦干了那个活儿,也就不合适干别的活儿了。对木匠来说,干到可以干那个活儿,就简单了,所有以前学的花样都不用了,心里只有三长两短的尺寸和选板的厚道。赵木匠是厚道人,我看他备的松木板,一大拃厚,看了踏实。

我们来菜籽沟的头一年,村里走了三个人,外面来的小车一下子摆满村道,仿佛走掉的人都回来了。

冬天的时候我不在村里,方如泉说菜籽沟办了两个葬礼和十几家婚礼,礼钱送了好几千。我交代过,只要村里有宴席,不管婚丧嫁娶,知道了就去随个份子。

村委会姚书记说他一年下来随礼要上万,哪家有事情都请他,他都得去。姚书记一点不心疼随了这么多礼。他的儿子这两年就结婚,送出去再多,一把子全捞回来。

村里出去的孩子,在城里安了家,结婚也都回村里操办,老人在村里,养肥的羊、喂胖的猪在村里,会做流水席的大厨子在村里。再有,家人大半辈子里给人家随的礼账也在村里,要不回村里操办酒席,送出去的礼就永远收不回来了。

也是我们到菜籽沟的这一年,英格堡乡出生了两个孩子。我听到这个数字心里一片荒凉,几千人的乡,一年才生了两个孩子,明年也许是一个,后年也许一个孩子都不出生,到那时候,整个英格堡、菜籽沟,只有去的,没有来的。

六　麦收

昨天午后,拉了高高一垛苞谷秆的拖拉机,突突突打书院门外驶过时,突然觉得我们院子少了一车什么。书院菜地的苞谷秆稀稀拉拉地站了几行,没来得及吃一口青玉米棒子,他们就老了。刮风的夜晚,苞谷叶子干燥的响声传入梦中。我们忙乎半年,好似只种了一地干喳喳的风声。

从麦收开始,先是拉麦捆子的拖拉机,一座山一座山地从书院门口驶过,接着是拉豆秧和苞谷秆的车。

菜籽沟的秋收漫长到下雪,那些坡地上的麦子,都要一镰一镰地割。从路上望去,人像小虫儿爬坡,一点点蠕动,动一天,坡地凹下去一块。扎捆的麦子成队竖摆在麦茬地,远看像一块粗针脚补丁。

从七月到八月,沟里都在收麦子,这个季节找个干活的都困难,前面雇的七个甘肃民工,六月初回家割麦子了,他们把盖了一半的房子扔下,把我们预计八月完工的计划扔下,说要回老家割麦子。

"不回行吗?"

"不行。"

"为啥不行?"

"这边挣钱,在老家雇人割麦子,不一样吗?"

"雇不上人,家家的麦子都熟了,谁有空给你干活。"

盖一半的房子扔了半个月,他们一起回来了。回来的时候是黄昏,从拖拉机上下来,个个脸色像饱满的麦子。第二天,他们的身影又晃动在墙头上,还是那些人,接着半个月前那个茬往上垒墙。只有我知道,那个茬再也接不上了,首先砖缝很难完全对上,即使后来勾了砖缝,我也一眼能看出他们停顿又续接的缝隙。更重要的是活儿搁了十几天,房子主人的想法变了,原先定的木头架房顶被钢板替代,木工活被铁活替代。事实上盖出来的房子变成了另一栋。半个月前他们因为回家割麦子而耽搁的那个砖混木框架的房子,永远都不会再盖出来。

甘肃的麦子割完了,新疆菜籽沟的麦子才开始黄。坡地陡,收割机上不去,全靠人工镰刀割。一人一天顶多割一亩地,一家种几十亩,就得一个劳力起早贪黑累一个多月。这一个多月书院其他活儿耽搁下来,哪都找不到给我们干活的人。这个季节,哪儿有比割麦子更重要的事情呢,我们只有眼巴巴看他们快快收割,我们院里的活儿停下来。多好的太阳,多好的白云,多好的月亮和星星,我们干等着,看他们收获。我们挖管沟、盖房子、收拾院子的活儿,放一年也没事。房子不盖也没事,哪有比割麦子更大的事呢。

地上收麦子的季节,天上星星月亮都闲着。地上的麦香往星空里飘,那里有一层人,每年这个季节让麦香熏醒。他们眼睛朝下看,跟我们朝上望的目光相遇,仿佛黑夜里面对面走来的亲人。

我在这样的夜晚清闲下来,躺在靠椅上看星星。夜空像茫茫戈壁一样,那些朝黑暗里走远的人们,夜夜回头,我在书院的松树下,等候他们回望的目光。迟早我也加入其中,在奔赴无尽黑暗的路上,我夜夜回头,那时坐在夜空下看星星的人是谁呢,谁能从茫茫星空里辨认出我微弱而深情的目光,谁的思念会让我醒来呢?

在书院的松树、杨树上面,在稍远的山坡上面,星空荒芜着。它底下的山坡沟底,年年种麦子、土豆,年年丰收。

七 叮叮当当的狗

太阳把铃铛丢了,他从坡上凶猛地跑下来时像另一条狗。

我妈去英格堡赶集,见有铃铛卖,老式黄铜的,顺手摇一下,有她早年听熟的声音,就买了两个,太阳月亮脖子上各拴一个。月亮的没几天丢了,她不喜欢这个乱响的东西,自己甩掉了。我妈拾回来再给她戴上,第二天,她又脱掉。她当我妈的面脱掉的,她把一个前爪蹬住脖圈,头往后缩,脖圈就掉了。然后,她衔起带铃铛的脖圈,一路响着跑到屋后面,在我妈看不见、听不见的地方转了好一阵,无声地跑回来,她把那个讨厌的铃铛藏掉了。

太阳的铃铛一直戴着,他喜欢那个声音。他个头比月亮小,但他觉得自己比月亮多一个声音,他经常晃着头在月亮面前摆弄自己的响声。他成了一条叮叮当当响个不停的狗,他跑到哪儿我们都能听见。

夜里他的叮当声成了院子里最清晰的声音。我们从来不知道夜晚的院子里发生了什么,半夜被狗叫醒,侧耳朵听听,是月亮在南边大叫,或许进来人了,或许是一只野猫或獾猪。有时开灯照一下,若是小偷,看见窗户亮,也就跑了,我们并不出去看究竟。上百亩地的大院子,交给两条一岁多的狗,或者交给一条半狗。太阳只是条小宠物犬,秋天抱来时浑身精光,担心过不了冬。果然天稍一凉他就往屋子里钻,每次我都毫不客气赶他出去,我要让他习惯日渐寒冷的天气。菜籽沟已经是冰雪世界了,他的毛还没有完全长出来。天亮前那阵子外面最冷,听见他在门口叫,拿头顶门,门缝露出的一丝温暖会被他的身体接住。金子一起来就开门放他进房子,让他暖和一下。我坚决赶他出去,我不能让他依赖屋里的暖和,他得在漫长冬天的寒冷中长出自己的暖。

他的铜铃铛声在冬夜里听起来尤其寒冷,我们围炉取暖,他戴着冰冷的铃铛在寒风里来回跑,他不跑会冻死。月亮不怕冻,她是藏獒和哈萨克牧羊犬的后代,身上有厚厚的绒毛。天冷前给他们俩挨着修了狗窝,里面垫了厚厚的麦草。太阳不敢自己在窝里,放进去就跑出来。他往月亮窝里凑,一进去就被月亮咬出来。月亮真是条守原则的狗,白天跟太阳怎么打闹都可以,晚上就是不让太阳进自己的窝。

后来不知为什么月亮也不在窝里待了,可能狗窝在院墙边,太阴冷。我在门口用纸箱给太阳做了一个小窝,纸箱侧面掏一个洞,上面用砖压住,里面和洞口处铺上麦草,太阳晚上住里面。这次月亮随了太阳,卧在洞口的麦草上,那个纸箱做的窝盛不下月亮,她只好给太阳守窝。

经过一个冬天,我们在菜籽沟的第一个冬天,太阳终于从一条宠物犬变成了狗,他在漫长寒冷的冬天里长出一身细绒毛。接下来的冬天,他将不再寒冷,不会在冬夜里不停地响着铃铛跑。我们也不再寒冷,书院在建锅炉房,到时候每个房间都暖暖的。

月亮大叫的时候,听见太阳的叮当声跟在后面,太阳很少叫,他知道自己的叫声太小,吓不住入侵者,他让响亮的铃铛声跟在月亮后面助威。

多少次深夜醒来,我听见太阳的铃铛声绕着房子转,他不睡觉,也可能他闻见我醒来,我醒来和睡着时气味不一样。他把铃铛声摇遍书院的每个角落。月亮只有自己的汪汪声。有时她在北边杏园叫,那里有一只大白猫,夜夜惦记我们伙房的肉。有一个夜晚后窗户没关,大白猫进来,把案板上一块骨头偷走。月亮闻着那块骨头的味道追咬到后院墙边,白猫越墙跑了,月亮在院墙边狂叫。

我隔着菜地看见过一次大白猫,她修长的身子在杏园来回走动,还停下来看我。我从没见过这么大而纯白的猫,打问是谁家的,都不知道。

丢掉铃铛的太阳没有声音了,他一路跑,一路往后看,好像那个叮当响的自己在山坡上没有下来,跑到坡下的又是谁呢?他跑一阵,回头朝坡上汪汪几声。那个刚刚还叮当响的自己,在山坡草地上转一圈突然不见,往山下跑的是一条没有响声的狗。

月亮也觉出太阳不对劲,对着他咬,好像要把他咬回去,把那个叮当声找回来。

第二天一早,我扫院子,突然听见铃铛声,太阳嘴里叼着系了绳子的铃铛,从山坡杏园里狂跑下来,一直跑到我身边。

他自己把丢了的铃铛找回来了。

从那以后,他又成了一只叮当响的狗。

深夜醒来,又听见他的铃铛声绕着房子转。他真的闻见我醒来的气味吗,像一棵树从冬天的沉梦里醒来的味道,像一戈壁的草在雨后返青的味道。我从未站在屋外的黑暗里,闻见我自屋里醒来。

我只闻见我睡眠的气味,像一堆被梦之手倒腾开的陈年麦秆,像一间老房子的门沉沉推开,全是过去的旧味道。那个在梦里游走的我,带着一缕不散的旧气息。此刻他回来,站在窗外,他要在我醒来前回到我的睡眠里,是他的睡眠。我并不认识梦里出现的那个我,我不知道他在下一个梦里会干什么。我没有一只可以醒着伸到梦里的手,去安排黑暗睡眠里的生活。睡眠是我生命的另一场醒来。

我曾在这个黑暗世界一遍遍地醒来。

我醒来和睡着的气味,被一只叫太阳的小狗闻见。

八　洪水

我们熄灯睡了,太阳在外面大叫,我掀开窗帘,下午停在水塘边的大铲车发动着了,细雨中车灯直照到深入星空的白杨树梢,接着铲车开始掉头,大杨树被转动的车灯挨个照亮又送入黑暗。当它转过身往书院外行驶时,车灯穿透前排房子的前窗后窗,整栋房子像突然张开眼睛。

我没细想黑夜里开走的大铲车去干什么,连下了三晚上大雨,听说县上已经动员所有力量防洪。我对菜籽沟的多雨天气已经习以为常,在干旱的新疆,这样一个有雨季的小山沟里,我们渐渐适应了阴雨和潮湿。

听到旁边东城镇发大水淹死人的事已经是第二天中午了。

说是四个警察接到养蜂人被洪水围困的消息,便冒雨出警了。

翻滚的山洪沿路旁往下泻,警车费力地往山里爬。警察都是大胆人,自己管片儿的路,本乡本土的雨水,有啥呢。

养蜂人是外来的,每年花开时汽车运载蜂箱到沟里,给村委会交一点花粉钱,也许不用交,给村长两罐子蜜,就住下来。一坡一坡的花——从最早的野山花,到田里的油菜花、红豆草花、葵花、家家户户菜园里的蔬菜花,采到秋天,罐子装满蜜,在一个早晨悄悄走掉。

养蜂人被洪水困在沟里头,他的蜂箱在大水中漂走,他的蜜蜂下雨前都回到蜂箱,他喊叫着往山坡上跑,边跑边打110,他的蜜蜂喊叫着飞出蜂箱。

在离他几公里远的地方,洪水漫上马路,一辆警车被卷走,车里四个警察,一个逃出来,一个淹死,另两个失踪。

我在微信群里看见东城发洪水的视频,一个村庄淹没在水中,村民站在高处看自己泡在水中的房子,新闻说木垒的两个乡被淹。传到菜籽沟的小道消息说,除了失踪的警察,还有两个学生失踪。

到现在我都不清楚失踪的人都找回来没有。我只知道从我们书院开走的大铲车,行到半路坏掉了。那是我们雇来清理院子的铲车,半夜被征去抗洪,听说什么轴断了。我想也许是司机胆小,把车扔路上回去了。我了解那个司机,是个年轻的生手,开着巨大的铲车,在我们院子高高低低地乱铲了一通,叫方如泉撵走了。夜里他来开走铲车时我没有出去,那样的夜晚,山里黑咕隆咚,到处是洪水的声音,他一个半吊子驾驶员,敢往河道里开吗?

这是我猜测的,或许真是车坏了。他到现在还没有来给我们接着干活。我们也在一夜的沉睡中躲过一场洪水。洪水确实在夜里经过菜籽沟,我没看见它涨满河道的样子,没听见它的声音,我只在早晨看见书院门外的河道半腰被水冲刷,河湾那儿的一块高岸塌落。

刚刚得到的消息是,人们在同一个地方找到冲走的警车和几个蜂箱,汽车里空空的。蜂箱上头有蜜蜂飞旋,可能蜂箱漂入水中时,蜜蜂都飞出来,它们在汹涌的洪水上面追着自己的蜂箱飞,一直飞到一辆汽车把蜂箱挡住的地方。

至于那个养蜂人,据说他在听到营救他的警察被淹死后,第二天一早拉着蜂箱跑了。

九 黑暗

老八拖着黑黑的影子从坡上下来。他的摩托车停在大路边,我以为他会骑摩托回家。如果他骑上摩托,黑影会被他甩掉,老八骑摩托野得很。"鬼都追不上。"这是老五说的。老五的意思是鬼追不上飞跑的摩托,我有点不信。年前我看见有人在路边烧纸汽车、纸摩托,可能鬼早已经骑上了摩托,也可能鬼不骑摩托,他们有更快更便捷的工具——影子。

鬼在黄昏时躺在那些疲惫的人影里被带回家。人在地里干活,鬼蹲地头看,也不看,冥冥地待着,等人干完活,也不等,等和看这些事情,对鬼来说已早不存在。鬼只是冥冥到日头倒西,人的影子伸长过去,把鬼接上。

在能看见鬼的小孩眼睛里,鬼仰脸躺在人影子里,头脚对齐,很舒坦的样子。有时鬼坐起来,驾牛车一样吆喝人的影子前行。藏了鬼的影子拖累人,但人认为是自己本来累,干了半天活儿,能不累吗,再累也得走回家,鬼就舒舒坦坦躺影子里跟人回家。

也早不是那个家。原先墙上的照片都撤了,留有痕迹的旧家具也不在,房子的主人换了几代,但还是熟悉的相貌气味,熟悉的姓氏。

鬼是能记得自己的姓,也隐约记得在世上有过一个家。亲人时不时的念想常常让鬼从冥冥里睁开眼,朝着人世间里望,望着就想回来一趟。跟着黄昏时母亲喊孩子的叫声回来,跟着吱呀的开门声回来,跟着炊烟和地上长长的影子回来。

路拐个弯,影子颠簸一番,就到家了。墙根玩耍的邻家小孩对着影子大叫,自家的狗也对影子叫。人烦了,喝住小孩,撵走狗,小孩和狗都惊愕地看着一个躺着的鬼笑眯眯进了院子。

菜籽沟能看见鬼的小孩都长大走了,到外面上学谋生活,逢年过节回来一下,也都再看不见鬼。

剩下半村子老人,都避讳言鬼。看见鬼也不说,装没看见。就真的好多年没人看见鬼了,好像这世上真的没有鬼了。

老八没骑摩托回家,他直直进了我们院子。月亮猛扑过来,对着老八的影子狂咬,她看见这个人拖来的黑影里有不好的东西。我也看出了,他的影子比黑狗月亮的还黑。一个累坏的人,拖着比别人更黑的影子来到我们院子。我故意朝老八走近几步,两个影子并一起时我吓了一跳。我闲了半天,影子淡淡的,老八的影子比我黑一层。

我赶紧问老八啥事,我害怕他把影子丢在我们家院子。

有些人知道自己影子里藏了不好的东西,回家前想法儿把影子丢掉。丢的方法很多:比如,把影子拖进树荫里,自己溜掉;

还有,骑驴背马背上,人和牲口的影子叠一起;再就是天黑前找个借口进谁家,等太阳落山了出门,影子就丢给这家了。再就是骑摩托,油门一轰,呜的一溜子土,人瞬间不见,啥东西都甩掉了。

老八不像是要有意害我们的人。他割了一天麦子,腰还没全直起来。他的影子也弓着腰,看上去比老八委屈。

我问,今年麦子收成咋样?

老八说,没尿相,顶多打一袋子多。

老八说的是一亩地的收成,一袋子多,也就一百公斤的样子。每公斤麦子卖两块多,一亩地收二百多块钱,加上政府每亩地一百多块的补贴,合三四百块,机耕费、种子费一除,落二三百块,还不算自己的工钱,要给别人割一亩地麦子,少说也挣一百五十块。

老八种了三十亩地麦子,纯收入六千多。"白尿卡。"老八说完咧嘴笑了笑,骑摩托走了。

我突然觉得心里闷闷的,好像他把三十亩地的负担全卸给了我,把白忙乎的一年丢给了我。

菜籽沟的坡地旱田只一种一收,坡太陡,机耕没法作业,只有马拉犁地,手撒种,镰刀收割,全是人工活。种多了收不掉,种少了不够生活。

老八一夏天在我们书院打零工,每天一百三十元,他六十多了,比我大几岁,没有啥手艺,只能干小工的粗活,拿小工的低工资。

老八干得最多的是挖管沟,他一点点地把自己挖进沟里,然后,只见一团一团扔出来的土。每次从自己挖的深沟里出来时,都拖出黑黑的一截影子,月亮见他从管沟里爬出来就咬。我们家月亮见人进院子就叫,见院子里拿东西的人就咬,见从土里钻出来的老八更加狂咬。狗能看见我看不见的东西,我只看见老八的影子比其他人的重。

就像这个黄昏,他拖着从自己家麦地里弓腰一天的劳累,来到我们院子,他把那片麦地里的黑拖到我们院子,就像他一次次地从自己挖的管沟里爬出来时，把土里的黑拖到地上。

月亮跟着他的屁股咬，想把他撵走，可是他不走，跟方如泉说账的事，他挖管沟的活少算了一天，把一天丢了。按日期算天数又没丢，他进院子挖了七天管沟，按七天付工钱。但他硬说是八天，他干了八天活儿。谁知道这一天该咋算。

老八出院门时月亮依旧对着老八的影子咬。她可能闻见影子的不明气味，看见影子里藏着的黑东西。老八不理识月亮，在月亮一声接着一声的吠叫里，老八的影子渐渐拉长，月亮的叫声也渐渐拉长。最后，老八的影子伸到院门外，跟门口小河边榆树的影子并成一体，跟门外坡地上麦田的影子合为一体，一个更大的阴影从天上地上盖过来。天突然就黑了，我一低头看见整个夜晚，跟在老八拖进来的黑影子后面，悄悄地进了院子。

我们没有在天黑前关住院门。

我们的院门一直敞开到月亮出来。那时我在半醒半睡间，听见书院的皮卡车从外面回来，车灯直直照亮院子，照到台阶上的孔子像。然后，我听见铁门和锁链相碰的声音，高高的，仿佛在月亮和星星之上。

十　醒来

在我不曾醒来的早晨，你们挖开渠口，往我半月前浇过的菜地放水，你们低声呵斥月亮别叫，把渠边那根大木头抬到后墙边，又担心我醒来看见木头不见，四处找。你们把地边的草割了，晾干码成垛，在我让老王架起的草垛木棚上，你们又往高垛了半个夏天的干草。你们中的谁爬到垛顶，低声喊月亮太阳，他们俩欢蹦着朝上吠叫，又更低声地似乎正在心里喊我的名字，在连狗都听不见的那声呼喊里，我一次次醒来。我看见那时的我，好多个我，从菜地、从果园的浓密绿荫下、从门外的大路、从我一次次睡着的西北间的屋子、从山坡、从和谁的匆忙握别里，朝那个声音处走，步子轻快，眼睛朝上，耳朵侧着。那些走来的身影里有三十岁的我，二十岁、十五岁的我，亦有五十岁、八十岁的我,他们在谁的一声喊唤里来了。他们一步步往草垛聚拢,在渠边,十五岁的我好奇地看着五十岁的我,八十岁的我像一个孩童,蹦蹦跳跳超过十岁的我。然后,他们到了草垛下面,似乎草垛又撂了好多个夏天的干草。我看见它高入云端,他们也仰头看,又好奇地相互看,那个呼唤声再没有了,草垛上只有一个梯子,高晃晃竖立着。我认出那是我后父家的梯子,他们也都认出来。在我们早年的记忆里,那个上房的梯子总是短一截子,下房时一只脚探下来,找梯子,害怕地扒在房檐边,这个记忆延伸到无数的梦里。他们围着梯子,谁先上去呢,已经站在高高草堆上的又是谁呢。他朝下看,看见我各个年岁里朝上仰望的眼睛,那是他们中间的一双,早早地到了高处,星星一样静静回望。

在我不愿醒来的那个早晨,你们收住渠口,地里的菜都已长熟,我最喜欢吃的茄子、西红柿、芹菜长得尤其好,它们从来没有长得这么好过。在一个又一个早晨的无边长睡里,你们起来摘菜做早饭,喊干活儿的人吃饭,大声地喊,我寂静地听着。突然谁的一声喊到了我,又突然停住,她意识到自己喊错了,声音已放出去,收不回来。所有人都听见了,都停住,走路的停住脚步,吃饭的停住筷子,太阳月亮也愣住。我欣喜地听着,用我长长一生里所有的耳朵,去追那个散远的声音,我等着谁喊第二声,等她声音再大点喊我一声,等她沉默地在心里唤我一声,喊第三声。像她习惯喊我的那样,她早已习惯了连喊我三声,我早已习惯了在她的第三声里起身。我等她的第三声,她喊了我就起来,出门左拐,到餐厅,到她喊我去的任何地方。

可是没有,她只喊了一声,突然就没声音了,所有人都没声音了,月亮太阳都不叫了。我就在那时,装糊涂地没有起来,没去吃那个早晨的洋芋面条,没去走那个上午的路,没去晒那个下午的太阳。然后,我听见刮风了,满天空的落叶声,一层一层树叶,给大地盖上被子,我暖和地闭住眼睛,想着一百个一千个秋天的金黄落叶会是多么温暖。

(原载《人民文学》2016 年第 4 期)

半叶清风吹故乡

马 金 莲

农历五月的阳光,在扇子湾不算毒烈,在红寺堡田园,已经能感觉到一股灼热了。我们跪在门口。所有的女人和娃娃都跪在门口。地下跪着父亲和碎爷、舅爷等人。奶奶半趴半睡,蜷缩在一页毛毯里。她已经不能行走,是父亲和舅爷等人借助毛毯卷裹的力道,将她从厨房炕上抬到了大房里的床上。床不是席梦思。但曾经,我们叫过它席梦思。那是在扇子湾的时候。那是我们姐妹都是女儿家的时候。我们做梦的身体挨在一起,我们在梦里对未来的婚姻和人生做过想象。它不是昂贵的席梦思,它是三百元买来的一张硬床,只是在粗糙木头骨架的外表包了一层薄海绵和裹了一层滑滑的尼龙外表,像扇子湾女人脸上被阳光紫外线肆意暴晒过的皮肤一样薄弱和廉价。

一切程式都是熟悉的。我冷静地观察着。我怕有疏漏。我知道自己在探究,在寻找,在印证,在对比。四方形炕上,薄毯子上面是一片丝绒单子,再上面是两页新毛毯,最后铺了一大片塑料油布。屋子经过精心的清扫。连炕席也揭了,将每一个角落都扫了。母亲扫的。我铺的。现在我安静地看着这一切。从记事起,念苏热前铺炕的活儿都是我干。这是细致而有意义的事情。在扇子湾,最初的老窑洞里,那时候我太小,自然是母亲或者姐姐铺。后来有了大房,后来又从前院挪到后院,每当念苏热,屋子都要清扫,都要一尘不染,都要拿出平时珍藏的单子铺上。最初是一对粉色的线单子。陪伴了我们很多年,现在哪里去了？已经换了毛毯。

长方形木桌上铺了经单，摆着香炉，香炉里丹花牌细香和粗的袋香一起燃烧，燃得很慢，烟色淡淡的，像我们的性格，内敛，沉默。阿訇周围是几个满拉。一个简单的打依尔。念起来了。阳光扑射在后背上头顶上。热烘烘的。热在渗透，一寸一寸往衣服深处钻。哪里的阳光都暖人，红寺堡田园阳光也不例外。我的心却盘旋在扇子湾。这是斋月来临前的念夜，大家需要听一个讨白，然后下一月开始尊贵的斋月。今年和往年有一个不同的地方，在念夜的同时，也特意给奶奶念一个讨白。奶奶不行了，卧床两个月，一天天水米不打牙。父母决定请她的娘家人来，念一个讨白。所以这是一个特别的讨白。舅爷姑舅巴等人，从一个叫南湾的地方赶来了。我从固原赶来。大姑姑二姑姑从各自的家里赶来。碎爷和二爷的后辈也来了。我们像被风吹散的种子，落在不同的土壤里扎根，这一刻，因为一个老人，聚到了这里。

一段《古兰经》篇章之后，讨白开始了。大家正襟危坐，低着头听。我们跪在尼龙袋子上。也有人直接跪在水泥台子上。我坚持跪在台子下的土地上。这也是黄土，却是和老家不一样的土。扇子湾的土是纯粹的黄土，纯粹得不掺杂一丝杂质。以至于谁家要是盘锅台，用到了一点沙子，需要到最西边西坡人家的沟畔水泉边去挖一点沙子背回来。我家从窑洞里搬出来，在新房里盘锅台的时候，父亲带着我和姐姐背过一回沙子。去的时候一路小跑，一路打闹，父亲还唱了一首歌儿。那是歌儿吗？现在想起来完全不是。"我大冷冷冷，钻进邮电筒。三年不揭盖，变成豆芽菜。"我和姐姐的童音撒了一路，父亲笑眯眯在后面跟着。我们把称谓换了又换，我和姐姐互相攻击，互相将对方置于那个看不见的邮电筒，变成豆芽菜。沙子在水泉边的一个洞里。父亲掏出来，然后背着尼龙袋子往回走。我和姐姐空手回，即便是空手，爬沟坡的时候我们也觉得很累，张着嘴巴喘气。父亲累不累呢？我们抬头仰望，他撅着屁股，半袋沙子趴在他背上。沟坡陡得笔直，父亲需要将腰弯得很低，脸都要贴在地面上了。浸透着汗水的沙子，和水泥掺和后，抹在了我们新盘的锅台上。以后我们姐妹一个个提着抹布，将这锅台一遍遍一天天一年年地擦拭着，从孩提到少女到出嫁。

红寺堡是一个移民地方，原来是镇，现在改成县级区。2006年某天，忽然有人打电话说自治区团委招支教。我们一批待业在家的师范毕业生正为就业而发愁。当下联络了几个人连夜往银川赶。雇来的小车里挤满了人，为了节省过路费，师傅不上高速，走的经由同心、红寺堡那条砂石路。夜色里经过了红寺堡。灯火簇拥下，依稀看到楼房不高，灯火稀疏。师傅说这里缺水，所以没人愿意来。很快离开了街道，向着荒凉前进。砂石路颠颠簸簸的，车灯扫过，前方一簇簇高而细密的植物，在夜风里鬼魅一样起伏着，不断地往后倒去。那是芨芨草，可以扎扫帚的。这是和老家西吉所见不同的植物，依稀像一种叫狗尿苔的东西。但是狗尿苔没有这个笔直刚劲。狗尿苔长在悬崖边，大路畔，牲口不吃，没什么作用，只有铲柴的女人喜欢用老铲子剁下来，晒干了倒是一捧好柴火。小时候狗多，在大路上颠颠地跑，尿憋了，忽然将一条腿子高高提起，对着一捧狗尿苔唰唰唰地浇。我在迷迷糊糊中想，一个地方怎么能有这么多狗尿苔呢？一个被臊烘烘的狗尿苔包围的地方，肯定不会是啥好地方。那是平生第一次对红寺堡有了印象。那时候红寺堡房价很便宜，几百块一平米，还是门面房。

从有记忆起，我们年年都要听讨白。每一年斋月开始前一个月，就是念夜的时节。家里再困难，这个一年一度的夜是要念的。宰羊宰鸡都好，实在不行，可以甜念，啥都不宰，烙几页油旋饼，订一个果碟。不管是丰裕，还是简陋，虔诚的心都是一样的，尔麦里都是一样的尊贵。实在没法念，也可以去别人家听。我们曾经集体在别人家听过一次。那是弟弟去世后的第一个斋月。那时候，这个已然残缺的家庭像摇摇欲坠的大厦，正面临着倾塌。心里悲凉，谁也没有心劲组织念夜的活动。就在旁边的柯阿丹家听了。记得跪在他家干净方正的土房子门口，一个讨白念完，父亲没有吃，他早早起身走了。柯阿丹赶在后面挽留，父亲疾风一般踉跄着脚步跑出了那家的白杨木窄门。那一刻的父亲肯定泪流满面。

　　透过门口我看见父亲面对地面跪着。此刻的父亲安静而沉稳。岁月碾过,伤口弥合。伤痛化作心底最深处沉睡的泥沙。这片土地赋予我们的秉性是坚韧、沉默、粗粝和忍受,动不动把伤痛挂在嘴上,除了浮浅,毫无意义。羊在圈里叫。叫声绵长。羊不是饿了渴了,它们肯定只是在这一刻不同于往日的时光里感到了异常。庄重,肃穆,虔诚,还有朴素。一群人,从四面八方赶来,聚在一起,只为念一个讨白。血缘像毛细血管一样复杂,连接了不同地方不同姓氏的人。奶奶娘家的马家是梧桐马家,我们是三家马家。母亲是李家。大姑夫家姓黄。还有几个舅爷和姑舅巴巴的媳妇呢。

　　老羊叫一声。羊羔叫一声。我知道是那只腰身细瘦嘴巴很馋的老羊,和那只生下来差点活不了的羊羔,它俩一个倚老卖老,一个年幼无知。叫声一高一低,一沧桑,一稚嫩。你叫一声,我应一口。羊圈是母亲庄园旁边的另一个庄台,主人家还没有搬迁过来,两间简易砖房子废弃着。距离不远。我却忽然感觉到声音那么邈远,远得像隔了千山万水。耳畔只有阿訇和满拉们的诵念声在响彻。像开水滚了,激烈地翻腾。叨热,调子,是熟悉的悲怆的。节奏舒缓,又紧凑,像有千军万马在后面追杀,像有一万亩鲜花在怒放,像一望无际的水域白茫茫静悄悄,像西海固千沟万壑的地表和那些年年岁岁花相似的岁月。泪水迷茫了视线。

　　一只蚂蚁爬上我的鞋面。我定睛打量。纯黑。像几个很小的圆球组成了身子,然后从圆球的空隙间伸出几组细长的节肢脚叉。它在忙忙地往上爬。黑皮鞋面对于这样的动物来说,是一片辽阔的黑色海域吧。想起了西海固的蚂蚁。好像没有区别,长相一样。西海固有很多平常的生命。人,牛,驴,骡子,羊,鸡鸭鹅,狗,猫,老鼠,鸽子,鹰,燕子,麻雀,蚂蚱……

　　一棵沙枣树在风里点头。今日是轻风,从前面一户人家的屋脊上落下来,轻柔地抚摸沙枣树,和一行绿叶巨大的葱,远处一片淡绿色的玉米在迎着风殷勤地点头。母亲栽了几棵柳,几棵杨,一棵杏,一棵花椒。她想像扇子湾那样,屋前屋后杨柳环绕杏树成荫。但是太难了,要在这里栽活一棵树似乎是艰难的。风沙太大了。土地里掺杂着石子和细碎的沙子。抓一把土,不像老家的绵软,而是涩涩的,烫得手心疼。清风蓝天白云的时候不多,更多的时候是风沙天。风来得猛烈而神速,不像西海固的风,需要酝酿,会先从最高的树顶上摇摆。这里的风是从半空里来的。远远看着蓝天颜色淡了,趋于寡白,母亲说天要变了。一会儿屋脊上呼哨哨响,铁盆子在风里滚,干玉米秆子哗啦啦抖,风已经大得人不想外出了。刚来的时候是寒冬,屋子简陋,母亲说她睡不着,半夜半夜地听风。抱养的弟弟迷迷糊糊问一句不会把屋顶刮跑吧。母亲也担心将这个屋顶卷走。也正是在这里我才知道,这里屋顶上的瓦片都是用钉子钉着的,一页瓦,两个眼儿,专门钉钉子的。

讨白词我们是耳熟能详的。我小时候念过。然后给母亲教会了,给奶奶教会了。最难教的学生是奶奶。人老了,舌根硬了,一句词儿,需要反复教,十次八次,一遍又一遍,冬夜漫长,视线漆黑,我们在奶奶家的高房子炕上,被窝里暖烘烘的,牛羊粪煨热的土炕睡着多么踏实啊。学习很枯燥,我很快就没有耐心了。缠着奶奶说古今。那时候,奶奶还年轻,五十来岁,身体不像现在如此干枯嶙峋。她把我的细腿子夹在两腿间,我摸着她松弛得布口袋一样的乳房。奶奶,奶奶,为啥爷爷不来的时节你搂着我睡,爷爷回来你就叫我一个人睡?某一夜,我稚嫩的童音缠着奶奶问。奶奶一本正经地解释,你爷爷回来要搂着我嘛,我就不能和你睡了。那时候爷爷经常在外面做木活儿,挣回一些零钱补贴家用。第二天,我一回到家就把奶奶的话一本正经地表演给父母。母亲什么反应已经没印象了,只记得父亲在炕头上一个劲儿抠他的大脚丫子,呵呵地笑,说这瓜娃,快要去。我像一只淘气的小鸡,被父亲赶出了门槛。母亲和奶奶都最终学会了全部的讨白词,这些年过去她们能熟练地念出来。我却忘记了一半。这些年为了上学、工作,为了生计,挣扎中,童年时候汲取的那些记忆和学识,一天天被消磨殆尽了。

我抬起模糊的视线,眼前也是土炕,也是一张木桌,也是香炉和《古兰经》,也是六牙孝帽。和西海固那个叫扇子湾的小山村里的记忆是多么地契合啊。可是,时光已经流淌了三十来年。河床抬高又降低,泥沙沉淀又流走。温暖的阳光下,我能从掺杂着细沙的黄土地面上看到自己的面影,五官依旧,颜色暗褪,并不鲜嫩的容颜,已经辞别了青春和懵懂,一个中年女人的恍惚和忧伤真真实实地摆在眼前。父亲更是老得明显。脸颊上的沟壑是西海固的风和阳光雕刻出来的。最不忍心打量的是母亲。记忆里她穿一件紫色的汗衫,背柴、拔草、锄地、割麦子、掀起汗味扑鼻的衫子给弟弟喂奶,用两个洋铁盘子给我们蒸酿皮吃,在一个瓦盆里捂醋,腌菜缸里能掏出一截殷红的胡萝卜来。父亲单位忙,母亲一个人常年操持着家。我们入学的年纪,她建议姐姐留在家里帮她带孩子,从而误了姐姐一生。却动不动捞着推耙子从玉米丛深处把我赶出来,劈头盖脸打着,赶我去学校。这样的母亲,一身泥水,一身汗水,精打细算,让我们从一个馍渣一口米汤,知道了生计的艰辛。这样的母亲,什么时候悄然变老?我竟然忽视了这一过程。应该是弟弟病逝那些年吧。我们向着不同的方向,为生计奔波。母亲是怎么挣扎过来的,作为女儿,我真的没有给予足够的关注。父亲写过一本日记。字迹潦草,思维混乱,满纸都是思念。后来他撕了。化作碎片,丢进灶膛,同时撕毁的还有弟弟的遗照,还有伴随他玩过的一些小物件。然后父亲说活着的人得往下活,我们不能一直这么消沉!男人和女人挣扎的方式不一样。母亲和父亲熬过那段黑色日子的方式也不一样。我们只看到了结果。从这个层面上讲,我们都是自私的。姐姐,我,妹妹。我们忙着生儿育女,为自己的小日子沉浮。我们只是在一日团聚的时刻,望着枕头上母亲沉默的头颅,我们惊呼,你啥时节老成了这个样子?母亲笑笑,说早了。母亲口气淡然。我们的反应也淡然。我们只是从这一刻的惊呼里感到了讶然,然后我们把它当作理所当然接受了。

蚂蚁爬到了最顶端。它发现自己迷路了。急匆匆赶上的顶端,却是路的尽头。它收住脚步打量。有一年,糜子大丰收。母亲发现窑里存放的糜子少了几袋子,而这扇门上的钥匙几天前给过本家堂叔两口子。母亲不甘心就这样遭受损失,赶去理论,然后又找了她一直很敬重的二爷爷。要求二爷爷出面主持公道,她说多了她就不要了,稍微还一点给我们吧,我们家供给着几个学生呢,很不容易。母亲对二爷爷的敬重从她嫁入马家就开始了,我记事起,院子里的梨树结了香蕉梨,母亲总是不让我们吃,留几个给一些重要的人尝,寺里的老阿訇、爷爷,还有二爷爷。一个早晨母亲开门,堂阿姨拿着一把铁锨,将母亲打倒在地。堂阿姨人高马大,比一般的男人力气大。十一放假我回家,看到母亲一身一脸的伤。那一刻我感觉自己作为一个女儿家是多么的无用,我不能保护自己的母亲,我只能看着那些紫色的伤痕在母亲身上慢慢地随时间淡下去。

我们活在世上都在遭罪,为了生活,我们都在攫取,衣食住行,各种贪欲,我们无休无止地攫取。我们干出了太多的罪孽。念讨白是忏悔,在向真主做乞讨,请求原谅过去一年的罪孽。这个月的初三到十六,我们老教都会念讨白,都在做忏悔。田园那一座座红砖红瓦的房屋里,一张张真诚赤红的面孔上,都在做忏悔。自然又一次想起了扇子湾,西海固大地上很多的多斯达尼,他们也在做忏悔。我们像一粒沙子,被风吹得背离了故乡,不管落在哪里,曾经的信仰不会变,内心的坚守不会变。

叨热激烈无比,忧伤高扬,我痴痴看着,阿訇有些迷醉地闭上了眼睛,好像需要以这样的方式来推上高潮。泪水狂奔而下,我慌忙低头。蚂蚁不见了,那个小生命奔向了哪里? 可像我们一样面临着抉择的艰难? 这是我长到这么大,第一次听讨白时潸然泪下。小时候外祖母每一回都要流泪,我们跟在后面偷偷笑,我们不明白,念讨白是好事啊,家里宰了鸡炸了油香,有吃有喝的,有啥可哭的? 如今红颜少女的鬓边暗暗添了细碎的皱纹,心事七重八叠,欲说还休,欲说还休啊。外祖母早就枯骨入泥,连留给我们的记忆都淡远得不及一缕最轻的青烟了。

脚面上赫然显出一团蚂蚁。一个跟着一个,黑压压往高处爬。我不动。看着它们。原来踩在了一个蚂蚁窝上。二十多年前,为了逃离扇子湾恶劣的自然环境和二爷爷一家的欺压,我们决定搬离。爷爷去一个叫南台子的地方找亲戚买地方。从此拉开了一个家庭自发移民的艰辛序幕,直到爷爷为此操劳过度付出生命。西海固乡村的山里农民,要在异乡安家落户,需要一定的钱财做后盾,还要有熟人拉扯,才能稳妥地安家落户。扇子湾为此受骗的不止我家,柯家爷儿几个也曾被亲戚耍得两手空空。就在奔往红寺堡的路上,马福有的一个儿子开翻了蹦蹦车,殒命在离开家乡的路上。天道亘古,人世艰辛。我们是一群衣衫褴褛的人。我们像一群蚂蚁,盲目执着地奔忙在寻找生计的路上。

母亲早一步离开了扇子湾。全村人都等待搬迁,父亲在这个叫田园的地方买了十亩地一片庄台。母亲急匆匆离开了那个生活了三十多年的土院子,像一只疲惫的鸟儿,落在了这里的干滩上。然后村庄搬迁的大幕就拉开了。大家在抓阄,大家在等待,大家在做墓碑,大家在拆房子,大家在走亲戚,大家在做告别……都是从父母电话里听来的。固原离扇子湾不远,但是我一直没有去。没人知道我多么想去,夜夜梦里都在那个地方旋转。从一个山头跑到另一个山头,从饮牛的水沟里跑到担水的泉口边,从清真寺门口跑到那棵大柳树下面,从一片豆地里越过,陷入到一望无际的麦田里……母亲走了,父亲在外面上班,奶奶家走了,那个村庄里需要去看望的似乎没有什么人了。可是牵挂如此真实,如此痛彻心扉。梦里走在一条条土路上,那些白光光的路,忽然就转了形状,上面野草密布,当初扇子湾人留下的脚印一个都找不到了,被一种叫岁月的刀子削铲掉了。曾经开车翻越过同心的罗山,罗山半腰有一些村落的痕迹,那些断墙,那些残垣,那些烟火熏染的痕迹,已经塌陷得模糊一团。绿草横长,正在淹没一个村庄、一些人、一些岁月的面目和记忆。想不到我的扇子湾也面临着这样的课题,西海固不少村庄都面临同一课题。

父亲用手机写了一些文字,拍了一些照片,断断续续发给我。其中清晰地记载了我们马家一族的来源。清朝同治年。山西省大槐树。逃亡。甘肃张家川。一个叫大沟的地方。后来太祖父到扇子湾落了户。一九二〇年的大地震。忌日。太爷四月初八。爷爷七月十八。父亲八月十二。奶奶腊月十六。继奶奶十一月十六。大子一月十五。地震祭日十一月初八……这是父亲的笔迹。舍不得改动。我默默在心里念诵。一条线索渐渐地明晰,我们从清朝末年陕西逃难到甘肃继而西海固的扇子湾,现在又离开了扇子湾,开始了新的搬迁和奔波。在扇子湾,我们马家是唯一出过念书人的家族。男女一共五个干部。之外,柯家和另外的马家,基本上都是文盲。我们的历史我们可以记忆,他们的呢?口耳相传的过程里,多少珍贵的东西会遗漏?然而,我看着那一群仓皇而执迷不悟的蚂蚁,我忽然觉得这样的记忆是苍白的,我们一直挣扎在底层,习惯了口耳相传,和干脆遗忘。再说,在艰难的生计面前,这样的记忆有必要吗?能换取一件衣衫遮蔽褴褛的躯体,换做一斗白米,填补辘辘肠胃?

阿米乃。

奶奶被重新抬出来,回到了厨房炕上。她的脸色黄中带出菜色。这个吃了一辈子苦,曾经靠挖苦苦菜活命下来的女人,那一副高大的身板儿,萎缩成了一团干柴。她在费力地笑。我握着这双手,我想到了一个箱子。伴随祖父一辈子的小木箱,那里面装着爷爷干木活儿离不开的很多木工用具,推刨、尺子、铅笔、墨斗、斧子、凿子、锤子、吊线葫芦……我是多么愿意如数家珍,我是多么渴望唠叨再唠叨。可是奶奶说那个箱子丢了,工具也都丢了。搬迁的过程里人心惶惶,很多老旧的东西都零散了。

父亲给所有的亲人立了碑。离开村庄的前夕,大家都知道活着的亲人可以带走,亡故的却无论如何都不能相守了,唯一能做到的是立一块碑,最简单的水泥石碑。父亲在弟弟的碑上刻了他的名字,下面并排刻着我们四个姐妹的名字。这句话不是从父亲处得知,而是碎爷描述给母亲,母亲又转述过来的。碎爷曾经是雇佣老师,年轻的时候据说一表人才。碎爷的一表人才我们从来没有看到,我们记忆里他就是个好吃懒做的烂杆手。下雪天,我喜欢夹着书本去碎爷家,蹚过积雪,推开一扇被雪淹没的门,然后看到了哑巴奶奶咧着牙床的笑,和碎爷带着娃娃们捏泥娃娃的情景。碎爷给我教书,一年级课本上很多课文都是他教会的。

母亲转述的时候我低着头。我怕她看到我眼里明晃晃的泪。上师范的时候,宿舍里一个女生说她回家就扑在她爸怀里撒娇。我听呆了。我们扇子湾的女孩儿绝对不会有这样的举动。我们好像更含蓄,更隐晦,更生硬,更不善于表达。我们只是默默地成长。父亲是带我们到这个世界不可或缺的人,但却是很少直接亲近的人。

祖母是一穗糜子,祖父是一把板斧,西海固是严父,扇子湾的炕脚下埋着我们沾染着血色的胞衣。红寺堡是什么?往北,是风沙,是黄河,是平原,是塞上江南;往南,是沟壑,是深山。风一直在吹。在扇子湾吹。在田园吹。我在南和北之间奔波。我多么渴望扇子湾不要搬迁,可是我又希望它搬迁。扇子湾的人需要更好的生存条件,离开缺水断路的扇子湾,是长远之计,可是有谁知道,一座村庄的搬迁,像一棵树,连根拔起的时候,带动了多少神经的断裂和痛楚。

父亲最后又去了村庄。他一家一户去看那些遗弃的破院子,他说有些人家刚离开,院子里有一股人气,还没有散,屋子里墙壁上糊着的旧纸和灯盏曾经熏染的痕迹还在。他看到了娃娃蹭破的墙皮和坑坑洼洼的地面,还有院子里长过的杏树梨树和带不走的小榆树。还有那些窑洞里收藏的牲口粪和柴火。还有破砖头和烂瓦片。

父亲叙述得很冷静,但是我从平静的水面下看到了涌动的暗流。因为我知道,每一片残砖破瓦上都铭刻着一个家庭几个生命曾经的温度和希冀。那些温暖又艰辛的岁月,被风带走,被岁月带走。

人间依旧,岁月静好,这个世界上,那么多衣食无忧的人在讨论如何活得更高贵,那么多挣扎在最底层的人还在继续挣扎。而我,常常从梦里醒来,依稀又回到了扇子湾,风在吹,吹落了树叶和繁花,吹老了容颜和生命,坟头矮下去,记忆消失在烟火里,只有风在不息地吹,半叶清风,只有半叶清风,吹着我们记忆里的扇子湾,那是我们曾经的故乡,是我走遍天涯海角也不能忘却的故乡。

(原载《黄河文学》2016 年第 1 期)

高原反应

鱼 禾

在远方，我将重获我的贫穷。

——博尔赫斯《薇拉·奥图萨尔的落日》

一

我以为到了高原会不一样。在这片被宗教典籍、本土传说和顾客游历描述至神圣的雪山之中，我以为自己会一惊一乍地激动，比如惊呼、流泪，或者在某个瞬间顿悟，或者对这个一直陪我在路上的人终于爱得深入骨髓……毕竟是第一次来，毕竟是发愿许久而不敢来如今终于还愿似的来了。

但我平静如常，没有惊讶，没有格外高兴，没有蓬勃的爱意，也没有心跳加速的迹象。

好吗？他偶尔发问，如在求证。

嗯，好。我还愿似的回答。

越野车在这个云遮雾绕、氧气稀薄的地方顺转、逆转，反反复复。前方只能看见十来米长的弧形山道，再远就是深不可测的雾色，仿佛一脚油门就到了尽头。在这样的错觉里开车，车速慢得令人抓狂。虽然知道雾幔里面还是道路，但只要有浮雾飘来，右脚总是立刻点向刹车。只要遇到险情，人对这些车辆部件的瞬间反应永远是来自手脚的肌肉反射而不是大脑指令。直觉对身体的调动迅速而精确，有如电闪雷鸣，配合得堪称完美。而判断达不到,判断需要步骤,总是跟在后面。

我对这样的险情有过预判。预判是过度的——悲观者的预判总是这样。因而最初的惊讶过后,我的心情很快转为"不过如此",转为一种无聊,或者对外物的轻蔑和失望。

陡坡,连续弯道,大雾或雨雪,挡风玻璃前面的天涯——这情形也在重复。最初在冈巴拉,从拉萨南至羊卓雍措必经的山口。然后在色季拉,鲁朗附近的雪峰。正在经过的是米拉山。这座雪峰在工布江达和墨竹工卡的交界带,也许是此行遇到的最后一处超过海拔五千米的路段。海拔五千多米,在青藏高原上不算是高山。尽管米拉山因为一场雨夹雪显得格外险峻,但是,基于预判,最初的惊讶还是很快化为漠然。

垭口到了。泊车。下车。把手臂张成鹰的姿势拍照。迅即回到车上。罩着红色冲锋衣的双臂在雪崖边煞是醒目,可是这个姿势所需要的激越却没有跟上来。于是这只伪装的鹰就成了一种身份尴尬的生物,红色,臃肿,正在下坠。

下山吧,我一边删掉手机里面的照片一边说。

这就下山吗?

啊,下山。

不惊讶,与这雪雾弥漫的山顶,与这不必明言而自为背景的高原,似乎不匹配。

这几天一直沿着雅鲁藏布江边的土路走。有些地段是新开的,不能说难走,几乎没有路。即便如此,我或者他,都可以驾驶这辆越野轻松通过。一上路,车就像长在手上,疾驰缓行,闪转腾挪,不必经过大脑,只凭手脚的自动反应便已游刃有余。一路颠簸。这辆算得皮实的越野,行车公里数才三万多一点,可是几天跑下来,离合片已经磨穿了。在林芝修整离合,他说起驻藏期间曾经走过的险路,比如经过察察公路时半个轮胎悬空而过的情形,我的感觉也只是淡漠。不就是一个单腿跳么,跳就是了。

人到了这个年纪是不是容易矫情呢?我上了车,说着些波澜不惊的淡话,心里却在怀念那种一惊一乍的轻浮。能够一触即跳多好啊,你的直觉系统足够灵敏,才会稍微有点磕碰就疼得钻心,针尖大的痛痒就咋呼起来。那种动辄就会涌来的兴高采烈或悲痛欲绝,那种莫名其妙的疯癫,说没就没了。似乎不久之前它还在,还会从小心翼翼的表情下冒出来。但是现在,我第一次来到高原,经过这趟行程中最后的山口,恰好落了一场雪,身边还有个愿意哄我高兴的人,而那种一惊一乍的劲头,却没了。

二

我知道许多人终会如此,终会在时光的销蚀中败下阵来。但意识到自己正在变成不痛不痒的橡皮,依然是一件令人心里发虚的事。

这点不踏实,看见羊卓雍措的时候就已经在了。羊湖云遮雾罩。但从冈巴拉山上俯瞰,蜿蜒的湖岸线和深蓝的湖光仍可一眼尽收。这湖安静,简直静到了极点,不像一片湖,倒像是谁悄悄藏到这里的宝贝。这样的颜色与神态,在藏人的传说里已是惟妙惟肖——他们说,羊湖是女神丢下的绿松石耳坠。

梁奭在一处弯道边停了车,说,看!

大约以为我会惊呼一声,但我没有,我连车都没有下。我落下玻璃,看了一会儿,举起手机,摁连拍快门,咔嚓咔嚓咔嚓。好了往前走,我说。他看了看我,表情里是严重的不解。这一趟,他是专程陪我来的。因为一个路桥援建项目,他曾在这里待过将近三年。一千多个日夜,工作之外的时间全花在了路上。他带着一辆军绿吉普,差不多跑遍了这片高原。眼下的羊湖是我惦记了很久的地方,他知道。于是我说,毕竟是羊湖……真好,无懈可击。

咱们到湖边看看吧,去摸摸那个水。

行,去摸摸那个水。

车向下开,一点点逼近湖岸。眼前的湖岸只是一小段。面积只有六百七十五平方公里的羊湖,回环往复的湖岸线达到了二百五十公里。每年,前来转湖的佛教徒骑马沿着湖岸线走一圈,就需要花上一个多月。他们对羊湖的灵性深信不疑。他们相信羊湖能护佑每个前来朝圣的信徒,相信羊湖能为他们找到达赖喇嘛的转世灵童。庄重的寻找仪式开始的时候,人们聚集到湖畔诵经祈祷,向湖中投入哈达、宝瓶和灵药,等待有眼力的住持从湖中看出显影,指示灵童所在的方位。每想象那种由衷的、庄重的亲近,我都难免觉得自卑。我贸然来到这里,装模作样去摸摸那个水,就会不一样么?不会的。心中无信,不可造次。

自我也是重门。有过许多次,开车在伊城北郊、黄河南岸的大堤上往返,就是这样的状态——我来来往往,遇到河滩、树林,遇到大雪或阵雨,遇到玉兰花开满堤岸,或者群鸟腾飞,却和那一切没有交流。没有加增,也不能卸除。曾以为那不过是由于对周边环境的感觉疲倦,是泥沙俱下的庸常时日化奔腾为停滞,让某些东西锈住了。以为只要一次远离,一切自会迎刃而解。

我已经走了这么远,来到了从未涉足的高原,来到了传说中的圣湖,但一切并没有迎刃而解。湖面海拔四千四百多米,是我可以适应的高度。只是氧气稀薄。风在吹,猛烈而寒冷。在湖边走了不到半小时,便已冷得上气不接下气。

这情形有如羊湖的驱赶。

我瑟缩着回到车上。玻璃外面的羊湖成了一张水粉画,扁平,对比度不够,颜色过分饱和。当然,我没有去碰羊湖的水。并不是太傲慢,而是我的气焰没了。我躲在减速玻璃后面,蓦然想起去年冬旧友相聚的事。在熟不拘礼的小群落里,我一杯一杯灌着烈酒,却没有办法让自己稍微热烈一点。三场酒下来,他们给我的评语是:话少了,低调了,文静了。最后,比我年轻一大截的班主任送我上车,道别的话竟然是:鱼禾你……成熟了。

我躲在减速玻璃后面,看着水粉画一样的羊湖,再想起这些话。没错儿,这些评语的意思就是,你这人蔫了。

驱车逼近羊湖,或者在米拉山的雪雾里穿行,我只能不停地拍照,尽可能让手机、让这一成不变的仪器承担现场速记。手机的快门声音是逼真的金属咬合声,咔嚓咔嚓,有冷冷的重量感。我始终无法投入。意气倏忽散尽,烈酒唤不回,久别重逢唤不回,高原也唤不回。

三

想都不用想,就上了沿雅鲁藏布江东下的路。沿着雅江走一走,是我的心愿。结果一发不可收拾。先向东走到桑日,觉得不够意思,不想停下来,于是走到曲松,再走到加查……就这么一段又一段,一直走到了南迦巴瓦和加拉白垒两座雪山之间的大峡谷。

过了桑日向东,公路偏离雅江,向东南弯转过去,进入低山区。也许仅是为了照顾曲松,如果没有这个看似无理的绕道,曲松会被孤立在公路网之外。桑日到曲松之间这一带,不仅道路艰险,山体也险象环生。整座山绵延数百里,却寸草不生,一派灰褐,山体碎得像豆腐渣,看上去摇摇欲坠。数月前发生在尼泊尔的大地震似乎对这里有所影响,本来就不紧凑的山体也许由于这次晃动更加松散,不时看见被小规模的山体滑塌堵塞的道路,我们只能从临时铺就的土路上勉强通过。走一段就会有警示牌:"前方滚石路段,请小心慢行。"怎么小心呢?走在山路上的车就像在山间爬行的蚂蚁,谁也不知道那些豆腐渣一样的东西什么时候会支撑不住。不知道什么时候,在哪里,会有一块巨石,或一堆豆腐渣般的土石混合物轰然而下。山要坍塌,"小心慢行"就能躲过去吗?在这样的路上,除了逃跑似的向前赶什么也做不了。

视野里陡然出现了村庄。

村庄名"措堆",很小,疏疏落落十几户人家,全部是石头垒砌的房子。在这异常枯索、令人望而生厌的山中,在盘山公路的最高处,竟然还有定居的人群,实在有点不可思议。这哪里是一座可以养人的山呢?山上简直什么都没有,没有树,没有草,没有电线杆或水流的迹象,看不见牛羊,甚至连飞鸟都看不见。如果不是"措堆村"的路牌提醒,谁也想不到这是一处村庄。尤其是,这个海拔刻度差不多属于高寒地带,到了冬天,大雪封山数月,山上什么都没有,可该怎么活呢?梁奚笑我无知。他说,山再高,水都会上去。

我的疑问,想来也是可笑。就像人看见沙漠里的植物会觉得奇怪,沙中滴水俱无,植物怎么活呢?但是就有这么一些专门适应沙漠的植物,只要偶尔来几滴雨,它们就可以最大限度地储存起来,慢慢消耗,甚至不消耗,在没有雨的时候像动物冬眠那样让自己生息暂停。在南美洲的沙漠里,有一种被称为"沙漠之梦"的草本植物,在漫长的干旱季节,它会自己从地面挣脱出来,卷成一个圆球不停地随风滚动,直到遇见水。即便被晒成了一团干草(等于死掉了),哪怕已经"死"了几十年,只要遇到水,这干尸便会复活,干枯的叶子很快就变成绿色。几十年的时间里,它自动缩成一团,让生命中止,等着那滴水。就有这样一些不可思议的生物,可以活得极慢、极节约,慢至接近停止,节约至零消耗,以无量的耐力,把在人看来毫无生存支持的漫长时日,化为一瞬间。

在赤道穿过的非洲、大洋洲和南美大陆,有一种从数亿年前的古生代繁衍至今的鱼类。在长达六个月的干旱季节,在鱼类赖以为生的水完全断绝时,它们会钻入河床的淤泥中,以死一般的休眠等待雨季的来临。关于肺鱼的传说林林总总,一个极端的例子是,在非洲一个名叫杜兹的村子里,人们发现了被一户人家无意间砌入墙中的一条肺鱼。房子从修建到垮塌历经四年,但是,这条鱼居然还活着。我疑惑于杜兹肺鱼的传说,曾追根究底地询问生物学专业的朋友,试图澄清:用鳃呼吸的鱼类,离开水这么久不可能活下去。

你没有注意这种鱼的名字吗?朋友说,这不是一般的鱼,这是肺鱼啊。肺鱼是有肺的,在水里它用鳃呼吸,没有水的时候,它会用肺呼吸。这不苟言笑的人以很动情的语气向我描述,这个物种属于古生代的泥盆纪,四亿年前,啊,那时候到处都是海,那才是它的盛世……你知道它延续到现在要经历什么?它经历的天灾不是我们所见的地震、干旱、洪水,而是两次地质巨变,每一次都足以造成物种灭绝。

这回答让我木呆许久。生命还可以展示怎样的神迹呢？在严酷的生存条件下，肺鱼——也许还有别的物种——竟然能够进化出貌似超越物种界限的生理功能，使本属绝望的存活获得延续和复兴。原来，所谓重生，并不纯属纸上演绎，而是在生命演进的漫长道路上一直存在的事实。

我对地理决定论深信不疑。不同的地理环境涵育不同的物种，也必会涵育不同品质的人性。世代在措堆村生存的他们，在寻常秉性之外，想必早已剔除了许多消耗性的本能，或者，也许竟已获得了更加从容不迫的代谢节奏，因为环境的塑造，而比我们这些人在进化的长路上靠前了一步。

终究还是隔膜。入目的一切有可能被欣赏、被理解，但大多会被误会，被无意识屏蔽。但又有什么样的相遇与交流，不是关隘重重、歧义丛生的呢？许多所谓记忆和收获，不过是想当然的附会罢了，与事物的本来面目根本不是一回事。

到了曲松县城，向东的路被封堵。路警一边打开拦路的长杆一边提醒，再向前是土路，极难走，中段必经的高山正在下雪，是信号盲区，最好别冒险。如果原路返回，就意味着要重新走一遍豆腐渣山的盘山道。简直要疯了。我看了看手机，五点三刻，离天黑还有三个小时。真要冒险，时间勉强够用来慢慢应付。只是，走土路有着太多的不可预测：路况允许的速度会不会达到三十迈，有没有塌陷路段；如果山口下雪，这辆越野的轮胎摩擦力是不是足够；如果天黑之前过不了山，夜里路面结冰，又无从联络援助……一向对走野路极自信的梁奚也犹豫了。最后还是决定掉头，返回桑日，取道江边土路去加查。

从桑日到加查是沿江新开的路，许多地段还没有硬化，一路走得尘土飞扬。

因为山的阻碍，奔腾东去的雅鲁藏布江变得曲折狭窄。导航仪上显示的道路不是直线也不是曲线，而是一团乱麻。放大到极限，线路图依然一团一团盘绕着。路随江开。这团乱麻其实是雅鲁藏布江江流转折的形状。

沿着雅鲁藏布江走上几千里也像是还愿。没等我吱声，梁奚就把车开上了这条路。这种默契平日里没有。我曾经试图找机会聊聊，但话题总是陷入沼泽般的嘻哈。一张口，要说的话总是迅速变成无厘头的互相打趣，仿佛我们对严肃怀有羞赧，仿佛深谈本身就是个笑话。是否相处日久人们都会陷入同样一种境地？对于相互之间存在的尴尬与险情，嬉皮几乎是最恰当的妥协，正如这次怯懦的绕道。嬉皮带来的不是轻松，而是气馁，是加倍的累。

　　道路颠簸得厉害。我仰靠在座位上，心中满是沮丧。

　　江流湍急，水色青绿。雅鲁藏布江也像那团草，它夹在喜马拉雅北麓的石质山脉之间只有几米宽，很难想到它的河道有时宽阔得可以放得下一座城市。我一再想起措堆，那个小村落。为着追随水源而把自己连根拔起的执拗，也许最初都是在外力挤压下形成的，但追逐的坚决和专注，久而久之便化为秉性。翻看过梁奚当年徒步远行时留下的简单的日志。为了减轻行囊，也为了防备给养断供，他养成了骆驼一样的饮食习惯，一顿饭可抵两到三天。因而，像这样一整天开车而不吃不喝，在他是稀松平常的事，不是可以忍耐，而是不需要忍耐——像那团随风滚动的干草，没觉得滚动是一件需要忍受的事。

　　若干年前，一个人对我说过"为了继续，可以忍受任何摧残"的话，但是很快，诺言便似烟消云散。这种话梁奚从来不说。这样的人不屑于把为人的坚决作为诺言——坚决已经成为秉性，不是临时起意，没必要加以强调。

　　在如此僻静的长路上，有一桩秘密仿佛正在慢慢显露。

　　他偶尔转头瞥我一眼，欲言又止。不再问"好吗"，不再提示我"看"，或者"去摸摸那个水"。

　　我们在浑浊时日里遇到的一切阻碍，并不是沟通与否的问题，只因气力早已涣散。每当我感到他要郑重其事说点什么的时候，也会以一番不着边际的废话轻松岔开。重门深锁无寻处。隔墙闻笙，彼此不问，挺好。活得不够，给予和承受的自然都不够，感受力当然便会随物赋形，钝化乃至退化。而人与人之间的"说话"，对此毫无助益。

四

　　这一趟,一路上他都在扒拉我的头发。只要闲着,我的白发便被他一根根找出来拔掉。他兴致勃勃地找,每找到一根都发出夸张的惊叹。第十七根,嚯,第十八根。仿佛在祝贺我的衰老。

　　我忽然意识到这片高原我已经来过多次了。过去只是到青海。在玛多,是的,在鄂陵湖,他第一次从我头上拔掉白发,只找到一根。此时,重雾压顶的鄂陵湖,枯黄草坡上的藏羚和野驴,层云间出没的秃鹰,每一种景象给我的感觉都若重锤击鼓。车轮在漫水滩上碾出两道清晰的辙。他叫我到水边去,掬起一捧水拍到我脸上。湖水有一种令人魂飞魄散的冰凉,我眼泪滚滚。不过几年,我头上的白发已经多到了十八根,高原的景象再也不能敲击我,而眼泪……眼泪都哪儿去了?

　　雅鲁藏布江在峡谷中显得过于平静,也是暮气沉沉的模样。

　　我没有见过它年轻的模样。雅鲁藏布江的过去时,是纸上的过去时,是一条被描画的蓝色曲线,从某个好奇的孩童的手下,从喜马拉雅西部,从冈仁波齐和玛旁雍措,从神秘的象雄王城,穿过曾属于吐蕃古国的峡谷和开阔地,经过无数的风马旗和玛尼堆,经过密林和荒原,到金黄的印度,到深蓝的印度洋。那时雅鲁藏布江还是一个神秘的名字,一条线,在不知道有多高的高原上奔流激荡,呼啸东去,又任性地向后转,奔向异国。盯着膝上的地图册的孩子对自己是陌生的,不理解这个正在发呆的自己,也不知道很久以后,她会走到地图上这条蓝色大江的近旁。

　　要不了多久,我头上的白发就会多得不必再找,多得拔到手软也拔不完。与雅鲁藏布江的相伴也许唯此一次。虽然在华发暗生的年纪,我的热情已经泄漏殆尽,但是,我还是走了一段曲折荒僻的沿江路,看见了这河流的真容。

　　我也没有见过他年轻的模样。我们遇到时他刚刚从这里撤回到平原,脸上还留着高原阳光造就的颜色。刚刚从高原撤回的人言谈斩截,冷硬似铁,没有察言观色的习惯。我恍惚觉得那人属于另一个物种(或者,在高原之下的我们是另一个物种),虽已年及半百,但是天赋中的枝枝丫丫却还保存完好,有着平原物种缺少的天然和蓬勃。我终于为自己的滔滔不绝,为积重难返的矫情——对精致和温和的热衷,对形式的挑剔,以及(他还没有看见的)文字里的脆弱和萎靡——感到了惭愧。

他怂恿我试试。他想再一次徒步穿过多雄拉,从派乡到墨脱去。若干年前的独自徒步穿越,在他记忆里留下了一串在地图上都难找到的地名。他的叙述不枝不蔓,简洁而精确。那些地名和细节历历如新。在这片高原上他最深的愿望是到珠峰去。这是个属于旷野的人,没有任何一个话题比谈起人迹罕至之地更让他兴奋的了。

这种匪夷所思的专注和强劲令人羡慕。这个人配得上更辽阔的生活,而处身其中的现场拘束了他。在人际敷衍中他有一种与礼节周全的气氛格格不入的疏狂。尽管我一直小心翼翼把他隔离在我的生活圈之外,但他的存在对我还是构成了威迫。我不得不反观我的观念和趣味,我的生活趋向。我全部的生活就是一个玻璃盒子,体量不大,方正透亮,向外可以看很远,但一经敲击便会碎裂。

若干年前,他以一句"去喜马拉雅"把这个盒子打出了裂纹。那座意味着远方、原始和神秘的山脉让我魂不守舍。如今我们沿江而下,沿着这座山脉,来到了它的东端,看见了矗立在雅鲁藏布江大弯转处的著名的南迦巴瓦。南迦巴瓦隐在云中。沿着江流,仿佛在任何地方都可以看见它(准确地说,看见它隐身其中的云层)——在直白,在尼洋河的入江口,在色季拉,在不知名的江边沙丘上。喜马拉雅连绵起伏、冰雪覆盖的山顶在阳光下泛着炫目的光。我恍惚听见了玻璃盒子碎裂的声音。

五

这样有很久了：每当我对周遭的拥挤感到忍无可忍，便会放下一切跑得远远的。

大约在五年前，初冬，我曾一个人沿着兰州以北的河西走廊到了敦煌，再向东南折返西宁，走了一个细长的椭圆。玉门关、阳关，这些在古诗里一再出现的名字尽人皆知，但真的去了才发现，这些名字在西部戈壁上也几乎只剩下了概念。在非旅游旺季，这些地方冷寂无人。我租了一辆破旧的桑塔纳在那片戈壁上跑来跑去，许多地方都是我一个人，没有别的观光者。

开车经过，与飞过去，或搭乘火车晃过去是不一样的。开车经过，找路、迷路、折返、揣测，走走停停，有时候惶然无措，会觉得处身之地格外荒远。车到阳关的时候正值傍晚，戈壁滩一片苍黄，一直伸展到浮云乱离的天边。一道篱笆隔着。篱笆那边就是阳关道。若非标记，谁也看不出那是一条曾经走过兵马、行商络绎不绝的道路。我在沙坡上坐下，靠在刻着"阳关"二字的石碑上想，这就是故人挥别、隔断生死的阳关。第二天到了玉门，我绕着那一圈残存的城墙走，又想，这就是长风几万里也难吹度的玉门。及至当晚返回敦煌，独自在小街上走了一会儿，竟还是这么想——这就是三春雪未晴的敦煌，或许这就是他们所说的孤城。敦煌的街灯全部挂在树上，像一阵正在慢慢坠落的流星雨。在那个万籁俱寂的夜晚，满街的流星使敦煌恍若幻觉。

诸如此类的去处，无不呈现着巨大的空茫，与寻常感受不在一个量级上。因为物象稀疏，因为荒芜，它们并不向人展示任何所谓风景，只是令人投入、释放，令人几乎溶解。唯有在那样一种情形中，内部的涨落动定与旷野的节律融为一体，紊乱的身心秩序才得以平顺。那溪流归海、血流归心般的投奔，是另一种条件反射。每一次奔赴，都是由衷的投降。

那时候我才清晰地意识到成见的谬误与狂妄。我们与世界无所谓内外。这世界空洞或盈满，荒废或生发，都不是我们的伴生物,不是我们谈论或处置的对象。所谓"外部",原是我们所从属、所从来,是捏造我们的巨手。

等我到了哲蚌寺,沿着进山的路右转再右转,一眼看到山巅巨石上的宗喀巴画像时,四年前面对阳关、玉门和敦煌街灯所生的感慨一瞬间卷土重来:嗯,这就是遥远的哲蚌寺,格鲁派信徒的圣地。

那岩画风格嘹亮,设色瑰丽。哲蚌寺所在的根培乌孜山上满是风化碎裂的灰褐色土石混合物,看上去死气沉沉。天色向晚,哲蚌寺所有的殿堂都关门了。我拾阶而上,在千米之远就看到了这岩画。再向上,发现山坳里横七竖八着巨大的鹅卵石上,几乎每一块都画着佛像,或写着藏文六字真言。这些岩画的笔法和颜色类似唐卡,使用的全是鲜艳的矿物颜料,原色的红绿蓝白黑。在天色微暗的傍晚,布满山坳的岩画让整座山豁然明亮。

山上已经没什么人了。我在石阶上坐下来抽烟。这时我才看见,相隔七八级石阶,靠墙坐着一个小女孩。她坐在石阶靠近垛墙的角落里,低着头写作业,对满山的岩画不以为意,对我的打量也不以为意。我的远方或信徒的圣地,在她,只是一个可以待着写作业的地方。我原本也可以像她一样拣个角落坐下来,专心做我的作业。任别人辛苦、奉献、作恶、拜佛去,我这一生,只待在我的角落里,专心做我的作业。但我的世界里侵扰太多。这小孩似乎拥有某种天然屏障,而我没有。我设防不够,又或者疆域不明,没有防御或抵制的动机,侵扰便纷至沓来。

这石阶并非我的角落,也不是小孩的角落,这石阶可以是任何人的角落。任何地方都可以找到这样一个角落。这角落我原本随身携带着,只是被浮皮潦草、嘻哈玩笑所涂覆,我以为它是不存在的。仅是此刻,我待在傍晚时分哲蚌寺无人造访的石阶上,以"侵扰"称呼那些我也曾沉浸其中的事物;但许多时候我乐不思蜀,并没有感到被掳掠、被荼毒。

我也曾和这小孩一样。我和所有人一样,有个从不提及却如钉子般揳入岁月深处的"当初"。经过了这些时日,我们都已经面目含混了吧。面目含混的人左顾右盼,忍不住要修改自己。

这有意无意的变节,不是由于糊涂,而是由于无时不在的自疑。面目含混的人千里奔赴,在殿堂关闭以后才匆匆赶到。天净如沙。拉萨河与拉萨城都在低处。哲蚌寺庙宇轩昂,空明肃穆。另一重令人魂飞魄散的凉忽如其来。面目含混的人坐在石阶上,抽一支,再抽一支,不设问,更无回答。

六

来去都选火车。慢悠悠走近,慢悠悠离开,两次经过羌塘这片荒原。

这是垂直意义上的极地,是这个星球上最高的一片原野。荒原上偶尔出现蜿蜒如蟒的冰曲、零星散布的半封冻的水潭、残垣般的风蚀脊,或一段不知来历的断桥……就这样,措那湖突然出现在车窗外。太近了——火车恍若行驶在水上。措那湖的水面明亮柔嫩,若丝绸微皱。离天这么近,云朵就在湖面游移。我看过这一带的地图,知道这个小湖泊的位置。火车已经到了羌塘东北角,到了安多附近。

车窗外掠过的只是浅的羌塘,是荒原的边缘。荒原深处,这样的湖泊数以千计。正如那些岩画激活了根培乌孜山,这些湖泊也使荒寒枯索的羌塘仿佛有了魔力。如果不是这些不时出现明目似的湖泊,羌塘该是怎样死气沉沉的景象呢?那些独自穿越羌塘的寂寞行程又要如何才能坚持到底呢?

在微信朋友圈看到"逆流成河"这个公众号的时候,不禁有些惊讶。这竟是杨柳松的公众号。这个人独自横穿无人区的行程路线,在昆仑山、唐古拉山和冈底斯山脉之间,在酷寒、极旱、平均海拔在五千米以上的那曲与阿里交界带,在那片面积达二十万平方公里的荒原上,画出一个反复斜插的巨大的"W"。出发之前的夜晚,几个朋友突然闯进他的帐篷匍匐痛哭,极力劝阻。据说,他们同时在幻觉中看见了他死去的面孔。但这个人还是出发了。七十七天后,他走出了无人区。第二年,一部羌塘穿越纪事——《北方的空地》出版。

我总是被这种罕见的坚决所吸引。北方的空地,是羌塘的藏语。"空地",听上去是有诗意的名字,但这名字的实指却是"无人区",是冷硬至极的所在。一旦想象中的空地在面前展开,哪怕只是在卫星图上面对,都会带有强烈的威压。不见一字标识的无人区看上去完全是陌生的,在经验中找不到与之相印证的物象。它有着状如沼泽的沉陷色——潮湿的乌黄或灰白,有着外星地表或细胞截面般的怪异肌理,仿佛是某种正在缓慢呼吸、有血液潜流、随时会醒来的庞大生物,令人望而胆寒。

我一直渴望接近这种绝对的、形而下的空净。

因而我早已习惯于定期把一些赘物从居所里扔出去,以便得到一个尽量空的空间。无论是家还是办公室,抑或只住一两个晚上的旅馆,只要必须在什么地方待上一阵子,哪怕只是待上几个小时,我就必须清理出一片没有物品挤占的空间,否则就会坐立不安。几乎每个月我都会从住处扔出一堆东西——旧电器,各种用途不明的连接线,不再使用或不喜欢的衣服、鞋子、饰物、锅碗瓢盆、台灯、摆件,毫无保留价值的印刷品、光碟、卡片——每次扔掉一座小山。也因此,我到各地外出,从不喜欢住到别人家里。不是客气,而是受不了家居空间的那种满。唯有旅馆才是适合我的,旅馆够空。

许多个傍晚都在郊外度过。至少要在空旷一点的地方待一会儿,哪怕只有一刻钟,这一天才能坚持到底。但是郊外越来越远,郊外正在消失。有时候好容易找到一片林子,绕个弯便看到了摊位——是农家乐。树林里是,村子里是,池塘边是,所有的空地上都是。但我不需要吃农家饭、住农家屋,不需要把自己扮成隐士,不需要购买。我只想要看见旷野,想要空洞无物,想有某些短暂的时刻像探险者那样感受活着的鲜辣生猛,"摸一摸那个水",摸一摸那种空旷和孤单。

空地也是人的极地。探险者至少在一个维度上,逼近了人的极端。

周围多是一些不同的人——有相对稳定的生活和职业,嘴上或许愤世嫉俗,骨子里却彻头彻尾地循规蹈矩。安稳多么好呀。毫无效益地去冒险？别逗了。这约定俗成的斯文表象也造就了无稽的判断基准。我常常怀疑，对于如杨柳松一样的人，条件反射般的赞扬有几分是由衷的。我也几乎可以断定，把梁奚放到这样那样的圈子里，他必然会成为一根刺，让大家的雅趣乃至幸福感像被刺破的气球一样立刻瘪下去。

前不久，在伊城，一位年轻的中学教师写了一封只有十个字的辞职信："世界那么大，我想去看看。"这件事一下子成了著名事件。女教师，连同"我想去看看"本身，也随即成为一种新时尚。于是人们纷纷"说走就走"，一手领着工资，一手写着微信，宣布"我到远方去了"。

但这是两种方向相反的离开。一种是要减除，把双手满挂的累赘放下，把困囿自己的世界撇开，奔向空地。另一种则是加增，是在满挂的双手上再加一重饰物，是一种更换了方式的索要。净身出户与左拥右抱，当然不是一回事。

在沸反盈天的附和声中，我羞于再说远方或荒原。

安稳（通常由一份固定职业、一个相濡以沫的伴侣、适应这个环境下的上进路线图的孩子、三两个可以等价交换资源的关系圈构成）是一个玻璃盒子，仅对于极少数的人而言显得局促难忍。所以，马语者和妻子分开了，因为他觉得芝加哥太小，而她觉得西部太大。所以，女教师放下那个玻璃盒子奔赴她的世界，立刻会有人捡起盒子模仿她。所以杨柳松说，很多事不宜过度讨论，比如人生伴侣、事业、旅行，讨论多了，结果必然是娶了别人喜欢的人，做着别人喜欢的事，走在别人的路上。

火车正在爬坡，速度慢到了二十迈。唐古拉山口就要到了。我看着制氧机控制器屏幕上的海拔计量从四千九百六十一点升到五千零一十九。我正在经过羌塘的北边缘。

奔赴空地的人走在路上。我不是他们，既不能破釜沉舟，也不能靠近险境。我看着正在车窗外面旋转的一切，一时觉得，所谓形影相吊，竟不啻一桩"大确幸"。

七

　　大气压力不足零点七,要深呼吸,慢慢呼吸。唯有这样呼吸,才能意识到空气的存在。

　　我们与外物的交道也如生命本身,需要呼吸,深呼吸,慢慢呼吸。伊城的嘈杂与纷乱已经在体内制造了太多的二氧化碳,我需要呼出,吐尽,清理出两叶能吸入氧气的肺,然后深吸气,令濒死的细胞活过来。在伊城的大街上,在待了七年的办公室,在待了十年的家里,在某个每周必去的酒馆或茶馆,在度过无数个傍晚的南郊,在肆意生长的薄荷和藿香丛前,在一如既往的伊河路的林荫下……讯息林林总总扑面而来。但我的接受系统早已饱和,我对这些过于熟稔的物事有了排斥反应。

　　一切高原之下的境地,都是彼此串通的,丰茂或寒碜,湿润或干旱,但与人最切近的元素——空气,却大致相同。空气压力可以对抗七十六厘米的汞柱。那样一个压力与平原物种的内压力持衡,与血的压力持衡。因而从来没有意识到"空气",没有意识到"呼吸"。

　　这一直隐形的东西,到高原的第一时间就显影了。

　　踏足高原的第一时间便感到"空气"——它成为身体之外的部分,成为异质的、不得忽视的存在。它清薄、游离、疏远,需要努力捕获。所有软密封的东西——袋装药、洗手液、单装小面包——都在膨胀。还有人,人也在膨胀。到宾馆安顿下来不过半小时,我的头开始发涨。空气弥散的情形被我的想象力夸张得如慢镜头播放。夜越来越近,空气粒子越来越稀落。汞柱的刻度在降低。我浑身都在膨胀。我几乎可以想见血管在体内慢慢鼓起的情形。不是头疼,是头部的血管在膨胀。我的内压力正在发威,空气抵抗不住了。

　　我服下一粒百服宁,等着。这较量达到一个均衡点以后就会停止。一刻钟后,疼痛消失。在高原东奔西走的日子里,疼痛再也没有发生过。身体和这个新的外壳讲和了。

但我依然无法忽略空气。手机屏幕上的气压检测值在六百到七百之间浮动。偶尔在大风里吹一会儿,也会突然感到空气不够了。空气粒子散开,需要一再深呼吸。深呼吸一个接着一个。来吧,四处游荡的顽童般的空气。

呼吸悠长,缓慢。呼吸的刻度和节律变了。

举动也变得缓慢。因为总觉得空气不够,举动需要掂量。

高原上的存活,肯定跟我们是不同的。不仅风格和方式有差异,而且生命的实质和趋向不一样。自幼被环境涂覆的一切秉性都曾给我无声的提示,诱惑或胁迫我走上一条讨好"将来"的道路。所有的努力、隐忍、承担、受苦,只要遇到这个词,就理所当然地获得了理由。仿佛人这一生只是为一个终点活着,在这条奔赴终点的长路上,人可以卑如猪狗,微如蝼蚁。或许,从踏足高原的那一刻起,从几年前被鄂陵湖的水冰得魂飞魄散的那一刻起,这些涂饰便开始剥落了。只是我迟钝,没有感觉到。

回到伊城,雾霾蔽日。我向西看,向上看,很难说究竟看见了什么。但返回之后,肯定有些什么再也没有复原——在前赴后继的光阴里,我时时觉得身心如磐,垂坠不堪负荷。这是不是高原反应的一种,我不确定。

(原载《人民文学》2016 年第 1 期)

宛在水中央

汪 广 松

博尔赫斯在论述《神曲》时说，那些煎熬灵魂的地狱层、南方的炼狱、同心圈的九重天以及怪兽等，都是"插入的东西"，也就是说，都不重要。但丁的目的，只是要在他的著作里，和贝雅特丽齐在某一个场合"重逢"。博尔赫斯指出，但丁曾经在一封信里一口气提到了六十个女人，"以便偷偷塞进贝雅特丽齐"的名字，他认为，但丁在《神曲》里重复了这种伤心的手法。

这是一种什么样的伤心？博尔赫斯引了《神曲》里的几句诗来说明：

> 我祈求着，而她离得很远，
> 仿佛在微笑，又朝我看了一眼
> 然后转过脸，走向永恒的源泉。

有一种解释认为，《神曲》里的罗马诗人维吉尔象征理智，而贝雅特丽齐象征信仰；还有评论家以为，贝雅特丽齐最后同意了但丁的祈求，接受了他的好意。博尔赫斯不以为然，在他看来，让但丁刻骨铭心的是这样一个意象：

贝雅特丽齐瞅了他一眼，微微一笑，然后转过身，朝永恒的光的源泉走去。

这个人生前死后已被夺去，仅仅是一个"宛在"，时时浮现在但丁心里的是缥缈的微笑和目光，以及永远扭过去的脸：那是尘世幸福永不可能的证明。

但丁写作《神曲》时已过不惑之年,他被母邦佛罗伦萨放逐,此时心境如同秋霜兼葭,萧索寒静。永恒的贝雅特丽齐却在光明的天国,彼岸世界高高在上,"所谓伊人,在水一方"。而地狱和炼狱,就像是溯洄从之、溯游从之的道路,是到达彼岸世界的必经之途。那些痛苦的灵魂,又像是在暗示但丁的心境——不管怎样向往和渴望,伊人宛在,永不可及。

弗朗切斯科这样说道:"当贝雅特丽齐离去时,但丁没有发出哀叹,他身上的所有尘世浮渣已经焚烧殆尽。"博尔赫斯认为,从诗人的意图考虑,这是对的,从感情角度出发就错了。那意思是说,但丁并不想将痛苦从心里驱除出去,就像地狱和炼狱的存在只说明了天堂的意义,人世间的伤痛并不一定要"焚烧殆尽"。通过《神曲》,但丁凝练了所有的痛苦,就像是聚足全身的力气,好体会见到贝雅特丽齐微笑时的快乐。虽然她即刻转身走向永恒,虽然这快乐只有一瞬,可所有的一切都在那一瞬间得到满足和补偿。痛苦有多深,刹那就有多长。

我在想,当贝雅特丽齐离去的时候,但丁是不是可以追上去?他能不能在天堂里经常见到她?由此引发的一个问题是:但丁会把自己安排在哪个位置?

在地狱的第一圈,但丁见到了荷马、贺拉斯、奥维德和卢甘四位大诗人,他在诗里写道:"我成为这些大智中间的第六个。"(第五位诗人当然是维吉尔)对于但丁的当仁不让,《神曲》的译者在注释里说,这"正见他胸襟的阔大,与气魄的宏伟"。

但丁自然是"伟人",可这里的意思未必仅仅如此。地狱第一圈是些"善良的异教徒",他们的居所并非黑暗,而是一片开阔、光辉的地方。但丁愿意厕身"这些大智中间"是什么意思?难道他愿意住在"光明"的地狱里?这里没有贝雅特丽齐,可——

> 那些伟大的精灵呈现在我眼前,我心中因看到他们而感到光荣。

但丁在诗里列了一份名单,除了诗人,还有古代的英雄、哲人、君王、物理学家、几何学家、医学家等。详细列举这份名单并无必要,但丁也没有对此多费笔墨。也许每个人的心里都有一份独特的"伟大精灵"名单?他愿意和他们在一起,"因看到他们而感到光荣"。

虽然但丁在《神曲》中经过"洁净"后与贝雅特丽齐同登天界,但我暗暗地想,他也许并不愿意留在天堂。他历尽千辛万苦,只是为了见到贝雅特丽齐的回眸一笑,那一笑也仿佛只是但丁对彼岸世界投去的凝然一瞥,然后他就回到地狱里,回到他的痛苦里,与那些伟大的精灵在一起,用自身的光明照耀自己。

这时我们发现,"宛在水中央"的,也许并非伊人,或许也是诗人自己:他不是应在彼岸(在水一方的只是伊人),但也并非就在此岸(那里只有受苦的罪人),他只是"宛在",在无边黑暗的地狱里,忽然有一片光亮,宛如在水中央。

(原载 2016 年 1 月 8 日《文汇报·笔会》)

因为秋风因为寒凉

程　静

秋天在身体里驻扎数十年之后,直至现在这个年龄,我才在一场又一场的秋风之后明白,怕冷、不安、莫名的惊惧以及内心的悲凉和悲观,或许并非来自自身性格或体质,而是与某个季节最先并且痕迹深重地留在记忆有关。

最先感觉到季节变换的是身体。身体在很多时候只是一具皮囊,庸俗、沉重,但血肉之躯的敏感,又常常胜于知觉,在还没有意识到秋天到来的时候,肉体首先感觉到了,有那么一段时间,身上皮肤干燥,如同失水的叶片,所有的枯萎或者干裂,都是因为水分缺失,可是生命里的水,无论人,还是草木,都会在秋风中不停地失散流走。就是这样,秋天,虽然只是一次次循环往复的自然现象,可我每次看见,都会觉得惊心,因为它呈现的不仅是即将到来的死亡,而是秋天进入生命内部的无可逃脱。想到这些,心里就会横扫而过另一场秋风。

到了9月,边地昼夜温差之悬殊,令人反应不及,早晚寒凉,需要穿上毛衣,中午就热得可直接换上夏日薄衫,没有过渡,反差突然,人们着装混乱,怎么穿都觉得不合时宜。可是并非只是秋天,任何一个季节,寒冷都在其中,即使盛夏,在一棵树旁,一片屋檐底下,或者一朵云飘来的时候,只要有阴影,或是凸起来的地方,温度就会瞬间下降,令人感受到清晰的寒意。寒冷无处不在,它在季候深处,丝丝缕缕,如影随形。

小时候,我最不喜欢秋天。草木从葳蕤到稀疏,大地空荡,昆虫和鸟鸣逃遁,大量的落叶在地面游走,我看到这些,内心就会不由得产生惶恐,却说不出为什么。院子里一片潦倒景象,菜地里的植株颓废、斑驳,叶片生锈,挂满红蜘蛛,即使日光强烈,它们也无力继续生长。花朵上的蚂蚁、蜻蜓、甲虫都不见了,它们早早把自己藏起来。阳光高悬,有时候会看见螳螂,但已不如夏天那般威风,举着大刀横冲直撞,秋风中,螳螂精神委顿,行动迟缓,像个溃败的将军。

放学回家,我看见外公一个人在菜地,像清扫战场一样收拢植物的残骸,地上满是倒伏的残枝败叶。外公是个寡言的人,平时不怎么爱说话,只是慢条斯理地做着手中活计,他的耐心和时间一样漫长。一些完好的西红柿、茄子、辣椒被装进篮子,而剩下残破和幼小的,将连同整棵植株被丢弃或者腐烂在地里。我放下书包,拾起地上用来给藤蔓搭架子的枝干,待全部收齐后,就和外公一起将它们捆起来。

总是这样的黄昏,天空浩大、杨树成行、乌鸦叫喊,丝绸一样飞翔或悬挂的云彩,铺满雪山以上的天空。我常常产生这样的恍惚,以为天底下的人群就只有我们,别无其他,孤独,永恒,自足,渺小。

正干着活,我看见院子前面的一间房门被打开,妈妈和两个陌生的中年女人走出来。这两个女人,我不认得,但也不能算是陌生,来过两三回了,说起话来虽然温言软语,脸上却没什么笑颜,严肃,一本正经,好像发生了什么重大事情。

后来在爸妈隐约的言语中,我知道妈妈肚子里正游弋着一个胚胎,她怀孕了。而且她肯定这回是个男孩,不过没什么依据,只是感觉。"我觉得应该再生一个,而且最好是个男孩。"有一天,当她明确表达出她的计划和心愿时,我和妹妹初始觉得兴奋,随即又觉得有些不快,可能是想到这个"弟弟"会分走我们的母爱吧。妹妹还好些,她比我小,想到的事情就会少,我体味着妈妈的话,突然发现,原来我们在妈妈心里并不是最重要的,她对那个未曾谋面的"弟弟"充满期待。我虽然也能从血脉延续上理解大多数家庭对于男孩的渴望,但她的想法,还是令我感到失落。我想到了那两个中年女人，明白了她们一次次来我家的目的。那个年代，计划生育已经非常普遍，宣传标语随处可见，提倡"晚婚晚育，一对夫妻两个孩子"，我记得厨房的柜子上有一个饼干盒，盒子上印着个小女孩，眼睛明亮，酒窝甜美，旁边写着，一个光荣，两个正好。我们家已经"正好"：我和妹妹，所以不可以再要这一个。随后的一段时间，那两个女人来我家的次数更频繁了。现在回想起来，她们可能是妈妈单位的，负责来我家做计划生育工作。她们关着门，每次都说很久，她们离开后，妈妈总会不高兴。

菜地里，有时拔起一些植物根茎的时候，会带出一些地下的东西，石块、碎砖、兽骨，以及蛰伏于深土层中的虫子和锈蚀的箭镞。显然，有些东西属于大地本身，而有些，不是我们家的，属于过去，属于那些看不见的岁月。地底下，总会埋藏着些什么。春天翻地的时候，爸爸还发现了一条断开的玛瑙手链。他后来用绳子重新穿好，拿给我们玩儿。手链颜色棕黄，珠子硕大，半透明，散发幽冥的光泽，可以看见内部曲折的花纹。我觉得它肯定不是孩子的饰物，应该是成年人的，而且我隐约觉得，它应该戴在一个祖母般的女人的手腕上。那么，在我们之前，谁在这里居住？而且从手链的风格来看，并非汉族。或许这里以前住着一户维吾尔人？或许是一些经过的游牧人？伊犁河谷任何一个地方，都是曾经的草原，许多民族都曾生息于此，塞人、匈奴、乌孙、高车、柔然、铁勒、突厥、蒙古，一群覆盖一群，一拨接着一拨，或长久驻扎，或劫掠而来，席卷而去，现在距离伊宁市二十公里和三十余公里的伊宁县、霍城县，两座古城遗址——弓月城和阿力麻里都城——早已城垣湮灭，无影无踪，可是在很长一段时间里，人们都会在无意的劳作或行走中，发现地下的陶罐、银币或玉器。谁知道谁会留下些什么呢？我感到了时间的纵深，只有时间是一种存在，其中的人群，不过是在不断地来往和消失。

此地的汉族人，大多不是这里的土著，但三代人之后，许多家庭和内地关系渐渐疏远，祖籍，成了履历表格上的一个说法，内地的故乡已经没有实际意义。这使我觉得，一个人与一片地域的认可与融合,不是一个人的事情,需要几代人逐渐完成。我们早已认可了这里,并且准备埋葬于此。那么既然会有此处的死亡,就会有此地的诞生,家庭人丁兴旺,血脉绵延,才是具有现实意义的扎根。或许我妈妈觉得,既然再也不会回到内地,家里多几个孩子总是好的。院子常常整齐而寂静,几个人,十几间屋,空地上种满花草、果树和蔬菜。我们去上学,整个院落就会陷入午睡般的沉寂,蔓藤缠绕,绿荫笼罩,如无人之境,仿佛一个遭遇放弃的城堡。直到有谁出门,随手关上铁门的时候,身后就会传来两扇门扉相碰的声音,"咣当",声音空旷,余音如铁丝颤动,在空间发出的回响,巨大、遥远,好像对面的雪山都能听得到。

　　葡萄快摘完了,剩下的一些,因为在叶片深处,阳光很少照射到的地方,身体里的甜还没有达到最饱满的状态,我们有意将它留在枝上。再晚一些,它们经过初次霜降,就会比现在成熟的葡萄还要甜。不过在整体上,葡萄树已经呈现颓废景象,粗壮的虬枝裸露出来,如同老人青筋暴突的手臂。等到叶子全部落完,秋天就到了尾声。然后在某个黄昏,爸爸就会和外公一起,像埋葬骨殖一样将整个葡萄树埋进土里。

　　一般来说,中秋节前后的葡萄最甜,不论什么品种,长的、圆的、白的、紫的,每一颗都汁液饱满,仿佛包裹着一滴蜜,并且像玉石那样散发柔润的光泽。但我没有吃到甘甜,只是吃到悲伤。在葡萄还很青涩的时候,我就盼着它们成熟,现在它们熟了,气温却骤然下降,云团暗淡,风云际会,雨下着下着就凝成了雪,葡萄越吃越凉,吃到最后,我跑到屋子里,穿上一件厚些的毛衣,才能继续拈起一颗——这是人活在世上悲伤的事件之一,无论多么喜欢,也无法好好地拥有。

　　到了现在这个年龄,我虽然不像从前那样惧怕寒冷,或许是气候发生了明显变化,不像从前那样冷,或许是因为年岁增长,身上的脂肪及心理承受力也有所增强,对寒冷有了一定的抵御力,但常常,还是能感觉到一种无来由的寒凉像风一样袭来,不仅肉体感觉到了,内心也随即产生雷霆和西风,我感到自己正被命运之手,以及一片地域所附带的一切塑形与打磨。一切并非仅仅源于气候,而是从灼热到寒冷之间,一种巨大落差而产生的跌宕使人内心疼痛,它使我想到此在、此处,自己与西北地域的关系,如此隐秘,亦如此悠长。

我的脑海里总会出现秋天的叫喊。每到黄昏,小巷外面的空地上,都会有一群巴郎(孩子)踢足球。我当然知道这些孩子是维吾尔族,因为他们的喊叫声和汉族孩子的不一样。他们的喊叫轻快而悠长,尾音部分拖得很长,包括早晨卖牛奶的女人,也是这样,尖厉,高亢,空旷,好像能传到白杨树之上,然后在天空的某个地方缭绕。

这时候,我就抬起头寻找,看声音会飞到哪里,头顶之上,树叶落尽,天空颜色苍灰,雁鸣之声如响箭飞过……我觉得它的荒凉、丰饶、寒冷与千年之前没什么差别,丝绸之路上的商旅,军队马蹄扬尘,和亲的仪仗,异国藩王与黄金甲帐,时刻充满诗意与悲怆,虽然现在都已成了古代,可时至今日,每到黄昏,落日之金屑,仍使原野上的荒草散发未曾化开的铁血气味。但声音是看不见的,只能看见雪山。此地雪山环绕且映照,我觉得雪山的白,一定别有用意,或许与世间的心灵、灵魂有关,但我那时还没想到这些,只是觉得它的表达如此恒久,并不因为季节而变化,只是看久了,眼睛会因为疼痛而流下泪水。我相信此地的冷,肯定与雪山有关,它终年弥散的寒气,无时无刻地将我们包裹,有伤害,也有滋养与抚慰。

我记得那年秋天结束后,妈妈腹中那个游弋的胚胎就不存在了。到了冬天,她已经从手术中恢复过来,神情平和,好像什么也没发生,并且从此再也没有提及,好像并未因此而失去什么。我觉得亲人之间的情感,是因为长相厮守,有着同样的冷暖,并且依偎和抚摸,从身体到心灵,而那个远未成形的胚胎,因为没有被我们真正抚摸,还没有成为亲人,应该就不算失去。

整个冬天,外公的屋子里都很暖和。每天放学回来,我和妹妹第一件事就是跑去看他。人世间,祖孙之间往往存在着别样的温情,相互怜悯,相互体恤,老人和孩童似乎有一种共通的东西,一个向生,一个向死,是生命循环到某个点上的交会,如同终点与起点的相遇。屋子的生铁炉上,等待我们的常常是一些零食,红薯干、煮玉米、烤馍片,不时地还会有银耳粥。洁白柔软的银耳,是黑木耳的反面,用冰糖和枸杞熬过之后,甘稠如果冻,晶莹似雪莲。但新疆不产银耳。有时上学之前,外公还会给我们塞个橘子。我不知道这些东西他是从哪里买到的。伊犁虽然盛产瓜果,物资粮食也能自给自足,但那时道路闭塞,边地偏僻,极少见到南方水果和特产。外公屋子有一个黄木箱,他时不时地从里面变出一些特别的东西,香蕉、藕粉、云片糕、桂圆。外公和外婆1958年到新疆,我两岁时外婆去世,又十多年之后外公去世,在疆数十年,他们从未回过内地,我几乎忘记外公也有自己的故乡,忘记他曾在与新疆毫不相同的地方生活过,是另一片地域上的人,那些东西里有他的记忆,那时候,只有在内地生活过的人才能识别它们。

(原载《伊犁河》2016年第1期)

故乡的人，他乡的我

马　语

一

没有人相信我是病人。

我是在黄河岸边割草、放牛长大的孩子。曾一直为自己的身体很自豪，我就是黄河边石壁上自由行走、奔跳的那一只黄羊，或广阔田野上无人管束的那匹小马。初到这个城市的时候，我曾在它的体育场那细沙石子铺成、长满一片一片青青蒺藜的跑道上，一气儿跑十来圈。可现在，在新修成的世纪广场的塑胶跑道上，仅能跑下一圈来。东沙的老城墙是我以前经常去的地方，那里清风徐徐，空气澄澈，四季都有鸽群从空中飞过，可以一览这个城市的全貌。好几年了，我再没爬上去过，每次只是在老城的石板街上，前后走一圈，抬头望向东沙那段老城墙兴叹。

大约在我五岁的时候，就跟着老祖母去马家圪四山里干活儿，村前过河，村后上梁，大多是采药、打草、淘水浇菜园子。初春，大地一派荒寒，马家圪那些向阳的山坡上苜蓿先露出绿芽，我跟着老祖母采苜蓿叶尖儿回家做饭吃。山野里静得只有蜂虫的一些声儿。山坡上，嫩绿丛中那一簇簇紫蓝色的苜蓿花，在阳光下静静地燃烧着——每次给老祖母买去痛片的时候，我的脑际都会浮现这一幕。

二十岁那年的夏天，我从榆林的师范学校毕业，被分配到三边高原一个叫石洞沟的地方教书。无边的沙原和碱滩上散落着好多房子,名为石洞沟,其实不见一片石头,就是李季写《王贵与李香香》的地方。我去的时候,正赶上财政困难时期,连教师工资都发不出。直到放寒假,只领到两个月的工资,不过三百来块,扣过学校灶上的伙食费,还完小镇街道上那个小卖部的赊欠账,已是所剩无几。

临近年关,学校已放寒假。一个人漫无目的地来到学校下边的街上,此时的小镇若潮涨,花花绿绿,各种年货在街道两边的门店前堆得像小山一样,从村寨里来赶集采购年货的庄稼人,提着大包小包,每一辆驴车上都塞得满满当当。午后的斜阳给小镇镀了一层暖暖的金色,使得年味更浓郁,我却立在供销社的门前呆若木雕。

参加工作后第一次回故乡,我总得给父母亲人带点儿什么吧。我总不能就这样两手空空回去吧。我徘徊了半下午,眼看太阳就要落下去了,还是没敢走向那家小卖部,两天前学校发工资,我刚把半年来欠下的钱全还了。我向小镇西头的那家药店走去,虽然没怎么打过交道,但我知道这小镇上平日里没多少人,药店掌柜肯定知道我是学校里的老师。我吞吞吐吐向店掌柜说明来意,不出预料,那店掌柜让我随便拿,我说就赊一大瓶去痛片。他却同时给我拿过来一大盒三珠口服液和一只五〇五神功元气袋,说过年了这些送给老年人都是上好的补品。他还特别强调那"神功袋",说老年人的好多老毛病都能治,这几天买的人特别多。我来的目的很明确,还是只买了去痛片,能拿上这一大瓶去痛片,已是喜出望外了。临跨出门,我看见店掌柜还在为我没给老祖母买上那只"神功袋"一脸的困惑。

从石洞沟起身,坐班车辗转几站回到了神木县城。在南关的旅社,打问到了一辆回故乡那一带的拉炭的破卡车,数九寒天,五六个人"搭"在敞篷车厢的炭块子间,一辆破卡车在满山满路的大雪地里哼哧着前行。在拐过一个山峁时,车停下不动了,司机从车头下钻出来喊刹车管挣断了。其时离我们村已不是很远,但天马上就要黑下来,坐车的人步行到就近一个叫张家沟的村里夜宿。下车时,我的包短了一个,恰恰就短了装有那瓶去痛片的小包,真是绳挑细处断。

第二天回到家,老祖母听说我回来了,就像孩子似的,还没用谁上去请,拄着根木棍,就从坡梁的上院下到了我们家。因为买了去痛片,所以饼干呀蛋糕什么的都没买。可是老祖母来了,我又拿不出去痛片。我没有解释,让老祖母听到我把一大瓶去痛片竟然在半路上丢掉了,将会怎样心疼啊。

马上就是大年,我向小伙伴二柜借了一辆自行车,到距离三十多里地的小镇上,向同学借钱买回了一大瓶去痛片。也许,这一生,我真正算得上回报老祖母的,就是我给她买的那些去痛片。从十六岁嫁到马家圪,她走过八十多年了,浑身不论哪个地方有毛病,都是吃上两片去痛片;即使没毛病的时候,她可能也想吃上两片。

二

寒冬或过节,煮肉、蒸馍,要做那些费时费事的饭菜时,老祖母才去打一小簸箕黑炭,平常全是庄稼的秸秆当燃料,一半在灶膛里燃着,一半掉在外面,柴火烟从灶口的柴草上蹿出来,熏得人直流泪⋯⋯一个一辈子用衣襟擦拭眼泪的老婆婆⋯⋯

童年的早上,我们去采草叶尖尖上的露珠,一路上,不让它掉了,回来给老祖母滴在眼上。

哪想,成年后,眼疾几乎折磨了我十多年,即使现在也时有发作。眼睛干涩,有时真像有盐浆水从眼底泛上来,在我们这个城里几家大医院都看过,治不好。也去西安的大医院看过,不同的医生甚至说给我完全相反的病因。后来我是从民间打问到一个偏方,去药店买了些决明子,回来装入枕头,眼疾才渐渐好些了。

老祖母却用炊烟、牛粪、禾谷、豆秆、柴垛、鸡屎、鸟鸣、狗吠、风雪⋯⋯的气息,治自己的眼病。特别是那棵老杏树,春风吹拂的时候,站在院畔上仰望的老祖母,满眼雪白的杏花。四季的夜里,临睡前,出来上茅房,老祖母也不忘观看西南山头的星星,这是她一辈子的习惯。那时她常给我们说,清晨草叶上的露水,是星星落了变成的。

还有那些村路。打年老不出山后,老祖母就整日坐在院畔的老榆树下,望着村前村后,用南瓜藤蔓一样的村路擦洗眼睛。旧场梁下来的那个人,是去南儿家的;东沟岔出来的那几个人不是本村的,他们路过这里去菜园沟赶集;前石畔上往回走的那两只绵羊是海明家的……望向马家坬的四山,覆盖了层层墨绿庄稼的山野,或雨里雪里的山岭。天不够清澈的时候,或有黄风的时候,她用那只布满麻点的手遮额,极力望向远处。

日头出来前的仰望已成了老祖母重要的一种信仰——她望向天际的残星,与它们交换着眼神;并反复辨认东方的浮云。天的阴晴决定着村里人一天的事务和四季庄稼的长势……

三

到了二十世纪末,我从基层到了榆林城里的报社工作。

半年后报社又要招人,还要我们先进来的几个人参与统一的招聘考试,恰恰我没考上,面临着卷铺盖回原单位的局面。临去的时候,一向冷落我的那个单位,召集全体干部吃喝了一顿为我送行,说我由县里一个不被人知的小单位一下去榆林市里的报社当记者,天大的喜事啊。现在却被退回来了,灰溜溜的,走投无路。但说什么,我也不能背着铺盖卷再回县里那个单位。

命运,总是这样沉浮起落,凭这支笔,最终我没有被报社打发掉,而是"留用察看"。就我自己而言,当时哪怕让我留在报社扫厕所都行,只要让我抓住那根稻草。

我是拼上老命了。

为不延误稿子刊出的时间,我在一天内服用了七粒快克,一是我想感冒快些好了,二是后面的几粒是在药物反应头脑昏沉的情况下,不知吃过了没有而吃进去的。当夜我的眼睛几乎僵直了,自己说着话,却听着像别人在说话。为了赶一篇大稿,我差不多是连写几天几夜，正值酷暑，一边伏案写作，一边喝着藿香正气水……常说这次写完后好好休整上一段，帮助妻子干点儿家务活，让这个沉重的家庭和我一起"解放"一点儿。

我十九岁中专毕业，到乡下教书，从一个小村爬到了城市，流了多少汗，淌过多少泪，只有自己知道。这二十多年，我基本没干过什么家务活，饭更是没做过几顿。除了在单位工作，我还要读书、写作。时常会提醒、告诫自己：工作上的事，应付；写东西，慢慢地来。可是这样的誓常发，就像喝酒的人常发誓说自己再也不喝了。

长年累月，身体这部车磨损严重，浑身的零部件都松动了。我家橱柜上五爷当年挎的药箱里，胡乱装着各种药物。在没有什么大病的情形下，我哪儿不舒服了就在那里面翻翻找找，哪怕是消食片。

看见它，我就会想起童年时五爷的那只保健箱，它没有褪色，有时从故乡的梦里而来。那只记忆里的"百宝箱"，回头想想，其实里面并没装多少东西，最多也就几种药，青霉素、四环素、葡萄糖。更多的时候，五爷用的是那一小扎粗细长短不一的针——"一根银针治百病"，一村的孩子，远远地看见他就跑了。

五爷的马家药店，三间小平房，里面有听诊器、血压计、体温计、药品架。那年春天，五爷用村里给的十七元钱进了第一批药，把那只不到两平方米的药架摆得满满当当，屋外门面墙壁上用墨汁刷写了"马家药店"几个大字。

四

这几年，留守乡村的老弱病残耕种着广阔的土地，播种机、锄草机、收割机、打场机、铡草机、三轮车……各种农机具，由政府补贴发放给农民。祖祖辈辈与乡下人相依为命的牛、驴等畜力大都退役，乡下的牲畜差不多就剩下羊了。

羊是封山禁牧的天敌。山路上，不时有小车驶过，扬起一炮黄尘。有的是从城里回家来办事的，但大多是乡政府逮羊的车。

逮不着羊,他们知道这不等于没有人出来放羊了,而是放羊人变得更狡猾了,就和他们打游击战。

封禁最紧的怕数我们那个乡了。我们那个乡,历史上就是驿站古渡,历来是出官的地方。前几任乡官都提拔到县里任了要职,交通局长、水利局长、城建局长。现在这一任乡官也已排上了队,生怕哪个地方出了岔子,只要发现苗头,立即斩草除根,所以他干脆让干部们下乡到村里,做说服群众的工作,把羊都卖掉。卖到了别的乡,与他也就没关系了。大羊叫小羊咩,一群一群的羊,被赶到菜园沟的集市上卖了。村道上、土路上,再也见不到黑乎乎的羊粪蛋了,那些亘古以来滋养着马家圪四山头庄稼的羊粪蛋。

舍养后,不活动的羊生病的更多,特别是尿结石,就是那些小羊羔,刚才还欢蹦乱跳,一下子尿泡就爆炸了,神仙都没得救。那时五爷成天忙不过来。现在,全乡十村八里把羊全赶走卖掉了,五爷彻底没事干了,锁了马家药店的门,离开大山。就在那个冬天,一场大雪下得小村的老人们直至过了腊月初八才出门行动。五爷的马家药店的房顶也被积雪压塌了一半,几根木头斜刺着,窗户上残存着几片碎玻璃,石灰墙上"马家药店"几个字依稀可见。

一个星期天的上午,我到兴榆大道上的马家药店给老祖母买去痛片,老远就看见排队看病的人已排到了街上。拿了一大瓶去痛片,我压根就没打算不掏钱,我在马家药店买去痛片也不是两三回了,从来也没白拿过。但作为老祖母的亲孙子,我从来没见过五爷的儿子亮儿三叔给老祖母带回过去痛片。我来马家药店买去痛片,只是想看看找五爷看病的人有多少。哪想到,三叔竟连一句礼让的话都没有。我感觉气特别不顺,在城里他一遇上过不去的事就来缠我。

春节回乡,轮流请喝酒,不论坐在哪家的炕头,说话声音高的就是三叔,围绕着三叔的话题最多。大家只是礼节性地与我说话。走哪儿我都是带本书,没话说的时候,我就坐在角落里看书。在村中央打谷场峁子上,父老乡亲围着三叔的宝马,左看看右摸摸,羡慕他像神一样,三叔受尽了乡人的抬举。

有一天,药监局执法人员从马家药店拉走了一大车药品。每想到他回到村里那做派,我就气恼。我黑着脸没好气地说,你整天和药检局那帮人在一块混,还能叫他们把你的药查扣了?三叔说话的口气明显比平时软和了,他说这回来的人一个都不认得,刚打问清楚,他们搞交叉检查,是另一个区药监局的,还是突然行动。我态度决绝。三叔仍追着我,唾沫飞扬地给我讲道理,都是走过场,咱打多少输赢的赌?不信你看,这次查扣回去那么多家药店的药,最后还都得让药店拉回去。我在这个行当混了多少年,我还不清楚?年年都是这样。现在像咱这些地方药检局的管理,好多都是以罚款为主,并不真正管理。封门、搂货,店主去把钱出了,再把货拉回来。好多时候,连真药都被他们拉走了。

那天下午,他又让五爷给我打来了电话。无奈,我只好硬着头皮想办法,最终三叔被查扣的一大车药一件不少地又拉回来了。

五

我始终想不明白,我身上的病毒为什么那样难祛除?

先是脚,每过一段时间,脚趾间就奇痒不止,就得用药粉泡脚,从早些年就开始了。还有我的手,数年间,每到春天,两只手掌一层一层地脱皮,直要脱到里边的新肉磨出血。还有我身上的皮肤,每到冬天,浑身没有任何症状,却瘙痒不止,不是这里就在那里,数年间去西安寻医问药,都没有良药。

秋天的时候,我去了一趟西藏。早就听人说藏医神奇,果然诊断出了我的病因。快回家前,我起了一身的疹子,除了脸上手上。回到城里,我当晚就去马家药店找五爷,开了十几服中草药,另加了涂抹药水;吃到一周的时候,没有一点儿好转的迹象。直到半个月后,那一层疹子才褪掉了。

早年间一位医生曾对我说,这病怕是血液里的问题,虽然从皮肤表面看一切正常。这次开药,五爷也是这样诊断的。五爷说表皮的光鲜,无法保证血液中没有病毒。这么说来,完全有可能是藏药把潜藏在我血液中的病毒给排出去了——到了冬天,困扰我多年的皮肤病真就没再来过。

从西藏回来,我开始反复忏悔,剖开内心,细数那一桩桩一件件势利的往事。怀想着在云朵间穿行的时间,日夜念着那离天最近的地方。

幸好从西藏回来时我带了两块石头。一块是在天湖边上捡的,那是大地上离天最近的湖,清澈的湖水波翻浪涌的海子,一望无际,与天相接。另一块是在巴颜喀拉山北麓的卡日曲——黄河源头,那数尺宽的流水边拾的,江河源头的水冲刷过,白云擦洗过,亿万年的阳光和时间之风沉淀于其中。

我从来没有像这般珍视过石头。写作的桌前,我用它们压着稿纸,或某一本大师的书。写不下去了,翻开研读大师的书:鲁迅、海明威、卡夫卡、左拉、马尔克斯、昆德拉、凡·高、契诃夫……这时,我的思绪江河奔流。甚至就在我面前的稿纸上,我清楚地听到那湍急澎湃的水声,江声激荡出的雷鸣……这样的写作连接着地气,饱浸江河之水汽。

从小我就是一个痴于望天的孩子。童年在村西寺河畔放羊的时候,我坐在大青石头上,望着西山梁上的那一抹晚霞,各种猜测与幻想,似山峦,似马群,也像河流,出现了一头巨象,有时又像一群火红的猎狗……记得我们六七个孩子,为此争论得面红耳赤,不仅叫骂出了对方爹娘的名字,还翻出了祖先几辈,有时还动了拳脚……

六

黄河岸边,大山群岭,那些种田的路,野羊、狐狸经过的路,野藤荆条纠扯的路,风雪弥漫的路,星辉霞光铺满的路,就是五爷走了四十年的行医路。

日夜与泥巴和草药打交道的手,在城里这大药店,配出了不同的方子,同样那几种药材,只是每种草药克数不同,效果就不同,有时直接用的就是偏方。

马家药店所在的那条街道上,那些见识过各类"先进武器"的老病号们,一个一个病情有了好转。张家的小儿,吃什么都吐,走过了多家大医院都束手无策。五爷的一个方子,农村山崖上生长的那圪针枝枝和灶膛炉壁上的柴灰面面放在一块熬了喝,把小儿的病治好了。还有这条街上王家的女人,多年眼疾,看物像罩了一层天蓝色,她曾到大医院做过手术,都说是神经性疾病,用激素冲洗治疗也无效果,来五爷这试了一下偏方,结果,病情开始好转,视力也比原来好多了。

起初,五爷真还有些胆怯。渐渐地,他已摸到了些经验,凡是来他这看病的,都是病人又领来的病人,几乎都是些跑过各大医院,见识过超导核磁共振、大型数字减影C臂机、血液透析机、冰冻病理切片诊断机……各种各样仪器的病人。五爷也并非土老帽,改革开放之前,他还被公社推荐去北京的中医大学进修过两年。也是命运多舛吧,被人顶包,没能分配到县医院上班,一气之下他连乡镇卫生院都没去,又回到了他的马家药店,当起了真正的赤脚医生,说得更准确一些是兽医。而且有了自己的另一番事业——收集整理民间偏方。

我来找五爷。老远就看见马家药店——那四个金光闪闪的大字。几百平方米的大店,人头攒动,五爷的桌子前围了一圈看病的人。五爷给我开的方子是,夜里不要写,不要读书了,那样会折寿命的。我无语,对我来说,这一剂药,同样属于致命。

从药店出来,一个人走在返回的路上,《命运》之声不断在耳畔响起。这声音若大河浩浩奔流,而贝多芬自己却什么都听不见。

七

梦里我常常回到草药茂盛的小山村!
她曾给了我黄土块一样的身体和生命!

童年,石坡、草林就是我们的幼儿园,放牛割草、采药萦绕着我童年的记忆。在那些千丈石崖的半崖之上,只有山羊才敢走过的古道上,阳光里,山羊在自由吃草,二哑、九娃和我一个拽着一个的手,在石头间寻找山丹丹花,开得那样浓艳,香味刺鼻的山丹丹花!其实我们是想找到老祖母讲过的灵芝草……那时我们采回的药材大部分都卖给了五爷。

进村出村的路上,来来往往的那些外村人,我们注意看他们要往谁家走,结果一个一个大多是去了马家药店,找五爷看病抓药。

其实村里的孩子有了病,大多还是老祖母给看。五爷常常被外村的人请去看病。老祖母给我们看病,最常用的就是扎针、拔罐。拿剃头的刀子在后背或额头上划个小口子,将两根火柴擦燃,投入罐子,往血口处一按,用指头弹两下,长牢了。再就是熬喝苦菜汤,也有用仙人掌捣碎敷的,用各种秸秆熬了汤浸泡、擦洗的。当然也会用五爷药店里常用的那几种西药片。总之,病都看好了,有时甚至一把黄土,往上一按,伤口就好了。那是富含多少微量元素的泥土,那是多么芳香的泥土。一村的孩子都健健康康长大成人了。

一豆麻油灯、一盏洋灯,就能让马家药店的玻璃窗户那么明亮!后来房檐下挂了一只马灯。二十世纪八十年代末,我们村通上了电,又换了那只戴搪瓷帽的电灯泡……那些风雨之夜,外来人看见那盏灯,就找到了马家药店。

在云贵高原上的一个希望小学,我向孩子们讲述了这些故事:在村西寺河畔,五岁的我拉着一只大山羊,山羊跳上一个土塄坎吃草,我也拽着缰绳爬上去了。当山羊啃完那丛青草跳下来的时候,我却下不来了。老祖母常常给人们讲述这个故事。

回望陕北高原,讲故事的老祖母似乎还在旧宅院垴畔梁上伫望。一个白发小脚老婆婆,在小路上走走停停。我的几个爷爷和叔父早就不许她出门下地了,可谁也管不住她。在人们都出山、收秋大忙之际,她一个人到窑垴畔梁上来,一会儿捡拾着撒落在路上的麦穗,一会儿佝偻着腰身,拄着拐棍望向四山里收割的人们。山风轻轻拂动着老祖母的白发,从地里吃饱后独自回村的羊儿从她身旁经过,南去的雁阵从她头顶飞过。忽然间,我看见老宅院下边马家药店灯火并未熄灭,它一直闪耀在岁月深处,在几辈人的记忆里……

(原载《人民文学》2016年第1期)

车过华家岭

杨 显 惠

去年九月在兰州,遇到早就相识的北京画家赵智成,说是想去看看定西市(原定西地区),我欣然奉陪。

去过定西市多次了。第一次是1974年暑期,那时我在甘肃师范大学数学系读书,工农兵学员;1971年秋季入校,1975年夏季就要毕业,系党总支派我和魏成林同学去搞外调。魏成林是我们班的党支部书记,定西市通渭县人,农民出身。那时候组织部门很重视一个人的历史和档案,系总支书记交代任务时说,有几个同学的档案里有这样那样的问题,叫我们去调查清楚。我和他跑了一个暑假,主要在定西地区的几个县和天水市。

赵智成此行没有目的,就是想看看定西地区的风光,我就领着他到了定西市的安定区住了两天,逛了市区,上了南山,然后离开高速公路,从安定区东的李家堡乡走老西兰(西安至兰州)公路上了华家岭,到华家岭乡政府,再下山到马营镇,再到通渭县城。逛完了通渭县,赵智成说咱们去会宁县看看吧。我说会宁属白银市,以前去过但都是坐班车经过县城,去乡下还得找一位向导。便打电话联系了同学魏成林。

魏成林从甘肃师大毕业后就回到他的家乡通渭县了,先是在一个公社中学做教师,后来调县教育局工作,现已退休家居县城。那次搞外调途中他曾经对我讲过,他是1959年到县城上初中的,但是1960年冬季,因为学校不对家在农村的学生供应口粮而辍学。这个冬季正是饥饿肆虐的时期,他的母亲和弟弟在他辍学之前已经饿死,他回到家中后和父亲在生产队的油坊里给生产队轧油,熬到了春节。他说大年初三那天,家里一口吃的也没有了,他提个篮子去山沟里捡地软儿(一种菌类植物),路过村口的一个破窑洞,看见了因为寒冷而无法挖掘墓穴厝置于窑洞里的母亲尸体,不由得悲从中来,坐在山坡上大哭一场,然后就撇掉篮子离家讨饭去了,在会宁和靖远县流浪。

魏成林听说我们要去会宁看看,便说他也多年没去过了,很高兴一起去。转天早晨,天蒙蒙亮我们就出县城上了中林山,顺山梁往北走,到了北城铺乡的庄子梁村。这里是个三岔路口,往西去华家岭乡,往东有一条路通庄子梁。我们顺着庄子梁上的公路往东走,然后北折就到了义岗川镇,过义岗川翻华家岭就进入会宁县的新添堡乡,再往前十几公里就进了会宁县城。

在会宁只玩了一天,翌日折返通渭县。夜来一场大雨,我们中午才出发,雨还是下个不住,只是小点了,淅淅沥沥打在车玻璃上。从会宁城往义岗川的公路是斜向东南方向的,才走了几公里,魏成林就说前边不远有一条往正南方向的公路,新修的,直通华家岭上的华家岭乡政府。这使我很兴奋,华家岭上的西兰公路这些年来来去去走过多次,却不知道华家岭中段的阴坡还有一条上山的路!我立即提议走这条路上华家岭,再下山去马营镇回通渭县城,这样可以多看看华家岭的风景。不一会儿车就到了一个路口,右拐,驶上了一条崭新的沥青公路。这时魏成林又说,前边不远就是中川乡。

听他这样说,我不禁一怔,继而问他,这条路经过朱家河村吗?他回答,经过,从前就有一条从会宁去华家岭乡的老路经过中川乡,这条新路是在老路的基础上拓宽修建的。

我不再问他了,眼睛盯着公路边每一个快速掠过的路标和标志牌。1974年外调时魏成林对我讲过,1961年的春节他与父亲不辞而别,逃离了通渭县平襄镇的魏家湾村,上了中林山到了华家岭,再走到牛家山,再下山到了会宁县的高棱大队,然后开始讨饭。他走完了整个中川,沿中川河到了会宁县城到了河畔镇到了郭城驿。夏季来临的时候,他正在靖远县流浪,遇到了一个干部模样的通渭人,说整个定西地区政府已经放粮了,你还在这里要饭吗!于是他原路返回走到高棱,顺着一条大山梁上的小路往华家岭攀登。他对我说,当他走到华家岭快到山顶的时候,看见一间牧羊人住的空房子。这时候,天已经黑了,月亮上来了,他就进了那间房子缓下(休息)了。由于这天走得急走了很长的路,他在地下的一片乱草上一觉睡到了天亮。睡醒的时候太阳已经从东边的山梁上升起,炫目的阳光从门洞里射进来照在他身上,也照在房子里边的地上。此时他无意中往里边看了一眼,竟然看见一个女人躺在阳光下,有个小女孩正趴在女人身上吃奶。他吓了一跳,一大一小两个人在旁边睡着呢,自己竟然不知道!于是他站起来走近两步再看。再看他的心就停止了跳动:那女人已经死了,脸上的肉都化了(腐烂了),小女孩的脸上的肉也化了;那小女孩的脸正朝着他,两只眼睛是两个黑窟窿,几只老鼠正在她们身旁蠕动着。魏成林告诉我,他是兴致勃勃地回家去的,想着家里有吃的了,想着要与父亲团聚,但是眼前的惨景像一只无形的手在他心上抓了一把,把他的美梦一把捏碎了。"回啥家哩!"他当时说,"我出了土房房,掉头又往会宁走,下山去了高棱。"他接着又去讨饭和流浪。后来,是中川朱家河村的一对老夫妻收留了他——把他认作儿子。他说,他已经融入那个家庭了,死心塌地要给两个老人当儿子了,可是1962年春季,甘肃省政府的文件发下来了:全省各地清理流动人口,不准任何地方任何人收留逃荒要饭的人。朱家河生产队的队长找上门来,叫老两口打发他回家。老两口顶不住队上的压力,对他说,你先回你的魏家湾去,等到清理外流人口的风头过去了,你再到朱家河来,我们等着你。魏成林说,他走的这一天,老两口把他送到了村口,老两口亲房家的一个丫头背着一背斗蒸好的花馍把他送到了高棱村;临到分手,那丫头对他说,等风头过去了你一定要来呀,你要是不来,老两口就活不长了,老两口确实把你喜欢得很。魏成林说,当时我一再地说,等风头过去了我一定回朱家河来,给老两口当儿子。我知道老两口真心叫我当后人哩。

但是回到通渭县的魏家湾之后,他就再也没能离开自己的家。不仅是父亲不许他走,他的还活着的奶奶和叔叔伯伯们都不准他走;他的三叔这样说他,你娘没有了,弟弟没有了,你再走掉,你大(父亲)这个门上就没顶门的后人了!

魏成林多年前对我讲完在朱家河给那对老夫妻当儿子的经历,最后感慨地说:"唉,真是对不起那两个老人,我把老两口哄下了!"

雨小多了,变成了霏霏细雨,天空暗云浮动。我们的面包车在中川河东岸的被雨水冲洗得干净黝黑的路面上轻快地行驶,两旁是一片接一片的庄稼地,高高的苞谷,矮矮的糜谷,远方是氤氲的雾气,高高的华家岭在我们左前方的雾霭里影影绰绰如梦如幻。路边不时闪过梁堡村、康堡村、高庙小学的标志牌,却看不见村庄;偶尔见到一两幢房子,青砖青瓦,或是红砖红瓦,村子却淹没在高高密密的苞谷后边。突然我们的右侧一块牌子上出现了"朱家河"三个字,接着出现了排列整齐的青砖瓦房,一栋挨着一栋。我急忙叫司机停车,然后对魏成林说,老魏,朱家河到了!下车吗?一直不太爱说话坐在后排的魏成林弯着腰站起来,有点激动地拉开门下了车,站在还很新的青瓦房前左看右看。我问他进村看一下吗,他回答,看一下!一定要看一下!接着他就顺着路边修建得像是铺面的房子往前走,走到有一个巷道口的地方进了巷道,一边看两边的院落,一边对我说,旧房子都拆过了,换成新房子,这认不出来了嘛。他又指着一个很大的可以开进汽车的铁栅栏门里很高的土墙建筑物说,噢,这个堡子还在哩。他解释说,那是新中国成立前朱家河村一个富汉(地主)家的宅院,土改后分给了几户贫农居住。就在我给魏成林拍照时走出个中年人来,问我们做啥的。我撒谎说,我的老朋友年轻时做过驻队干部,在朱家河蹲过点,今天路过这里顺便进村看看。他可能是听我的口音不像本地人,又问我们是哪里来的。我回答从兰州来的,我的朋友在定西专署工作过。于是他和魏成林谈话,魏成林向他询问起这里的几个老人,他一一回答那些人都过世了。走完这个巷道就是一片麦场,再走就到了河边,沿着河边的小路魏成林越走越快,左顾右看的,我因为拍照有点跟不上他了。追上他之后问他走这么快干什么,他回答找那个他生活过多半年的老夫妇的庄子。定西人说的庄子是指院子也叫庄廓。我说找那干什么,老两口没了,还不知谁住了!他说,我想找见了看一下。那是个独庄子,和村子隔开着一截哩。定西人说的独庄子有两种含义:一是指一户人家的村庄,一是指与邻居不相连的庄户院。这时我们看见了约二百米远处有一个庄户院的白墙和房顶的青瓦在密密的苞谷后边显露出来,他又说,那就是的。他走得更快了,我给他拍了两张背影,忙着追他,从苞谷地的小路上走近了那堵白墙。走近了却是两个庄户院,他站着看了许久说,不对,不对,应该是个独庄子。再放目四野,竟然没有一个独庄子。他失望地说,走吧,找不着了。

我们顺苞谷地的地埂走回公路。回到公路却又不走,他回头长久地看那两个被成片的密密的苞谷掩映着的庄家院,又说,可能就是那两个庄子。接着他告诉我,1980年,他来会宁县城参加省教育厅召开的一个会议,见到中川公社的一个干部,问过老两口的情况;那干部说是老两口过继了一个亲房家的儿子,并且给过继的儿子娶了媳妇成了家,但小两口与老两口时有龃龉,后来便分开居住了。他怅然若失地看着庄户院的方向说,那两个庄子可能就是,刚才进去问一下就好了。

上车前行不远,公路跨过了中川河,但走不远,公路就被中川河的洪水冲毁了。今年的甘肃省雨水真是多,新修的公路竟然毁于洪水。堆着土石方的路上有一个木牌,上书"请绕行"三个字。我们看不出从哪里绕行,站在路上等了几分钟,问一个从附近一座桥上走过来的人怎么绕行。他指着河滩说,就是从这里走,再上到公路上。但他又说我们,你们的小车过不去,那要大卡车拖拉机才能走嘛。我发愁地对魏成林说,看来华家岭乡去不成了!那人听见我的话又说,你们是去华家岭乡政府吗?那就从这里过河嘛,走牛家山,一样能到华家岭乡。他一边说还一边指了指他刚才走过来的那座桥。听了他的话我不由得一怔,问他,上牛家山的路汽车能开上去吗?他说,那能上去嘛,山梁上的路干爽着哩。我心中一喜，对魏成林说，老魏，你当年不就是从牛家山来会宁的吗？咱就走这条老路吧，你重温旧梦，我也看一下地貌风光。

过了河不远，汽车驶上一面土坡，面前出现一个村庄，标志牌写着"高棱"二字。我不由得兴奋起来。魏成林对我说过，他当年从牛家山下来，到会宁要饭的第一站是高棱大队。他说在通渭的时候饿殍遍野，而到了高棱，每家都给他吃的，一个洋芋，一块馍馍，有时在某个人家能吃一顿面条汤。他在高棱滞留了半个多月，在生产队的马号里和饲养员住在一起。他睡饲养员的热炕，饲养员晚上就回家去，他替饲养员照看牲口。饲养员早晨来的时候给他拿点馍馍或者煮熟的洋芋。白天饲养员照看牲口，他就到村里去讨饭。我那时问过他，为什么很多通渭人逃荒逃到会宁去，为什么在会宁县能要上吃的。他说当时他也搞不懂这是为什么，后来长大了，才慢慢地明白了，五六十年代，越是荒凉偏僻的地方，国家收公粮征购粮越少，社员家里就有粮食吃，越是产粮多的地方国家收公粮征购粮越多，社员就没吃的。割庄稼的时候，大队、公社和县上的干部在打麦场上守着哩，打下的粮食直接用马车或是拖拉机拉走了。要是工作队不守着，队里就给社员偷着分，征购粮交不够。还有就是哪个县和地区的领导成了积极分子或是省上的红人，那个县和地区饿死的人就多，哪个县委和地委书记打成右倾机会主义分子了，那个县和地区就饿死的人少。通渭县从旧社会就是产粮县，全县十八九个乡，只要三分之一的乡有收成，全县就够吃了。大跃进的时候通渭县是全省的先进县，国庆十周年，县委书记到北京参加天安门游行观礼。

魏成林是在他的家乡通渭县魏家湾大队做党支部副书记时被推荐到甘肃师范大学读书的，我相信他说的话来自他的亲身体验，没错，实践出真知。

车过了高棱村就开始爬山，一路上坡，越来越高。路面变成了没沙石的黄土，路在山梁上蜿蜒，路边是密密的白杨树、桦树，还有柳树。两边的山坡上是层层梯田和零散错落的小村庄，山峦起伏云雾茫茫。从山冈上可以看见右侧的中川河与那条通往华家岭乡的公路,宽阔的河川美丽如画,我已经认不出哪儿是朱家河村了。走了大约四五十分钟到一个小时,来到一片大村庄。这时山梁和公路也变得宽展开阔,路边出现了几家商铺,还看见了"牛家山储蓄所"字样的招牌。急忙叫司机停车,下车后竟然看见一块用砖砌的、抹着青灰色水泥的"石碑",上边浮雕般凸起着三个仿宋体大字:牛家山。我问魏成林,这里就是你说的牛家山吗?魏成林说,就是吧,我也认不出来了,院子都不像了。过去都是土房房,现在都盖成砖房了。何止是砖房,就在储蓄所对面,一栋框架式的楼房正在建设之中。

这真是出乎我的意料,在我的心目中牛家山上应该是只有三几个小村庄。我的心突然被触动了,拿出手机拨了兰州市一位老朋友柏敬塘的电话。柏敬塘先生是兰州市城关区文史委编辑、兰州市文史研究专家,我在十五六年前就拜访过他,后来成了知交;这些年来,有关兰州的史料和问题,都是向他请教。他曾经对我讲过,1961年的春季曾经来通渭县支农,就是在牛家山大队。电话通了,传来柏敬塘先生熟悉的兰州口音后我问他,柏老师,1961年你在通渭支农是在牛家山大队吧?我现在就在牛家山。你还记得你住过的村子叫什么名字吗?柏敬塘先生回答,牛家山大队麦茬沟生产队,老庄湾村。我问他,你还记得生产队的哪个人吗?你说个名字,我去找一下,看能不能找着。他对我说了三四个人的名字,麦茬沟生产队,队长叫王宏宾,还有个王老汉,王老汉的两个儿子一个叫王建刚一个叫王建军,那时候十几岁……

关掉手机,我正准备进储蓄所确认一下这里是不是原先的牛家山大队部所在地,迎面走过一个人来,约五十岁年纪。我喊了一声大哥,问他这里是牛家山大队吗?他说,就是。再问麦茬沟生产队在哪儿,他挥了一下手说,往前走,那还要往前走一截。

我们没急着走,魏成林左顾右盼,我和赵智成开始拍照,到处走一走。以前几次从华家岭的公路走过,人们指着华家岭北侧的这一片地方说是牛家山,可我一直也没来过这个地方。这次有幸路过,一定要把它看仔细。我心中的牛家山除了与魏成林有关,还与《定西孤儿院纪事》中的栓栓有关:栓栓和两个姐姐去会宁讨饭,返回家乡时被会宁县收容站的干部送到了通渭县华家岭乡收容站,就是走的这条路。牛家山还和定西地区孤儿院院长李毓奇有关。李毓奇原是定西专区干校校长,1959年秋冬之际被地区抽调来通渭,参加地区、县、公社三级干部组成的整社工作队到华家岭公社蹲点,在一次批判右倾思想的会议之后,牛家山大队的党支部书记上吊自杀了,因为他完不成交征购粮的任务,受了批判。

赵智成看见了路边低洼处有一个很旧的院落,似乎是二十世纪五六十年代的建筑,土墙上有黑色的苔藓,便跑下土坡去拍摄,门口有一只狗叫起来。我从这个院落旁的一条岔路走到临街储蓄所和商店的后边看看,那儿有十几排整齐的红砖房,便连续拍了几张照片。我知道这是近几年盖的"新农村"。

顺那位农民指的方向走,就到了华家岭上的西兰公路。华家岭上的这条公路很著名,古时中央通往西北的驿道就经过华家岭。清同治年间陕甘总督左宗棠举兵西征,统兵经过华家岭,并且在华家岭上一个叫老站的驿站驻兵设防。抗日战争时期,苏联支援中国抗战的军用物资就是经过此路从新疆运抵西安的。新中国成立后,国家也长期使用这条公路。只是在前几年它才凋零了,新的高速公路已经不走这儿啦!

西兰公路凋零如同深秋的白杨林,它的路面虽然宽敞平整,却是好久才有一辆拖拉机驶过,然后便像山野里的蚰蜒小路般的寂静,到处是黄色的白杨树叶。

我们往西走,我知道华家岭乡政府还在西边。到一个岔路口,才看见一个穿迷彩服的农民从岔路上走来。我向他询问牛家山大队麦茬沟生产队怎么走,他反倒问我打听麦茬沟做什么。我如实相告,六一年饿死人的时期,我在兰州的一位老朋友来过通渭县牛家山大队支援农业,住在麦茬沟生产队;我们今天路过这里,想到麦茬沟去看一看,回到兰州也好对老朋友说一说麦茬沟的现状。听我说完,他指着西边说,往前走两公里,左首山头上有个堡子,堡子西边有个路口,从路口拐到堡子山的南边,再往东走一截,就看见堡子山那边有一条山沟了,那里就是麦茬沟。看他如此熟悉这地方,我就仔细问麦茬沟是什么方向,车能开下去不能。他又爽朗地说,走吧,你们把我拉上,我把你们领到麦茬沟去。

在他的带领下,车往前行驶了两三公里,果然左手出现个几十米高的山头,山头上有个土围子。绕过山头有一条黄土路东行二三百米,堡子山的阳坡上向南延伸出去一道矮一点的山梁,他指着堡子山和那道山梁之间的山谷说,下头就是麦茬沟。

我们从南山梁的陡坡上下到沟底,沟底清水涓涓。有桥,汽车过了桥,停在路边上一个装有铁栅栏门的院子旁,门上挂着锁子,那农民指着院子说这是善马沟村的村委会。我惊讶地说,怎么是善马沟大队呀,我要找的是麦茬沟!他说,这个村就叫麦茬沟,是善马沟村委会的一个自然村。我更糊涂了,麦茬沟属牛家山大队呀,怎么变成善马沟大队了?这个农民也被我问糊涂了,说,可能是你的朋友记错了吧。我说不会不会,我的朋友说是牛家山大队;我的朋友脑子很清楚,不会犯这种错误。我问你,老庄湾村在哪儿?他指着堡子山东边的一个山坡说,在东边那个山坡背后的垮子里。我明白了,是我把柏敬塘先生的话理解错了,认为老庄湾村在麦茬沟。于是又问,我的朋友说麦茬沟生产队属于牛家山大队,这怎么成了善马沟大队?那农民说,这我也说不清,你说你的朋友不会记错,那么会不会是人民公社解散的时候把牛家山大队分成两个大队了,分出来了一个善马沟大队。

汽车驶上了华家岭的西兰公路,我问那个农民现在忙不忙,不忙的话带我们去老庄湾村,我要找一个叫王宏宾的人。他急着叫我们停车,指着公路上迎面走来的两个人说,你要找王宏宾吗?这就是他儿子。我下了车,向他指认的那个年轻人伸出手去,问,你是王宏宾的儿子吗?年轻人惊诧不已连连后退,反问我,你是做啥的?我不认识你。我介绍了自己,带路的农民也作了说明,他才说他就是王宏宾的儿子,叫王雁泽。但他又说,我父亲今春上过世了。我问他父亲多大岁数?他说,七十几了嘛!

我问王老汉和他的两个儿子,他说王老汉早就没了,王老汉的两个儿子也都老了。

知道了柏敬塘先生说的四个人的情况,我决定不去老庄湾村了。与王雁泽和那个农民告别后我问魏成林,能不能不去华家岭乡政府而走一条新的道路回通渭县城。魏成林说,那就回麦苀沟去,从麦苀沟南边的山梁上走,能走到北城乡的庄子梁村,再从中林山回到县城。他说刚才在麦苀沟他认出来了,1961年的春节,他就是从中林山走到庄子梁村,再从山梁上的蚰蜒小路走到了麦苀沟,再过牛家山到会宁县的。这条路前几年拓宽成可以走汽车的乡间公路了。

这对我来说是个意外的惊喜。我每年来甘肃,这里走走那里转转。这种旅行使我心动,往往是看见了某个事物,蓦然间就想到历史,远的历史、近的历史。2011年的夏季,我与评论家杨光祖和中学同学午明强来定西,去通渭县寺子川乡的西峰堡游览,便知道了清同治年间平凉和定西、会宁的回民起义,最后的一部分起义军被清政府剿灭在西峰堡。从寺子川北上到会宁境的沙家湾村和新添堡,那儿的回民既说甘肃话,又说陕西话,又叫我知道了乾隆年间的陕甘回民起义,起义军被镇压之后,左宗棠采取分而治之的政策把关中平原上的回民强制迁移到平凉和定西的苦寒偏僻之地。七十年代第一次来通渭,县城没有一栋二层楼的房子,最高大的建筑是电影院。而现在通渭县新城区高层建筑一片又一片拔地而起。变化最大的是陇西县,几年不去就变得认不出来了,宽阔的马路、高档宾馆,鳞次栉比的楼群,华灯初放,心中不禁产生"今夕是何年"之感。几十年前的华家岭只长一些白杨、榆树和杏树,自政府提出退耕还林之后,种植了许多松柏,松树长得十几米高了,大片大片地成长起来,已成了风景胜地。近几年又实施风力发电工程,几十架风车高耸入云缓缓转动,拥抱蓝天白云。风车无语,注视着定西的山山峁峁,思考着什么,记录着什么。

我们的车驶回麦苀沟南侧的山梁,然后一路顺风经过黄堡梁、庄子梁村就到了中林山,天黑时进了通渭县城。走这条路应该做个记录:汽车走到黄堡梁与庄子梁村的中间时,在一片宽阔的山谷里看见了一簇白色的二层楼别墅,有几十幢,把我惊呆了,大山的深处,阴霾的天空下,在两道大山梁上白杨树和层层梯田的环绕下,它们是那样的整洁、漂亮和别致,堪比大城市郊区的富人区。尽管时间已是傍晚,暮色正在升起,我还是下车去拍了一些照片。魏成林告诉我,这是庄子梁行政村建的新农村。但是,走着走着我蓦地问了魏成林一个问题,农民住在"新农村",牛呀羊呀猪呀养在哪里?烧火做饭的苞谷秆和麦草堆在哪里?打麦场在哪里?农民真是耕田不用牛吃肉不养猪了吗?魏成林回答我,现在县上的政策是行政村的各自然村先富起来的农户(各自然村三五、七八户不等)出一部分钱,政府出一部分钱,建一个新农村,这些有钱人家的年轻人都搬进了"新农村",老年人还住在沟沟岔岔的老庄里,喂猪养牛和放羊,家庭不富有的农民也还住在老庄里。

过两天回到兰州,翌日就和柏敬塘先生见面。俟我讲完在华家岭寻找牛家山大队麦茬沟生产队的过程,他说,哎呀,牛家山大队怎么变成两个大队了,这我得回去查一下资料。我记得那里是牛家山大队呀!接着他就详细地讲述了他的支农经历:

1960年5月,他从位于西站附近的兰州石油技校毕业,在兰州石油机械厂当了一名装配钳工。那时候的兰州石油机械厂是全国最大的石油机械厂,1959年成功地制造出我国第一台钻机。全厂有五千多名工人,但1961年1月3日领导向全厂职工传达中共西北局西兰会议精神(主要是改组甘肃省委领导班子和开展抢救人命的工作)时,2798名干部和工人浮肿无法工作,工厂停工,干部和工人回家休息,住厂的青年工人每天集中在职工宿舍半天学习,半天休息,"劳逸结合"。休息了三个月,这年3月底,厂领导说接到省上的指示,定西地区闹饥荒农民外流,春播无法进行,兰石厂要组织支农工作队去定西。总共组织了三百名青年工人,——干部口粮二十几斤,都浮肿得走不了路,叫厂伙食科科长寇邦贵带队。3月30日下午支农工作队从兰州西站坐闷罐车出发,天黑时分到达定西县火车站,在车站附近的一个空粮库住了一宿，次日午后大卡车拉他们去华家岭公社。到了华家岭公社片刻，一辆卡车拉着四十人到了牛家山大队；这时天已黑尽，四十人分成几个组，在公社干部的带领下背着被褥步行赴支农点。他那个组八人，到了麦茬沟生产队老庄湾村。他说，他们不是去抢救人命的，那时国家已经发放救济粮了，饿死人的势头已经遏止，但是农民死的死了逃荒的逃荒了，总共十几户人家一百零几口人的老庄湾村只剩下五十口人，五六户人家死绝了，房子空下了，活着的人也饿得走不动路了。老庄湾村，他现在记起来的就是生产队长王宏宾在张罗春播的事，还有一个人称王老汉的有两个儿子，是十七八十四五岁的小青年，能动弹，大的叫建刚，小的叫建军。全生产队能下地劳动的男女总共十多个人。他们是去麦茬沟生产队帮助农民春播的，政府怕地荒下后逃荒的人回来了没粮吃。他记得王宏宾家只有四口人，老母亲、一个哥哥和侄子，还有王宏宾，嫂子饿死了。说到这里，柏敬塘先生用通渭方言学王宏宾的母亲跟他们支农的工人说过的话，把人饿零干了，饿殁了……

他说，他们支农组的八个人的工作就是和生产队的十几个男女社员往田里送肥，把灶灰、炕灰、厩肥担到梯田里去。还把临时割的草烧成灰，也担到田里。然后人拉着犁播种，牲口都饿死了，是几个人拉一个犁；地上拉出沟来，把拌了灰粪的种子撒进犁沟里，再撒上灰粪，然后拉着指头粗的柳条编下的糖子把沟垅糖平。每天劳动四五个小时。他们八个人住在一幢有里外间的房子里，里外都有炕；吃的粮由兰石厂的汽车从兰州运到华家岭公社，各支农点的工人去公社，按照兰州的供应标准背回来。共背过两次，是大米和面粉，没有菜，只配给盐和酱油糕。支农点上的八个人集体做饭，燃料是买生产队的树。买了两棵大树，一棵白杨树、一棵柳树，花了九元钱，回厂后在厂财务科报销了。酱油糕实际就是盐和黑颜色的什么化学产品挤压在一起的黑饼子，用开水泡开调进大米粥或者面汤里增加点咸味儿见点儿颜色。树伐倒后锯成一段一段的，劈开晾干，烧火。

5月初庄稼种完了，5月8日回兰州。5月7日那天晚上，王宏宾和王老汉来他们的房子看他们,也是送别,用一个布袋子装着些洋芋块块——就是洋芋种子,已经拌了灰粪。切洋芋种子是在公社干部的监督下进行的,怕社员们偷窃;但社员们撒种时偷下埋在地里,晚上去挖回来,用水洗了一下,煮上。支农小组还有一点儿面粉,拿出来撒进锅里,煮成一锅洋芋汤,一人喝了两碗。喝汤时王老汉说了几句话,柏敬塘先生学着王老汉的口音说给我听,你们来了嘛,我们的一口汤都没喝上嘛,就要走了……还学了王老汉说的几句话,地种上了就好得很,把你们辛苦了……你们放心走,再饿不死人了,苜蓿出来了。苜蓿出来就饿不死人了……

柏先生说,通渭方言里把"筐"叫"眼子",把"拿上"说成"捍上"。早晨下地的时候,队长王宏宾喊他们支农组的刘克明:"刘班长,把眼子捍上……"

他还说,5月8日晨各支农组到华家岭公社集中,下午二时乘班车到定西县城,转车,天黑时到兰州汽车站。兰石厂的汽车接他们回厂区宿舍。汽车由东往西穿越兰州市区,马路边的花坛里刺玫花儿开得正旺,芳香扑鼻。

(原载《黄河文学》2016年第1期)

前头有很多好东西

阿　慧

一

　　雪片碎碎的，围着楼下的路灯凌乱地飞，像一群缺心眼的小白蛾子。我仰着脸注视了一阵，听得它们折断翅膀的丝丝疼痛。拐上一条铺满鹅卵石的小路，又拐上向北的一条水泥大路，雪花仍热情不减地追随着我。我和父母家离得不远，都在一个小区居住。十分钟后，我来到他们楼下，上了两级台阶，发现雪花没有追来，它们又小白蛾子似的，围着妈妈家楼头的路灯傻转。

　　我敲门，咚咚咚，不等落音，屋里两位老人一起答应：哦，来了！拖拖拉拉的脚步声，急促的接近门外的我。妈总是比爸抢先一步开门，她精瘦的身板，细长的双腿，都比我爸条件优越。妈拉开门，笑眯眯地明知故问：俺大闺女来了么？爸虽站在妈身后，但他腆起的大肚子，始终保持向前一步走的姿态，使我错误认为，他是和妈并排站立。不等我回答老妈，老爸就说：咦，这不是俺的阿伊莎么？要是不打电话请，你还不来家吧！阿伊莎是我的经名，小时候阿訇给起的，爸妈都喜欢这么叫我。我站在娘家热气腾腾的门口，心里竟有着小白蛾子撞碎身体的酸痛。

　　屋内装修的味道淡淡的，客厅的方形顶灯光芒四射，这屋子每一个细节，都透出大妹对年迈父母的孝心。去年三月，在宁波医院工作的大妹夫妇，给年迈的父母买了这新房。因为是新建小区,绿化又格外的好,所以房价也很高,但大妹考虑到她和小妹都在外地,只有我一人留守,想让父母离我近些,照顾起来也方便,就立马借钱买了这套房。我用挑剔的眼光扫摸,还好,玻璃茶几明晃晃的,可以看见白底台布上蓝盈盈的花朵。淡黄色贵妃榻后面的夹缝,也清理得干干净净,我的目光满意地收回。

问爸妈:都卖了吗?他们点头,说:都卖了。阳台上也卖了吗?他们又点头,说:也卖了。我满意地点头。妈说:该过春节了,得清扫室内卫生。又说:节前这些东西价格也高些。爸提醒说:明天腊月二十二了,是主麻,好日子。

妈好像早就等爸这句话,她看着我说:阿伊莎,咱仨商量件事儿。

我料到爸爸下午电话定跟这件事有关,立刻像吞进一把缝衣针,满腹扎巴得难受。

这时,窗外的天空有谁燃放一个大烟花,随着咚的一声巨响,天幕上铺开一大团炫目的红,散落时,又是一大片耀眼的紫。爸爸的脸上红红紫紫,他把肥胖的身体朝沙发背上靠了靠,说:我不去。

我站在妈妈背后,不让她看见我的脸,又一团烟花在天空爆裂,我趁机说:我也不去。

妈妈没有看爸爸,也没有回头看我。她戴着一副老花镜,在绣一只小手袋,黑呢绒布上一朵七彩的大菊花,还剩最后一根花蕊没有完工。

一时间无人说话,窗外的烟花也突然沉寂了,我的胸腔有撕扯的刺刺声。妈妈咬断根线头,她把菊花在灯下照了照,说:都不去,只好我自个去了。她从小凳子上费力地站起,说:谁让我是当事人哩。弯着腰探进了卧室。妈妈的腰啥时候弯成这样了?我似乎现在才发现。我的目光跟随母亲进屋,感觉自己的腰也酸痛得直不起来了。

出来时,妈妈手里捏着一沓子钱,她递给我说:数数。红红的两匝,分别用橡皮筋束住,不用数就知道是两万。爸爸说:还是数数吧,别少了。我数一匝,妈数一匝,不多不少。妈还是不放心,递给我爸说:我和阿伊莎都是教语文出身,对数字不敏感。你是教数学的,再数数吧。爸晃了晃身子,在沙发上坐正,一张张数出声儿来,还不时地用食指蘸着口水。妈妈眼睛紧盯着,不眨,一张不差,整整两万。

两万元人民币,被妈妈小心地装进新绣好的菊花手袋里,她放在手掌拍了拍,嘴角绽开菊花般生动的笑。

从父母家出来,地面竟白了,路两旁的桂花树、玉兰树、香樟树也白了,这让我低估了小白蛾子碎雪的耐力,它们不动声色地飞飘,终让大地改变了模样。

一个个垃圾桶,在小区楼头站立,张着污秽的大嘴,雪让他们与往日不同。

两个月前,那时天气还没有现在寒冷,垃圾桶旁的枇杷树,还开着一簇一簇可人的小紫花。那晚,我陪父母说了会儿话,同往常一样告辞回家,二老也习惯性地送我到楼梯口,我朝他们摆摆手,看到他们回了屋,听见门锁的咔嗒声,这才安心下楼。快到我家门口时,一摸钥匙不见了,才想起落在了父母家,又转身往回走。刚走到父母家前边的那栋楼,就发现垃圾桶前两位老人的身影,一高一矮、一胖一瘦,老婆婆伸胳膊在桶里扒拉,老头儿撑开塑料袋子口等着。老人们没有说话,甚至连呼吸都放得很轻,但我还是从他们收紧的脊背,感觉出老人心里的紧张。微弱的路灯,没能阻碍我对亲生父母的识认。我看见母亲把挑拣的东西,放进父亲撑开的塑料袋,我紧抱一棵粗壮的香樟树,仍没能止住从头到脚的颤抖,我的身体,连同五脏六腑都哗啦个不停。不听话的泪水,使我没能看清爸妈那晚的表情。迷蒙的夜色里,二老分别揪住袋子的两边匆匆离开。妈妈的伤腰,走成瘦弱的一棵弯柳。爸爸的脚步很沉,脚后跟已难以轻快地抬起,他只好一路拖拉着走,鞋底和路面发出密匝的嚓嚓声,远去。一拐,我的父母,提着他们夜的战利品,消失在楼道口。

我没有想到,父母会在新搬来的小区内拾破烂,他们从什么时候开始的呢?难道从去年春上,刚搬到新家就捡拾了吗?也许在郊外,那仅有五十平方米的老屋居住时,父母就已经操持上了这行业。这么一想,我脑仁子都疼木了。近两三年里,父母怪异的行径,浪花似的呼啦啦翻卷过来,翻出了我湿沉的记忆。

有那么一阵子,我每次在电话里说要去看望爸妈,他们几乎都会慌忙推托,说这会儿不在家,晚些再联系。有一天,我终于急了,一下班就直奔郊外老屋去了,提溜着鸡蛋和青菜,上到四楼连气都喘不匀了。敲门没人应,热乎乎的心马上就凉了。家里的座机早停了,我只好倚着门打爸爸的手机,爸爸声音明显地慌乱,他说:你咋不吭声就来家了?妈在旁边不住地插话。爸说:让你妈说。妈比爸平静,她说:是这样,阿伊莎,我和您爸正在黄淮大市场买菜,有十多里路哩,赶不回去了,你明儿带孩子来家吧,咱中午吃顿羊肉馅饺子。

我下楼时气冲冲的,心想,我这老爹老妈真是越溜达越起劲了,都快八十岁的人了,买把青菜还跑到十里外的大批发市场,弄得我回个娘家还要提前预约,比见市长还难呢。又想,二老这样忙活也挺好,最起码可以淡化小妹带来的沉重。回家的路上,我呆站在十字路口,看红绿灯不安分地眨眼睛,我不眨眼,仍在想:爸妈究竟在忙些什么呢?

假如不是我亲眼所见,砸破脑袋也不会相信,我儒雅的父母,两位特级教师,会忙着满世界捡破烂。老人家是怎么迈开这令人羞窘的一步的呢?他们年迈的身体,是怎么把破烂大包大包地拖到四楼的呢?那些精心捡来的脏东西,又都集中在家里的什么地方?对了,那次在郊外的老屋,爸妈急切地阻止我进家,一定是那些脏东西还没被及时卖掉,它们小山似的堆在小屋的客厅,甚至卧室,叫人无法下脚。我揪心地后悔着,我那时任性的造访,爹娘该是怎样的一阵惊慌。老爸的高血压,不会因我更高了吧?老妈的心律不齐,不会因我更不齐了吧?在那个秋天的夜晚,我搂着那棵香樟树,一圈圈无意识地旋转,我的眼泪一圈圈飞溅。

第二天一早,我冲进父母的新家,用一夜无眠的红肿眼睛,红外线似的搜寻他们拾来的宝贝。我在崭新的沙发与洒金窗纱的间隙,找见了一捆捆整齐的废纸箱和旧报纸;在卧室新式大床和飘窗的走道,发现一袋袋各色饮料瓶。在洒满金色秋阳的阳台上,看见一团团费电线、泡沫板……这明明是很多夜晚的积累,还有更多白天的奔忙。我记得,我摔门冲出父母家时,吐出这么一句话:我大妹要是知道,孝敬您的新房成了垃圾场,她会哭死的。不忘狠狠地回头,剜一眼惊愕中的父母,大声说:我不会再来了,恁家太脏啦!不知我走后,父母在门口呆立多久,只知道,我一口气跑回家,软在沙发上泣不成声。

一连几天我不去父母家,连儿女也不许去。我想给二老压力,想让他们改掉这毛病。但女儿下班回来后,红着眼圈告诉我,在小区大门口看见姥爷姥姥了。我心一紧,忙问看见他们什么了?女儿带着哭腔说:他俩在扒垃圾桶。我的眼泪也下来了。

我一口气跑到父母家,对面带惊喜的爸妈说:我女儿正谈男朋友,如果因为你们捡垃圾给散了,我是不会原谅的。

没几天,在上班路上遇到我爸妈,老两口在骄阳下缓缓地走,妈妈垮个小包,爸爸提了个大包,大包小包都鼓鼓的。走近了,我喊了一声妈,妈妈就在柳树旁蹲下了。她掏出小毛巾擦汗水,连带把眼泪也擦了。爸爸的双颊被毛巾擦掉一层皮,红赤赤的,汗水不停地往外冒。

我拉上二老的手,哀求说:咱别干这个了行吗?你们的身体要是累坏了,那可是要花大钱的。从今天起,恁俩的生活费我包了,小妹欠下的债,我和大妹帮着还,中不中啊?妈妈摇摇手说:孩子,这事你别管了,你也管不了啊。我和恁爸,都跟真主口唤过了。做父母的,是在给小女儿赎罪哩,欠债不还,为主的不会饶恕,临了是要下火狱的。你和二丫头,家里负担都重。再说了,你们给我再多的钱,那也是咱自家的,每天捡拾一点儿,总是一个进项。妈妈靠近我小声说:我和你爸有个计划,攒钱把你喜姐的给还了。我大惊,十五万哪!靠捡破烂?妈已经背上垃圾包,弓着腰走了。爸向我摆摆手说:你就别管了,阿伊莎,就这么定了。

没想到一年的工夫,爸妈竟攒了两万元。

风雪中,想起刚才父母亲数钱时的情景,我亲亲的爸妈,你们一年中弯腰的次数,又有谁能数得清呢?

我站在风雪里,拨响了父亲的手机,我大声说:明天我陪妈去喜姐家。几片雪花飞进嘴里,没有品出味道,爸爸说了句什么,我也没有听清。

二

在小区大门口,妈妈站在雪地里等我,我刚走到红楼的拐角就看见她了。妈背后是一棵挂满白雪的松树。她今天特意穿上了大妹从南方寄回的、丝绒绣团花的大棉袄,黑呢裤子直挺挺的,白头发藏在黑色盖头里。夜里雪停了,阳光升起来,把天地照得亮堂堂的,也照见妈妈少有的笑容。

自从小妹生意破产后,她老人家很少这般地笑了。三年前的一天,在上海做物流公司的小妹夫妇突然回来了,几天后,又突然地走了,还带走了我年迈的父母。过后我才知道,当天带走的,不仅有父母半辈子的积蓄,还有我存在妈妈那儿的五万块钱。

那天,我和老公、孩子把他们送到高速路口,爸妈从车窗伸出手摇摆着说再见,他们的笑脸一闪就不见了。我不走,蹲在路边落泪,老公和儿女嬉笑着拉我,嘲弄我的矫情。当时我心里涌动一股说不出的恐惧,感觉父母在奔向一个火坑。事后,父母告诉我,其实出发前,他们已经知道前面是一个火坑,但小妹夫妇已在坑里,二老只好朝里跳了。妈妈说:为了救一个女儿,我把另外三个女儿都给害了。那时我才知道,除了我的五万外,父母还借了大妹的六万,她干女儿王喜的十五万。小妹夫公司彻底破产后,连小妹也没料到,这个火坑其实更大,竟欠债一百多万。半年后,父母带着小妹一家,从上海连夜偷跑回来。当天的深夜,我在城外一个偏僻乡村的破屋,见到了分别半年的爸妈,还有面如死灰的小妹夫妇。他们的两个孩子,挤在一张板床上,不哭也不闹。

意外地,老人们的脸上,除了消瘦憔悴外,并没有看到过多的绝望。妈妈忙着清理锅灶,爸爸把我带来的米面油盐,一件件往屋里拿。不多会儿,屋里就飘出了饭菜香味。饭桌上,爸妈对小妹两口子说:灾难是真主对咱的考验,生意垮了人不能垮。有人在,就不怕欠债,你们一家四口,一个也不能给我少。

要账的还是来了。我正在机关上班,爸爸忽然打来电话,他老人家抖着声音告诉我,这两天别来他四楼的家,上海来了三个讨债的,扬言要卸掉妹夫的胳膊腿,不还钱,他家大人小孩,见一个砍一个。我的心提到了嗓子眼儿,我说:我不放心你和妈。爸爸说:你不能暴露。给小妹一家送吃的,这几天别让他们出门。

不敢再打父亲的手机,我就偷跑到他们家楼下,躲进一间废弃的煤屋,观察四楼的动静。将近中午时,我听到父亲熟悉的脚步声。我在暗处拉上爸爸的手,他老人家脸色寡白,满头是汗,手指却凉如冰棍。我摇晃着爸爸的手说:你接他们电话干吗呀,还把这些人领进家,小妹夫不是早就让你换号码吗?这下该咋办吧。爸爸猛地甩掉我的手,说:你这丫头咋说话呢?人家大老远来了,咱没钱总得有句话吧。你小妹俩人犯浑,我这把年纪了也跟着犯浑吗?转身朝楼外走,急着去桥头清真饭店叫菜。我小声说:爸咱报案吧。爸爸朝四楼说:报案?该报案的是人家。爸爸拖拖拉拉急促地走了,肥胖的身体左右摇晃,深灰色褂子敞开着,像一只耷拉着翅膀的老鸟。

三个粗壮大汉,在父母家一住就是五天。五天里,我日夜焦灼,满嘴燎泡。五天里,我的父母亲,天天给讨债人包饺子、烙油馍、做烩面。

夜静了,爸妈轮流陪客人说话,说生意,也说家人,爸妈说得最多的是道歉,说自己没把儿女教育好。说得饿了,爸妈就又起身给他们做饭,烙油馍、擀面条。有时这仨人也进厨房帮忙,做顿南方的菜,煲几样上海人爱喝的粥。临走时,汉子们拉上父母的手,说小妹两口子是被码头的老板给骗了,他俩又不肯去骗人,结果就拖了一屁股的债。临上火车还说,这几天,他们享受到家有父母的福,让老人家多保重。

几天后,我和父母送走了小妹一家,湖北宜昌有几个妹夫生意上的朋友。妈妈一遍遍叮嘱小妹:挣到钱先还债,哪怕是一千、一百、一块钱,还的是人心。小妹夫低头一直不敢看父母,妈妈说:朝前看孩子,只要不坏良心,为主的会襄助你哩。你要领着他们母子往前走,前头会有好东西。

显然父母拾荒就是从小妹走后开始的。他们每月的工资基本不动,攒成一撮,到银行排队寄给小妹,给他们的创业做本钱。我和大妹也常往宜昌寄衣物和生活费。

小妹夫几经周折,终于在某个大学食堂承包一个窗口,经营清真饮食,今年年底刚有起色。

三

我拐着妈妈胳膊,并排朝喜姐家走,雪在脚下咯吱咯吱轻响。妈妈很欣慰我能陪她一起去还钱,她轻轻拍着我的肩膀,我知道,她老人家还真没有勇气一个人去面对。妈妈说:一提起你喜姐,我就难受得像挖心,三年了,咋对起人哩。妈妈在雪地里泪光闪闪。

小妹夫妇破产前,并没料到自己会破产,码头老板拖欠他们运输费将近百万,公司每天都要筹集车队的出车费、加油费,眼看资金周转不动了,小妹夫妇就跑回来给妈妈商量借钱。妈妈就把她和我还有大妹的钱汇拢到一起,仍然不够,小妹就想起了妈妈的干闺女王喜。

王喜两口子在东城办了个汽车客运公司,五六辆豪华大巴,常年跑浙江,生意还不错。妈妈说:听说你喜姐买车的钱还没有还完哩,咱咋张口给人借呢。小妹说:试试吧,不能眼看公司关门啊。码头的运输费,下月就能回款了。当晚,妈妈就陪小妹一起去了王喜家。

一进屋,王喜两口子都在家。喜姐是汉族,知道妈妈不喝他们家的水,就忙拿苹果给妈吃。小妹侧身坐在妈妈旁边,喏喏地说出,想借些钱救公司。喜姐瞅了丈夫一眼,举着苹果进里屋找水果刀去了。姐夫从烟盒里弹出一根烟,低头在茶几下找打火机,就找到二楼去了。妈妈僵硬着身子,从皮沙发里摇摇站起,哑着嗓子对小妹说:走吧。喜姐喊了一声妈,把一张银行卡放进妈手里,大眼睛呼闪闪地说:十万,够不够?姐夫走下楼梯,见小妹和妈妈站在那愣神,就说:不够我这卡上还有五万,先拿去救急。

喜姐家不远,从我家小区向南,不足三里路。我和妈站在别墅区大门口,一簇翠竹朝我们唰啦啦摇动。妈妈一只手在额前遮挡雪光,一边说:这竹子啥时候长成竹林了?三年前只有稀稀的几棵。说完,垂下眼帘看脚,脚下的雪湿泥泥的。进得院内,妈妈拐上一条小斜路,我拉她向南走,妈妈说:记不得路了。

这三年,妈妈和喜姐始终没有通过电话,节日里,妈妈仍会多做一些吃食,但最后会被我们吃掉。喜姐是妈心尖上的痛,她不肯提起,家人也不敢提及。从小生长在上海法租界的妈妈,这干女儿喜子,是她今生唯一的债人,妈欠她的是钱,更多的是情。妈打听到,喜姐半年前又卖掉一辆大巴车,妈妈一夜不睡,一天不吃,手脚不停地整理捡来的破烂。爸爸怕她犯心绞痛,一手端水,一手拿药,妈不接,两手不闲地忙。老爸只好把药倒进妈嘴里,又灌上一口水,妈妈咽下药,仍不抬头地忙活。

妈妈终于认出干女儿的这座别墅,她扶住缠绕着刺玫花茎的铁栅栏喘息。院子里积雪扫得很干净,水泥地面白亮亮的,里边的门紧锁着,我猜测家里一定有人。就喊:谁在家呢?又喊:王喜姐。有人走出来,是喜姐的儿子,他喊了一声姥姥,妈妈的眼睛一下子红了。

喜姐的儿子说,他爸妈都去东城车站帮忙了。今天腊月二十二,是个好日子,回乡过年的农民工很多。

出了大门,妈妈按了按口袋,问我怎么办。我知道,妈妈既然把钱拿出来,就不肯再揣回家。就说:咱们去东城车站。妈妈腰杆一挺说:好啊,快走吧。

赶公交的路上,老妈的脚步比我还快,她本来个头比我高,步子比我大,肉还没我多。没多大会儿,我就鼻尖冒汗。我拽住妈妈的后衣襟,喘息说:海大小姐啊,您矜持点儿,雪地滑溜,您别摔着。她老人家果真停下了脚,却弯腰在雪地捡一根旧电线,电线越抽越长,把雪下的烂泥都带出来了。我一跺脚说:你怎么又捡呢?脏死人了。她老人家装作没听见,掏一张卫生纸,把电线捋干净。我说:你带着这脏玩意儿去车站啊,我不跟你去了。老妈不理我,径自走到路边的小树林,把那截电线缠在树腰上,说:回来再拿上。拍拍手,朝我笑笑,那笑像一树新雪。

母亲说这是一段铜线,剥出的铜丝,比洋娃娃的头发还好看。

我在爸妈家见到过二老的宝贝。自从爸妈的秘密暴露后,他俩就不再躲避我。一进门,一地的破烂,爸妈坐在破烂间,都戴着闪闪的老花镜,那认真的劲头,就像给学生改卷子。

老爸把纸箱、报纸、书本等铺平、捋顺,用绳子结实地捆上。老妈在剥一根废电线,用小刀一点一点削外面的胶皮,脚下红红黄黄的一层。她左手的食指裹着创可贴,看来这手指没少受伤。老妈旁边花花绿绿五六个塑料盆,像摆杂货地摊。盆里分别装有钉头、螺丝、焊条、瓶盖、铜丝、铁丝,还有大半盆易拉罐拉鼻儿。

我第一次见到那么多的拉鼻儿,仿佛世界上的拉鼻儿都在这里了,个个翻卷刀片似的舌头。我忍不住问妈妈,这些都是从哪儿捡来的。妈妈好像不愿意回答,她头也不抬地说:门口。我问:哪门口会那么多。妈说:游戏厅,歌舞厅。瓶罐被里面的人捡走了,小拉鼻儿给扫到路边了。又说:再小它也是铝啊,三块七一斤哪。

我不敢想象,这么多的小拉鼻儿,妈妈要捡拾多久?弯腰几次呢?更怕看见上面有血,那个个翻卷的铝片,能保证不划破我妈的手指吗?

妈妈让我看一盆剥好的铜丝,崭新,闪亮,婴儿般干净。我忍不住蹲下扒拉,铜丝有粗有细,有长有短,都被妈妈缠成无数个闪光的 8 字,像开了一盆金灿灿的花。我试着端了端,有些斤两。问妈妈能卖多少钱,妈说,十九元一斤,有时还要贵一些。我的眼里冒出铜钱的光芒,呀,这一盆至少十五斤,能卖二三百元呢。爸爸说：你妈一年才剥这么多。旁边是一盆铁丝，妈说：铁丝价格便宜，五毛钱一斤。

我的心被黄黄白白的金属丝缠疼了，问这些都是在哪儿捡到的，爸爸接话说：哪都有，工农路最多，那里正拆老房子。他疲沓的眼睛从老花镜后眨巴了几下，说：你不知道吧，有次捡铁丝，恁妈还给你认了个姨哩。

爸妈每次出门前，总是穿戴得很整齐，妈妈挎个大妹买的名牌皮包，爸爸拖个旅游用的拉杆小车，就像出门讲授优质课。他俩这次转到了工农路，一大片废墟让二老停下脚步。爸妈正弯腰捡拾碎砖里的铁丝和电线，一抬头，一个灰头土脸的老太太站在了面前。老太太看起来很愤怒，一愤怒，头发和脸上的尘土就乱掉。她盯着我爸妈粗声大气地说：恁俩是吃多了撑的吧！跟俺穷人抢饭吃，不知道这是俺的地盘吗？说完，夺过妈妈手里的铁丝电线，转身走向路边的小棚子，那电线随着她的脚步一甩一甩，像一挂红绿的鸡肠子。

爸爸告诉我，我妈从此忘不下这老人了，她的那句"抢穷人饭碗"的话，让我妈不安和心愧。有一天，我妈提一篮鸡蛋走进了老太太的小棚子。爸爸从外面瞧见，她们手拉手说话的情景，很像一对失散多年的老姐妹。

妈妈除了在垃圾场捡拾一个老姐姐外，她还捡到不少好东西。我在他们家吧台上，发现一只木质雕花小笔筒，涂着朱红老漆，样子很古朴。还有一只紫红小烟斗，小树根做成的，浑圆的烟锅，雕着一个大肚弥勒佛，笑眯眯地看我。一只铜质小闹钟，一对青年男女抱在一起跳舞，姿态很优美，只是衣服穿得有点儿少。在他们腹部，镶嵌一个圆表盘，恰好遮住关键部位，只露一段光洁的小腿。闹钟嘀嗒嘀嗒地走，我对照一下手机，走得很准，一秒也不错。

爸爸说：这些都是从不同地方捡来的，你要是喜欢就拿去。他摇着一只婴儿的小手铃，叮当叮当，像是在唱着无忧无虑的儿歌。

89

四

公交车上,去东城的人不少,大都是来市区采买年货的农民。他们采购的有新衣新帽、活鸡活鱼,车厢里气味难闻。我坐在车上皱着眉头,掩着鼻孔。妈妈心情却出奇地好,她一会儿逗逗前边的小男孩儿,一会儿摸摸过道里的一只鸡,弄得小孩和鸡都看她;鸡和小孩都咯咯叽叽。妈妈就忍不住哈哈笑,我紧张地四处看,伸出食指压在她嘴唇上,妈还是身子一抖一抖地笑。

田野里白白绿绿,白的是积雪,绿的是麦苗。田间小路上,有红衣姑娘骑电动车突突地走,越走越远,一抹流动的艳红。

我搀扶妈妈下车。望见喜姐家车站,妈妈竟站下了,我问:打电话吗?妈说:不打。又问:进去吗?妈说:进去。

车站里闹腾腾的,刚从浙江回来两辆大巴车,下车的人忙着抱孩子,拿行李,大人喊小孩叫。有一个人叉着腰站在车前头,叫喊的声音更大,我喊:姐夫。他一眼看见了我俩。姐夫拨开人群走向妈,喊:妈,您咋来啦?妈妈没回答,声音哽在咽喉里,只拍了拍姐夫的胸口。

我们随姐夫进了办公室,他关上门,将喧闹关在了门外。姐夫用一次性纸杯给妈倒了杯开水,妈妈这才问:俺闺女喜子哩?姐夫说:她去新郑机场接大姨了,刚走。妈妈身子在椅子上欠了欠,说:妈没脸见你和喜子。当初借钱时,说只用一个月,结果一拖就是三年,你说妈还是个人吗?老泪淋了妈妈一脸,我的喉头像塞进一团火球,伸出胳膊把老妈干瘦的肩膀搂了搂。姐夫的眼眶也红了,他的大手攥住又伸开,伸开又攥住。姐夫说:妈您不能这样说,小妹的公司出事后,我和喜子都不敢联系您,怕您和爸着急上火。妈妈说:你和喜子是孝顺孩子,三年里没催过一次债,你们卖车还银行贷款,都没跟妈吭一声。

外边有人叫老板,姐夫应了他一声。妈妈摸索着从内衣里掏出绣有菊花的小提袋,热乎乎放进姐夫手里说:孩子,这两万你先拿着。钱太少,妈拿不出手。但是从今天起,咱娘俩就接上头了,以后我和你爸年年还。你小妹已经在湖北站住了脚,托靠主,很快就翻过身了。姐夫惊慌地站起,把菊花袋放回妈手上,说:您和爸先花着,不急,等小妹有了钱再还我。妈又急得掉泪,说:等我还够了钱,你给我多少我都要。姐夫这才收了钱。我看见姐夫把爸妈的钱,连同那只菊花提袋锁进了抽屉,他脸上的肌肉一会儿缩紧,一会儿展开。

在返家的路上,我说到了市里请爸妈吃饭。妈让我给爸打了个电话,老爸从中听出了顺利,他的笑声从手机里传出。

回家路过小树林,妈妈不忘取回那根旧电线。树上的积雪已经化掉,小树的叶子碧绿碧绿。

路边的广告牌换成了新的,一只红头顶、黄身子的小鸟卧在枝头上,背后是一大片茂密的绿林。

我在前方发现一样东西,忙抓紧妈妈的胳膊说:前边有个易拉罐,是可口可乐瓶,再捡我就跟你急。妈妈笑起来,说:你这丫头,啥时候也瞄上这东西了?

清早,我端了锅胡辣汤给父母送家去。刚喝完,爸爸就给妈妈使眼色。

爸爸说:转转?

妈妈说:转转。前头有很多好东西。

(原载《民族文学》2016年第1期)

大猫纪事(节选)

胡翠君

一、安家落户

在定海南面分布的众多岛屿中,有一座悬水小岛,它有一个形象生动的名称,叫大猫岛。

地名的由来总会让现代人琢磨,一开始小岛不是"大猫"这个地名,宋和元都记载是大茆,大概岛上茅草丛生,祖辈的房子也是茅草所盖,至今有一个村落就叫茅草岙,相传此岙茅草生长十分茂密。到了清康熙,才被命名为大猫岛,因为境内一大一小两座岛形状似一大一小两只猫,故得名大猫山与小猫山。后来一直用"大猫"这个地名,也有图方便的简写为大毛。另外有一个传说,有位神人想把舟山与大陆拉拢连在一块,被天上的神仙知晓,于是神仙在南面抛了两只大小铁锚,舟山就如一艘大船停靠在原来的海域,纹丝不动,那铁锚变成了两座大小岛,"大锚"和"小锚"的叫法也就由此而来。不管是大茆还是大锚,乃至今天的大猫,也都是大自然的衍生品。小岛四面环海,四季常青,到底从什么时候开始岛上有人居住了呢?

《定海县志》记载,岛民大多是在清康熙年间从镇海迁移过来的,王、李、丁、沈诸姓已传居13—15代;光绪年间又有龚、徐、袁、孙、唐、焦、胡诸姓迁入安居,岛上居民发展到五百户左右,逐渐人丁兴旺。随着时间的推进,又有外岛人员迁入,他们陆续在各个岙门散落安顿,逐渐形成梅湾有王、李、章姓;紫岙是江、王姓;长坑有仇、严姓;冷坑乐、张姓;茅草岙有袁姓;庵基岗比较分散,有徐、焦、姚、胡、唐姓;外沙碗有沈姓;大南岙有徐、沈姓;小南岙有孙、唐、陈姓;淡湖岙有王、李、胡、邬姓。

大猫岛山地肥沃,土质咸碱,适合种农作物,于是靠海却选择稳当的农耕生活。刚开始也经历了不安、惊恐、艰难的日子。

在岛上有一个传说,康熙年间有一户王姓人家从镇海迁来,最早入住猫咀巴,在一个春天里,夫妻俩带上两个十多岁的儿子,一家四口,在猫咀巴搭建茅屋,开垦荒地,播种农作物,日出而作,日落而息。辛苦一年,在岛上过第一个年。除夕夜,女主人炒豆子,被烟呛得难受,就打开灶边的后窗,突然窗外伸进一只手,那是一只长满黑毛粗壮的手,非常迅速地伸进锅里取豆子,只听得一声惨叫,那手可能被火热的豆子烫着了,女主人吓得直呼:哎哟妈呀!吓死人了!男主人喊上两个儿子,抄起钉耙和锄头,女主人则一手拿着火堆里熨得红红的火叉,一手举起玻璃风灯一起出门察看,屋外一片寂静,地上铺着厚厚的积雪,他们退回屋内,关紧门窗,这一宿在忐忑不安中度过。大年初一,一家人起了个大早,推开大门,然后绕到屋后观看,见窗下的雪地里有几颗散落的熟豆子,还有一串分辨不清的脚印,走出老远,不知是人还是动物。冰天雪地,大概是饿了才来寻东西吃,王姓一家在那串脚印的尽头放了一些吃的东西,过了一天去看食物不在了,于是他们每天去那儿放一些食物,一直坚持到春暖花开。他们决定搬离猫咀巴这块地方,这块地既然是别人(不管是人还是动物)的领地就该让出来,于是他们在岛上继续寻找落脚处,终于在淡湖岙发现更适合他们居住的地方,在淡湖岙重新建立一个家,繁衍了后代。

后代为了纪念供奉先祖,在淡湖岙修建一座庙,叫钟灵庙,钟灵毓秀之意吧,寄托一份美好的愿望,让美好的自然环境孕育层出不穷的优秀人物!钟灵庙当属清朝建筑风格,庙内搭有戏台,庙堂可容纳百余人,庙里搞活动,岛上村民都会赶来聚集到此。二十世纪四十年代，钟灵庙规模依旧，1945年抗战胜利后，内战开始，于1949年，国民党在钟灵庙设立指挥部。淡湖岙的海域接近北仑，国军每天担心共军从海对面投来炮弹，经受不起轰炸的威胁，于是转移指挥部，把指挥部迁往大猫岛北面的茅草岙。茅草岙没有大房子，他们要盖一座大房子，时间紧迫，来不及搞建筑材料，只能就地取材，拆了钟灵庙，就这样一座好端端的庙宇顷刻间消失。假如国军没毁掉钟灵庙，在"文化大革命"年代能不能幸存也是个问题。2001年，岛上几个热心的村民带头捐资募款，在淡湖岙重建一座钟灵庙，那规模自然不能与以前相比，三间瓦房，而且不是在原庙址。原庙址被人民公社的一个大队盖仓库了，二十世纪八十年代土地承包到户，仓库卖给村民造楼房了。如今的钟灵庙是一座普通的院子，坐落在原庙址的不远处，不求外观华丽，但求庙宇牢固。村民在供奉先辈和菩萨的同时，在这块土地上有了象征性的心灵安放之处。

二、兵荒马乱

1950年之前，大猫岛发生过几宗谋杀案，因为兵荒马乱，那些案子在当时处理了，也有不了了之的，真实姓名也就不去一一核实了，这些曾经确确实实发生过的事件让一些老人回忆起来，也成了过去的故事。

抗战时期，日寇占据了定海，各个小岛日本兵派出小分队轮流值班，一般七八个人组成小分队，大猫岛冷坑是小分队驻扎的营地，由日寇自备的汽艇来回接送。他们每天要到各个村落巡逻，总是顺手牵羊要从村人手中抢走一些东西，最常见是家禽家畜。有一次在紫岙一户人家中强行抬走一头猪，幸亏本村有位姓江的老先生懂日文，跟日本兵说了情，日本兵才归回了那头猪，只拿走了两坛老酒和一筐梨头。但别的村落没那么幸运了，大家也无可奈何，强忍这般欺凌。

当时东海游击队由徐小玉负责，冷坑有一位姓乐的壮士参加了这支游击队，配有手枪。家住冷坑的乐壮士对日寇盛气凌人、横行霸道的行径恨之入骨,但也只能眼睁睁地看着老百姓的财产被运走。有一回,他和一位姓邬的队友在定海城里执行任务后回岛,已是半夜,真是冤家路窄,在靠近码头的街上碰见一位醉酒落单的日本兵,两人以迅雷不及掩耳之势把日本兵拿下,然后悄悄地带到船上,船行驶到海面上沉了日本兵,造成醉酒落海溺亡的假象,神不知鬼不觉。解放后,1951年因为土地改革,乐壮士与军事管制委员会引发冲突,被民兵押送盘峙执行枪决。两年后,得到了翻案,人死不能复生,对亡者和活着的亲人算是一丝慰藉。

民国时期,城里的税务员定期会上小岛收农业税。小南岙村农田集中,壮劳力旺盛,他们瞧不惯其中一位税务员贪婪丑恶的嘴脸("吃、拿、卡",为所欲为,十分刁钻),几个年轻气盛的村民总想找机会教训那个税务员,可是每次上岛收税是两个税务员一同前来,大家难以下手。有一回,另一个税务员估计有事没来,只来了刁钻的那位,正好是个机会。三名村人请税务员吃中饭,不停敬酒,把税务员灌得酩酊大醉,饭后税务员还要翻山去另一个村庄收税,三个村民扶着摇摇晃晃的税务员爬上山岗,接下去有一段平坦的山路,让税务员一个人走了。三个村民互使眼色,掉转头,他们在一个弯头处钻进树林,加快脚步继续跟着税务员的同一个方向穿越树林,在半途的低谷处设下埋伏,并且套上了黑面罩。税务员东摇西晃走在山路上,哼着乱七八糟的调子,没有察觉危险在逼近他,等他走到低谷的地方,竟然停下来在路边小便。三位村民像三只猎狗冲上去狠狠地扑倒税务员,手中的三块石头同时砸在税务员的头部,税务员受过一些训练,进行了反抗,他使出一把短刀乱刺,有一个村民被刺到,但总归寡不敌众,最终被三个村民打趴下了,断了气,三个村民把那具尸体扛到乱石堆埋了。政府人员在小岛失踪,无疑是一件严重的事情,上头马上派人到小岛调查破案,案情很快被侦破,三位村民在逃跑的过程中被抓到两位,一位是藏在桥洞下被抓,另一位藏在礁石缝里被抓,有一位闻风跑得快,溜掉了。幸存的那位村民后来去了台湾,多年后因病客死异乡,再也没有回到自己出生的小岛。

所谓兵荒马乱多强盗,让小岛人提心吊胆的就是那群强盗明目张胆地进行抢劫,抢粮食抢银圆抢牛羊,无恶不作,村民没有反抗的力量,只有忍气吞声自认倒霉。强盗有自己的船只,出没深夜,作案人数一般控制在五六个人,来之前锁定目标,来之后直接撞开门户,对值钱的东西一洗而空。强盗对噤若寒蝉的人无视存在,但对有异议的人就心狠手辣。有位男性村民看不过去,对强盗说了一些看法,鼓励村民组织自卫队,被强盗获悉,强盗在村里肯定放了眼线,于是强盗对那村民实行了报复。有一天吃过夜饭后,保长上门喊他去商量事情,路过村里的大操场时,几位大汉上来扭住他,马上掏枪毙了他,那几位大汉就是强盗,有几个村民听到枪声出来探看,强盗扬言:谁敢说出去,灭了谁的全家,再不爽血洗整个村庄! 全村人哪敢出声,只有那村民留下的孤儿寡母的哭喊声,最终消失在黑暗的夜幕中。

　　这种不安定的恐惧在特殊岁月里又上演了一次,那是"文化大革命"破四旧斗地主的运动。庵基岗有户富裕的人家,上代曾经外出做过生意,有了点积蓄后在岛上置买田地,雇人耕种,在运动中就被列为地主,成了遭批斗的对象,抄缴了他家的财产。在混乱中女主人私下藏了些金银首饰,但红卫兵没有轻易放过他们,赶往他们出嫁的女儿家搜寻,没有结果,之后,红卫兵故意放松警惕,却暗中安排人员监视他们家,他们没有发现情况有异,只是每天过着忐忑不安的日子。有一夜里,那户人家的夫妻俩趁着月色,走进屋后的一块菜地,殊不知已有人跟踪了他们,当他们挖开埋藏东西的泥土时,几道强烈的光束集中在他们身上,红卫兵突然出现在他们的面前,原来他们把金银首饰装进一个陶罐后埋藏在菜地里。不仅金银首饰被没收,人也受到了摧残,女主人经不起折腾上吊自杀了。斗来斗去,搞得家家惶惶不可终日,害得乡里乡亲人人自危,使一些人多年的怨结都无法解开,矛盾的潜伏引发相互间的斗气,直到近几年岛上很多人向外岛搬迁才缓和了矛盾,慢慢遗忘那些痛苦的遭遇。

三、千里姻缘一线牵

在兵荒马乱的年代里,为了逃避战乱,多了逃荒逃难的人,多少人的命运在奔波中而改变。上海沦陷,周边城市也相应成为伪政府,粮食越来越紧张,大猫岛的番薯一上市就成了紧俏货。因为吃的问题,成全了几桩姻缘。

大猫岛的几个村民去宁波卖番薯,卖掉番薯回来的那天,秋风苦雨,在城里遇上一群衣衫褴褛的女学生在乞讨,其中一位识字的村民上前细细询问,得知那是一路南下的某校学生,与老师和其他同学走散了,举目无亲,只能暂时乞讨肚饥。有一位村民冲口而出:"跟我们去大猫岛,岛上有吃不完的粮食。"女学生顿时来了精神,七嘴八舌议论开了,充满了好奇。当问到她们多大时,她们几个年龄相差好几岁,于是识字的村民提出,满十八岁的才可带你们在岛上找婆家。有的不符合年龄,有的不愿意找婆家,只有三位女学生鼓起勇气选择了跟着他们上大猫岛。人往高处走,二十世纪八十年代末到二十世纪九十年代初,岛上的姑娘嫁香港嫁台湾的也有不少,通过婚姻摆脱贫困,本地古话叫"开眼投胎"。

识字的村民考虑怎样妥当安排女学生找婆家,他有了一个主意,自己和另外一名村人带女学生先去定海城里,安顿在城里的石灰道头的一家旅馆,他们几个都熟悉那家旅馆,其他几位回岛去联系谁家要讨媳妇,让岛上的小伙子去定海旅馆相亲,这样给女学生有了一个受人尊重的安慰。三天过去了,竟然没人前去相亲,识字的村民感到纳闷,这么好的姻缘竟然没人来牵?住旅馆要铜钿,这样下去不行,他让另外那个村人候在旅馆,自己回大猫岛探看情况。问题出在提前回岛的村民没有说清如何迎娶那三个女学生,那些想找媳妇的人家怕出不起大价钱不敢去相亲,识字的村民才恍然大悟,赶紧申明:"谁相中了亲,谁结了旅馆费,我不是要贩卖人口,乡里乡亲的只想成全一桩美事,到时候讨一杯老酒喝喝就行。"如此一说,岛上到了婚龄的小伙子都信心十足,大猫岛的小伙子相貌堂堂的多,一下子有好几位小伙子有意向前去相亲。在旅馆,识字的村民安排男孩和女孩做了一些古老的游戏,"老鹰捉小鸡","猜谜语",通过游戏有了初步的了解,相中的三对男女各自在城里逛了街,进一步增进了交流,没有相中的四个小伙子和两个村民先回了大猫岛。

第二天,三位女学生随相中的小伙子来到了大猫岛,每户人家挑了一个黄道吉日,相继成婚。在欢天喜地的好日子里,发生了一个意外,有一对新婚夫妇过了洞房花烛夜,翌日,新娘发现新郎不是相亲的小伙子,这一惊非同小可。原来,新郎有点眼疾,担心自己在相亲中被淘汰,于是恳求已婚的堂哥代替他去相亲,成不成去试一试,没想到堂哥把新娘子真带来了。新娘子的容貌相比另外两位女学生要逊色了许多,堂哥是过来人,再说是旁观者清,他看中了她好说话,果然新娘子在众人的劝说下,只好认命,再说入了洞房,木已成舟,怪只怪自己的命不好,也怪那块红盖头,更多的是怪那残酷的战争。解放后,社会安定下来,那几个有文化的媳妇,被推荐当了妇女主任。

如果说这几位千里姻缘一线牵有"连蒙带骗"的嫌疑,那么我的外婆由城里嫁到大猫岛是经过媒妁之言,出自她的心甘情愿。外婆在定海城里一家袜厂做工,收入微薄,城里的粮食却日日上涨,外婆排行老二,下面还有四个弟妹,家里的生活非常拮据了。外婆的爹爹在道头一家鱼鲞场做账房先生,他看到装着番薯的船一靠码头,人们蜂拥而至,差点把船踏翻,动作慢的,只能买到一些小番薯。那个时候,城里不如乡下踏实。外婆的姨爹是大猫人,恰逢这个时候来说媒,因为是亲戚做媒靠得住,外婆任凭父母做主,答应了亲事,外公家确实也算得上小富,家里兄弟三个,有房有田有船,外婆嫁过去风风光光,四合院的大堂还曾办过学堂。多年后,生活在城里的小外婆(外婆的妹妹)带着女儿女婿上大猫岛看外婆,我已经读小学了,我对小外婆说:"要是外婆不嫁到大猫来,就在城里的话,我也是城里人了。"小外婆说:"你外婆这人心地太老实了,她为了照顾弟弟妹妹,减轻父母的负担,才嫁的,给娘家救济了粮食。"我渐渐才明白所谓的责任，外婆有了自己的孩子后，外公的身体却出了毛病，分家后，境况大不如以前了，城里的娘家反过来去照顾外婆一家了。二十世纪六十年代，几个孩子玩火，一不小心起火，一把火烧了四合院，外婆家的生活更加贫困。我的母亲跟我说起她小时候想扯一块花布做衣裳，却不能得到满足，那是外乡人来岛上售布料，母亲看中一块布料，让外婆买，外婆没同意，母亲央求外公也没同意，母亲一直跟着担着布料的生意人走到码头，看着他上船离开，才抹着眼泪回家。一直以来母亲很少买衣服，勤俭节约惯了。后来外公的病越来越严重，又没钱医治，不到六十岁病逝。

"农村是一个广阔的天地，到那里是可以大有作为的"，二十世纪七十年代，上山下乡运动搞得热火朝天，一些家长宠爱孩子，舍不得孩子去遥远的北方和贫瘠的山区（那些更恶劣的环境下劳动），于是采取逃避的办法，上海女知青托熟人在舟山农村找对象，这边的生活条件相对好多了。那时，大猫岛的男青年"捡了个大便宜，娶了仙女做媳妇"，不过愿意娶女知青的青年在岛上属于老大难，一般人家是不喜欢娶娇小姐的，农村毕竟是靠下地劳动吃饭，乡下人娶媳妇要挑劳力好一点的姑娘。婚姻在一定时期利用价值真高，改革开放以来，单位分房假结婚假离婚的有；为了造房子批地基或拆迁赔偿，离婚结婚辈分乱套的有，真是大千世界无奇不有！上海女知青下嫁到大猫岛也是无奈中的下下策，那群知青在岛上生活了近十年，她们等政策落实返城后，大都离开了原来的丈夫，非常像传说中的故事，仙女下凡与凡人结为夫妇，最终仙女还是要离开人间。仙女下凡是动了凡心，离开是迫不得已。没想到，有一天人世间也演绎了如此一幕剧情。我依稀记得，我的邻居就是上海女知青，是她在上海的邻居介绍过来的，那邻居就是她要嫁的男人的姑姑，她在大猫岛安顿下来后生了两个儿子。每天见她在溪边洗洗刷刷，是个非常爱干净的女人，长得好看，穿着也漂亮，喜欢低着头走路，见了人偶尔抬头微微一笑。她要回城的时候，送了我一只圆形绣绷，她教过我绣花，那只绣上菊花的枕头我在外求学还带着的，而那一只绣绷坏后扔进了灶洞作柴火。

女知青回城不久,政府又落实一项政策,解决一个孩子入上海户口,就这样,一家人顾此失彼,支离破碎。

四、三百六十行

大猫岛上没有显赫的家族,世世代代相传着普通得不能再普通的岛民。拥有一门手艺是他们所渴望的,早有说法"学一门手艺,吃饭不愁",小岛上泥匠和木匠最吃香,篾竹匠和裁缝其次;还有艺人,是唱新闻的。

唱新闻也叫唱蓬蓬,是盲人师傅的手艺。小南岙村孙德纪师从盘峙大蛇岙村陈龙师傅,唱新闻在五六十年代非常流行,七十年代还盛行,唱新闻按现在的说法也算是蛮红的艺人。外乡人来小岛唱书,开场会让孙艺人来上一段,没有大场合,就在村庄转悠,只有下雨天不出门待家里,雨天农闲,本村人没事就上他家听听新闻。他翻唱古典戏曲,也唱本地新闻,在唱的过程中还有伴奏的乐器,一只小腰鼓,一副竹板,一面碟形小锣,敲打出不同的节奏,把情结渲染得淋漓尽致,这门手艺是下了不少功夫。宁波大榭岛有位盲人小姑娘就跟着孙艺人学了四年唱新闻,师徒两人合作,师父持腰鼓、竹板主唱,徒弟持小锣伴唱,有过一阵精彩的表演。在我的记忆深处,小时候我去屋边的溪水里玩耍,看到孙艺人从弯曲的山路走下来,手中打着竹板,老远能听见清脆的节拍随着小溪水流出来。一个盲人独自挂着拐杖翻过山岗,蹚过溪水,行走在路上,我觉得他很了不起,有着超越他人的灵敏度。母亲从屋里出来见了孙艺人要与他打一声招呼,他简单答应着但没停步,脚步抬得很高,高一脚低一脚磕磕绊绊往前走,很快越过水库坝不见人影。

家里要做的竹件多了,就请篾竹匠师傅来做活,同时把裁缝师傅也请来做衣服,时间一般安排在夏天,一天管两顿饭,我家就如此请过师傅,我记忆中也就请过一次。篾竹匠要做的竹器挺多,大件有晒谷用的地篾,晾晒番薯干的竹笠子;常用的有竹笄和亮眼篰；小件的有提篓、筲箕、土箕，在老家这些物件还在。女裁缝是宁波大榭岛人，在大猫岛有亲戚，大榭岛与大猫岛一衣带水，隔海相望，联姻蛮多的。女裁缝是一位中年妇女，在大猫岛收了一位女徒弟，裁缝不老是不会轻易收徒弟的。母亲看了两天裁缝，不多久，母亲买了一台蝴蝶牌缝纫机，竟然不学自通做起衣服，母亲想让我学裁缝，可我在均匀针脚这一关就过不了，总是弄断缝纫针，母亲叹息："你不是做裁缝的料！"我倒是对编篮子有兴趣，用篾竹匠劈下的边角料编小篮子，母亲却说："那不是女孩子干的活！"反正那时候学过的绣花、织毛衣，都成了黄历。

  岛上最普遍的还是种地，人类真正赖以生存的是土地。二十世纪七十年代末，还是集体生产，一个村庄里有一排长长的平房，是每个生产大队的仓库，我和小伙伴们常在仓库的操场玩走方块。我记得有一年是玉米和黄豆丰收，操场上堆满了玉米和黄豆，放学回家路过操场，见大人们有的捡豆子，有的挖玉米棒，几堆壳扫在一边，我和小伙伴就冲上去在一堆壳里翻找豆子和玉米，总有些收获，所有的口袋都装满了，回家用盐炒豆子和玉米当零食吃。生产队长看到小孩子捡豆子，装在口袋的他不会说你，小孩子的口袋能有多大，要是有篮子准备的，他虎着脸要没收的。有几个聪明的孩子先把篮子藏在附近的草堆里，口袋装满跑过去把豆子倒进篮子，回转再来捡，幸亏生产队长没发现，也许他知道，只是睁一只眼闭一只眼了。

  一直以来大猫岛的岛民以农耕为主，集体生产那会有一阵子结队去捕鱼，我在码头看到渔船归来满仓是海蜇或鳓鱼。好景不长，渔业队不久就解散，渔船卖掉了，很多村民家里腌制的海蜇和臭鳓鱼成了陈年货。出海得冒险，岛上耕种悠然自得的生活更惬意。

  令人费解的是，岛上竟然一直没有菜场。家里来了客人，宰家里养的鸡，也下海摆些海货，蔬菜自留地割，也能够凑足丰盛的一桌菜。过年了，才到城里购买年货。八十年代末，小岛搞经济非常活跃，有位叫阿娟的岛民做起菜贩的生意，清晨四点钟赶着星星坐航船到定海城里批发菜篮子，采集完坐九点船班回大猫岛，在第一座码头庵基岗上岸，一路高声吆喝，村民老远能听到村口传来卖菜的吆喝声，转了三四个岙，午时，一担菜就脱手了。这段时间，岛上本地生意人卖包子、卖棒冰、卖豆腐的担子多起来了，比起以往外乡人的"货郎担千年，懒板来吆喝"热闹许多。做生意也是一门手艺，最重要的是有及时调整情绪的本领，做买卖难保不惹气，乐观的心态起到了化腐朽为神奇的作用，特别是吆喝声透着诱惑和亲切。

土地承包制的实行，有多余劳力的家庭派出家庭成员外出做工，在定海城里拉小板车，有的是夫妻搭档，一个在前面拉一个在后面推，没有搭档的，互相搭把手，出门在外，老乡之间互相照顾着。农忙时回岛忙田头，务工和种田两不误。

而在我家，父亲在大猫供销社工作，母亲在家务农，父亲下班回来帮助母亲干农活。母亲那些年值得她骄傲的是养兔子，1983年人民公社改为乡制，全乡大力发展副业，广播站向全乡呼吁村民花20元买一对兔崽子，不能多买，买完为止。父亲抱来一对雌雄白兔，白兔关进笼子放在小屋养起来，要想养兔致富必须先繁殖兔子，两只白兔关在一起交配成功后再分开，雌兔怀孕一个月就可以下崽。母亲准备了一只大缸，在缸里先倒上草灰，再在草灰上面铺了一层厚厚的稻草，把快要下崽的雌兔放进大缸，一窝生下七只，养到四个月又可以让它们交配。兔子繁殖很快，不到一年，小屋里放满了兔笼子，第二年，堂屋也放上了兔笼子。兔子多了照顾不过来，有时候笼子被兔子咬断，公兔和雌兔混在一起，导致雌兔怀孕我们却没察觉，在笼子里直接下崽，肉团一样的兔崽子掉到地上摔死或冻死了，所以要及时修钉竹笼子，公兔和雌兔分成两排，避免发生混笼子。我每星期休息日去割一次兔草，偶尔晚上放学也会去附近山坡割草，休息日可以上山割葛藤，葛藤是兔子爱吃的，而且易保持新鲜，叶子蔫了，喷些水就好。剪兔毛得有好手艺，母亲在一个房间里关紧门窗，一张方桌盖上帆布，兔子放在帆布上，母亲拿一把剪刀站着剪兔毛，一气呵成，尽量不让兔子受伤。

我家成了兔子的王国,每天早晚两次打扫兔舍,还是臭气冲天,兔子的屎尿臊气很重,母亲竟然说闻不到,父亲说每天待在这房子里闻惯了,这怎么可能?只有一个可能,母亲和父亲被白白柔柔的兔毛迷住,忽略了嗅觉,每次卖掉兔毛,父母亲开心好几天。母亲养畜确实是个能手,但意外总会发生,几年后兔子瘟疫蔓延,又逢兔毛价格滑坡,养兔子的辉煌就这么悄悄结束。不养兔子,养大白鹅。鹅孵蛋的过程有点复杂,鸡鸭可没有这等费事,雌鹅生下蛋来,要及时抱着雌鹅去找公鹅"打输",自己家不养公鹅,母亲说村里已有人家养公鹅了,再养一只公鹅浪费。养公鹅的是一位上了年纪的阿婆,我抱着雌鹅交给阿婆,等一会儿再抱回家,然后给雌鹅喂一些谷子吃,算是奖励。雌鹅一次孵蛋十来个,孵了半个月,母亲在夜里点亮美孚灯照一下鹅蛋,一只一只仔细照,她说能够照出蛋里有没有鹅胚胎,这好像是最原始的 B 超了。没有胚胎的蛋取出来炒一下做菜了,这道菜我们小孩子是不吃的,大人说过吃了会变笨,现在想想,要是吃了倒有理由说,笨的原因是因为吃了孵鹅蛋,娘胎里生出来智商应该差不多,那聪明的人从小吃了补脑的食物也难说。最后剩下的蛋都能孵出小鹅,我十分敬佩母亲的判断力,我至今也没弄清楚母亲是如何观看蛋得出有没有胚胎的结论。小鹅孵出来了,养上半个月再卖出去,卖之前留下一只出挑的小鹅送给养公鹅的阿婆家,这种回报很有人情味。

五、大猫夫妻船

大猫岛从二十世纪八十年代初期,农民外出打工的渐趋增多。随着改革开放的深入,一些农民开始到海上去创造财富。大猫岛庵基岗有个村民,首先打造了一艘载重 5 吨的小货船,跑定海到宁波等地运输。1983 年,岛上有十户村民干起了海运业,也有两三户人家合股撑一艘船。几年的创业,使这些船户富起来,不少人以家庭为单位打造吨位更大的新船,"夫妻船"于是盛行。

说实在的，我很奇怪，为什么在岛上生活的大猫人不以打鱼为生？但"靠山吃山，靠海吃海"的道理没走样，搞个体海上运输也充分体现了岛上人的胆魄和智慧。那些拥有"夫妻船"的家庭基本上都在定海城里购置了商品房，有的甚至不止一套。"夫妻船"稳中求发展，一步一步扩大船的吨位，由原来载重量5吨的木帆船打造成载重量30吨左右的钢板船，不仅船的抗风能力增强，同时船员的安全意识也加强了。船舶管理部门对"夫妻船"的管理更加规范，专门给"夫妻船"提供停靠的码头和避风的港湾，管理人员经常给船员上业务安全教育课。"夫妻船"的存在，为那些到小岛出游办事的旅客提供了方便。

二十世纪九十年代，夫妻船走南闯北，哪里有生意往哪里行，船便成了他们的家。夫妻共同创业，感情深厚。船上的生活比较枯燥，夫妻船上大多购有收音机，有些船上订阅了《舟山日报》《浙江交通报》等报刊，夫妻俩空余时间爱看家乡的新闻，渴求得到各种信息。曾在一条船上看到有一位五六岁的小男孩，船主说，家里没人带孩子，只能把孩子带到船上了。"夫妻船"常年在外，船主和船主之间成了好邻居，好乡亲。这一现象在2001年"小岛迁，大岛建"中已改观，岛上的学校不复存在，孩子可以在城里的海滨小学上学，全托的幼儿园也很容易找到，原来的学校改建为老人院，解了村民的后顾之忧。

我的小姨和小姨夫撑"夫妻船"将近二十年，现在五十多岁了。1985年，他们走出小岛到城里打工，小姨在早餐店打杂，小姨夫则拉车送货，他们在定海卫海路租了一间十多平米的民房，没有卫生设施，一干就是好多年。但他们发现老家几户撑船的乡亲更赚钱，他们夫妻俩合计买了一艘二手船，1996年开始，小姨他们就在海上以船为家了。小姨说起出海的经历，甚是唏嘘，她说："有时候遇到风浪，心里特害怕，但身边有男人壮胆，头皮削削尖心也硬起来了。你小姨夫胆大，我心细，在海上讨饭吃，真是夫妻一条心海水也成金啊！"哈哈！小姨文化水平还是有点的，与一些公司来往账务都是小姨出面办的。现在小姨家在定海城里拥有了两套商品房，一套自己住，一套给儿子做婚房了，又打造了一艘载重吨位为30吨的钢板船。小姨她呀，讲起话来满脸是笑容，看上去好年轻哦。

是啊！大猫岛那五十多艘"夫妻船"，风雨同舟、相依为命、共筑爱巢，依旧是一道亮丽的海上风景线。

六、我的舅舅

舅舅到城里拉过小板车，让他割舍不下的还是岛上的农耕生活，在城里没做几年活，他回到大猫岛搞种植，一直过着简单的日子。对于舅舅，我想他是坚守了土地，在我眼里他永远是顶天立地的男子汉，不禁让我回忆起童年往事。

海岛的水稻种两季，等晚稻收割完，秋天的田野变得空旷起来，有些农户会撒播紫花苜蓿。初冬，碧翠的苜蓿覆盖了田野，惹人眼热，等空地里长出了细密的小草，此时的田野可以放鹅了。

那年，我家养了九只鹅，是我家有史以来最多的一次，每天的黄昏我拿起细长的竹竿把九只鹅赶往我家的空地里，然后坐在田埂上照看。那群鹅，黄色的茸毛还没褪尽，在初冬的余晖里显得娇柔可爱，再看那一大片苜蓿在前方铺垫，满是诱惑。为了不让鹅走进苜蓿地，等鹅有意无意靠近苜蓿地，我会过去拦赶，鹅好像明白空地才是它们的地盘，被我拦了几次后不再越过界线，渐渐地我放松了警惕，去奶奶家的院子里晃悠。

奶奶家的房子坐落外山嘴，事实上奶奶已经过世了，房子没人住，冷冷清清的院子，院子有一个角落，一簇水仙花却开得欣欣向荣，香气袭人，我是惦记这些水仙花才来的。睹物思人，看着奶奶经营过的院子，突然很难过，慢慢靠近房子的窗户，不忍看，蛛丝布满窗户，踮起脚，小心向里面张望，屋子里头有点暗，忽见那张大床空空如也，奶奶临死前是躺在那儿的，我握过奶奶那双畸形的脚，这是缠裹半途放足后的"模型"。奶奶去世前没有生过病，八月十五的前一晚，奶奶给院子里的每一株青菜和萝卜浇水,夜里踏踏实实上床睡觉,八月十六的早上再没醒来,"月有阴晴圆缺,人有悲欢离合",恰是团圆日却成了生死离别时。

走向院子的角落,采了一束水仙花,也可养上半月,凌波仙子轻飞渡,几缕幽香还魂来。

带着水仙花匆匆赶回田野,九只鹅呢?这是一场惨不忍睹的"血案",九只鹅无一生还,横死田野,惊恐万状,吓得我丢开水仙花,一边哭一边跑,奔向外婆家。父亲和母亲去了上海,好在外婆家在同一个村子,舅舅正好在家,他对田地了如指掌,他飞速地拎回两只死掉的鹅,大步走向一家小店。我跑着跟紧舅舅,只见舅舅把一个瘦黑的男人从小店里揪了出来,舅舅翻出鹅肚子放到那男人的鼻子下大吼:睁大你的眼睛看看,有没有草籽(苜蓿)?!说着就把鹅扔在那人的脸上。旁边的村人发表意见:哎,摔死九只鹅,也忒狠心了!随后大家劝走了我的舅舅,虽然解气,但那情景给我留下了惨不忍睹的一幕。舅舅在田野里挖了个坑,埋了那早已咽气的七只鹅,另外两只被别人扔进小店门前的那条河了。我走近苜蓿地,狠狠踩了几脚,舅舅拉我回家,我很不情愿地跟着舅舅走开。

好几次走向那片田野,苜蓿开出了紫色的小花,纤细轻柔,疑是上千上万的粉蝶飞入,有过一次幻觉,九只鹅在苜蓿地里起舞高歌,像是欲乘风归去。想必鹅接受不越界的记忆是暂时的,最终滑向危险的境地,是我那可笑有限的经验导致鹅的绝命。将信将疑祖宗在天之灵的庇护,原谅是人是神都有开小差的时候。可九只鹅是我家过年的资本啊,那个冬季,我诅咒苜蓿,不得不在伤心自责中度过。后来知道打死鹅的那个男人始终没有成亲,一直与他的老母亲相依为命,性情乖戾情有可原。

当我想到舅舅替我出头的情景又热血贲张,舅舅打抱不平的性格并非都因为是亲人,他同情弱者,反抗强者,仿佛这就是他的责任。舅舅在城里拉小板车那会儿,有一个队员忠厚老实总被大伙欺负,他就会出面为那个队员讲公道话,有时无法忍受的时候甚至用拳头说话。因此舅舅受到车队领导批评,但舅舅不会为此变得畏缩,依旧一副坚硬的做派。也许他回家种田,最大的原因是看不惯城里生存的虚伪。

我去老家,还是喜欢去舅舅家歇脚。2013年9月,我带九位文友环游大猫岛,就安排在舅舅家用餐,走累了,一进舅舅家,就感到由衷的轻松。舅舅和舅妈是个地地道道的种地人,他俩不习惯外出打工,宁愿守着几亩地过日子,照样盖起了楼房,屋内家电齐全,还有一排平房,前院后院,全都是房子,庄稼人对房子非常看重,一部分用来做仓库储藏。舅舅帮着舅妈准备了一桌菜,我们坐下开吃,喊舅舅一道坐下来,舅舅却站着热情地倒酒:"你们先吃,慢慢吃。"招呼完就出去了。舅舅还是如此得体,这么多年仍然保持不卑不亢的性格。那天,等我们吃完,不见舅舅人影了,原来被村人喊去搓麻将了,舅舅干完农活,爱好就是搓搓小麻将,在岛上除了看看电视,搓麻将就是唯一的娱乐活动了。

七、老 屋

我家老屋在大猫岛小南岙,是上世纪七十年代中期建造的一座石头房,造房子的时候我很小,一点记忆也没了,造房子的详细情况是母亲告诉我的,老屋的建造有一些曲折的故事。

本来我家的房子是建在一个叫淡湖岙的小山谷里,小山谷像《倚天屠龙记》里的蝴蝶谷一样神秘美丽,那时剩下两户人家,就我家和比我们小一辈的同族,其他住户都搬迁走了,为什么以前要把房子建在人烟稀少的凹角里头呢?祖先是为了安全考虑,可能是防海盗。等我长大后,我去看过"蝴蝶谷",果树竹林,青山绿水,鸟语花香,粉蝶翩翩,流水淙淙,就是不见人影。母亲是因为一个人去村生产小队出工不方便,才想着要搬家,于是搬到淡湖岙岗墩另一面的山下,那个地方叫小南岙。母亲在村生产队的二队,而二队的农田都在小南岙;父亲在供销社上班,一个叫梅湾的山村。我无数次走过淡湖岙岗墩,小南岙这一面和淡湖岙那一面的石坦路边,一样种着高高的大樟树,一样终年溪水长流。通往梅湾村和大南岙村也要经过淡湖岙岗墩,过路人在岗墩歇脚时相遇,会聊天侃大山。有一次我听到讲的是一个鬼故事,就在淡湖岙那边的大樟树下,有一位夜归的木匠见到了吊死鬼,木匠蛮机灵,掏出用在木头上弹线的墨斗,向鬼弹去,鬼跑了。我听了后再也不敢独自去"蝴蝶谷",父亲说这是骗人的,是那木匠在主人家喝高了胡说八道,再由别人添油加醋后乱话三千,但我还是怕极了。

　　小南岙造新房子是母亲的主意,当然造房子的功劳也要归我大舅一份,大舅在我家造房子的时候一直照料着。在造房子的过程中,发生了一件挺可怕的灾难,造房子需要石头,石匠在一座小山下放炸药,第一次放着没响,第二次又放了一包。坏就坏在引不着的导火线,最后炸药威力爆发,把水库对面的一户人家轰掉了,还好没伤着人,当时人都出工干农活去了,但房屋塌掉了,牲口也炸死了。父亲见了那场面当场晕厥,倒是母亲坚强得很,等父亲苏醒过来,商量赔偿的事,应付着突如其来的天灾人祸。少不了亲戚朋友的帮忙,最终房子竖起来了,只是造一套房子花了两套的钱哦,家境一下伤痕累累。勤劳的父母亲硬是撑起了这个家,父亲在前院种橘子,后院种樱桃,下班回来整自留地;母亲养猪养羊养鸡养鹅养兔子,还做些针线活,日子才慢慢地过顺。我家老屋临溪水而建,我和弟弟在老屋的溪水边上开垦过一小块荒地,春播种玉米,冬下种豌豆,收获上来解馋。后院的那株樱桃我和弟弟也解馋过,有一回村里的小孩来偷吃,樱桃周围有棘刺作篱笆,小孩不小心刺着了,摔破了头,小孩的大人就向我父亲兴师问罪,父亲一火就把那樱桃树砍了。后来补种上一些葱,母亲曾笑着给我和弟弟猜谜语,"后门头一棵葱,吃饭辰光全拔空。"谜底:筷子。

　　关于造房子发生的那场灾难,母亲后来告诉我,事后她去算命瞎子处"卜课",迷信的一种,算命的说是有人对你家"打破道经",也就是使了"阴算",母亲猜想是以前的邻居,只有跟他们有些不愉快的过节,我纳闷,不可能啊!若是冤家,搬走高兴才是,怎会去搞这些费时费力的名堂?母亲听我一分析,尽管将信将疑,但不再絮叨此事。

老屋在二十世纪八十年代翻修过一次,我和弟弟都会递砖头瓦片了。老屋的周围全是山地,每年台风来之前和台风走后,我们对老屋的后屋弄要清理一次,之前是扫走一些枯叶垃圾,之后主要是挖掉冲下来的沙子泥浆。白天,堂屋的大门一直敞开,只设一道矮门挡家禽进屋拉屎。却因为一场意外,关起了堂屋的门,有一年春末,母亲剥了一家农户的油菜叶,因为没与人家打招呼,人家不愿意了,那村妇就冲进我家堂屋号啕哭骂,母亲是忌讳这些"迷信的东西",认为那村妇如此做是用了"心思"的,说那村妇的心肠好歹毒。那时我已经去外地读书了,我也搞不灵清到底怎么了?我只记得我在家时,堂屋的大门放着农具、钉耙、锄头、扁担等,经常有村人来借用,家里没人时,门开着由他们自己拿,使用完后自然会还回来。堂门关了,父亲在院子门口搭了一个草棚,那些农具放棚下,借还自由。夏天放假,我在家,看到院子里的丝瓜与牵牛花都爬上了那个草棚,明亮的黄色丝瓜花和忧郁的紫色牵牛花纠缠在一块,甜蜜又忧伤。我偶尔也会爬上院子靠东的墙头,面朝大海,吹着南风,数点海上来往的船只。而冬天,奶奶坐在火缸墩上的黑影始终令我难忘,奶奶有两个儿子,两家一个月领到一次,调皮的弟弟靠在奶奶的肩膀后,玩着奶奶的发髻,喊着奶奶的名字,奶奶笑呵呵,轻轻地打一下弟弟的屁股,坏小子。我和弟弟大了,不用照顾,奶奶就不来我家了,后来一直住在伯父家,伯父在外地,他家由奶奶掌管,直到奶奶去世,那年我九岁。后来,老屋的床下和橱柜下面偶尔看到盘着的蛇,母亲安慰我和弟弟,不用怕,这是你去世的奶奶显灵,为什么呀?奶奶属蛇的,但发现蛇的头几日还是不敢一个人进屋,挨着大黄狗坐在门口等大人回家,时间一长,恐惧感也就慢慢消失。

在老屋的日子对我来说,应该是无忧无虑的。逢年过节,家里最热闹的时候到了,母亲烧了两桌菜,大人与小孩分开各一桌,表兄妹聚在一起疯玩,还跑到大人一桌去探看,看看是否有什么菜漏了我们小孩一桌,小时候啊,不知干了多少傻事呢。闲时帮着家里干一些力所能及的农活,拣豆种、摘花生、翻拉番薯藤、割草喂猪、放羊看鹅,等等。也有和小朋友一起赶海的时候,拎着小挈档去泥涂扪蟹,或去礁石处拾海螺,有时也会站在码头上扳虾,总羡慕一些大男孩在礁石上海钓,等我学会站在礁石上钓鱼就要离开老屋了。现在父母亲也住到城里,父亲常骑自行车去长峙和马目赶海(因为去大猫岛要摆渡不方便),今年他发现那些地方的海涂被填了。父亲越发想念老家,他就去看老屋,回来心痛地说呀,老家的海涂也不行了,小南岙的东面耸立起一座电力铁塔,有些岙门的海涂也因为办石子宕口,海涂毁了,母亲则希望把老屋修一修。

其实,对我来说,老屋本是回不去了,父母想翻修老屋,大概只是不想让老屋如此破败下去吧。

(选自《大猫纪事》中国文史出版社 2017 年 1 月版)

多年以后

裘山山

近日去一个老友家做客,在聊到数十次进藏采访时,老友忽然说起一个我们都熟悉的领导。他说那个人真好,厚道。我心下暗暗诧异,因为我对那人印象可不好,感觉是个没啥能力只会说套话的人。老友回忆,九十年代他们去西藏边关拍一个大型纪录片,路很烂很危险,保障他们的吉普车一路走一路坏,几次险出车祸。他抱着试试看的心情,打电话给那个领导,他和领导也就见过一面。不想领导听了后马上说,用我的车保障你们,你们的安全很重要。说罢立即下令,把自己的丰田越野派给了摄制组。老友说他们当时惊喜不已,非常感动。

那我为什么对他印象不好呢?话说也是下部队采访,我在某个演习场地遇到他,一见面他就叫错我名字,把我叫成"袭山山",而且当有人婉转提示是裘山山时,他居然很自负地摆手说,裘山山我还能不认识吗?我很尴尬,也不便当众纠正,心里却留下了没文化的印象。后来我又听人说,他的儿子本来不咋样,靠着他提拔很快。这下对他的坏印象就坐实了。

可是面对老友的感慨,我不好意思再吐槽了。作为一个经常去西藏采访的人,我知道那路有多险,更知道一辆好车有多重要。他能立即把自己的车给摄制组,说明他的确是个厚道人。他原本可以打个官腔,让其他人去处理的。而且老友还说,其他下属也反映说,他是个经常帮下面解决困难的领导。

由此可见,人绝不是单一的好或单一的不好,只是由于我们不能即时获得完整的信息,便容易作出不完整的判断,甚至以偏概全。也许,时间才是修正我们眼光的精密仪器?这样的经验,我估计每个人都有:多年以后,发现某个人并不像自己想的那么坏,或者,并不像自己想的那么好。甚至,曾粗暴地对待过某个人,心生愧疚。

记得是我三十出头那年,当时孩子小,工作重,过得很辛苦。有个黄昏,我从幼儿园接回孩子,忙着做饭。正要炒菜的时候来了一对中年夫妻。他们说是经朋友的朋友介绍来找我的,我只好关了火请他们进屋坐。原来,他们的儿子马上要从军校毕业了,他们想托我帮他们把儿子分到成都,不要去偏远的部队。我一口回绝,我说我没这个能力。这是实话,同时以我当时非黑即白的性格,很厌恶这样的事。我说既然考了军校,就应该有吃苦的思想准备,去部队锻炼一下没什么不好。我一边说一边开始烦躁,锅里是炒了一半的菜,地下是正在玩儿水的儿子,真恨不能他们马上离开。可他们就是不走,反反复复说着那几句话,儿子身体不好,受不了太艰苦的生活。请我帮帮忙。我看不松口他们是不会走的,只好说我去问问。他们两个马上眉开眼笑,立即从地上拿起旅行袋往外拿东西,仿佛交订金一般。我一下就火了,估计脸都涨红了,大声说不要这样。可是大妈把我按在沙发上,大叔往外拿东西,我完全没有办法。其实,就是两瓶白酒,七八个砀山梨。他们走后,一个梨从茶几上滚了下来,我满腔怒火上去就是一脚,把梨踢得粉碎,把儿子吓哭了。故事还没完。第二天我去服务社看了下酒的价钱,然后按他们留下的地址写了封信,义正词严地说,我不会帮这个忙的,也希望他们的儿子勇敢一点,不要让父母出面做这样的事。然后连同钱一起寄了出去。

过了这么多年想起这事,真的是心生愧疚。不是说我当时应该帮忙,而是我的态度,我太不体恤他们了,那么生硬、轻蔑。我至少应该安抚他们一下,多给他们一些笑容。他们很可能是下了很大决心才来的,从很远的郊区坐公交车赶过来,东问西问问到我的家,拎着那么重的东西,厚着老脸来求一个年轻人。可我却"义正词严"地拒绝了他们,我对二十多年那个"义正词严"的自己,实在是太不喜欢了。

为什么要过这么多年,我才能明白?

若干年前的秋天,我应邀去一个小城采风。采风结束时,主人家让大家留下"墨宝",我连忙闪开。作为一个毛笔字很臭的人,遇到这种场合除了逃跑别无他法。可是,那位负责接待的先生,却三番五次来动员我,我一再说我不会写毛笔字,他就是不信。也许是我的钢笔字误导了他,我给他送书时写的那几笔,让他认为我的字不错。他说,你现在不愿写,那就回去写了寄给我。我以为是个台阶,连忙顺势而下,说好的好的。

哪知回到成都,他又是写信又是发短信,一再催问我写了没有。看来他不是客套,是真的想要。我看实在是躲不过了,就找出笔墨试着写了几个字,真不成样子。可他继续动员:我们就是想做个纪念,你随便写几个字吧,写什么都行。我便临时抱佛脚,练了三五天,然后找我们创作室的书法家要了两张好纸,并问清了应该怎样落款怎样盖章,总算勉强完成了任务,寄了出去。过了十天,他来短信问我寄出了吗?我说寄出了呀,寄出好多天了。他说怎么没收到呢?又过了一周,他告诉我还是没收到。我说也许是寄丢了吧?他说那太可惜了。好在,他没再让我写。

过了好多年好多年,去年的某一天,我忽然想认真学写一下毛笔字,就找了个教学视频来看,一看才知道,我当初那个哪里是毛笔字,完全没有章法,就是在用毛笔写钢笔字。于是忽然明白:那年我寄去的"墨宝"肯定没丢,他肯定收到了,只是打开一看,出乎他的预料,根本拿不出手,为了维护我的面子,他只好说丢了。虽然我没去跟他确认,但心里已肯定无误了。

生活藏满了秘密,而答案,往往挂在我们去往未来的树上,你不走到那一天,就无法看到。

再说个长点儿的故事吧。

1983年夏天,一个17岁的女孩儿跑到我刚刚就职的教导队来找我,告诉我她考上大学了。她是我大学实习时教过的学生,教过四十天。1982年秋天,我到一所县中学实习,教高二。我当时24岁,说一口普通话,充满了八十年代大学生的热情和浪漫。比如会利用晚自习时间,给全班学生朗读海伦的《假如给我三天光明》,希望他们珍惜生命珍惜青春;还比如晚自习时,发现教室外的晚霞非常美丽,就停下讲课让所有同学走出去,站在长廊上看晚霞,直到晚霞消失,然后让他们就此写一篇作文。我还以自己的经历告诉他们,一定要努力考上大学,一定要走出家乡去看看外面的世界。我的这些做派很对高中生的胃口,学生们因此都喜欢我。特别有几个女生,总围着我转,一下课就寸步不离地跟着我。

这个考上大学的女孩儿,就是其中一个。

据她后来告诉我,当时我看她穿了一身很破旧的衣服非常着急,问她你就穿这个去上大学吗?她说她只有这身衣服,家里四个孩子,父母务农,生活很困难。我便把她带回家,从自己不多的衣服里找了几件给她,有牛仔裤,有衬衣,有T恤,好像还有件毛衣。因为她个子比我略矮,都能穿。

这件事我完全忘了,只记得她来看过我。二十多年后的某一天,她突然打电话找到了我,她在电话里激动得语无伦次:裘老师,我好想你啊,我一直在找你。裘老师你知道吗?我上大学时你送我的那几件衣服我一直穿到毕业。后来我们家情况好些了,我就把你送的衣服洗干净包起来,放在柜子里。每次搬家我妈妈都要说,这是裘老师送你的衣服,不能丢。我们搬了五次家,这包旧衣服还在我们家柜子里。

接到这样的电话,对我来说不啻是领到了上天的奖赏。

而这个当年的小姑娘,如今的高中数学老师,仍在源源不断地奖赏我:她亲手剥花生米寄给我,亲手灌香肠做腊肉寄给我,亲手绣十字绣寄给我,无论我怎么劝说,都挡不住她做这些事。

最让我感动的是2013年元旦,当时我正经历着一生中最寒冷的日子:父亲罹患重症,母亲身体也不好。一个在医院,一个在家。由于每日来回奔波,天气寒冷,我也病倒了,发烧,头痛。晚上躺在母亲身边,一边安抚母亲,一边忍受着感冒带来的折磨,心情实在是阴冷到了极点。

忽然叮咚一声,我接到了一条短信:裘老师:偌大的地球上能和您相遇,真的不容易。感谢上天让我们相识于一九八二。您让一个从未奢望上大学的穷孩子有了上大学的梦,并最终实现了梦。从此她的家有了前所未有的改变,她的弟妹也努力学习,一家四个娃都上了大学,而她们的父母几乎是一字不识,这是一个奇迹。感谢您裘老师!元旦来临,祝您身体健康,家庭幸福。您的学生罗花容。

我的眼泪瞬间涌出。我知道她并不了解我当时的情况,她只是在表达她的感情。而这份感情之于我,在那一刻实在是太重要了,是寒冷的冬夜里最温暖的一束火光,让我的心重新热起来,亮起来。我忽然明白,原来三十年前二十多岁的我,给三十年后五十多岁的我,留下了一根火柴。

很多感情和心境,我们总要在多年以后才能体验。有的,或许已转化成生活的礼物,有的,则铸成一生的遗憾。

1月里的某一天,阳光明媚,气温却很低,有点儿北方冷冻的感觉。我参加完军区部队的转隶交接仪式,一个人穿过操场,走向办公大楼。四周很安静,我知道这安静里正孕育着风云激荡,中国军队将面临全新的格局,对这样的全新我们充满期待。但一个有六十一年历史的军区也将因此消失。而我,在这个军区里整整服役了四十年的老兵,也将面临着转身离开。那种心情,真无法诉说。

我一个人走着,忽然想起了父亲,父亲是在1982年中国军队第七次大裁军中离开部队的:他所在的铁道兵被成建制撤销了,他因此提前离休脱下了军装。那个时候父亲曾无限感慨地对我说,我读的北洋大学没有了,我当了一辈子的铁道兵也没有了。今后我都没有老部队可回了。而我,只是随口安慰了他一句:提前退休不是更好吗,辛苦了一辈子,正好早点儿休息。

三十年后的今天,我忽然明白了当时父亲的心情。因为我此刻的境遇与父亲完全相同;而我此刻的年龄也与父亲当时的年龄,完全相同。虽然到了今天,我也没想出更熨帖的话来安慰父亲,我仍为自己当初的漫不经心感到内疚。

等我今天明白时,早已物是人非。对于已经去了另一个世界的父亲,我还能说什么呢?人生的很多遗憾,就是这样留下来的吧。这些日子我反复在想,我当时到底该怎样安慰父亲呢?老实说,将心比心,没有什么安慰能让他好受。也许,当父亲生发出那样的感慨时,我最应该做的,就是陪着他一起沉默。

因为多年以后我才明白,很多感情,难以言说。

也许人生就是一个不断失落和释然的过程。那些失落和伤怀让我们更能理解他人,而那些释然和感动,则让我们活得更加开阔。

(原载2016年2月19日《文汇报·笔会》)

礼　让

车前子

《西来花选》后记

别说外国艺术,我的童年,就是外国人,也很少见到。

十三四岁前,故乡街头,我只见过两回外国人:几个阿尔巴尼亚人,挎着相机,很洋气;另一回是朝鲜人,一个篮球队,严谨地聚集在苏州体育馆门口。

动静最大的一回,是说有个意大利人要来拍言桥旁的菜市场电影,我祖母被居委会安排,排练几次,她提着竹篮,满装蔬菜鱼肉,好像还有鸡蛋,在桥头若无其事地走来走去。当然事先讲好,拍摄结束,意大利人一走,竹篮里的东西要一件不少地悄悄还给菜市场。不能让意大利人知道。

只是这个意大利人没来言桥,他失去遇见孔子在南方唯一弟子的机会。言桥考古起来,与言子有关。我呢,终于没能在我少年时期见到外国人达到三回的福分,大家瞎忙碌和空欢喜一番,祖母领了一只芝麻烧饼回家,这是出场费。

后来才知道这个意大利人原来是安东尼奥尼。先通过批判他的报纸与广播,十年以后,我在朋友家的阁楼上,十几个人挤着看他电影的录像带。录像带吱吱嘎嘎,像一张睡着两个人的破旧小床。下雪了。录像带上老是在下雪——有点寒凉。

说起意大利人,热爱艺术的,不会不想到达·芬奇。我很小就知道他画鸡蛋的故事,激奋,励志,我也开始画鸡蛋。画了几次,打烂三只,于是祖母怕我再把鸡蛋打烂,这日常生活的奢侈品,只有客人光临才会炒上一盘,为了够量,还会兑些面粉,就从河滩头捡来鹅卵石,让我当鸡蛋那样画。能把鹅卵石画成鸡蛋样子,"英特纳雄奈尔一定会实现!"

祖母此举很影响我今后的造型能力,我后来画鸡,总像一块或几块石头。鸡蛋是宇宙的起源。但也有好处,好处在我人生避免了鸡蛋的脆弱性,不能轻易被打烂,像鹅卵石一样硬朗,轮廓是圆的,内部硬朗,简直可以说是刚正不阿。多好的品种、品质和品德,蒙娜丽莎知道也要微笑。这么一想,哦,我很小就知道达·芬奇他画鸡蛋的故事,却要在二十一岁左右才见到《蒙娜丽莎》,二十五岁左右才见到《最后的晚餐》。

那些日子,我见到西方美术品,都是模模糊糊的图片,印刷在纸张粗糙的杂志上,或者地摊读物中。讲一件事,我最早见到布朗库西雕塑的图片,是《波嘉尼小姐》,是不是这个名字,我也记不清,毕竟三十多年前的事。波嘉尼小姐,不加你小姐,就这么任性,不加你,小姐在这张图片黑黑白白的,皱皱巴巴的,于什么书上撕下,也不知什么因缘,居然到我手上,如获至宝。从图片上我看到布朗库西这件雕塑,是两个半椭圆的叠加(用"叠加"这词,说明我曾经迷恋过意象主义阶段的庞德),我认为太妙了,把鹅卵石一切为二,就是小姐。后来见到原作,布朗库西根本没把鹅卵石一切为二,几乎整个就是一块青铜材料的鹅卵石,两个半椭圆中间的那条刀疤,原来是图片折痕,折得太巧或者不巧,让我望洋兴叹。

就这样,这些模模糊糊的图片陪伴我成长——西方美术,在我求知欲最为旺盛的年龄段,以模模糊糊的方式满足我的想入非非,以致我后来见到真迹,都不相信是真的。

所以,所以《西来花选》这本随笔集,也就是我一些模模糊糊印象而已,误读而已,错觉而已。当不得真,但好像也不假。那些日子写作,用心得很,一般来说,心总是真的,或者说心跳总是假不了的。现在写作,我用得更多的大概是鳃吧,大概是鳔吧,是一条鱼在见不到底的深海呼吸、沉浮。这么说,像是诗人了,但我平生十分讨厌听诗人说话和看一本书的前言后记。

前几天,我和一位朋友说起,我也很奇怪我的趣味,多年以来,几乎没有变化。对西方,我感兴趣是他们印象派之后的美术;对中国,我感兴趣是晚清之前的绘画。甚至不仅仅感兴趣,甚至年过半百,洋葱头剥掉大半,而依旧对它们有种狂热:漂洋过海去看大浴女,跋山涉水来访容膝斋。

近年我倒是定下心来,把西方美术史与前沿理论,较为仔细地学习一遍,只是再也没有写《西来花选》这类随笔的愿望了。这次,我也把《西来花选》较为仔细地阅读一遍,"记忆终于成为安排响声的寒舍",像一张睡着两个人的破旧小床,昔日的录像带吱吱嘎嘎,现实的老照片模模糊糊。窗外就像老照片模模糊糊,老照片就像年底模模糊糊,年底,快下雪了。

《西来花选》就是我拍的一张老照片,是吗?是为后记。

礼　让

一番礼让,中国书画的微妙全在这里。

而不是肉搏、野战与虐恋。

有时候在城外设置迷魂阵,但明白人看来,礼让永远是中国书画不露声色的激情。

绿,银灰与原来姹紫嫣红开遍

写散文是要兴致的。读散文也要兴致。

我兴致勃勃地读着王亚她兴致勃勃写的散文:

有浓淡的黑该叫"墨"。

绿简直是妖精。

缃是自苦的颜色。

她真聪明,总有妙句。妙句什么东西?妙句不是东西,它无东无西。妙句的妙处往往空无一物,但有什么劈面而来——让人觉得妙,又了不知南北。

散文看似随便怎么写都行,似乎能记成流水账一般的,或许本事更大。但散文随便怎么写,还得有妙句。即使像流水账,其中出入,对日常人家而言,总是关目。没有妙句,散文难有筋骨,也就成书法中的"墨猪":

我理解的"墨猪"其实不似真的猪样子,猪总还是有筋骨的,"墨猪"式字体该是大海碗里的红烧肉,软塌塌,靠海碗才能拢起来。

这不是妙句是妙思了。反正散文的好坏,好坏只在妙或不妙。

写散文的人,心细,玲珑剔透,妙句才能从剔透里剔出灯花,而妙思则透出一层光亮。这一层光亮还不能太亮,太亮则一览无余,要亮中有暗,暗地里的光亮,隐隐约约,摇摇曳曳,犹犹豫豫——甚至是犹犹豫豫的,这才好。

我读文章,读得兴致起来了,还兴致勃勃,就因为看到妙句,继而领略到作者妙思,就很满足,以致举步不前到此为止——她或他想在散文里说出点意义,这个意义,我是毫不关心的。散文不是为意义而写,在家,出门,都会碰到意义,世界上多的就是意义,我都觉得太多了,丢掉一些也不足惜。垃圾袋里一半是垃圾,一半是意义。可能更多,垃圾袋里一小半是垃圾,一大半是意义。而妙句妙思呢?太少了!太少了!它在当代把散文当作情感美术馆和哲理博物馆的大片人潮之中,妙句妙思是孤独的珍稀动物。

去动物园玩,见到国宝馆里熊猫有个两只,这动物园已很了不起。见到七只九只,只能叹为观止。所以,当然,妙句也不能太多,否则国宝馆里的熊猫仿佛猴山上的猴子,一百只三百只五百只,也会搅乱耳目、混淆视听。说到底,散文还不仅仅是妙句的事业,仿佛两个人恋爱,总不能一天到晚接吻啊,还得干点什么吧,还得工作吧,还得养家吧。只是妙思要源源不断,这是写散文的兴致。一个写散文的,可以和妙句始乱终弃,但和妙思必须白头到老。

家乡在湘南,小城而有清淑之气。在某条街的拐角处,有几幢翘角的红楼,是湘昆剧团的所在。剧团有个小剧场,下学下班后偶尔转转,可以看小折子昆曲,有时便装,有时上妆。湘昆的水磨腔流丽婉转,软软柔柔的,跟她们腕下的水袖一样。行止更穿花扶柳,有燕语莺啼之致。我就在这里认得了原先唱花旦后来唱青衣的雷玲。

雷玲在台上唱《寻梦》,声容凉楚,唯尽其妙。虽轻吟浅唱,却形容、眼神、香肩一转、兰指一揉,都是悱恻凄迷。杜丽娘的眉眼里春愁汗漫,唱道:"这般花花草草由人恋,生生死死随人愿,便酸酸楚楚无人怨。待打拼香魂一片,月阴雨梅天,守的个梅根相见。"我竟在底下呆了,哭得不能自抑,如自己发了一梦。那时我尚在小城。后来回去偶尔还到小剧场混混,雷玲渐渐改青衣了,她的美却是经久的,越发韵致。

王亚的写作,也已从活泼泼花旦改举止沉稳的青衣了。说点闲话,我的故乡每隔几年附庸风雅,要办国际昆曲节,我碰巧在的话,也就跟着附庸风雅。记得有一晚刮风下雨,听说湘昆,我还是去了剧场,因为以前见识过他们《醉打山门》,这是绝活,差不多只有湘昆能演。带着这个念头,碰巧撞到雷玲主演的《白兔记》。听完戏回更上楼,几个朋友正等我夜宵,我还没落座,他们就说:"你走不多久,一个雷劈来,我们听到动静,上四楼查看,你卧室的梁被劈下一块木头。"后来我查书,雷劈房梁,不伤人,子孙出息。这个好!

王亚出版的散文集中,也是"这个好"。

是为序。

故乡:晚饭地

朋友约我在一个古典园林吃饭。多年以前,我多次到过,它不起眼得仿佛饭桌上的筷搁。现在修缮一新,像是大肚粗腿的女子裹着艳丽旗袍，细看之下，眉里目间尚剩小家碧玉的气息与细节。拍儿张照，我准备放上博客，取名"故乡：晚饭地"。

这题目有些意思，也就拿来做我《老车·闲画》这书的前言标题。日常写作之余，我会画点画，写几幅字，杯盘狼藉的样子，无来由有吃晚饭之感，至于故乡什么的并没多想。或许我是没有故乡的，把话往矫揉造作里说，就是青年时代我已把汉字认作故乡。

记得那天上午，校订完《老车·闲画》，觉得自己如果是个古人，多好。古人浩然之气充塞胸中，溢为诗，溢为文，溢为书，溢为画，何其轻松，仿佛顺手牵羊。而在我，却绞尽脑汁呕心沥血得紧。除开自己才华不够，另外，诗书画的前世今生我想在当代恐怕已经断绝。

"宿世谬词客，前身应画师"，王维夫子自道，口气是自负呢，还是自嘲？我和周围的他们，我看看我，也看看他们，宿世未必词客，前身也非画师，只不过岁月无趣，抓住几件东西聊以打发而已。我对我评价不高，这是真话。徐渭说"吾书第一，诗次之，文次之，画又次之"，而我对自己的诗文书画，只两个字："次之"。但偶尔忽然奔放，以为自己的人生是一件不错的艺术品，甚至觉得还很高级。这不免扯淡，尤其扯到人生。人生——地不熟的，但老天开眼，我有我的晚饭地，似乎还有故乡，而且增加新内容：时至中年，我在汉字这个故乡之中，又加入笔墨——青年时代把汉字认作故乡，中年时期又把笔墨认作了故乡。

闲话少说。而"闲画"之"闲"，要紧是"扯淡"：淡然处之，闲情方生。编辑以此为名，在我看来是种勉励。我会闲下来的，与"众家兄弟"老死不相往来，晚饭过后洗脚美睡。

去年作一文，中有这一句："最喜欢陆游《自书诗卷》中'美睡'两字"。于是，我将给我未来之书先写好前言，起码标题有了："他乡：美睡处"。录此备忘。

书画是我的晚饭地，诗文是我的美睡处——常言"卧榻之侧，岂容他人鼾睡"，我只是说梦话，幸亏还没打呼噜。

是为前言。

见花遇竹

古人尝论杜子美、陶渊明诗云:"子美读尽天下书,识尽万物理。天地造化,古今事物,盘礴郁积于胸中,浩乎无不载,遇事一触,辄发之于诗。渊明随其所见,指点成诗,见花即道花,遇竹即说竹,更无一毫作为。"

这好像是两种生活态度。而"见花即道花,遇竹即说竹",多少有点田园色彩。

其中仿佛出没着二十四节气。

见花遇竹,这花这竹,宛如节气,陶渊明是"随其所见,指点成诗",我们是翻翻日历,出神片刻,抬抬头或者低低头,说一声"今天立夏",或者,"哦,已经立秋啦"。

这样的感慨似乎可以生发,但并没有生发,我去厨房续茶,老婆正在切香椿头,香气弥漫,砧板上荡漾农业社会的翠绿与嫩红,这鲜艳又朴朴实实的香椿头色泽,居然有了院体画的富贵和华丽。

我现在想起二十四节气的名字,如读古画。

以前,我写过一篇有关二十四节气的文章,本来想作"代序",刚才拿出来看看,太长,不像序言而像专著。只得新写《见花遇竹》。但既然拿出来,那就雁过拔毛,摘下一段:

又想起童年,我会背许多唐诗,但觉得哪首唐诗都和我无甚关系。破旧的《新华字典》后附"节气歌",我认为才是了不起的杰作:

> 春雨惊春清谷天,
> 夏满芒夏暑相连,
> 秋处露秋寒霜降,
> 冬雪雪冬小大寒。

上面雁过拔毛,说到雁,不妨接着说,北方有白雁,似雁而小,色白,秋深则来;白雁至则霜降,河北人谓之"霜信";杜甫诗云:"故国霜前白雁来",即此也。事见《梦溪笔谈》。这里面,自然、地理、气象、语言、风俗与故国之思,都有了。

我有时候,把二十四节气看成是故国之思。

更多时候,我把二十四节气看成是中国人的"内生活"。

生活有快有慢,当下颇为首肯"慢生活"。但我觉得快与慢都是表象,关键要过"内生活"。二十四节气时至今日,更多内容已经成为精神形式,我们既不要缘木求鱼,也不要刻舟求剑,权作一个梦、一首诗、一幅画、一截记忆、一草一木、一山一水,马一角,半边莲,如何?二十四节气是不是"内生活"的部分节点?吾也不知。

写到这里,按照天下文章惯例,应该来上一段有关二十四节气的知识。但我实在没有这个义务,这是教师与秘书工作。再说互联网这么发达,又不是敏感词,尼玛自己摆渡。

题 外 话

很多年前的事了,我在博物馆暧昧不清的灯光里,走过去,又走回来,看着宋徽宗赵佶的《瑞鹤图》,有种感动。这种感动几乎可以原谅他断送一个不错的朝代,甚至觉得再断送一个也没关系。朝代总是短暂的,艺术要久长得多。这二十只鹤的排列组合,仿佛冻河冰裂,带着尖锐响声:画中的瑞气,想不到如此尖锐。

早先见过赵佶的《祥龙石图卷》,后来又见到《池塘秋晚图》,画卷上依次展开红蓼、水蜡烛、荷叶莲蓬、浮萍、荷叶水草白鹭、荷叶水草鸳鸯,而水纹天上地下,像是高手散文中的闲笔。高手之高,高在对闲笔的处理。

这一幅《池塘秋晚图》,让我想起更多的宋代院体画,崔白的凫雏、李迪的白芙蓉、吴炳的荷花与嘉禾草虫……这一点也不奇怪。稍微使自己惊讶的是——

我看宋代院体画中的花鸟部分,总会想起黄宾虹的花鸟画,并以为宋代院体画中的花鸟部分是黄宾虹花鸟画的一个出处。

学习宋代院体画中花鸟部分的画家,有所成就者绝对不是于非闇他们。

学习宋代院体画中花鸟部分的画家,有所成就者是钱选和黄宾虹他们。

钱选是把宋代院体画中的贵族气、典章气、能品气——脱胎换骨为文人气、小令气和逸品气,一句话,就是钱选把宫苑变成书斋。这个意思我以前说过,现在又说,还没有以前说得好。说明我现在写文章的兴趣确实寡淡。

钱选可以说在气息上变化了宋代院体画,而黄宾虹可以说在技法上变化了宋代院体画。

黄宾虹把工笔的院体画移步换形——遗貌取神为写意的个体画。

这话说多了也没意思,闲下心来,我们把宋代院体画中的花鸟部分与黄宾虹的花鸟画放在一起欣赏,如果不是太笨,自会觉得其中神似,且有妙解。

二十世纪,中国画中最善学者是黄宾虹,白话文中最善学者是废名。

光用功是没有用的,要善学。你说苏东坡的学问到底有多大,也未必,但他善学。苏东坡的学问不如司马光,也不如王安石,但他或许就是比他们出色,为什么?因为善学是一种变化的能力,也可以说是创造性思维。当然这种思维不能指望人人皆有,那么满大街大师,也吃不消。只是现在让我们更吃不消的是,大师已经半条街了,一开口,脑子进水。

黄宾虹的花鸟画有两个出处,一个在我看来是宋代院体画,一个是他的写生。

现在已经没有多少人会写生了。

不要把写生等同于写实。

我们看黄筌《写生珍禽图》,把它放大了看,就知道完全出自一种诗意的结构。

天机不可泄露,尤其是画花鸟画的,需要接受这个契约。

我们看画,应该抛弃工笔写意之分,伯乐相马,仲忧相猫,宋代院体画的精神,一直没有消失。我们在沈周的雏鸡和八大山人的雏鸡之间,都能听到李迪《鸡雏待饲图页》的回声。而黄宾虹画的白鹭,和宋徽宗赵佶画的白鹭,是不是有得一拼?哈哈,他说:"蛮拼的。"

说句题外话,黄宾虹的草虫,远比齐白石的草虫高级。全是题外话。

(原载《伊犁河》2016年第2期)

生死二题

李 修 文

忆 故 人

　　昨天晚上,我梦见了你,梦境里,你坐渡轮过江,从武昌到汉口,船行半途之后,突然风雨大作,你手里的雨伞被大风卷上了半空,一如既往,你害羞地扶着栏杆,眺望着雨伞越飘越远,全然不知道如何是好——是啊,你总是害羞,然而,这害羞不是矮世界一头,而是那些年里,太多你所不能理解的事物朝你纷至沓来,其中自有种种不堪,面对它们,你总是孩子般地惊异,某种童真就像明月一般在你的惊异里闪闪发光,继而,仍然陷入了害羞。我当时也在船上,又没忍住,想要走到跟前去提醒你:童真与羞涩,可能是两把杀人的刀剑。就在这一转念之际,我突然意识到自己是在做梦,稍一愣怔,你就不知所终了。
　　醒来之后的恍惚里,我又觉得自己不是活在你丢弃的尘世里,而是就站在那条梦境里的铁皮渡轮上,随后总算彻底清醒过来,终于确信,你与渡轮都来自我的拼贴:如果我没有记错,早在你死去之前的好多年,长江上的渡轮就停开了。
　　这当然不是我第一次梦见你——你在江堤上雀跃着奔跑,你在把你即将要写的故事讲给我听,你在唱京剧,这些都是我做过的关于你的梦,它们多半发生在全国各地的小旅馆里。如你所知,这些年里,为了谋生,我几乎把所有的小旅馆都住遍了,此中情境,犹如你活着时我跟你开过的玩笑:我未成名君未嫁,可能俱是不如人。

有一回,是在四川的一座小县城,连日暴雨之后,城外的河流终于开始泛滥,半夜里,河水决堤,一路冲向堤边的小旅馆,而这家寺庙改建的小旅馆里几乎只住了我一个人,大概是入睡之前刚刚读过你写的童话,于是便又梦见了你:你在一座雾气缭绕的山顶上对我呼喊,我却全然听不清你在呼喊什么,干脆也腾云驾雾,朝你飞奔过去。等我刚在山顶上驻足,你却又倏忽不见,我便开始呼喊你的名字,直到把自己喊醒了。而此时,泛滥的河水已经涌入了我的房间。我一边打开房门朝外狂奔,一边作如此想:也许我的此刻,只是你的梦境;没错,奔涌的激流、颓败的旅馆、滂沱的雨水以及影影绰绰的周遭万物,它们可能全都是你的梦境,我不过是狠狠地奔跑在你的梦境里。

你看我,多像你写过的那只鸭子:东奔西突,仍然逃不过关押它的一方囚笼。我得说,安徒生之后,你写下的关于鸭子的那一篇,是我读过最好的童话——一只鸭子,被关进了餐馆的囚笼,随时等待着屠宰,却被一个女孩搭救,两人就此生活在一起,时而亲爱,时而吵闹,故事快结束时,鸭子的同伴们前来解救它,而它却放弃了被解救,自愿就此与女孩生活下去,女孩问它:你不觉得你失去了自由的机会吗?要知道,生活在人类中间,你永远无法获得真正的自由。然而,鸭子回答她:我宁愿我们不自由地在一起。

不自由地在一起。这句话,应该刻在几乎所有人的墓碑上,依我看,它就是概莫能外的命运陈辞:这一生中,说起你和柴米与油盐,说起你和恩怨与道理,无非是一句不自由地在一起。是啊,狠狠地离开多了去了,只是同样地,乖乖地返回也多了去了,离开与返回,犹如一对相亲相爱的人,也如一对相爱不相亲的人,它们,终将不自由地在一起。

你看你,窥破了多少天机,却又绝不担负什么秘密:常年的幽居并没有在你的所在之处制造更多的阴影,相反地,某种明亮之气,就像坚定的天赋,可能只生出了微弱之光,却足够照射你的慌张的朋友们。那么多喜悦,令人难以置信地在你身上展开:蔷薇开了,你是喜悦的;《暗店街》出了新版本,你也是喜悦的;你可能有所不知,你的那些喜悦至少于我而言,是真切的安慰——当我在山河间奔走,又或在片场里打杂,不自禁地经常想起,有一个人,她是喜悦的,说不定,有朝一日,当我摆脱了诸多妄念与窘境,我也能如她一般,仅仅依靠种花种草,依靠几本童话和一本博尔赫斯,我就能够获得和她一样多的喜悦。

忘了是哪一年,我在黄河边的一个剧组里,接到了你的电话。那时候正是春天,你的楼下有一株栀子花正在盛开,尽管在房间里看不见那株栀子花,但是浓郁的香气却使你感受到了它,这刹那间的体验令你顿时生出了诸多浮想。你怀疑,先前乃至远古的某个时代,可能每个词语都是有气味的,譬如"国家"和"民族",譬如"山海经"与"哀鸿遍野",这样的词语,可能都是有气味的。我还未来得及说话,而你已经自问自答,兴奋地告诉我:"一定是这样,一定是这样!"

其时夕阳西下,黄河里水波涌金,我刚刚放下电话,就迎来了制片人的呵斥,不过,我还是兀自想:和你这样的人活在同一尘世上,就算再多羞辱,日子终究值得一过。

然而你已不在这世上了,上穷碧落下黄泉,两处茫茫皆不见,就算有些矫情,我也必须承认:某种封闭、闪亮和可以端出肝胆的好日子,已经一去不复返了。我继续活在世上,有时候酩酊大醉,有时候心如死灰。许多次的厮混之后,我突然想起你,你唱京剧的样子,你讲故事的样子,一念及此,不禁对眼前的厮混后悔莫及,却又在下一分钟原谅了自己:你就当我在认贼作父吧,你就当我和所有的厮混是不自由地在一起吧。

也为此故,除了在梦境里,哪怕置身于退无可退的现实周遭,我也经常看见你:路过你生前所住院子的时候,在江底隧道穿行的时候,甚至栀子花开的时候,这些时刻我都看见了你,或者破空而来,或者只是静静站着,笑着,一句话都没有说。我从来不曾狂奔上前,而是喜悦地注视,再等待你的消失。接下来的路,我还要继续紧赶慢赶,但是如你所知,那些好日子一直与我如影随形,就像时刻准备吞下的后悔药。

  那的确是闪闪发光的好日子——常常是下了飞机和火车,我就往聚首的小餐馆里赶去,说起来多么怪异,我们竟然在烟熏火燎的小餐馆里读诗:普拉斯、毕晓普、弗罗斯特、里尔克。那么多好诗人好句子,我都是经由你的背诵才第一次听到读到;多少有些惭愧,这么多年我尽管也在写作,也在读诗,可是,是你,第一次将诗意真切地袒露在我的方圆几步之内,那诗意并不是什么高蹈的所在,而是和正在冷却的酒菜与燃烧的炉火一样,伸手可及,举目可见,全都是不能再简朴的物事,却组成了狮子吼的一瞬,又或飘飘欲仙的一部分,就连你那沉默的女伴,也仿佛被唤醒了,借着酒意背起了卡明斯基的诗:"如果我为亡者说话,我就必须离开身体里的这只野兽,我必须反复写同一首诗,因为空白纸张是他们投降的白旗……"

  夜幕里,雪落了下来,透过小餐馆油腻的玻璃窗往外看:一只猫蜷缩在屋檐下,一个水果摊主正在擦拭苹果;更远一些的地方,手上长满了冻疮的洗头姑娘正在调情,刚刚得手的盗贼手扶电线杆惊魂未定地喘息,这寻常的所见,全都让我觉得是诗歌正在生长——这真正是最令我感激你的事情:背诵着诗歌的你提醒了我,即使眼前就有灭顶之灾,这世界仍然在同时呈现灾害之外的另一部分。万物将我纠缠,但万物都有声音,如果我不盲目追随,不迎面跪下,而是先站直了,再谦卑地去看去听,那么,那些沉默的声音和幽谧的暗影,就都有可能被我唤醒。

  我又怎么能够忘记那些长江边的小兽呢?冬天,江堤上的树木几乎褪尽了叶片,空气却是清冽的,阳光照射着寒冷的江水,我们几个人便下了江堤,朝着江岸边停泊的趸船走过去,一边走,你一边蹦蹦跳跳。的确,一次家门口的漫步也能让你觉得满心欢喜,说起来,你真是活该写下那么多童话。短短一段路,不断有小东西从干枯的灌木丛里跑出来,奔向你,它们是斑鸠和松鼠,是公鸡和流浪狗,你一个也不轻慢,该打招呼的打招呼,该喂食物的就喂食物。就算是一只小灰鼠,你也弯下腰去与它对视半天,等它跑远了,你才哈哈笑着直起腰来,神情里不无小小的得意。

而后,你继续着得意往前走,我却跟在后面作如此想:大概再也没有一个人像你这样清晰而不自知地放弃了生长吧。因为放弃生长,多少物事的反面从未涌入你的生活,如此,一只被人厌弃的灰鼠也可以在你那里获得平等的注视;我怀疑,有一些字词,类似"阶级"和"谄媚",比如"乞怜"和"斗争",等等等等,这样的字词,你大概没有一分钟想起过它们,在不自知之中,你被它们抛弃了,然而如此甚好,你正好这样度过一生:在字词里度日,却对更多的字词一无所知。

下一回江边散步的时候,在趸船上,你对我说起了刚刚写完的童话《小灰鼠的圣诞节》。说的是有一个女作家,她大概是全世界最穷的人,家徒四壁,从来无人上门,即使圣诞节那天,她也是一个人度过。没想到,惊喜却是居住在她房间里的一只小灰鼠带来的,它竟然邀请女作家一起过圣诞节。于是,世界上最穷的人和最穷的老鼠度过了一个美好的夜晚。贫穷不仅没能令圣诞节受损,反而使她们体尝了最纯粹的欢乐——江风浩荡,你轻声地讲故事,我却边听边觉得自己何其有幸,这一辈子里竟然有机会听你讲故事:在相当程度上,你其实是被神灵眷顾的人,它们赐予了你巨大的天真、专注和一颗为老鼠俯首的心。如果这个世界有最终极的秘密,我相信,你是那些少数被神灵选中去靠近那个秘密的人。

话虽如此,我却必须承认,在你死去之后,漫长的时间里,某种怨怼和愤怒一直在纠缠着我。有一个晚上,我又从千里之外回来,下了飞机,过长江的时候,突然想去看看你,于是径直跑到了你从前住过的院子里,正好是春天,栀子花的香气满天荡漾,而你的房间却再也没有灯火亮起来。突然我就被怨恨裹挟了:你的离去,令我,令我们,全都变得残疾,这残疾,不是肢体的丢弃,而是魂魄被拦腰切断了,再有被屈辱浇灌之时,再有想将繁杂世事驱赶到九霄云外之时,我们去哪一家酒馆哪一艘趸船上才能找到你呢?

在你死去的一个多月之前,大概知道疾病已经无救,你曾用手机发给我一首名叫《霓裳》的诗,这大概就算作你的绝命诗了吧,只有短短几十个字:"等这些衣裳穿完了,冬天就来了,等这些布用完了,我就会死去;冬天更需要美丽的衣裳,而死亡,就是在喜悦中,回家。"那时候,我正坐在北京的一辆公交车上,沉默地读完这几十个字,公交车正好到站,我跳下车,推开人群,在街头狂奔,哽咽,渐至于号啕——死亡可以随时将你掳走,可是我怎么办呢?这么多年,诗歌、写作、白日梦,还有你,你们一直在我身边,在许多年里我的满世界里都只有你们。我甚至以为,除了你们,全然不存在别的值得一过的生活,可是,你用死亡在我眼前掀开了骇人的一幕:我须臾不能离开的你们,竟然会沉默,会消失,甚至会腐烂,而我也竟然会六神无主,会写不出一个字,会费尽心机,却只为了找见一点能度过眼前的生趣。

说真的,你的死,把我的胆都吓破了。

说起来谁肯相信呢?一天乃至一年中的大部分时间,我都在逃避你的死,但死亡就像一把明晃晃的利刃,或者一把披上了隐身衣的暗器,走到哪里就跟到哪里。还有,从你的死亡中诞生的颓败之感更是每每矗立在我的咫尺之处,往前一步便撞了上去。我也只好呆立当场,要么就做贼般撒腿狂奔,心底里倒是想了一遍又一遍:如此生涯,究竟何日才算到了头?别无他法,我唯有向你呼救,希望你再度出现在我的梦境里,帮帮我,将那些无边无际的颓败剔除干净,好让我打梦里出来后的下一分钟就重新做人,又或者如此狂想:这世上会不会在哪里还留存着一张你写给我的字条,就像诸葛亮的锦囊妙计,只要被我找到,眼前所有的屏障都会瞬间轰塌,我甚至就此便身轻如燕,直至了断了尘缘?

天可怜见,终于还是让我等到了你:那是在山东枣庄的后半夜,我被一个剧组炒了鱿鱼,一个人,拎着简单的行李去坐火车,彼时彼刻如果不叫作走投无路,那么,连我自己都不相信。天降微雨,站台上的灯光黯淡不明,我坐在肮脏的长条椅上等待着似乎这一辈子也等不来的那趟火车。突然,侧身之间,我看见了你。你就坐在我身边,全然不似初来乍到,倒像是和我一起出的门,又一起等待着回去的火车。到了这时候,哪里还有什么生死别离,刹那之间,我把所有的疑问全都倾倒了出来,恰在此时,火车进站,我们一边上车,你便又一一对我作答。我还记得,你说:小动物是美的,美就美在它们的柔弱,因为是柔弱的,也就不给世界添乱,甚至,不让更多的词句来形容它们,一个人,一件物事,只要不被形容,就是美的。

火车往前行进,你又说起了你正在写的童话:一个水鬼寻找着回家的道路;出了函谷关的青牛被恋人追赶;还有六祖慧能,他竟然漂洋过海,去了没有一座寺院的英格兰。

雨雾迷蒙,火车缓慢,你终于开始背诵起了诗,那是你在人间度过的最后时刻写下的,仅仅只早于那首《霓裳》几天,它们是这样写的:"如果你爱我,我在这里。如果你离开,我在这里。不要哭泣,我对一朵花儿说,时间是个匆匆的过客,鸟儿将会在春天里飞回来。不要哭泣,我对自己说……"

时至今日,我早已经忘记,在那生死之间全无藩篱的一夜结束之时,你是如何离开的,甚至,这一夜的发生,究竟是一场梦境,还是一次突至的错乱?但我可以确信,在当夜的火车上,一种巨大的明亮开始在我的体内滋生,那一块明晃晃的存在,好似水流之声,好似和冤家握手饮酒,好似静止的旗帜重新开始了飘荡——不过还是一如既往的言谈与背诵,听到最后,我却竟然可以对自己说:要像你一样,喜悦地活着,再将这喜悦视作静止的岩浆,无论它是否流动,都要将自己系牢在它诞生的地方。正所谓,我与万物皆有情谊,但我与万物也皆有隔离;我又对自己说:此去经年,不要斗法,不沾刀光,不要每遇一桩物事便要埋首去找鱼水之欢。

这一切因何而生?那火车上诞生的巨大的明亮又从何而来?百思不得其解,唯有感谢枣庄和那一场错乱,我们在说不清道不明的时间和空间里相见,却使得某种指望,那种不管从何处脱身都有去处的指望,重新又复活了。事实上,死亡从来未曾将你我隔离,你一直都在,而且,你之所以绝非虚在,而是笃定的一草一木般地在,这实在是太好了。自那一天之后,如你所知,我便开始了构建自己的小小宗教。在这个隐秘的宗教里,我当然只是那个无知的追随者,而你,既是使徒,又是教宗。自此之后,在每一处欲走还留之地,我的宗教都会应声前来,恰似佛弟子口中的"南无阿弥陀佛",念一声,安慰和庇佑就都来了,如若不信,我便说来给你听——

譬如这样的时刻:云南的山道上,半夜里,暴雨当空而下,我乘坐的汽车却趔趄着坠入了深谷之中,幸好无人受伤,再重回山道上却已绝无可能,我便和同伴们一起就在深谷里往前走,妄想着能够找见一处可以落脚的地方。然而,几个小时过去了,我们的全身上下已经被暴雨浇得湿透,脸上手上全都被刺丛剐出了血,想象中的落脚之处依然不见踪影。为了躲避闪电,一行人蜷缩在一块巨石背后,眼睁睁看着闪电一次次在眼前击出火花,再想起这一夜不知何时到头,每个人的心里都生出了可以嗅见的绝望。

然而,绝望是好的。在绝望里,你总要想一个法子,才能至少与它平起平坐。我能想到的,反倒是横下一条心,继续往前狂奔。一念及此,当即就不由分说地从巨石背后跑了出来,同伴们不仅没有将我拉扯住,相反,全都被我重新拉扯进了密林之中。谁也没有想到的是,仅仅在密林里行走了二十分钟,我们便看见了一座亮着灯火的村子。当所有人呼喊着奔向村子,我却分明觉得你正从村子里走出来。要知道,能走到这里其实是多亏了你,多亏了你曾写下过的那么多绝望之时——礼品店里,相框上镶嵌的青铜骑士只能与他深爱的水晶姑娘作别;滔滔江边,过河的蚂蚁打翻了花瓣做的渡船;冬天的夜晚,一只羊羔即将接受母亲饿死的事实;但是,他们全都不曾就此屈服:骑士忍痛别离,却在命定的主人身前匍匐在地;蚂蚁坚决不肯折返,终于迎来了一只灯笼船;还有那悲痛的羊羔,彻夜奔走,终于在母亲饿死之前捧回了一碗饺子。

就是这样:只要你还走向我,我就定然不会停下狂奔。

再譬如这样的时刻——多少次,我被旁人直言相告:你恐怕再也不能写出一篇像样子的小说了。最近的一次,就在大雪之前的乌苏里江畔。我当然不肯承认,立刻跑回寄居的林场里,接连十几天闭门不出,妄图写出一部像样子的小说,其中磨折,又岂是一句心如死灰可以道尽。可是,十几天后,直到我躺在房间里发起了高烧,却不得不接受这样一个事实:即使是一部百十字的小说,我也没能够写出来。正是冬天,呼啸了半个月的寒风全然没有止息的迹象,白雪却将天地之间的一切都铺满了。我推开窗子,看见窗外的满目大雪,只觉得它们全都是我的无能。这无能像一条漫长的绳索,先是拴牢了我,再牵引着我,一步步向前,却是在闪躲,是在向所有未曾踏足的艰险提前告别。

就在我又懵懂着在高烧里躺下之时,突然便听到了你的声音,那是你在诵读自己诗歌的声音:"如果你爱我,我在这里。如果你离开,我在这里。不要哭泣,我对一朵花儿说,时间是个匆匆的过客,鸟儿将会在春天里飞回来。不要哭泣,我对自己说……"刹那之间,这些句子犹如电光石火般唤醒了我。我突然意识到,这些句子根本不是你为某个人所写,事实上,对于这漫漫人世,它们既是你出生时的低语,更是你临别时的赠言。这么想着,许多关于你的片段便又纷至沓来,不过此时——被我回忆起来的,不再是你唱京剧,也不是你在渡轮上拼命收住自己的伞,而是我根本未能见证,却一定曾经在你的生涯里再三发生的时刻:暴雨之夜,你站在阳台上惊慌失措;收入微薄,你根本买不起任何一件好衣服;病重之时,在去医院的路上,你一边走,一边疼得哭了起来。

就是这样:即使远在乌苏里江畔,你仍然现身,指示我看清眼前真实的人间道路,在这条道路上,即使是自觉放弃了生长的你,其实从未有幸比任何人减少一丝半点的不幸,你之视而不见,甚至不是因为天性,而是将暴雨、贫穷和病痛全部都放入了天性的囊中,唯有先领受它们,且不大惊小怪,才有可能先为花朵雀跃,再为一只小灰鼠俯首;才有可能被虚弱与荣耀双双忽略,就像从来不曾出生。

所以,此时此刻,如你所知,为了不再出生,在幽闭的江畔林场里,我又重新端坐,拿起了笔。当然,我多半仍然写不出像样子的小说,但是,我决心再不为此大惊小怪。除此之外,我也打算对高烧、大风和满天的白雪视而不见。只要我视而不见,你就应当知道,我根本没有停止过对你的想念。

阿哥们是孽障的人

时近正午,冻雨砸向小城,半个小时过去,黄河堤岸上仅有的一株蜡梅便消失不见,全然被灰蒙蒙的雨雾覆盖了进去,但是,毕竟已是大年三十,孩子们终于忍耐不住,开始当街呼喊奔跑。最后一批打年货的人们也在雨雾里渐次显露身影,直至砰的一声,一只巨大的爆竹在半空里炸响。冻雨骤然而止,炊烟升上屋顶,一个荒凉地界的农历新年,总算是掀开了序幕。

然而,爆竹越响,我便越是躁乱不堪——我来此地,原本是为一个剧组救急,帮他们再改一遍剧本,没曾想到,我前脚才到,剧组后脚就宣告解散了。我也只好收拾行李准备离开,正在收拾行李的时候,竟然被人直接关在了剧组借住的一幢小楼里,再也走不出去了。却原来,剧组欠了拍摄地不少钱,不知何时,制片人竟然带着大部分人逃跑了,未及跑出的,不过寥寥数人,其中就有我一个。

接下来,我只好化身为一个边城囚徒,每日里足不出户,除了一遍遍给制片人打电话,也想不出别的办法,直到制片人彻底关机不再接听,他所许诺的解救也仍然远在天边。如此,时间便来到了大年三十,看守我们的人总要回家过年,也是吃准了我和同犯逃不出此地。出乎意料地,我们竟然获得了在街上游荡的机会——就此逃脱的确是不可能的:此地被群山环抱,唯一通往外界的道路,是黄河上的渡船,而黄河已经上了整整三天的冻了。

就像一群郁郁寡欢的游魂,一行人在破落的街道上来来回回走了好几遍,或许是因为愤懑,也或许仅仅只是对彼此的厌弃,几乎无人说话,渐渐地,大家便都走散了。我给远在几千里外的亲人打完了电话,一边将挥之不去的凄凉之感推出体外,一边信步走上了黄河堤岸,下意识里,大概是想去见一见那株隐藏在浓重雾气里的蜡梅。全然不曾想到,一踏上堤岸,就听见有人在不远处唱歌:"出门遇上了大黄风,闪花的草帽儿落圈,绯红花儿你听,你的大哥哥们走哩,肝花妹妹坐吃,阿哥们是孽障的人……"

犹如被一道闪电击中,我原地站住,心脏竟然激烈地狂跳起来。如果我没记错,上次听见这首"花儿"还是在十年前的青海,也是在冬天的山梁上,一群庄稼人站在积雪里给我唱起过;此刻突然听见,我还以为我的魂魄错乱了,定了定神,四处张望,而确切的歌声却再度冲破了雾气:"阿哥们世下的太寒酸,这么价活人是可怜,绯红花儿你听,你的大哥哥们走哩,肝花妹妹坐吃,阿哥们是孽障的人……"

刹那之间,我不再有半点犹豫,面朝歌声响起的方向狂奔了过去,仅仅只跑了三两分钟,就在堤岸下面一座几近废弃的船坞里看见了唱歌的人:一群男人,有老有少,更多的则是青壮年,要么坐在钢梁上,要么靠在船舷边,看见我狂奔而至,也就没有再唱,只是微笑着,甚至是羞涩地看着我。然而,几乎就在一瞬之间,在那些黑红的肤色和刀削般的脸映入我眼帘的一瞬之间,我便大致明白,他们应当就是来自甘肃或者青海,他们的父兄,也许正好是站在十年前的积雪里唱歌给我听的人。

当此穷途末路之际,不由分说,我先在心里将他们认作了我的远亲,紧接着,再结结巴巴地告诉他们,我差不多可以算作西北风土的义子,既唱过湟中河谷的花儿,又赶过河州城里的夜路,在贺兰山下的一个村庄,我盘桓半月之久,临别时已经差不多能认清村庄里的每一只羔羊;这么说着,眼前的远亲们便又笑了起来,那种源自于埋首劳作的羞涩,也在这突至的机缘里慢慢退去了,最当头的走近我,道了一声:"弟兄么。"随后,远处的也围拢上前,我们就在一条锈迹斑斑的大船上说起了西北——靖远的羊肉、兰州的皮筏子,还有灵武的枸杞、西宁的酥油糌粑。

渐渐地,风大了起来,我终不免开口问他们,何以会像我一般,大年三十还流落在这荒僻小城?还有,这么多的弟兄聚在一处,哪怕再寒碜,一顿团年饭总是该备下的吧。话说到这里,我才总算知道了答案,却原来,眼前的远亲们和我一样,身陷此地都是被迫的困守——春天里,他们跟随一个当家人从家乡出来,承包了我们此刻置身的修船厂,一年里出入平安,一切还算顺利。唯一的例外,发生在二十多天前,一个弟兄生了重病,如果想要保住性命,就非得去省城里救治不可。但是,哪怕当家人变卖了修船厂里所有能够变卖的东西,治疗费也远远不够。于是,在场的这些远亲们,老的老,少的少,每个人都把自己压鞋底的钱拿出来了。虽说已经走了二十多天,那个身患重病的弟兄,连同他们的当家人,却都还远远没有回来的迹象,而修船厂却已经卖掉了,他们没有了栖身的地方,只好分头打些零工糊口,分头找些屋檐睡觉,如此零星收入,回家的盘缠当然不够,就连手机话费也全都充不起了。所以,今日里虽说是大年三十,大家在修船厂聚首,为的却并不是吃团年饭,只是像每日里一样,说几句话,一起往黄河对岸看一看,他们就会散去,也是突然想家了,他们这才唱起了花儿。

　　已是正午时分了,天气越来越冷,可是,我一边听他们说话,某种巨大的热切乃至滚烫之感,却从心底里猛然滋生了出来——这寒风中的示现,我实在一点都不陌生:武威城里,陌生人曾经给困倦已极的我递过满满的一碗热酒;湟中野外,放羊的老者曾经容留我睡在他的帐篷里,而他自己却在羊群里睡了整整一夜。是啊,在那些荒瘠河川里,诺言像石头一般坚硬,情义像刀子一般干脆,一如眼前的这些远亲,已然将千里之外的石头和刀子搬迁到了这里:怀抱着诺言与情义,他们就此甘心在贫寒与等待中画地为牢,所以,此处不是他处,就是青海、甘肃和宁夏,就是西海固、贺兰山和河西走廊。

　　如此,一个念想便从脑子里浮了出来:我应当和我的远亲们一起吃顿团年饭。一念既出,我就马上告诉他们:虽说我也算是穷愁潦倒,而且还正身处在一场莫名的关押之中,但是,一桌饭菜、几瓶烧酒,我尚且还请得起。同在这天远地偏之处,我们便活该亲近,更何况,我早已将自己认作了西北风土的义子。当头的刚要反对,我却早已扔下手机给他,要他和众弟兄向千里之外报个平安,又二话不说地拉起两个小伙子,顶着西风跑上了堤岸,满心只想着赶在店铺关门之前买来更多的酒菜。

这么多年,这是唯一一个我没有在亲人身边度过的农历新年,但是,我可以肯定,在此后的时光里,这个农历新年却定然会像岩画一样雕刻在我的身体之上,因为它不是别的,它是委屈被抹消,是底气被托举,是走投无路之后的天无绝人之路。

事实上,在那艘锈迹斑斑的大船上,饭菜刚刚做好就全都被风吹凉了,好在我们有酒,三两杯喝下去,身体暖和了,家常话也就多了起来。说来凑巧,其中一对父子,我竟然踏足过他们的村庄,父亲一把抓紧了我的手,赶紧吩咐儿子给我倒酒,又连说了好几遍:"真是弟兄么,真是弟兄么。"如此便要再次举杯,我当然一饮而尽,转而再去敬别的弟兄,几番敬过,竟然毫无醉意。这时候,天色将晚,黄河上交错的冰层正在一点点碎裂开来,就在我对着黄河稍一愣怔的时候,刚刚那个将我唤作弟兄的父亲,竟然扯着嗓子唱起了花儿:"贵德的黄河往南淌,虎头的崖,又落了一对儿凤凰,朝你的方向上哭一场,有心来,没个落脚的地方……"

手捧热酒,置身于上天送来的弟兄们中间,我又怎么能不开口唱起来呢?于是,不管听没听过的,我都跟着唱,唱了河州令,再唱东乡令,唱了《交亲亲》和《下四川》,再唱《妹妹的山丹花儿开》和《老爷山上的刺梅花》,一句一句唱下来,整个身体都热烘烘的。一时之间,全然不知今夕是何夕,就像是被甘肃的沸水浇淋了,又像是被青海的月光照亮了,但我不曾停止,一唱再唱,反复纵容着自己陷入这小小的放浪。这时候,天色黑定了,醉意也慢慢袭来,我正陷入懵懂的犹豫,想着是否再喝一杯,那句我熟悉的调子便又响了起来:"又背了沙子又背了土,又背了大石头了,绯红花儿你听,你的大哥哥们走哩,肝花妹妹坐吃,阿哥们是出门去的人……"霎时间,我便眼红耳热,仓皇着再喝尽一杯,赶紧跟着唱:"又受了孽障又受了苦,还受了旁人的气了,绯红花儿你听,你的大哥哥们走哩,肝花妹妹坐吃,阿哥们是出门去的人……"

这夜幕里响起的调子,不是别的,它是落难,是拿刀子挖自己的心。

那一晚,直到冻雨再次齐刷刷尖厉地落下,神迹降临般的团年饭才算宣告结束。无论有多么不愿意,我也只好与我的弟兄们在江堤上作别,他们还要去找各自过夜的地方,而我,则只好回到我借住的小楼里去继续我的囚徒生涯,只是我并没有告诉他们,在各自分散之后,我又折回了船上,也没有喝酒,径直走来走去,拼命回忆着此前唱过的每一句。其时情境,就像是一个远道而来的凭吊客,正在败落的遗址里寻找自己的身世;又像是一个失忆症患者,再三确认着他是否真正是从一场难以言说的神迹里走出来的。

我当然是从神迹里走出来的。因为直到第二天清晨,这场神迹还在延续。

清晨,我被冻雨落在屋顶上的敲击之声惊醒,起了床,刚一推开窗子,迎面便看见了足以惊人的景象:楼下的铁门之外站着两个人,不是别人,正是昨日船上的那对父子,儿子的手里拎着一瓶白酒,父亲虽说撑着一把雨伞,但是那把伞太残破了,挡不住雨,所以,两个人的身上都已经淋得湿透了。

震惊了一瞬间,我赶紧问他们,为何会到这里来找我,全然不曾想到,父亲竟然回答我,既然我拿他当了弟兄,他就应当拿我也当弟兄。按照他们家乡的礼数,大年初一,当小辈的应当带上礼物,去给长辈磕头,而我一人在外,自然没人给我磕头,所以,他便带着儿子来给我磕头了。说话间,儿子已经在湿漉漉的地上跪下,接连给我磕了三个头,磕完了,又将那瓶白酒从铁门的门缝里塞了进来,再重新站好,对着我笑。

没有人看见我的战栗,然而,我是真正地浑身战栗了起来。站在窗子前,懵懂与哽咽将我轮番冲击包裹,除了瞠目结舌,我根本未能说出一句话,直到父子二人离开,看着他们的背影在雨雾里越来越小,我还是不知道是否应该对着他们呼喊一句。终于没有,愣怔了一小会儿,如梦初醒一般,我飞奔下楼,捡起了铁门边的白酒,想了又想,竟然掀开盖子喝了起来——我早已知道,我的弟兄囊空如洗,可是,他仍然在大年初一的早晨送来了这瓶白酒,所以,喝下它,就是喝下了贫苦,喝下了从贫苦里长出的情义。

多年以后,我依然能够清晰地回想起喝下满瓶白酒的那一天:跌跌撞撞,却又飘飘欲仙,虽说铁门紧锁,我却并没有心生怨怼,正所谓,不知道可以原谅什么,但觉世间万事都应该被原谅。这一天,雨雾尽管仍然没有散,但是,当我重新站在窗子前,竟然觉得山河浩荡,黄河堤岸上全都长满了蜡梅,而且,一朵一朵,全都怒放。这当然是我的狂想,然而狂想一旦开始就不曾休歇,我甚至想,说不定,在黄河的对岸,某处隐秘的地界,也有一个人如我般被关押。"弟兄啊,"我对他说,"不要紧,无论深陷何时何地,尽管安之若素,要不了多久,哪怕夜寒霜重,你也会迎来命中注定的弟兄,命定的弟兄一定会找到你。"

我当然不会想到,那些白日里的狂想,刚刚入夜就验证在了自己身上。入夜之前,看守我们的人来了,毕竟是大年初一,他们各自也都喝了酒,可能是因为制片人的电话仍然无法接通,也可能仅仅只是因为想起了自己的命运,一个个的,竟然全都不由分说地暴怒,站在院子里,对着我和我的同犯们一顿辱骂,但是,我们之中,并无一人出来回应,所以,对方辱骂了一会儿,也就锁上铁门,继续回家过年了。

看守们走远了之后,没过多长时间,我竟然听见有人叫我的名字,我恍惚了一小会儿,迷惑着打开窗子,先是雨幕扑面而来,然后,我就在雨幕里看见了我的弟兄们:不仅仅只有那对父子,而是所有的弟兄都来了。我当然赶紧跑下了楼,来到铁门边上,不料,我还未及开口,当头的弟兄竟然劈头告诉我,虽说雨还在下,但气温已经没有那么低,黄河正在解冻,差不多可以行船了,而修船厂里恰好还有一条没有损坏的小船,所以他们商量过了,决定现在就带我过河逃离此地,以免明天看守们来了,我就又走不了了。

当我狂奔着下楼,怎么会想到事情竟然是这样呢?听当头的弟兄说完,我站在铁门之内,某种错乱迅速袭来,这错乱几乎使我疑心自己根本没活在这世上,也不是活在某部电影抑或传奇小说之中,而是活在几千年里所有情义的要害里:千里送京娘的夜路,黑旋风劫法场的黎明,抑或羊角哀找到了左伯桃栖身的树洞,范无救奔走在解救谢必安的河水中。不过是一刹那,电光石火纷至沓来,我在电光石火里看看背后黑黢黢的小楼,再看看眼前寡言的弟兄,除了陷入比白日里更加巨大的震惊,根本无法知道该如何是好,但是,满天的冻雨,还有森严的铁门,它们都可以证明:正在等候我的,确实是我昨日才相识今日便过命的弟兄。就在当头的弟兄说话间,两个青壮的小伙子已经翻越了铁门,跑上楼,将我的行李拎了下来,再在我身边站住,笑着看我,不发一言。到了此时,我再也没有片刻犹豫,三两步便攀上了铁门。

没想到的是,一行人刚刚要跑上黄河堤岸的时候,看守们来了,而且,他们还叫来了更多的人。隔了老远都能听见他们兴奋的咒骂声,随后,咒骂声越来越近,他们将摩托车和小货车的车灯都打开了,灯光远远照射过来,就像正在照射一群待宰的羔羊。我站在弟兄们中间,看看这个,再看看那个,和众弟兄一样,既然事已至此,我倒也和他们一样并不慌乱。这时候,仍然是那一对父子,走到我的身前,父亲叮嘱儿子,将我照顾好,又对我说:"修船的么,水性好,放宽心。"

一语说罢,弟兄们竟然一起朝车灯亮起的方向走了过去,只剩下了我和另外三个人停留在原地,这时候,给我磕过头的少年劝说我,赶紧跑上堤岸,去上船渡河,我当然不愿意,径直告诉他:"现在是过命,既然是过命,我就不能不过自己的命。"哪知道,少年竟然一把拽着我就往前奔跑,我刚想挣脱,另外几个弟兄又一并将我拉扯着往前奔,一边跑,少年一边对我说:"给你磕过头了,不能扔下你。"

就这样,一路跟跄着,不过几分钟的时间,我们就奔到了黄河岸边,未曾有半刻停留,少年便拉扯我坐进了一条铁皮小船。一入黄河,少年立刻端坐在船头,持桨敲击冰层,冰层应声碎裂,我们的船就从簇拥的冰层里穿行了出来,并没有走多远,冰层便消失不见了,水流也不急缓,似乎正在预示着一个即将来临的大好晴天,而我却未发一言,颓然蜷缩在船舱里,只觉自己是个临阵脱逃的叛徒。倒是船头的少年,开口唱了起来:"牛头跟马面俩两边里站,把我俩,押给了阎王的殿前,好花儿我俩唱翻了阎王殿,把好少年,我俩漫红了阴间……"再停下来,对我说,"唱么。"然而我却没有唱,一个劲地回头张望,可是,黑暗已经将我刚刚离开的堤岸完全笼罩,依稀可见的,只有河面上零星漂浮的冰层,显然,我离我的弟兄们是越来越远了。

然而,就在这个时候,一句歌声从身后广大无边的黑暗里响了起来,只这一句,我便腾地从船舱里站了起来,因为唱歌的不是别人,正是少年的父亲,我过命的弟兄。现在,他回来了,和他一起的弟兄们也都回来了,他们全都扯开了嗓子,用歌声为我送行,那歌声,既猝不及防,又撕心裂肺,就算有妖孽正在经过,那歌声也足以使它低头认罪,还等什么呢?如遭电击之后,我也扯开嗓子,跟着弟兄们一起嘶喊:"一身的脂肉儿苦干干了,压弯了脊梁骨了,绯红花儿你听,你的大哥哥们走哩,肝花妹妹坐吇,阿哥们是离乡的人;拿着的干粮吃完了,出门人孽障死了,绯红花儿你听,你的大哥哥们走哩,肝花妹妹坐吇,阿哥们是离乡的人……"

唱完了一遍,再唱一遍:"没风没雨的三伏天,脊背上晒下的肉卷,绯红花儿你听,你的大哥哥们走哩,肝花妹妹坐吇,阿哥们是孽障的人;一年三百六十天,肚子里没饱过一天,绯红花儿你听,你的大哥哥们走哩,肝花妹妹坐吇,阿哥们是孽障的人……"

唱完了一遍,从头开始,又唱一遍:"出门遇上了大黄风,闪花的草帽儿落圈,绯红花儿你听,你的大哥哥们走哩,肝花妹妹坐吇,阿哥们是孽障的人;阿哥们世下的太寒酸,这么价活人是可怜,绯红花儿你听,你的大哥哥们走哩,肝花妹妹坐吇,阿哥们是孽障的人;又背了沙子又背了土,又背了大石头了,绯红花儿你听,你的大哥哥们走哩,肝花妹妹坐吇,阿哥们是出门去的人;

又受了孽障又受了苦,还受了旁人的气了,绯红花儿你听,你的大哥哥们走哩,肝花妹妹坐呔,阿哥们是出门去的人;一身的脂肉儿苦干了,压弯了脊梁骨了,绯红花儿你听,你的大哥哥们走哩,肝花妹妹坐呔,阿哥们是离乡的人;拿着的干粮吃完了,出门人孽障死了,绯红花儿你听,你的大哥哥们走哩,肝花妹妹坐呔,阿哥们是离乡的人;没风没雨的三伏天,脊背上晒下的肉卷,绯红花儿你听,你的大哥哥们走哩,肝花妹妹坐呔,阿哥们是孽障的人……"

(原载《人民文学》2016 年第 3 期)

春山如煮

赖赛飞

那年春天,赴西周镇夏叶村煮山之约。

气温渐升,南方的竹山已蠢蠢欲动。整个山体的地面开始出现裂隙,从肉眼难以察觉,到豁然开朗历历在目,便知地温升高,山将如煮。山边人更知道山腹内绷满的竹鞭,能量积蓄逼近压力的阀点,而信息传递也已经完成——

我们开始吧!

春季到来,也就是时令的信号一旦发布,一年一度的竹山喷发将在很长时间内无法制止。地面凡有变化处必有东西现身,山上忽然满是毛笋尖尖,伴随着它的,有成堆成堆开花翻涌的土石。

如同找到了一个个出口,不知是压力顺着植株,还是植株顺着压力疾速向上,一晃眼已经比人高,依然带着乌青锥头,在击穿地表之后,继续维持着击穿空气的架势。

生长这个词在此需要搁置一段时间,因为听上去慢吞吞。只有释放两字才能担当,气势、速度、声响,一个不少。这几日气温回升快,又连下了几场透雨,毛笋进入了日长夜拔的境界,一夜能长半米高。一日不见如隔三秋亦不过如此。如果走到昨日停留过的地方,发觉看望过的一片笋,不再是笋孩子,竟是笋大人了,会着实吓一跳。

春笋——山上的这个物事太能长,需不时地将其中的货色起出来分配到各家煮它一煮。也只有这个法子才能截停汹涌的生命流,让它暂时止步于此。

这段时间,是浙江象山县山里的收获季节,如同田野里的金秋十月。仿佛"开镰"一词,有飒爽之意,"开锄"一词,则掷地有声。一锄头下去,皆成开山之作。

此际山外的人也到来,看见山上全是笋,路上尽是运笋的队伍,居民家中也是笋,村庄的空气里充满煮开了的笋味——那是某种春风得意的味道。

我们这番前去村民张大哥家挖笋,其实也想顺便挖挖他的生活。我相信他将告诉我的是这满辈子经历所得,有些干脆是祖祖辈辈积累下来的,哪怕三言两语,也抵过平日千言万语。

听他说,笋看雨水,如果不足,笋未能成材的就多,趁早挖去晒笋干,是物尽其用。这种笋天生有早夭之相:顶上毛发干枯,捏它的身子一手的僵硬。而能长大成竹的笋,毛发青翠润泽,肉质富有弹性,这一点隔着厚厚的衣服也能摸出来。春笋长成的竹大而直,竹节外鼓,肌肉很厚。由冬笋长出来的瘦小而竹节平,营养不良的样子,它的篾柔韧,坚固,用到后头发红。

上天固有好生之德,每一样都有每一样的好。又如黄泥山长出的竹,属于从小生在优裕环境里未经历练,将来多半要蛀的,石山上出来的竹就像从小艰苦惯了,制成竹器多少年也不会朽坏。三五年的竹最会长笋,生育旺盛,十年以上开始出产稀少,高龄了。

过年以后,春笋现身,至谷雨笋头齐,最多。立夏,开始落市。而八月份开始,冬笋又在竹鞭也就是竹龙根里生出。

运气好时,他们挖到过的春笋之大,在一米四五这样,六七十斤重,就像开矿,远不是几锄头可以搞定。那种情形下,虽然挖的仍旧不过是笋——日常之物,寻宝得手的感觉却实在明显不过,好端端的人就高兴坏了。

开春以后,对于夏叶乃至西周的所有山里人家来说,闲着也是闲着,好天气总要上山。仿佛漫山的宝物出土,不去挖一挖实在是对不住。特别是留守的老人家,进山的时候,家里的小狗跟着野游。挖笋人碰到一起,狗的数量与人一样多,而且寒暄得比主人还要热烈。

　　山里人家，笋现吃现取。如果烤咸笋用，最好是"黄泥头拱"。这种笋是长在黄泥山上竹鞭入土很深处，刚露出地面的黄毛一小撮，大头全在下，未见过世面。

　　挖出来的笋不能搁过夜，而且得保持不见光状态，免得老掉。前面说过笋的生长势，排山倒海一泻千里，只在时间里老去，并不限于何种形式，不论是在土里还是空气里，是囫囵还是被砍头。只有一点不同，后者属于老上加旧，吃起来硬，不够鲜甜——这也只有张大哥他们才能分辨和讲究，靠着常年围着竹山的本钱和资格。当我试图阻止他们砍削掉尚觉得可以下咽的部分，得到的回复是：这么老还想留，我家的竹椅子送给你煮煮吃去。

　　张大哥家跟别家一样，山上长着笋，院里家里晒着笋、腌着笋。笋饭、笋团子、笋炒蛋、笋烤肉、红焖小竹笋、大烤咸笋、咸菜笋尖汤……一辈子的笋吃下来，人也吃得落直，气质清淡。

　　夏叶村依山傍溪，人家与村道的干净，又跟城里的不一样，属于用清风吹过、山泉水洗过、红猛日头晒过的清洁。至于动静，唯有天籁了。

　　城里人常叫嚣要住到乡村，喜欢，其实多半是逞口舌之利。到夏叶这样清静到骨子里的山野，一天到晚看山看水看人，保证熬不了多长时间。太寂寞了呀。

　　但张大哥他们不一样，仅仅是竹山笋事，就会占去他们很大的注意力，虽然打理竹山看起来也是很马虎的事情。每年，冬笋到春笋，从十月份到次年夏至，隔三岔五地上山，挖笋、收拾笋、吃笋、卖笋，间或呼朋引友。比如今天，到屋边山坡挖笋就花了两个小时，还是一堆人与狗，如果一人一狗，去山深处，准定一日。回来剥笋，也就是用利刃纵向一剖横向一剜，立刻出来大颗雪白笋肉。堆得高高的笋壳运回山里，与竹叶一道成为养分。竹山总是疏松柔软，被笋拱松的，被铁锄挖松的，也是落叶堆积得日久日厚。其实有些人就地剥笋还山，替自己减负过，再干净利落地下来。

烤笋还要更长时间,有时候连煮带焖一夜。时光就是这样过去。生产开路,生活紧跟,两相情愿。隔着季节,隔着一番轮回,期待、忙碌、满足、松口气……一切都是新鲜,人跟着每年翻新一遍,来不及多想,轮不到枯燥乏味。

张大哥挖挖笋,也参与管理着村事,包括一条重要村道的敞亮与否,还带着他的小孙子。小家伙养到村里不久,还没有学会说话,却皮实得很,先学会了作虎啸。每对一事惊讶、高兴,便花起眼嗫起嘴长啸一声,无意中能听出另一种生长。爷孙俩特别亲密,总是熊抱在一起。六十开外的张大哥依然壮实,看着怀中的孩子是笋般一日一个样,他每餐就着花样翻新的笋喝几两土烧酒,这日子一溜如水。

半路出城者,若肯这样身心俱在其中,与村庄、与四季、与自然万物同命运共呼吸,才有希望待下去,直至把自己种活在乡村世界里。

人老成精,笋老成竹,数不清的竹,挖不尽的笋,长长的翠翠的默默的夏叶村。初来乍到的人,一番攀高跌低,呼吸了不一样的空气像换了一番心肺。讲的也都是眼见为实的事体,一桌子家常菜,笋占了好大一片,配着平常一锅白米饭,吃出久违的好味道。

越来越多的人喜欢去挖笋,总归是这件事原始感很强,符合野外、野炊这一类的冲动。一群人得空在山里转悠,恍惚回到了原始人采集的时光,找到了植物鲜嫩的根茎部分,集中,硕大,容易得手,足供饱餐。大家冒昧地欢呼,接下去一顿子掘地三尺,七手八脚,出来后,名正言顺地再次欢呼,才装入卖相同样原始的容器内,卖力地背着走。

为了延续这种原始野性,西周人往往在院子里搭灶,露天烤笋。这甚合吾意。

现挖现剥再现烤,笋切成斜角大块,铁锅里放的是清水和海盐,架起柴火开烧。这味家常菜,算起来金木水火土五行俱全,一番铺排,浪头很大。

比起先前的紧赶慢赶,烤笋完全可以坐下来从长计议。悠闲的时光里,想想笋,想想人。觉得毛笋这种大块头食材,生来是主角的料,绝不肯配合他物。最初使笋成为吃食的前辈们,应该很费了一番工夫吧。当试过什么都不能征服它,只有让水、火、时间这老三味使它服帖。人们对食材的处理经验,通过长期摸索出来的古老的纯粹的吃法,才是经典。西周人对饮食界的贡献,当记上一笔。

生笋总归是糙,一根根粗纤维明目张胆地排列。它是发物,富有刺激性,容易使人过敏,旧疾复生,假如只是生吞活剥吃下去的话。但烤到位了,缺点全消。这是熬制的功夫,笋在锅里退去生涩、桀骜不驯,只留下脆的质地、清的气息、丰富的养分……揭开锅盖一看,满满一大锅只剩下小半锅,柔腻而乌沉,正往外泛出一粒粒白花。

宁可食无肉,不可居无竹,正是西周人,将未来的竹,白煮出肉感。一种素生活,过得滋味甚浓,也是本事,值得再记一笔。

竹为乡土感很重的植物,论及宜室宜家,近乎标配,皆大欢喜。深谙此道,每当春天来临,西周人包括夏叶人就广发英雄帖,多多益善地过起笋节,时间在4月中旬到下旬长达二十天。

下手算狠,一个节日,就将一年中最美的时光都取走了。

(原载2016年3月30日《人民日报》)

有一场雨在许多人心里发酵

毕　亮

三　公　里

出团部到昭苏县城,从昭苏县城回团部,都要经过一条三公里的岔道。去年岔道重新修整,新铺了一层柏油,光洁了不少。岔道口立了一个大牌子,全国文明单位×××欢迎您。字是分两行喷上去的,底图是油菜花的照片。

因为这里有数十万亩的油菜花。每年七月走在这里的土地上,怎么走都是一眼的金黄,间夹着深绿、淡绿,那是草原、麦子,或者其他的什么。

油菜花不仅是江西婺源的名片,也一直是团场人的骄傲。走到哪里都忘不了油菜花黄。团场人也有自己的坚守。

在团场人眼里,婺源的油菜花算得了什么呢,小里小气的,哪里像这里,一眼望过去——其实根本望不过去,你压根都看不到边界。让团场人引以为豪的还有,吃着油菜籽榨的油,走到哪里都是香,花香,油香。

因为三公里这样不长不短的路程,也因为这个大牌子,慢慢地这里有了一个约定俗成的地名,在地名志等书里找不到,地名普查的时候,往往也是被忽略的。但是只要一说,团场人都知道。我后来看汪曾祺的小说《徙》,里面写到谈家门楼,汪曾祺说:"谈家门楼巍然突出,老远的就能看见,成了指明方位的一个标志,一个地名。一说'谈家门楼'东边,'谈家门楼'斜对过,人们就立刻明白了。"看到这里,我就想到了"三公里"。"三公里"就是"谈家门楼"那样的存在。

三公里。是的,三公里是个地名。"你家的人到哪里了","刚过了三公里,再有几分钟就到家了"。诸如此类的对话,在团场会经常听到。我没有统计过团场人常用词都有哪些,但"三公里"出现的频率肯定是靠前的,如果团场人有自己的百度系统,"三公里"肯定是百度热词。

"三公里"的用处不仅仅在口头上。更是团场人锻炼身体的主要场所之一。散步是团场人锻炼身体的最主要方式。

在团场,散步不叫散步,而是叫走路。"你昨天走了没有?","走了,走了,三公里一个来回","六公里,正好"……在新疆,我们计路程,不说里,用的是公里;就像计重量,用的是公斤而不是斤。这是我十多年前,初到新疆时慢慢才适应过来的。

走路的人以中老年人居多,像我这样三十岁左右的,很少。最开始,坚持走路的人,大多是身体有大小不等的毛病,意识到健康的重要性了,于是锻炼的人慢慢多了起来。三公里这条路,"糖人街"这个名字,慢慢被人叫开了。这是在我到团场之前的事了。

我去团场的时候,走路的人都知道锻炼重在平常,重在坚持,所以每天早晚,陆陆续续的,三五一群,或者一两人独自行走,慢慢地"糖人街"也没人叫了,虽是戏称,却也不吉利。

走路的人里,有一个我。

在这三公里路上,走路的人一般都集中在早晚。早上起得早的人不少,去三公里走一圈回来真好。而我这个年龄段的人,正是嗜睡的时候,出门早饭时常会遇到已经走路回来的老军垦们。

我一般都是午饭后漫步。几个单干户一起合伙做饭,吃完饭正好慢走。团场就那么大,也都是常住在此的,走在路上都熟悉,互相问候一声,继续各走各的。来来往往,往往来来,还是以老军垦为主,这些二十世纪五六十年代因为各种原因会聚到团场的江苏人、四川人、河南人、上海人等,在这里一住几十年,口音都还没改过来。有些走路的人,随身带着个收音机,或者带扬声器的音乐播放器,各种地方剧种走路的时候也常常都能听到。

高寒地区的冬天漫长而单调,这个时候走在三公里的路上,满眼除了雪还是雪,走路的人就少了许多。团场的人,都蜷缩在家,通往三公里的路上一下子安静了许多。等到三四月,雪开始化了的时候,人开始多了起来。

走在三公里的路上,我们遇见了春,遇见了夏,遇见了秋,独独不想遇见冬,但是也躲不过去,用四五个月的时间来积蓄力量。

走在三公里的路上,我们遇见了草慢慢从土里冒出来,遇见了麦子播种,遇到了油菜播种,麦子、油菜出苗时我们从地边走过,扬花、灌浆的时候我们在走,油菜花开、结籽的时候,我们还走在往三公里去的路上。然后,走在路上,遇到的就是收割,先是麦子,然后是油菜,有些年还会有香紫苏、胡麻,或者其他的什么作物。收过的地里,更加空旷了。"在这个世界上秋天深了/该得到的尚未得到/该丧失的早已丧失",海子的诗句,走在三公里的路上,有心人也能感受到。

然后就是大雪覆盖。大雪覆盖后的土地,也会留下牛羊马走过的印迹。汪曾祺若是在这里生活过,会不会写一篇《三公里月令》这样的文章?

走在三公里的路上,也会遇到麦子和油菜的倒茬,看了一茬麦子,第二年就是油菜;看了一茬油菜,第二年就是麦子。我们生活在高原,气候让我们能种植的东西那么少,我们除了种麦子,种油菜,还能种什么呢?

团场是一个多民族聚住区,走路的人里当然也有少数民族,尤以哈萨克族为多。社会的发展,改变了哈萨克人的逐水草而居,开始逐步地定居,从毡房搬出来,住进了楼房;团场盖的精品小二楼,也以哈萨克人买的居多。终于有一天,我们发现,这些从草原搬到团部的哈萨克人也开始走路了。从马背上下来,开始散步,这是一个民族不小的变化。曾经有人建议我写一篇报道,好几年过去,我还没写。

一个人走六公里要多久,我也不知道,我已经走了四年,也不是四年里每年都在走。有些人会走一辈子,一辈子也走不出这六公里,其实他们也不想走出来。就这么走着,走着,慢慢走着……一路上的花草都无比熟悉,都是自己的近邻,处得习惯了,这样也很好。

有一场雨在许多人心里发酵

临走的前夜,团里下起了雨,不大也不算小。

我失眠了。晚上办公室同事给我送行,我没喝酒,喝的是奶茶。起码有五十几碗,这时候肚子里满是奶茶等着消化,这不是睡不着的主要原因。

这样的雨夜,会有多少人失眠,会有多少人在听着雨声,在雨声里入眠。我知道,这样的夜里,有许多人正在心里发酵着一场雨。

我在这里住了四年。有雨的晚上不少,有时睡得很好,有时听着雨声也失眠。此刻,我就这么躺着,虽是盛夏,但在团场有雨的晚上还是要盖被子。在昭苏高原,一床被子盖四季。夏季反而比冬季要盖得厚。这就是昭苏。

睡不着,索性就不睡了。站在窗前,看着外面,此时正是四点二十一分。我发了一条微信朋友圈,没想到没睡的人还不少,马上就有人点赞,有人评论,有人发"?"。打开窗户,一股冷风灌进来,可以看到雨线在路灯灯光下很明显地斜飘着。

路灯是去年才装上去的太阳能路灯,光亮是白色的,在这样的夜晚看起来惨白。但雨水冲刷了惨白,感觉意境慢慢出来了。这样的雨夜,这样的灯光,适合临窗喝茶。可是环顾室内,东西已经收拾好准备明早装车,茶叶也打包装起来了,热水也缺。茶就不喝了,看雨,看路灯吧。

四年前,也是这个季节,我初来这里,还是没有路灯的。晚上走在团部,黑灯瞎火,人影很少,多少个加班的夜里走在路上,就着手机微弱的光独行。看着星星,看着月亮。如果是冬天,晚上基本都在下雪,踩在雪地的声音伴着我一路同行。如果是雨夜,我会走得很慢,"雨入空阶滴夜长",夜长了还可以多睡几个小时。白天要是继续在下,就更是睡觉的好天气了。三十岁的人了,怎么睡都睡不够。

我在团场生活的时候,尤其是在连队,下雨的时候最让人欢喜。在干旱的年里,下雨就是下钱。不仅如此,一下雨,我们就闲得多,不用往地里跑了,就打平伙吃饭、小酌,他们大声嘶吼《父亲的草原母亲的河》《红萝卜的胳膊白萝卜的腿》,我听着。这都是雨带来的。雨打落庄稼地里的尘埃,也让我们有了放松、偷懒的借口。

我不能体会世居在团场的人对雨的感情。前两年,我曾在一场大雨后凭着浅薄的理解写了一篇《及时雨》,短短的千字,现在看来更像我在这里居住的一千多个日夜,茫然,无绪。

在雨夜,最先想起的总是雨。而此时细想在团场关于雨的记忆,一拧就是一大把,从指缝里漏掉的,马上又重新被打捞起来。

雨水发酵久了就成了酒。团场的雨天,大半都是阴冷的,喜欢喝酒的人应该都会喝两盅的。酒是男人打发雨雪天的最好途径,而女人则是围在麻将桌上,一过就是一天。

所以,下雨是让人欢喜的。

当然,也有讨厌下雨的时候,主要是五月和九月。五月暖气刚停,九月暖气还没来,下雨的晚上气温降得更低,裹着一床被子睡觉都冷得很。晚上睡觉,早上起床,都冻得哆嗦。这个时候,不知道有多少双嘴在咒讨厌的雨。此时,早已忘记了在另外的月份,翘首企盼一场酣畅淋漓的雨到来时的那份急切。人,总是善于遗忘的。

今年的雨,下得没有规律。规律是在团场住了几十年的人总结出来的。只是,近两年的气候不断地打破着日常的经验,该下雨的时候大风吹彻,该晴天的时候阴翳不见太阳,冰雹、干旱、洪涝……考验着团场人的忍耐力。

从冬天开始,团场人就对今年的收成充满着期待。一切只因为从隆冬开始,一场雪接着一场雪,而且每场雪都很不小,按照往年的经验(又是经验),开春以后雨水肯定不差,希望的种子已经随雪一起下在了人的心里。

雪化完,地一干,机车就该下地了。先种麦子,麦子播完隔上一周或者五天的,就该种油菜了。但今年一进四月,雨就下得奇怪,接二连三地下,地还没干透呢,又湿了,如此往复。机车下不了地,种子播不下去。往年清明以后就该下地了,陆续就可以在地里看到播种机在尘土里往返在条田。眼见着都二十号了,麦地才播了几千亩。种地的人、没种地的人都着急了。"这么好的雨,等种下去再下,多好啊。""这雨,要下在六七月,今年日子就好过了。"……话虽是这么说,雨还是日夜不定地下。

终于,有两个晴天就通宵地播肥播种,雨又不打招呼地来了,团场的人真是又爱又恨。到了月底,总算有几个晴天。播肥、播种、拖拉机、劳务工,没日没夜地在地里奔波了,好几个通宵,终于把十多万亩麦子播完了,紧接着就是油菜等作物。

到了五月,雨没见少。前几年修的水库,今年终于满了。而洪水也接着一次次来了。先是一场连夜的暴雨,冲过河道扑向刚出苗的麦田,连队干部发现及时,才避免了损失。没过两天,哈桑沟又发现了险情,一百二十个青壮年民兵,用五个小时阻挡了洪水的侵袭。

我在这里已经生活了四年,第一次见这么大的洪水,参加抗洪,当然也只有这一次。也因为雨水的充沛,让湖泊成了湖泊,河流成了河流,往日裸露的河床在水流下静默。

站在窗前,雨滴裹挟着往事,在路灯下串成一条线。

我知道,明天我走的时候还会有雨。天气预报说的,今年的天气预报特别准,尤其有关下雨的预报,还没有误报过。我知道,什么时候都会有一场雨在团场人的心里发酵。他们世居于此。

在路上的乡愁

一

自小生活在安徽中部,虽不是水乡,却也山清水秀。村中的几方池塘且不说,就是村庄周围的池塘,也都是我们的乐园,钓鱼、洗澡、摘菱角、择菱角菜,还有挖藕。

有藕,就会有荷花。年少的心思,总不免与吃、玩有关。等到有一天,发现荷花之美时,已经是大小伙了,开始做着文学的梦,对周围的某些事物也开始敏感。每到周末就常夹着一本书跑到后山的塘埂上躺着看书。感觉到荷花存在时,我正读着丰子恺。

是的,时间过去十五六年,我对这个细节记得如此真切,许多时候都觉得是虚幻。

有一阵风吹过,我的眼睛还是盯着书页,嗅觉却不自觉地漫散开,有草腥味,还有其他的什么味,以前没闻过,或者没留意过;书就随手倒扣在地上,人就围着池塘转悠。吹皱一池春水,也是那时感受到的。——还有几朵正绽开的荷花,是荷花。去年,我还在这里挖过藕,更多的是待绽放的花苞,粉红的、淡红的……那些年,我还没读过汪曾祺,也没学到汪曾祺先生关于颜色的那么多描述。"映日荷花别样红"的诗句是念过的,只是至今都不知别样红的哪样的红,就是日光映照下荷花的红吗?

往后,往这里跑得更勤了,如此这般见了三四年的荷花的开与落。虽做着文学的梦,却也未曾写下过一行有关荷花的文字。

十九岁那年看过荷花后,连藕都没来得及挖一回就匆匆地坐上了西去的列车,经过四十多个小时到了新疆。

文学青年的十九岁,处处都是诗意的。西域大地,更是赋予了我无限想象,惜平日疏懒,没有记下零散的臆想,不然现在看起来肯定很有意思。所以说,在文学这条路上从一开始就注定不会有什么出息。文学青年,相对于西域之广袤,很快就会成为文学中年。

本以为西域干旱之地甚多,应该不会有荷花,哪知道到伊犁的第二年,有一次采访误入了荷花池,邂逅了一片连绵的荷花。当时正是微醺,漫步在没有方向的大地,没有惊起鸳鸯无数,却把我自己惊醒了:眼前一片是正盛开的荷花。

是的,荷花。

这是在察布查尔,一个可以在西域种水稻的地方,在新疆这些年吃的大米基本都产自这里。时间待得久了,发现除了这样的大片荷花池,在察布查尔,在伊犁,也偶尔会出现一小块荷花,或一两亩,或三两株,旁若无人地开着,也会引来不少相机镜头。

奇怪的是,曾借着做人文地理记者之便,走遍了大半伊犁的角落和山水,每年或专程或偶遇的荷花,都是白色的,也有白色偏向嫩黄的;和故乡大地的别样红形成了别样的对比。

在伊犁,映日荷花别样白,是不错的,也别有韵味。

一晃,在这里已经待了十一年。如今,而立之年已过,才发现我一直生活在开有荷花的土地上。

二

今年夏天的伊犁,热得出奇,哪里都不想去,就窝在家里看书。看小说。杂乱无章地看。看《儒林外史》时已经是七月底了。因为作者是安徽乡贤,不免也会多生出几许感触。刚刚看了开头,看到少年王冕放牛时看书、作画,记忆就从书页中跑了出来。

年少时,我在桐城老家也放过牛,尤其夏天的暑假,最烦的除了暑假作业就是放牛了,烦了七八年之久。十五六年之后的现在想起来,反而有了不同的感觉。

说是讨厌放牛,其实也是偶尔如此。在乡村,放牛算是很轻松的农活了。一边放牛,一边干其他农活,诸如插田、拔秧的大有人在。我放牛的时候也做其他的事,但基本都是玩。

村里池塘不少,有池塘就有塘埂,塘埂两边的草都长得非常好,很适合放牛。许多时候,池塘里的水并不会很多,水草就长得疯了,牛也喜欢吃这样的草。

我放牛时,就喜欢找这样的池塘,牛绳拉得长长的,在塘埂中央钉一个木桩,把牛绳系上,牛就在以木桩为圆心、以绳长为半径的圆圈内吃草,渴了就到池塘里喝水。

这个圆,经过牛半下午的啃吃,和其他地方比,就很分明地可以看出来。

一头牛把圆圈内的草吃完,需要不短的时间。这个时间,就是我们的了,有时候也看书,暑假快结束时,就用这个时间来补作业。说是补,更多的是抄,从同学那里借来做好的,猛抄一通。更多的人用这个时间钓鱼,在就近的池塘里,边留意着牛吃草,边钓鱼。我从小就没有耐心,所以钓鱼收获很少,倒是有一年,屋后的池塘里,不知哪里来了这么多鲫鱼,鱼钩放下去就有鱼。那个暑假我钓到的鲫鱼,至今都是最多的。傍晚回家时,一手拎着鱼桶,一手牵着牛,晃晃悠悠地回家,晚饭还能大吃一顿红烧鲫鱼,喝一碗鲫鱼汤。晚上做梦,梦里都是鱼。

除了钓鱼,我们还钓龙虾,用虾笼装龙虾,用篾笼装黄鳝。还有人钓黄鳝,这是技术活,我至今都没学会。

那些年的龙虾真好钓,虾笼从水草荫处取出来,一虾笼多的时候有一两斤龙虾,我现在很少吃龙虾,可能就是那时候吃得太多了。龙虾除了自己吃外,也送到镇上的菜市场、饭店去卖。一个暑假,收入倒也不少,这是放牛的副产品。后来有人就专门做起了龙虾生意。

放牛的时候,我们还打牌。三五个小伙伴一起放牛,各寻一处把牛打发了,它们吃它们的,我们在树荫下、草窝里玩我们的,斗地主、跑得快、争上游……扑克的各种打法,我们就是这么学会的。

有时候,不想玩了,也睡觉。就躺在草地上,望着天空,正是嗜睡的年龄,很快就睡着了,许多时候要等到家人寻来才被叫醒。

无论是钓鱼钓虾,还是打牌睡觉,都会有太投入忘了牛在吃草。有时牛挣脱了桩子或者牛绳子断了,少不得要跑掉,跑到庄稼地里吃秧苗、吃山芋藤，后来村里有人种玉米了，还会吃玉米秆子。见到绿色，牛就都会蹿上去，啃几口。

要是吃了本村人的庄稼还好说，都是乡里乡亲的，抬头不见低头见，家里大人带着孩子去赔个礼道个歉就过去了。如果吃的是邻村的庄稼，就不好办了。遇到好说话的人家还好办，不然真够麻烦的，事后要买化肥，挑上几担大粪撒到庄稼地里，补过庄稼地里的肥料才罢了。

有时牛也会跑到隔壁村，别人关到牛栏里，于是一家人甚至邻居几家人吃饭的心思也没有了，到处找牛，找到了——对不起，起码得拿一条红梅烟才能把牛牵回去。

这样的时候，回家暴揍一顿是免不掉的。

常在河边站哪有不湿鞋，牛放得多了，也有被牛角顶的时候。

上了高中，基本就没再放过牛了，家人秉承桐城"穷不丢书、富不丢猪"的传统，让我潜心课业，后来到了新疆，回去的次数少了很多，每次回去也都忙于各种事，就更没放过牛了。

在新疆，第一次站在草原，看着牛羊马都放养在一望无际的大草原上，新奇得不得了。更新奇的是，很少能看到放牛养羊饲马的人，牲畜们就那么吃着，自由得很。就想着，我怎么就没生在这样的地方呢。后来住得时间长了，尤其经过雨水少的年头，牧草长不起来，我就又想起老家，半人高的草到处都是，这里的牛羊如果过去，大概都是膘肥体壮吧。

最近一次回乡，是前年，正是五月，满村已经见不到几头牛了，据说如今更少。现在的孩子毋宁说放牛，就是见到一头牛都新奇得不行。

湟渠：顺流而下

刚走入社会就当了记者。那两年，我曾以工作之便，走在伊犁的山水之间，寻古迹，访人文，更多的是想感知生活，体验生活。可惜这样的时间太短了，只有一年多。其间，虽也走了一些地方,但没走到的地方更多。比如:湟渠。

要说那时不知道湟渠,也不尽然。在伊犁,湟渠鼎鼎大名。但有一些事物,了解得越详细,反而越不敢接近,那些年,我选择性地忽视湟渠,转而去寻访伊犁九城,去寻找小巷里的手艺人,去钩沉一些老地名。但湟渠,一直在书页深处,遥遥望着我来往在乡村城市之间的脚步,也许还会听见我在小巷和老手艺人的交谈,但湟渠水日复一日,时多时少;它不会关注一个外来者是否会走近,也不会在意有多少人世居于此的本地人的记忆。

渠在水流,水沿渠流。

但在我的意识深处,还是想去实地看看。所以关于湟渠的文字资料,也一直在留意。想着有一天从书页的记忆中走出来,俯下身子去接近尘土和渠水。

在不做记者五年后,终于有了一次走近湟渠的机会。

近二十年前,陈忠实先生大约也同我们今天一样走向湟渠。后来,他写过一篇《伊犁有条渠》,专门写湟渠,为本就饱含文化色彩的渠更增添了几许魅力。

虽然是为湟渠而来,但满渠湍急的流水也是我们格外留意的。这渠水也曾吸引过陈忠实先生的目光:我在杨树和柳树列岸的湟渠边徘徊。湟渠的水是泛着乳白色的清流。这水的颜色不同于北方的河的水色,也不同于南方的江的水色,更相异于海水的颜色。这水来自天山,是天山积雪融化而成的天上之水,伊犁河便是汇聚这雪山之水而独具色彩的河流。

近九十公里的湟渠,我们顺流而下,从渠首一直到渠尾。

当我站在渠首远眺时,除了渠、水外,视野所及都是秋天的丛林。属于秋天的色彩在此时展露得淋漓尽致,一棵植物上拥有四五种颜色,大概只有写《颜色的世界》的汪曾祺可以形容得出来。他1982年夏天和林斤澜、邓友梅等人来伊犁时,大约是看过湟渠的,在《天山行色》中对湟渠虽然一笔带过,但看得出来他对湟渠是用心做过了解的。

写过《草木春秋》等那么多草木文章的汪先生,也没留下他对湟渠沿途植物的记忆,但我们从他一幅作于1992年的《蓼花无穗不垂头》题画文字中知道,他在伊犁时对这里生长的草木是很留心的:"昔在伊犁见伊犁河边长蓼花,甚喜。喜伊犁亦有蓼花,喜伊犁有水也。我到伊犁在一九八二年,距今十年矣。 曾祺记"。

之所以想起这些,完全是因为在远眺时一脚踩进了苍耳丛中,扎痛了才收回目光,更显惊奇了。我在新疆生活了十余年,还是第一次看到苍耳(也可能是之前未曾留意过),以前还以为新疆不生长呢。同行之人看到我的惊讶,也有些新奇:"这不是苍耳吗?"此时我才知道它的学名。在老家,实在太常见了,常见得都忽略了它的学名。然后,多少年里,它们就一直活在方言的记忆里,跟着记忆跋山涉水,从淮河畔来到西天山脚下。在过去的十多年里,记忆里没有它们,没想到偶然的一天却从人生深处冒了出来,像湟渠里的水,翻过几个浪花又沉下去。即便如此,我还是不确定在老家方言里,这几个字应该怎么写。于是随手拍了几张苍耳的照片发到微信朋友圈询问。答案五花八门,但我也找到了最接近我记忆中的写法:粘骨蛇。晚上回来专门查阅新近出版的某本伊犁植物方面的图文书,未见有介绍。

同行的年轻人,看到苍耳也都感到新奇。看来无论生活在哪里,谁的年少经历中,都有过一段用苍耳来调皮的岁月。我们从苍耳针尖状的外表隧道中,迅速回到过往岁月,然后往事的记忆也随着渠水远去。

我们从渠首开始往下游走,走走停停,停停走走。不断地有车从我们身边飞驰而过,仿佛是要去赴一场等待了千百年的约会。

快速行驶的车让都市人忘记了来时的路,忘记了路边还有河流和杂草,白杨青杨。此刻,我们正看得见山、望得见水,可是乡愁在哪里?——乡愁在高速公路上渐行渐远。也许,我们正在用自己的行动验证着美国自然主义作家西格德·F.奥尔森《低吟的荒野》中写到的"正是由于我们几乎忘却了过去,所以在我们的内心才存在一种不安,一种对现实的急躁"。

急躁常常也是立体的,从四面八方来,再往四面八方去。比如此刻,我就忽略了湟渠灌溉下生长的苞米、棉花、西瓜、高粱……还有芦苇,它们可能都是自然而生的。它们也是经同行人提醒我才注意到的。俄国探险家普尔热瓦尔斯基在他的探险记中写到过罗布泊罗布人渔村阿不旦的芦苇有八米高,直径四五公分,罗布人用芦苇盖房、取暖、架桥、铺路,芦花可以充填衣被,可以熬成浓浆代替食糖……曾经的伊犁人也这样过吗?

在湟渠的第一个龙口,我被一棵白杨打动了。

边城伊宁昔日被叫作白杨城,作家袁鹰走了一趟,留下了名文《城在白杨深处》。伊犁作家更是不惜笔墨,写下各自心中的白杨城,昔日的城。近年来,白杨日渐其少,余生也晚,到伊犁也是近十年的事,自是无缘见识满是白杨的城,在文字中寻找外,偶尔也能在城市的角落遇见一些不成片的白杨。

初到伊犁那两年,我喜欢在本地人称为西公园的人民公园闲逛,绕来绕去、来来回回的那条小路。

熟悉西公园的人都知道,里面有几排白杨。这盛夏和初秋的白杨树,有着十分硬朗的姿态。高大的笔直的杨树让我忽而觉察自己的渺小,在这几排树中间,倚树而立的我,好像一株柔软的藤,需要借助它们伟岸的躯干支撑自己的生长。雪岭云杉是隐逸之士,它们散落在深山之中,平常之时,平常之人不易见到,而白杨,这些分布在城市角角落落里的白杨却是无时无刻不显现在我们的眼帘。它们大约是这个城市里离云朵最近的树了。躺在草地上,面向杨树生长的方向,一朵云就停泊在树梢上,微微风起,那朵云又在树间游移。恍惚间,不知道树在云间,还是云绕树生。然而你看,这里的白杨,棵棵笔直,几乎没有多余的枝丫,它们与内地的杨树枝蔓伸展的姿势不同,似乎它们只知道向上,再向上,顺着血液延伸的方向,一直触到云端。那些青绿的树叶,带着蜡质的膜,在风中翻响,阳光之下,白花花的光落在叶子上,远远望去,有如一簇一簇盛开在树梢的白色花朵。还没有风,树下静得听不见一丝声音。没有人声,没有蝉鸣。在这样或干燥或湿润的城市里,白杨树以它特有的姿态滋润着人们的心灵。我只好沉默,在这几排卫士一般的白杨树下,我只能保持沉默。闭上眼睛,然后终于有风从我头上掠过。然后就是哗哗的雨声。那些雨敲打在树叶上,我似乎听见雨声深处白杨呼吸的声音。于是睁开双眼,阳光如水。原来那声音只是风吹翻树叶的响动。天蓝、云白、风清。

这是一个初来乍到的内地人到了伊犁后的心情。关于白杨和一座边城的脉络。

当我在龙口渠岸见到这棵两人合围抱不拢的白杨时,我感动了。这大概就是和昔日白杨城里的白杨同一时期种下的吧?抑或是修渠的人在休息时随手栽下的?

然而,无论是书上记载,还是民间传说中的湟渠的修建,最早可以追溯到二百五十年前,近的也有几十年了。这样粗大的白杨会是哪一年种下的呢,或者根本就是一阵风让它落下来,生根、生长……曾听老辈藏书家说,书比人长寿。望着眼前这棵白杨,顿有一种树比人长寿之概。

一路上走到湟渠尾,我们和一些曾经参加过修渠的老人聊天。老是现在的状态,可挖渠的时候,他们都是壮劳力,二十岁上下,一身使不完的劲。忆起挖渠往事,七十多岁的老人们依旧豪气满怀,感觉马上就要卷起袖子再大干一场。我注意了他们的眼神,分明有一种对过往青春岁月的追忆。还好,纵然青春留不住,湟渠有水不息流。

(原载《天津文学》2016 年第 3 期)

死

傅　菲

　　停了下来。我不走了,仰起脸,在一棵梅树下,最后喝一滴叶子滚落的露水。在水井旁,我把脚洗净,把脸投映在井圈,瞥一眼,之后,万物成空。一栋有窄小庭院的小楼,有一个葡萄架,围墙下有五株藤蔓蔷薇。架上的葡萄无人采摘,麻雀、乌鸫、松鸦欢快地啄食,在黄昏前都不会离开。蔷薇爬满了围墙,粉黄粉红的花朵在谷雨时分绚烂得让人悲凉。楼上的天台是一个空中花园,有一个鱼池,木栅栏挂着迎春,在鱼池边上,有鸡冠花、孔雀草、二月兰、半枝莲,它们在春夏时节开各色的花。鱼池养了两尾锦鲤,像一对永不分离的情侣,一起喝水一起呼吸,看一样的天空,过一样的四季,身子挨着身子,鳍碰着鳍,幽幽地游。我的一生不如锦鲤,我更像草根下的蚯蚓,蠕动,在幽暗的洞穴里度过漆黑的时光,啃腥土,排污物,身躯冰冷。小楼的大门前,有一棵柚子树,四月的花香黏稠。我将在这个小楼里熟睡一个晚上。

　　最后一个晚上。我将梦见我母亲。她会紧紧拉着我的手,抚摸我的头,我羞怯地把头靠在她胸前,像一个七岁的孩童。她唇角有一颗黑痣,额头像一块崖石,脸瘦削,一口洁白的牙齿像刚刚蒸出来的饭粒。她的手刚硬,手掌薄薄的。这只手,在我四十岁以后,经常伸进我梦里,像一盏烛火,要把我空空的梦照亮,让我看见她隐藏在黑夜背后的脸庞。我熟睡的身躯成了一个灯罩。我要读一首诗给她听,尽管她一句也听不懂:

> 我从我虚弱的身躯里
> 我从空洞的眼睛里提取
> 那生长又倾泻我燃烧的生命之光。
>
> 然而从我的存在中
> 生命传向所有漆黑的房间
> 而房子颤抖于我的沉默
>
> 如果我死去,被轻风所采摘,
> 一个世界就因为我而失明
> 它不可能比我更经久。
>
> ——伊凡·哥尔:《蜡烛》

　　她是给我光的人,是我的上帝,赐福我,祈佑我。我要对她说:"我爱你,是你让我来到这个世界。"尽管她已经听不见。但她看见我嘴巴翕动,她会露出满足的微笑。在梦见她的同时,也会梦见她的伴侣。他们是我一个人的祖国。她的伴侣喝小酒,牙齿掉光了,慢吞吞走路,吃很咸很咸的菜。我原谅了他一生对我的威严,事实上我从没畏惧他。

　　接下来,我梦见一条河流和两岸开阔的田野。就是我昨天去看了的那条。我拖着蹒跚的步子,沿芦苇丛生的河岸走。呼啦啦的白鹭从洋槐树上四散而飞。田野里,种了甘蔗、西瓜、禾苗、菜蔬,油绿油绿的。一生之中,我多少次站在河岸,眺望远方,察看星象,交融万物,听草叶饱吸露水,鱼群翻动,鸥鹭振翅,但我从没像雨水一样渗透它,熟悉它的纹理和经脉。但它是我的天堂,我任何的想象都不可能超越它。我是一个多么细腻、丰富的人,得益于它缠绵的浇灌。现在我把这些收进眼底,密密地存封好,带到另一个地方。每一次,当我感觉孤立无援,饱受伤害,前程茫然,我会来到这里。在芦苇茂密之处,河流晃了一下,来到我面前,它柔波一样的皮毛泛着光亮。云彩从山梁涤荡过来,仿佛暗示我:远走他乡的人,已经站在河岸,暗自啜饮,澄澈的浑浊的,都因为要去的旅途太遥远。恩赐我血液的,恩赐我食粮的,我要一一归还,以一撮灰的形式,施在一株藤本植物根部,借助它,再一次攀缘在河边,一岁一枯荣。

没有时间梦见其他了。把余下的时间用来梦见你。一个为爱流离的女人,我怔怔地看着你。我不知你身处何处,你身上的荷叶蓝衫是否依旧。"我对这个世界都绝望了。"在我修建小楼的那年,你对我说起这句话,我不曾忘记。"在今晚我又想起/那许多日子/为了仅仅一夜的爱/而牺牲了自己。"(耶胡达·阿米亥:《时间》)因为你,我爱上了生命的裂缝,让阳光照进我的五脏六腑,照进九曲的峡谷。你从来不告诉我,为什么要让我每天都活在临别的状态。于是,我栽梅,种葱兰,植百合,在屋前给指甲花浇水,在屋后给白芷施肥,让夕颜攀上屋顶。我给每朵花注入一张脸的影子,以及和影子一同逝去的自言自语——我只能在时间哗哗流淌的水波里,看到你的面容,和面容里一场雨的结束。在我们所追寻的事物之中,唯一的必然,是告别。我不知你一生爱过多少人,但我知道,我是你依恋的那一个,是完全可以舍弃的那一个,也是和你最后告别的那一个。在梦中告别——你那么模糊,头上积了一层雪花,脸上依然有空茫,你的声音穿插着潺潺溪流。看着你,我把手伸出去,摸到一堵墙。我要称呼你:最亲爱的……后面是长长的空白,或者是长长的省略。这是我第一次也是最后一次这样称呼你。你一直等待这样的称呼,就像我一直等待你的来信——我们一直执迷于这种从不到来的东西。我想摸摸你的脸颊,摸摸你瘦弱的手,我抬起手,像抬起眼皮一样,但手太重,兀自停在空气中,垂了下来,像眼皮过于深睡而无法睁开——原谅我。救赎与被救赎,到此结束。

窗外的雨一直下,窸窸窣窣,瓦楞清脆地响。断断续续地响。我听不见了。一个无人的车站在黑夜的尽头出现,闪现朦胧的光。四处都是漂浮的海水,沉静的海水,阴凉的海水。彼岸花开得摇曳多姿。我坐上列车,穿过海水……我流下了泪,我要告诉你,这一生之中,谁是我最重要的人,永远不可以放下的那个。但你已经听不到。我紧闭的嘴唇是一扇石门,谁也无法把它打开。这个时候,你把我的手掰开,留有一张纸条:"山川易苍老,愿你多珍重。"

　　这个黑暗中的车站,其实我们是列队而去的,谁都不孤单。彼此相识,但谁也不说出。我曾写道:人有两个地方是必须去的,一个是医院(我们在这里出生,从母体拱出毛茸茸的脑袋,剪断脐带,被一条小毛毯包着,开始独自呼吸——出发吧,尽管我们对世界一无所知,手足无措),一个是火葬场(高温的炉火下,柴油呼呼地燃烧。一个铁皮炉是肉眼世界的最后形式。花是纸扎的,捧在手中的遗像一律黑白色。汹涌的哭声,反衬出死亡的森严和肃穆)。从医院至火葬场的路,称之为人生。这是一条不规则的路,似线圈缠绕在我们脚上。像一个索套,勒在我们脖子上,越勒越紧,被一只无形的手拽着,跑啊跑啊,我们跑得太快,有时脱离重心,飘飞起来;跑得太慢,有时又重重地摔在地上,脏腑俱裂。
　　我家的墙上,四壁都是小孩涂画的线条和色彩,有的是黑线,有的是彩线,有的是色块,有的是黑块。小孩拿着一支笔,沿着墙走,笔沿墙歪歪扭扭地留下线条。我从不责怪他。白色的墙壁面目全非。有一次,小孩看《米奇妙妙屋》,我无事可做,细细地看墙上的线条,有的部分虚,有的重复画,有的交错,有的断一截,有的被色块盖住,有的被一条"河流"挡住去路,有的翻过一堵"墙"继续蜿蜒。我颓然坐在沙发上。我们一生的路程,无非如此。我把他抱在怀里。他的线条有一部分是画在我的线条上的。也可以说,他的线条是我的线条的延伸。山峦延绵,河流无穷。
　　线条的终结之处,就是死亡。死亡:失去生命(跟"生存"相对)。这是《现代汉语词典》的词解。
　　哲学上的死亡,则是意识永久消失。唯物主义认为,任何事物都有发生、发展、死亡的过程。死亡是事物运动中最后的一个过程。
　　基督教认为死亡是人类生命中的一个必然过程,不是幻灭,也不是终结,只是其中一段路程,死亡不是关上了的门,而是敞开另一道门,通向永生。死亡不是结束,而是更美地复活。加尔文主义认为:"身体的死亡与肉体有关;灵魂是不死的,故自然不会死亡。"路德派这样阐述死亡:"暂时的死亡不过是人的破碎,灵魂与肉体的分离,上帝所造原为一体的灵魂与肉体之联合的不自然崩溃。"

生物学的死亡概念是,相对于生命体存在(存活)的生命现象,意指维持一生物存活的所有生物学功能的永久终止。死亡的标志包括:呼吸停止,心脏没有心率,苍白僵直,之后出现尸斑,体温平稳下降,直到与环境温度相同,出现尸冷,四肢变得僵硬,细菌开始分解,尸体腐烂。法律判定的死亡则是脑死亡。生物都不可避免经历死亡。死亡后,躯体会腐烂。在已知的所有生物中,唯一不会死于衰老(即长生不老)的,是灯塔水母。灯塔水母在性成熟后,重新回到水螅型状态,并且可以无限重复这一过程。只要它细胞完整,也可以变成一条水螅虫,开始新生命,再次演绎生长、发育,周而复始。

假如人如灯塔水母一样循环复制,那是多么可怕。感谢死亡,死亡带来万物循环、演变、进化,世界因此生机勃勃。

死亡是人类最神秘的事情。没有一个人可以用自身的经验或亲历,去谈论它。所有谈论它的人,只是一个旁观者。死亡令人敬畏在于,我们只可以看见它伸出来的手,而无法识辨它的面目。

《论语·先进》记录孔子谈死亡——季路问事鬼神。子曰:"未能事人,焉能事鬼?""敢问死?"曰:"未知生,焉知死?"

生命的尊严和奥秘,我们都没领会,我们去谈论死亡干什么? 孔子是何等的智慧。孔子还圣言:"敬鬼神而远之","敬神如神在"。死亡就是我们头顶上安坐的神,好好活吧,不要去惊动安坐的神。它离我们那么近,触手可及,又那么远,要用生命去捕捉。

我想起一则故事。一个艺术家和一个牧师,在教堂里展开辩论,辩论主体是爱和美哪个更伟大。牧师说爱更伟大,艺术家说美更伟大。辩论了三天三夜,各执己见,谁也无法说服谁。艺术家提议,把辩论场地转到墓地里。他们到了墓地,看着一块块墓碑,墓碑上刻着墓主人简短的碑文。墓地里安葬着诗人、画家、神学家、雕刻家、哲学家、运动领袖,也有无名的贩夫走卒。他们忘记了辩论,细细地察看一块块碑文,他们明白了,美和爱可以超越伟大的死亡,美和爱互为化身。

如尘埃的我们不可以去深究人生的终极奥义。最终的消亡令人沮丧。我们活在过程中,而非直奔结果而去。我们的结果是共同的——一条漆黑的小巷,我们不知不觉进入这个迷宫,再也出不来,连哭喊的声音都不会有人听见。我时时会想起两样东西,一个是头顶上的星辰,另一个是脚下的泥尘。一个是那么浩瀚,无穷无尽,永恒不绝;一个是那么细小,无根无芽。有一样东西,我从来不浪费:对所爱之人的真诚,对所处生活的热爱。我从不抱怨生活和命运。生命赐予我的,我都坦然接受,即使千疮百孔。不属于我的,不去痴妄。众生是不平等的,人有社会性,社会性实质就是不平等性。死亡是平等的,死亡是自然性。"尘归尘,土归土"。尘就是毁灭,土就是掩埋。

从从容容地活,就是最好的活法。

人只可以选择如何活,哪怕再艰难,但无法选择死。选择死,就是自杀。自杀属于非正常死亡。选择死,是畏惧生。当然也有选择死,是为了更多人的生,这是义士或革命者,是精神的飞蛾。

"我们一哀叹就吞进了死亡的空气。/每个钟点都将成为我们的死期。"早上,我读《曼德尔施塔姆诗选》,在《我们将死在透明的彼得堡》一诗中,读到了这两句。我翻查他的死亡资料:在俄罗斯一个荒凉的永久劳改营,于1938年12月27日死于"心力衰竭"。死前四年,身受精神和肉体的双重折磨,精神近乎崩溃,常常陷入疯狂的精神错乱。一个预言死亡的人,死得极度悲惨。

人没办法选择死,却会安排好自己的葬礼。葬礼也有严格的等级制度。尤其在古代,有非常严格的葬礼制度和陪葬制度,是国家法度之一。葬礼的隆重程度体现了死者生前的荣耀、贡献、社会地位等。普通人的葬礼,有普通人的葬礼风俗、墓园,也因民族、地域而异,有火葬、土葬、水葬、天葬等。人的一生要参加很多次葬礼,像参加婚礼一样,只是心情悲凉一些,交谈着死者生前的千般好,感叹时光匆匆、生命短促。老年人参加葬礼,只说:"去看他一眼,他老了。"我祖父故去时,八十八岁,鬼节之夜。他的舅子即我祖母的弟弟夹一刀黄表纸、一钵鞭炮、一包香,看见我父亲跪在床前哭,说:"外甥,别哭,老了好,早都可以老了,早点老是他的福气,也是子女的福气。"我舅公鳏夫二十几年,一个人在乡政府打扫院子,维持生计。祖父躺在平头床上,像一条枯黄的冬瓜,盖了一条宽大的白布。棺材在二十年前,祖父定制好了,涂了上好的土漆,紫红色,棺头画了艳丽的花。墓穴也在二十年前选好了,请了好几拨地仙看过,落在山坡上,朝南,面向巍峨的灵山和宁静的饶北河。

　　三姑夫是个小学教员,祖传看风水。他拿着罗盘、烟酒、白布、香火、鞭炮、历书,神情肃穆哀伤,陪着哭得瘫倒在地的姑姑,送岳丈最后一程。他按我祖父的生辰八字、死亡时间,定了清水、入殓、出殡、上山、落棺的准确时间。清水就是买水,在傍晚时分,父亲披麻戴长白帽,手捧香炉和遗像,领头去河边,后面跟着亲属和邻居,以及祖父的生前好友。串堂班(地方戏的一种,有锣鼓、喇叭、钹、长笛等器乐手和唱戏人)跟在队伍后面,热闹喧天。旭炎(我大哥)一边撒纸钱一边放零星鞭炮。祖父的女儿和媳妇,跪在水边,哀号般痛哭。清完水,开始入殓。三哥清洗祖父身子,二姑夫负责穿衣。直系亲属在入殓时,一个个跪在棺前,上香,说福佑或愧疚的话,以乞老人庇佑或原谅,再沿着棺材,走一圈,看老人最后一眼。晚饭后,串堂班在厅堂里,两张八仙桌拼凑在一起,摆上瓜子、香烟,点上两支手腕粗的蜡烛,香炉上紫紫绕绕着香火,纸钱一沓沓地烧。喇叭手吥吥地试了试喇叭,也是提示串堂可以开始了。看串堂的人,都是邻居妇人或老人,也算是陪故去之人最后一夜,免得亡人路上孤单。唱了后半夜,人也散了,只留了我们几个孙辈的。我们也听不懂唱什么,哩哩啦哩啦的曲调,有一种呜咽感,让我们听起来很空茫,想流泪。"拿一支烟来呀。""冲一杯水呀。""晚上没吃饱,肚子饿了。"他们之间交流的谈话,都成曲调。曲调不会停。一个五十多岁的唱戏人,瞌睡,头一耷一耷的,嘴巴还在唱,嘴角流着长长的涎水。

入殓后,棺材抬到村口的三岔口,香火不息,棺前小方桌摆上一杯酒、一碗饭、一碗肉和其他几个菜。饭里插着香。浩浩荡荡的送葬队伍出发了,沿村子游一圈,鞭炮一直炸,纸钱一路撒。上了山,取土,落棺,填土,土堆成了尖形,太阳下山了。送行的人,在傅家吃晚饭,二十几桌,喝酒、划拳、吃肉,仿佛故去的人彻底从身边清除了,悲伤也彻底清除了。一个人的离去,只是台历上翻过了一页。只有祖父的子女,开始在一个房间里清算账目,安排后续的事情。父亲是独子,无人和他分家产。祖父也无家产。多好,没纷争,清清爽爽。父亲除了酒杯里的酒和碗里的饭,没其他节余的。父亲叫他几个儿子出钱,没一个吭声,有媳妇说:"屋檐水一滴还一滴,哪有孙子出葬礼钱的。"庆幸我三十岁了还没讨老婆,钱由我出,没人骂。

圆坟是葬礼的后续部分,分头七、二七……七七,每七天圆坟一次。用篮子提着八个菜、酒、香纸、鞭炮。头七、三七、七七,是最紧要的,子孙必须上坟。

祖父祖母合葬在一起。很是愧疚,这么多年,我从未上坟探望他们。每年清明,我都回家,但没去过那个芭茅浮荡的山冈。矮矮的、墨绿的油茶树,烂稻草一样堆在山冈上,一堆堆。黄黄的土,黄黄的路。那种悲凉和阴森,是另一个世界的全部面孔。像一个巨大的阴影,罩在山梁上。我是这样想的,好好地善待活着的亲人,好好地孝敬父母,就是给故去之人最好的纪念,也是对存在之人最好的安慰。父亲母亲即将八十岁了,我也人至中年,想想,山中过客,飘忽如焉。

前几天回安徽,我去看父母。母亲一个人剥豌豆,坐在竹椅子上,低着头。我站在她跟前,没叫她,看她剥。她抬起头,看我,顿了几秒,笑了起来。我的心被这几秒揪了出来。那天是我生日,我本想说几句暖心的话,还是没说。以前,每年的这一天,她会给我一个电话。我给她一些钱,说:"这是你用的,不要给别人用。"站了一会儿,我就走了。抬头看天,天也在看我。一路上,我一句话也没说,靠在车上假寐。作为一个人子,最大的痛,是父母的衰老。

我们是那样无能为力。

在我工作地背后的荒坡上,有一片墓地。我常去那儿散步。荒坡有几块菜地,春季种苦荞麦、豌豆、空心菜、苋菜、莴苣,夏季种黄瓜、丝瓜、辣椒、茄子、番茄、豆荚、四季豆、豇豆,秋后则是种白菜、萝卜、麦苗、油菜、卷心菜。昨天傍晚去散步时,见苦荞麦结黑黑的籽了,一粒粒,像老鼠屎。草径两边,蓬蒿开满了小朵的粉白色花。白芷在晚风中招摇,伞状的花朵细黄细白,远远看去,白白一片。茅草过早地衰黄,匍匐在地。一些不知名的灌木在开紫色的花。坟茔被荒草覆盖,在坡地上,突兀出来。除了菜农,鲜有人来。黄鼬、野兔四处出没。有几处坟茔,有纸幡轻轻飘飞,破败的花圈倒在地上,彩色的锡纸告示生命最后的荒凉和遗忘。一对老年夫妇在给莴苣浇水。我问:"请问老师傅,怎么添了一座新坟呢?"老汉答:"是方大头的。""他前几天还是壮壮的,才四十来岁呀,怎么会说没就没了呢?""方大头也不知道自己死呀,他爱喝酒,喝一次醉一次,不醉不下桌,前几天,他喝醉了,洗了个热水澡,睡下了,第二天早上,他老婆叫他吃饭,发现他身子僵硬了。"老汉又说,"大头死得真幸福,眼睛一闭,什么也不看,哪里也不痛,真幸福。"碑石下,碗里的饭还在,纸钱的灰烬还在,一个有半瓶酒的酒瓶还在。麻雀在碗上啄食,抬头看人,再啄食,再看人,呼地飞了,在枫树上转一圈,又来啄食。

不远处是一个瓦窑厂,已废弃两年,芦苇和禾本科植物疯狂地长。野狗在四处游荡。乌鸦在板栗树上兀自警惕地张望。一只长尾巴的灰褐色鸟蹲在电线上,叽咕叽咕地叫,坡上另一边的枫树上,也叽咕叽咕地应答,也许是一对情侣在说着情话。夕阳从湖边山梁慢慢滚落,像一句悠远的回声。蝙蝠从枫树的树洞里飞出来,一只,两只,三只。我想起西川《夕光中的蝙蝠》中的诗句:"太阳落山是它们出行的时刻/觅食,生育,然后无影无踪/……/躲过了守夜人酸痛的眼睛/来到附近,向他讲述命运。"蝙蝠宽大的翅膀状皮膜掠过我头顶,掠过坟茔,掠过黄昏毛茸茸的腋窝,成为天空的一部分。

在我们生活的周遭,墓地是常见的。欧洲把墓地当作文化公园去管理,诗人或艺术家一般都留有墓志铭,这成为人类重要的艺术遗产。爱尔兰诗人叶芝的墓志铭是诗人晚年作品《班磅礴山麓下》的最后一句:"投出冷眼,看生,看死。骑士,策马向前!"黎巴嫩诗人纪伯伦的墓志铭是:"我就站在你的身边像你一样地活着。把眼睛闭上,目视你的内心,然后转过脸,我的身体与你同在。"而我们的墓地仅仅是埋尸体的地方,我们重习俗而轻精神价值。我们的诗人也写墓志铭,但不是墓志铭,而是诗歌的一种表现方式——诗人死了,埋了,和普通人没两样,埋他(她)的人或许根本不知道他(她)是诗人,在石碑上刻上姓名、生辰,草草了事。诗人死了,也不如一个村干部死了更哀荣。

墓地,静谧,荒芜。虫蚤是墓穴的衍生物,在树叶、草叶、石块、窟窿里,隆起针刺一样的毛,爬动。在我老家,有一片山,山坳里就是一片墓地。山上有油茶树、毛竹和其他一些泡桐之类的杂木,也无人管理。每年暑假,我也去看看。墓地的前面,有一片草地。草是牛筋草,盘结在地上,其他草类长不出来。牛筋草厚厚的,毛毯一样。我抱一本书在那儿睡觉。树荫遮盖下来,风凉爽爽的。人很容易瞌睡,大头蚂蚁在脸上爬也不知道。墓地有很多狗骨树,四周覆盖着葛藤,手掌一样的叶子盛满阳光。岩鹰犀利地叫,呀——呀——呀——像人惨死时的呼叫声。苍鹰在盘旋,准备随时下坠,把猎物叼进嘴巴。小时候,我听到过很多有关鬼神的故事,发生地一般就在这里。一个人割红薯藤,有人打他屁股,他一扭头,一个人也没有,再打,再看,魂飞魄散。一个采野蜂蜜的人,看见一个美妇人,裸了上半身,向他招手,他跑去和她做爱,做爱结束,发现是一条母狗。村里有上吊的、喝农药的,也一般选择这里。

　　我说不清楚,为什么要来这儿走走,有时躺半个下午。走了,心里会安静许多,很多事情不会再去计较或争执。好好地做一个卑微的人,宽容地爱别人。村里有多少人,都被葛藤盖了,谁也不清楚。坟茔,是我们永恒的子宫。那是另一个不可选择的归处。所谓伊人,在水一方。伊人,就是召唤我们的人。召唤我们去缥缈之境。我从枫林这个母体分裂出来,沿饶北河向东来到市里,去了很多陌生之地。有时走投无路,有时结伴而行。认识形形色色的人。与人相爱,也与人相别。但我知道,终究会回到母体。再远的路,再曲折的路,都不如到这片山坳远。这是个安详之地。我们都是空手而回的人。从出发,到回来,耗尽了我一生。不是原点回到原点,而是原点去往无限。我从不悲观。我没有什么不满足的,或者说,没什么值得我奢求的。我想要的东西,在上帝手上。我清晨起床,喝水,上班,看书,吃饭,散步,谈情说爱,在夜空下发呆,一个人睡在床上想另一个人。钓鱼,烧饭,修剪花枝。训人,被人训。我经过四季,四季也经过我。我推着人走,人也推着我走。人的一生,沿着命运标注的线,不可知地旅行,我们在凉亭里躲雨,在驿站过夜,在河边等待,在船上对月高歌,在山梁仰望星辰,在大雪中相别,在树下接吻……我们遇见疾病,安葬逝者,我们暗自垂泪……我们像虫蚁,像蚂蟥,像草芥,像尖刀,像屋檐滴下的水,像皲裂的树皮,像昨夜的剩菜,最后,像垃圾,被运走,在垃圾山焚烧或掩埋。

　　死神,一个披着黑色大氅的神秘人,罩着一张虚无主义者的面具。它是我们另一个相随的影子,是我们倒计时的敲钟人,铛铛铛。"当呜咽的月亮/吹起古老的船歌/多么忧伤。"(北岛:《岸》)歌谣从来都是无声的,从神秘人的骨笛里漫溢出来,流遍大地。它有时面目狰狞,有长长的獠牙,眼睛喷火,指甲像巨蜥的爪子;有时面目慈祥,露出和蔼的微笑,手上拿着鲜艳的花枝,肩上背一架三弦琴。我们从来看不清它的面目,只知道它的唇边滴着血,长长的舌头伸出来,多么贪婪。它是一条从来不知道饥饿的尼罗鳄,不放过任何一个会呼吸的猎物。是的,不会放过我们的,无论我们有多少爱或恨,无论我们有多少遗憾或不甘,更不会怜惜我们的衰老和羸弱。它用手盖住我们眼睛、堵塞我们耳朵、掐紧我们咽喉、抽走我们的记忆,让我们在一个无底的深渊里慢慢下沉,沉到一条幽黯的河里,漂走。

现在它来了,醉醺醺的样子,吹着口哨,头上扣着一顶东倒西歪的草帽,手上拿着紫色的权杖,左撇一脚右撇一脚,满口虫牙。它来到我的小楼上,对我的花园不看一眼,站在门口,对我招手,像一个妓女勾引我——爱过多少女人,我记不清了,那么多,四季更迭,我一直是一个风流成性的人,善于甜言蜜语,说动人的话唱深情的歌,我勾引别人也被别人勾引,抛弃别人也被人抛弃:生活就是这样,投怀送抱的太多,无法拒绝的太多。人的一生是被引诱着前行的,每一个诱饵像女人一样包装精美或艳丽,摇曳多姿或深情款款。最后,我们被迫要和一个古老的妓女上床,交媾,窒息——她的消失,一副骷髅。我拥抱了她,在黑暗中接吻,她冰凉的舌苔来自白垩纪,我抚摸她的乳房,是两口深井。我们缠绵到永远(消失是另一种永远)。无论我是喜悦还是悲伤,我都义无反顾爱上她,她是我的另一个母亲。她告诫我,留下清水,留下蔬菜,留下白昼,留下道路,留下色彩,用一个匣子把我装走。

在拥抱之前,我站在窗口,看着荒芜的田园,想起自己走过的每一条路,相遇的每一个人,初春的桃花便落满屋前的山坡。风把我的神色固定在一张纸上。我的眼有了悲戚的安详。我的大脑盘踞着厚厚的乌云。我最后一眼看到的那个人,就是我生命中最重要的人,无法相见又日日渴盼的那个人就是我不可以放下的那个人。放不下的那个人,她在我的胸腔里开辟了一条航线,举起一盏灯,伴随我去了永远。"我从不为我自己的苦难疼痛、呻吟,/我却会为你的伤痕战栗、痉挛,直到死亡。"(白桦:《相知》)是的,我是一个幸福的人,无论有多少苦痛,完全可以忽略,我看到了我的屋顶——铺满星辰,密密匝匝的光使屋顶没了摇晃感,静谧——这是她出生的大海,我们最后的祭坛。

每年的烟花三月,总有一个人叫我去一个遥远的地方,我却不曾去。有两条河流缠绕着我,一条是相逢,一条是分别。叫我去相会的那个人,你是谁。我不可以说出你的名字(事实上,我希望全世界知道你的名字),这是我恪守的唯一秘密。风吹过寒冬花瓣的时候,才轻轻唤起她。她脸色潮红,暗香浮动,身上的蓝衫被泪水打湿。现在,请你来到这个陌生的小楼,你来到阳台,看看山梁上滑落的夕阳,或啜泣无声。这里有一张床,我一直空了一半给你。床头柜上有一碗水,我喝了最后一口,剩下的,你把它洒在玉兰花上。有一首诗,我只取了标题,你替我完成吧。你来吧,什么也别带,珍珠项链、诗集、被褥,都别带,我看不到。泪水,你也别带,多余的。声音也别带,每天,我在心里都会下一场雨,淅淅沥沥。假如你一定要带什么来,那你把衰老带来,把皲裂的皱纹带来,我眼里最后的一滴水,可以黏合岁月的缝隙。这是我唯一的方式,作表达,而你只喜欢这种方式。

　　天色将晚。你把我抱到一个木桶里,用温水漫上我的额头。你不可以低头沉默,也不可以痉挛,要像一个母亲给初生婴儿洗澡一样,脸上挂着笑容。你把我洗得尽可能干净。我从来不带肮脏的东西过夜。在水倒进木桶时,你播放一曲杰奎琳·杜普雷的《缠绵往事》。我每天都要听这首歌,今天也不可以落下。你检查一下我的眼球,是否还有影子,摸摸我的手,是否还有我四十三岁那年的余温。假如有,你用水把这些洗去。你可以给我穿衣服了,就穿我去看你时的那一套,尽管它略显破旧,但一直没有灰尘,熨平衣角,完好保存在衣柜里,上面压着几张照片。你验证了,我一直是一个没有伤口的人,是一个完整的人,是一个饱满的人。现在你可以离开小楼,暂时去一个无人的山坡,坐在一棵落花的树下,待上一个晚上:

　　　　无法呼吸。苍天正与蠕虫一同沸腾。
　　　　群星缄默。
　　　　但上帝可以为我们作证,音乐正在我们上
　　　　　　方响起——
　　　　永世的处女,火车站在她们的歌声中哆嗦,

布满琴声的空气再次被汽笛
打断,又再次融合在一起。
……
　　　　——奥西普·曼德尔施塔姆:《火车站音乐会》

　　我最爱的那个人,从来就不是别人。你在一个土堆旁,种上竹子,过不了几年,笋会穿过我身体,长出一片林子。是的,我从不畏惧今夜出现在我门口的人,龇牙咧嘴,它乌黑的手是时光的魔术之手,抹去奔跑,抹去血液,抹去拥抱,抹去绝望和悔恨。我不畏惧它把我带走,但我畏惧它带走我时忽略我曾来过,因为我多么地爱这个世界和它的四季,多么地爱你,那么忠实,像小孩爱手中的糖果,虽然我从不告诉你。

　　　　　　　　　　　　　　(原载《西部》2016 年第 3 期)

洛克的旅行

沈 苇

旅行是自己把自己搬运到别处去,当我们把自己搬运回原地时,带回了土特产、手工艺品、书籍以及新结识朋友的点滴记忆。土特产可以与人分享,书归个人独享。自从有了数码相机和智能手机,影像的价值犹在,其稀有性和珍贵性却已大打折扣。而书籍,特别是旅行新目的地有关人文、史地、方志类的书籍,在我看来是途中最好的收藏了。那年写完《柔巴依:塔楼上的晨光》一书后去了俄罗斯,在圣彼得堡一家书店发现欧玛尔·海亚姆《柔巴依集》的四五个俄文译本,其中最为袖珍可爱的只有火柴盒那么大,于是大喜过望,统统拿下,如获至宝。而以色列之行带回的藏品,除了橄榄木耶稣像,就是希伯来文《圣经》了,虽读不懂,却为我收藏的数个《圣经》版本增添了"正宗"的一个。今年秋天去丽江,买回的一摞书中有《东巴文化通史》《东巴经故事集》《纳西东巴画概论》等。在古城四方街,两位女诗人对我慷慨:海男送我一个精美的东巴纸笔记本。"要在上面写诗哦。"她认真地说。宋晓杰送我顾彼得的《被遗忘的王国》和詹姆斯·希尔顿的《消失的地平线》,两本轻便的适宜路上阅读的口袋书。回到新疆不久,丽江快件到,诗友鲁若迪基寄来一部沉甸甸的大开本著作——约瑟夫·F. 洛克的《中国西南古纳西王国》。这是"纳西学之父"洛克最重要的著作,我找它已多年了。

奇人？怪人？强人？狂人？美籍奥地利人约瑟夫·F.洛克兼而有之。孤独、高傲、专断、固执、暴躁、睿智、正直、勤勉、冒险……都是他的性格特征，构成其反复无常、神经质的内心世界。他曾在日记中写过："忧郁的沉思又会将我带向何方？"使人想起里尔克的诗句："何处，啊，何处才是居处？"洛克似乎一生都在逃避早年的不幸和阴影（六岁丧母、与父亲的冲突、肺结核的折磨），永不停息地在路上，没有一个地方能使他真正安顿下来；与死神频频相遇，每每都能化险为夷；一意孤行、百折不回，却身心疲惫，受着消化不良、肠梗阻、脸部神经痛等多种疾病的折磨；热爱工作，高度敬业，却常怀有自杀的冲动；一生没爱过一个女人，也不愿与任何人陷入任何亲密关系；一方面用西药为穷苦百姓治病，一方面又骂中国人是"臭虫""退化的种族""爬满跳蚤的狗的灵魂"；痛恨中国乱象，又厌恶西方文明，在中国和西方之间不停地来回折腾，过着动荡不羁的生活。断断续续在中国西部生活和旅行了二十七年，丽江几乎是唯一一个能安妥他内心的地方。丽江，是洛克的驿站、栖息地和香格里拉。

"我将在来年视局势的发展，如果一切正常，将返回丽江去完成我的工作。与其躺在医院凄凉的病床上，宁愿死在玉龙雪山的鲜花丛中……"1949年8月被迫离开丽江后不久，洛克在加尔各答写给哈佛大学植物学家默里尔的信中如是说。然而这一去，是与中国、与丽江的永诀。1945年，他在《中国西南古纳西王国》一书的序言中同样流露过对丽江深深的怀恋之情："当我在这部书中描述纳西人的领域时，逝去的一切又一幕幕重现在我的眼前：那么多美丽绝伦的自然景观，那么多不可思议的奇妙的森林和鲜花，那些友好的部落，那些风雨跋涉的年月和那些伴我走过漫漫旅途、结下深厚友谊的纳西朋友，都将永远铭记在我一生最幸福的回忆中。"

洛克的西部中国探险，以丽江为总部，先后到过云南、四川、青海、甘肃等边境省份。这些偏远地区，那时还鲜为西方世界所知，甚至在中国内地知识界也是认知上的"盲区"。洛克到达中国的身份是一位植物学家，先后受美国国家农业部、美国国家地理学会和哈佛大学植物研究所委派，采集这些边远山区的植物和鸟类标本，并进行摄影和勘察活动。"最后当我自己能全力以赴地从事纳西部落以及他们的文献、他们的居住区域的研究时，我进行了个人的独立考察。"(《中国西南古纳西王国》序言)这里是指自己从一位植物学家和探险家向着史地学家和人类学家的华丽转身。转折点发生在1923年的丽江，洛克观赏到东巴巫师为一位病妇驱魔治病的神秘仪式，从而激发了对纳西文化的极大兴趣，并渐渐从"自然"转向对"人文"的关注和研究。其硕果是《中国西南古纳西王国》和《纳西-英语百科词典》两部巨著的诞生，呕心沥血，耗时二十余年而成。洛克由此成为中外学界公认的"纳西学之父"。

《中国西南古纳西王国》是关于中国滇川纳西地区的一部实证民族史地杰作，译成中文有五十五万字，分《导言—云南省》《丽江的历史》《丽江的地理》《丽江迤西和西北部区域》《永宁区域的历史和地理》《盐源县的历史和地理》六章，配有洛克亲手拍摄的二百五十五幅黑白照片，这些照片是我们今天能够看到的那个地区最早的图像资料，十分珍贵。史料引用+实地考察，是洛克的方法论，也是本书的明显特色。涉及历史，洛克总是旁征博引，引用了大量中国历史资料(正史、野史、地方志、家谱等)、外文资料以及地方口碑传说；而在实证考察方面，他几乎走遍了滇川纳西族居住的所有区域，对那里的山山水水、沟沟壑壑、村村寨寨都有细致、详尽、准确的记录。

洛克在书中用的是一种科学严谨、事无巨细的史地笔法，但在不露声色的客观描述中，常常流露出他的性情和爱憎。永宁的内容在《中国西南古纳西王国》中占了四分之一篇幅。他在泸沽湖的湖心岛上度过了颇为愉快的时光，能专心于《纳西-英语百科词典》的编撰。他称泸沽湖是全云南最漂亮的一个湖，"小岛像船只一样漂浮在平静的湖面上，一切都是宁静的，真是一个适合神居住的地方"。这得益于永宁总管阿云山的殷勤款待和周到安排，"阿云山的友好亲善，使人真正感到自己受到热情的欢迎"。在洛克眼里，阿云山是一位慈父，一个富有正义感的、敢为穷人承担重任的人,对他的回忆是书中的温情段落,是他唯一一次提到的人与人之间心无芥蒂的亲密友情,以至于对这位总管老人将所有钱财、珠宝和几位年轻太太藏在泸沽湖湖心岛上的做法,他都表示了极大的理解。而对盗匪和无能的地方官吏,他的愤怒溢于言表,认为中国边地的贫穷不是因为远离统治中心,而是地方官吏对人民的冷漠造成的,"在中国这个地方存在着多么可怕的一种情况:官员们对于农民的可悲命运和苦难,以及在他们管辖境内的无法无天的行径,是怎样地漠不关心"。第五章《活埋一个麻风病患者》一节文风大变,惨烈骇人,悲剧发生在蒗蕖土司区域内(现云南宁蒗):

> ……人们在距麻风病人所坐的牛皮不远的地方挖好一个大圆坑,病人已处于昏迷状态。人们准备一个大木桶,放在圆坑附近。然后,亲戚们围着牛皮和病人坐下,开始表达他们的哀痛,告诉他离开的时辰已经到了,因为没有任何办法摆脱病魔,他只有离开他祖先的这块土地。他们一面痛哭,一面呼号,并大口地饮烈酒以麻痹自己的感情。可怜的麻风病患者也不得不参与这肆意的饮酒,让他饱餐痛饮,事实上就是给予他安慰。饮宴结束后,把最后一杯溶了鸦片的酒递给麻风病患者,他的最后时辰已经到了。

当病人饮下毒酒后,亲戚们赶紧将他缝在牛皮内,抬起来放入木桶里,又将木桶放进预先挖好的坑中。人人参与,手忙脚乱,因为患者在牛皮里断气之前,必须被活埋掉。

除了他的重要著述,我感兴趣的是洛克矛盾冲突的个性,仿佛他身上活着多个自我,常常到了撕裂和崩溃的边缘,又能在间歇性的暴风骤雨过后回归心智的平衡。所谓性格即命运,在他身上表现得十分明显。他的不安分,他的无处栖居,他的永在路上,他的东西方之间的时空穿越,乃是个性驱策,个性使然。譬如他对中国的感情,就十分复杂,可谓爱恨交加。一方面,很小的时候就自学了汉语,向往东方,去过中国回到西方,却感到茫然、失落、不适应,魂牵梦绕地想返回中国,回到西南的崇山峻岭中去;另一方面,中国令他失望、愤怒、痛恨,他说"在中国唯一的定数……就是不稳定","在我路过的二十多座城市中,适宜有教养的人居住的恐怕只有一两座"。他痛恨鸦片、破烂的公路、腐败的官员,军阀、土匪、传教士和混乱的货币制度,也痛恨四处爬行的虱子和那些不明中国真相的西方人。他认为"冷漠"一词可以概括中国的状况,"独一无二的冷漠,极端的冷漠,促成了中国的混乱现状。……冷漠滋长了自私的心态,而自私的心态又导致人的物质欲和残忍心。"(1928年11月11日日记)

洛克曾带两位纳西族侍从到美国玩过一趟,但不能说明他与纳西人的感情如何亲密、笃深。他与侍从、助手、东巴译经师的关系,更多是雇佣和被雇佣的关系。他本能地疏离人,不与任何人建立亲密关系,与永宁总管阿云山的友谊,可能是唯一的例外。1985年,美国小说家布鲁斯·查德维到丽江寻访洛克的足迹,一位纳西族老中医劈头盖脸就问他:"告诉我,洛克为什么这样恨我们?"查德维愣了一下,赶紧说:"他并没有恨你们,他生来就是一个愤世种子。"在第二年发表于《纽约时报》的《在中国:洛克的王国》一文中,查德维为洛克做了如下辩护:"或许我本应该告诉他,洛克愤恨的对象实在太多:《国家地理》杂志(仅仅因为修改了他的文章),他唯一在维也纳的外甥,哈佛大学,女人,政府部门,政党,那些装腔作势的官样文章,传教士,宗教僧侣,中国山区的土匪,以及西方没落的文明等等。"

尽管丽江的美景和纳西人的善良不在洛克痛恨的行列,但他仍在反复抱怨丽江城的贫乏和单调、肮脏和混乱。顾彼得是与洛克生活在丽江几乎同时期的一位老外,俄国人,1949年8月与洛克乘同一架飞机离开这里。他看出去的世界就与洛克有所不同,美丽的丽江坝子使他为之倾倒,需要人们下马凝视这"天堂的景色"。他笔下的丽江城区整洁、高雅,用水非常方便,没有灰尘,没有臭味,如同一幅热气腾腾、生气勃勃的市井风俗画。你看他写丽江的猪:"猪是家庭妇女的好伙伴,它总是哼得那么好听,两只小眼睛闪烁着,用嘴轻轻碰一下勤劳的主妇,点点头表示对她的同情。"他写到丽江没有小汽车、马车和人力车,不论贫富,不论将军或士兵,也不分社会等级,大家都走路。由此他说"运动方式的一致,对各阶层的人有一种奇妙的平衡作用,从而在人际关系上促进了真正的民主"。当他看到纳西妇女十分勤劳而男人比较休闲懒散时,有些困惑不解,于是有了下面有趣的对话:

"太太,你们为什么不得不背所有这些沉重的东西,而你们的男人几乎总是空着手骑马回去呢?"

她转过脸来对我说:"晚上哪个女的会喜欢一个疲惫不堪的丈夫呢?"

——顾彼得:《被遗忘的王国》

洛克总是高高在上,而顾彼得把自己放得很低,有一种朴实的、民主的姿态,对人与事有更多的包容和体谅,对世界有着尊重和欣赏的目光,因而能与远方、与陌生族群平等相处、融为一体。

今年秋天,诗友鲁若迪基陪我去了一趟雪嵩村。在丽江的大部分时间,洛克是在丽江坝子最西北的这个纳西族村庄度过的。村庄位于玉龙雪山扇子陡脚下,纳西语叫嗯鲁肯(意为"银石之脚"),外国旅行家通常称这个村为古鲁根村。村里很安静,一条地势缓高的碎石路是村里的主街道,石墙瓦房构成纳西民居的最大特色,墙壁用砂石、火山石、钟乳石砌成,五颜六色,煞是好看。村庄散发古朴安详的旧年气息,仿佛还停留在二十世纪上半叶洛克生活的那个时代。站在海拔近三千米的村里,丽江坝子的美丽风光(洛克称它为"大棋盘")一览无余,抬头则是云雾缭绕的玉龙雪山。

村里有四百多户人家(洛克那个时候有近百户)。七八十岁的老人,大多记得洛克,有的还见过洛克。在村口长寿亭,遇一位抽旱烟、听收音机的老人,名叫和学诚,今年八十五岁。他说几次见过洛克,觉得他性格有点古怪,个子不高,架子大,脾气也大,看上去像一个大官、一个教授。"我的叔叔还是洛克学东巴文的一位老师。我二十岁时,他坐飞机离开了。"老人说。据和学诚回忆,除了六位侍从和助手,洛克较少与纳西人往来。每当杀猪过节,热情的村民会请他。他去村民家做客,也是礼节性的。大多时候,他在住所二楼独自用餐,喜欢吃鸡,煮熟了整只地吃,而且他是村里唯一使用刀叉的人。

在"三房一照壁"的洛克故居,六十五岁的和正元先生独自管理故居已有十来个年头。他带我们参观了一楼的陈列室,里面主要是洛克拍摄的黑白照片和少量生活用具。二楼是卧室、书房兼餐厅,床、餐桌、书架、唐卡、地毯等都是原物。他细声细气地为我们讲解。当鲁若迪基无意间提到,有一位云南诗人认为洛克可能是同性恋时,老先生好像受了冒犯和刺激,很生气,提高声音嘟哝:"这不可能,不可能!"他急冲冲下楼,翻箱倒柜找出一本书:上海辞书出版社2013年出版的《苦行孤旅——约瑟夫·F.洛克传》,作者是美国哈佛大学阿诺德植物园的斯蒂芬妮·萨顿。老先生激动地翻书给我们看,一边说:"书是译者李若虹从哈佛大学寄给我的,目前唯一的、最权威的洛克传记。我已读过两遍了。书里说得很清楚了,同性恋,不可能!是污蔑!"在他看来,"同性恋"是一个不好的词。但从他的语气和神情中,我看到了纳西人的宽厚、包容,以及对洛克这位外来"闯入者"的尊重和呵护。《苦行孤旅》写到了洛克的独身主义、禁欲、对女性的轻蔑,以及单身绝后带来的丝丝罪恶感,洛克自言"必须努力创造自己的生活而不至于给祖辈丢脸"。斯蒂芬妮·萨顿写道:"单身是个人能获得自由的一个最基本的条件,而自由正是他(洛克)最为珍惜的生活方式,为他提供了无限的个人活动空间。"当我对这一看法表示理解和赞同时,和正元先生显得轻松和高兴了,后来在"玉湖人家"农家乐共进午餐时,他特意为我买了一杯好喝的马卡酒。

孤独和孤傲,是洛克的性格底色,是骨子里的,与生俱来的。丽江奇人宣科先生称他是一个"恃才傲物又有魅力的人"。洛克的孤傲(常常是傲慢)还表现在,每次出行都十分讲究排场和气派,把自己虚拟成一位王子、一个显贵、一个大人物,希望遇到的人尊敬他,不敢轻视他,多多少少带点白人种族主义和西方文化的优越感。埃德加·斯诺曾两次与洛克结伴而行,他看不惯洛克讲究排场的"奢侈的游牧生活",而洛克则认为斯诺对中国下层贫苦大众表现出太多的同情是一种毛病。两人的志趣和性情差距很大。1931年春,斯诺和洛克第二次同行,从昆明出发长途跋涉去大理。斯诺目睹了洛克浩浩荡荡的旅行阵势,感到不解和吃惊。在20世纪50年代出版的《复始之旅》一书中,斯诺回忆并写道:"整个行程中,洛克率领着的众多侍从分成两队——先锋队和后卫队。领队的有一位厨师、一位厨师助理、一位大管家,他们沿途选择驻足休息地点时,既要顾及安全,又要保证有好的视域。一旦选好地点,仆人们就摊开一张豹皮地毯,然后在上面架起一张桌子,一块干干净净的亚麻布铺上桌,放上瓷器、银质餐具和餐巾。当随后的人马到时,饭菜差不多已做好了。一般晚餐会有好几道主食,并辅以茶和开胃酒结束。"作为一名同情穷人、怀有悲悯之心的记者,斯诺为洛克在中国旅行时享用的各类奢侈品感到脸红。

  洛克小时候拒绝了父亲让他当一名牧师的安排,而选择了自由无拘的人生旅途,但僧侣的禁欲主义、苦思冥想和宁静状态,对他有着强烈的、内在的吸引力。每年元旦钟声敲响时,无论在旅途上,还是丽江家里,他都要举行一个虔诚的仪式——双膝跪地,大声祈祷:"我父,不要照我的意思,只要照你的意思!"他把这句话写在本子上,并郑重其事签上自己的名字,作为与上帝的一份契约。但与其说这是与上帝立约,还不如说是与大自然面对面的盟誓。对于洛克来说,大自然就是一座宏大的寺庙,神秘、壮丽,而有威力,上帝正是通过大自然时隐时现的。而西南中国纳西地区的自然景观,它原始的崇山峻岭,它的化外自足,乃至它的封闭性,不啻是一座神圣的殿堂,一种启示录式的背景。自然的恢宏吸引并呼应着一位行者内心的交响。只有面对眼前运行不息的自然界,洛克才会心甘情愿地向这一比自己伟大的力量称臣。"自然界中能打动洛克的并不是其巧妙的结构,或是复杂的、内在的艺术感染力,而是一股让洛克倾心热爱的、无可抗拒的威力。这就是为何洛克要用宏大、壮观、魄力和伟岸等词语来描述这个大千世界。他心中的上帝无非就是一个延伸的自我,一股完全美化了的自我威力。"(斯蒂芬妮·萨顿:《苦行孤旅——约瑟夫·F.洛克传》)

狄更斯的《大卫·科波菲尔》和尼采的《查拉斯图拉如是说》是洛克旅途上的枕边书。少年科波菲尔的遭遇常使他想起自己不幸的孩提时代,"科波菲尔经受的痛苦和我的非常相似……而我的悲剧色彩更浓一点。"尼采的著作和"超人哲学",则引起了洛克的强烈共鸣。查拉斯图拉在森林中修隐十年,终于走下山顶,向人群撒播新福音,宣布自己是"闪电的预告者",并宣告"超人"的诞生——"超人的意义就是大地。让你们的意志说:超人的意义必将是大地!……他就是闪电,他就是疯狂!"如果说尼采以《查拉斯图拉如是说》开始了自我崇拜,洛克则以异国他乡大地上的漫漫长旅去寻找自我、确认自我,这是世上失败的生命的绝望的出路。旅途上,洛克的沉思常有一种超验的、形而上的色彩,一种查拉斯图拉式的意味:

> 心灵无边无际,包容万物,而物质却是有限的。正是心灵和物质的分离,我们才会死亡。死亡也许就是我们进入智慧之门的渠道,或者说得更准确一些,死亡实现了所有的智慧,对了,死亡也就是智慧本身……存在意味着局限,而死亡意味着从这一局限中超脱出来,也就是无限的知识。
>
> ——洛克日记,1931 年

洛克的口吻,使我想起另一位独身主义者、瑞典探险家斯文·赫定。从 1893 年到 1935 年,赫定四次到达新疆,他在亚洲腹地"死亡之海"的沉思,具有同样的穿透力和震撼力,有关生与死、心灵与世界、有限与无限……天地万物、日月星辰、沙漠瀚海在化为思想元素和内心乐章的同时,也化为意志、忍耐和力量,化为一部行动的大书。或许洛克不是一个行走在西南中国的"查拉斯图拉",赫定也不是一个闯入塔克拉玛干大荒的"超人",但他们用自己数十年的探险生涯,用九死一生、独一无二和卓越著述,完成了对自我和有限的双重挑战,向人类提供了一门有关异域的"无限知识"。我们至今受益于这种旷野知识的启迪和教诲。一定程度上来说,西部中国的当代探险,止于这两位强力探险家,并且念天地之悠悠而后不见来者。

(原载《红岩》2016年第4期)

乡村游戏谱

宋 长 征

桃符,行走在木头里的钟馗

桃木剑:桃木剑是钟馗的咒语,唵嘛呢叭咪吽,谁懂?我也不懂,大概世间的小鬼能听懂。人在明处,鬼在暗处,防不胜防,只能寄托于一柄桃木剑,剑挑人间污秽事,棒打骇人骷髅头。人间与鬼界,不会太远,别的寄望不上,不妨交给钟大爷,妖精小鬼一拿一个准。

小时候过年,我比较讨厌炮仗,母亲去赶集,买一挂长的,叫鞭,买一捆各自为政的,才叫炮仗。叫鞭的燃放起来声音有点劈,没那么刺耳;叫炮仗的点一个震耳欲聋,我务必用一根长长的烧火棍,点燃,丢下就跑。我说为什么过年放炮仗,刺耳不说,还吓人。抱怨完依旧穿入茫茫的夜色,去捡拾谁家的哑炮。

母亲说放炮仗是为了吓唬小鬼,过年了,大鬼小鬼赶着往家跑,希望也能和村庄里的人一起难忘今宵。我提出质疑,我们家什么也没有,一座房屋四个旮旯,小鬼来了图稀个啥呢?母亲不乐意,扬起巴掌说,大过年的不能老鬼呀鬼的,怕真是招来什么獠牙厉鬼。然后取一支桃木剑给我戴在脖子上。

桃木剑也叫桃符,老祖母曾经在秋夜的满天星光下给我讲过一个故事。老祖母抿抿嘴,把我揽在怀里,就打开了一个有关鬼蜮的世界。很久以前有座山,山上有一株覆盖三千里的大桃树。说到这里,我"哇呀"叫出声来,那是不是有很多桃子,随便折下哪一根树枝都能填饱肚子。老祖母看我眼里放光,说就知道嘴馋。接着讲,桃树上有一只金色的大公鸡,每当清晨啼鸣时,夜晚出去游荡的鬼魂必须要赶回鬼域。鬼域的大门坐落在桃树的东北角,门旁站了两个神人,一个叫神荼,一个叫郁垒,若是鬼魂在夜间做了伤天害理的事情,神荼和郁垒就会将他逮捕,用苇芒做成的绳子捆起来,喂老虎。后来呀,人们为了吓退捣蛋的小鬼,就用桃木刻成两位神人的模样,辟邪祛灾。再后来图省事,拿一块桃木板刻上神荼、郁垒的名字,也能达到预期的鬼灾防治效果。

我手心里攥着桃木剑沉沉睡去,恍惚中听见老祖母叹了一声——说鬼娃子啥时候才能长大。而后,睡梦中传来嘀哩的蟋蟀叫声。

在我印象中,好像从来没有怕鬼的经历,甚至幻想某一天,能与鬼魂邂逅。大鬼领着小鬼,男鬼带着女鬼,老鬼走在最前头,他们翻越山岗,蹚过村前的小河,在村庄的旁边,另建一座村庄,日子和我们村里的日子一样,就是昼夜颠倒。夜晚,一个村庄熄灭灯火,安睡。另一座村庄醒来,过着平普的生活,两下互不相扰,井水不犯河水。

但钟馗自有钟馗的一套捉鬼宝典,什么鬼是好鬼,即使在阴间也能与人为善,什么鬼是坏鬼,只因争名逐利化身为鬼,仍然不能改变其贪婪作恶的本性,钟大爷一一登记在案。河南作家冯杰,写了一本书叫"马厩的午夜",专门记述中原地区的乡村妖怪,其间颇多影射。我能理解,在一个人鬼不分的时代,钟馗亦被蒙蔽了双眼。

桃木制鬼,由来已久,《淮南子·诠言》说:"羿死于桃棓(通棒)。"东汉许慎注:"棓,大杖,以桃木为之,以击杀羿,由是以来鬼畏桃也。"是说后羿因为善射做了万鬼的首领,但是还是不能抵挡桃木做成的大棒子,一棒槌就能把后羿杀死,既然如此,天下所有的鬼魂也便领教了桃木的厉害,每见老祖母给我做成的桃符,必后退三舍。

　　桃符,钟馗,一个是草木,一个是神灵,无意间竟触类旁通,成了村庄的守护者。一起守护乡村的还有我们村的半仙爷,半仙爷早年家在关外,20世纪80年代为了分到一份土地回到村里,住在大队的牛屋里。每逢小儿夜哭,家里的大人就说去喊半仙爷。半仙爷到,摸摸小儿的额头,似乎已经掌握了鬼魂的大致情况,嘴里念念叨叨,拿来一张黄表纸,以手指在纸上戳戳画画,点燃,取其灰烬,叠放进纸包,嘱咐:放在小儿枕下。最后,依旧是一支刻制精巧的桃木剑,用红绳拴系,可套在小儿的脖子上,自此可保无虞。

　　我非有神论者,但也不能不承认半仙爷做下的功德。遑论其他,单是可止小儿夜哭一事就让人百思不得其解。

　　"千门万户曈曈日,总把新桃换旧符。"钟馗藏身于一块小小的桃木中,大声喝道:小鬼哪里逃！村庄便又一次走进寂静平和的睡梦之中。

风 语 者

　　风车:风要说话,翻山过河,或低语,或悲号,或以头抢地,欲掘地三尺。风车转转,有四两拨千斤之功。风车最大的弊病就是不善奔跑,以至于造就平民英雄堂·吉诃德伟大的一生。同样,乡野小儿亦有梦,临风而立,怀揣丝丝扣扣暮野之风,不到最后怎见分晓？

　　风从村庄里走过,携来庄稼的密语,风的本身具有某种神秘主义的特征,所以从来不和急剧的、奔跑的事物攀谈。树是静止的,在沉默中与节气对抗,渐渐适应了人世冷暖,春来吐绿,秋来落叶飘零。我有时会把自己想象成一个可有可无的静物,就像小时候坐在长长的河堤上,看风吹动森森的杞柳丛。

　　风从天上过,风从河道里爬上来,风从杞柳的腋窝里挤过来,就成了瘦瘦弱弱的一缕。被我拈在手中的一缕风,摇晃着虚无的尾巴,它要去哪里？它来自何方？它每日絮絮叨叨究竟在说些什么,最终会成为我穷尽一生的研究课题。

我想我是一个天生的风语者,在只看见村庄这个小小群落的基础上,试图用风的视角来看待外部世界。这没有什么不恰当,风所走过的一个地方就有一个地方的气息,风所携带的事物无非是那些见怪不怪的个体表征。风所留下的,当然是摈弃浮华之后的沙尘,翻开泛黄的旧时记忆,彰显出自然万物的清晰纹理。

没有玩具的童年,我只能一个人坐在低矮的院落里冥想,从一个放置锈迹斑驳的犁铧的角落,到另一个结满蛛网的墙角,寻找属于自己的小小快乐。风车,我能制作的就是用一张四四方方的纸片,裁剪成对称的三角,折叠,从扫帚上折下一根竹签,安插在秫秸的顶端。如此,就能在无形的风中奔跑,风车旋转。

邓云乡在《鲁迅与北京风土》里所写的风车,同样来源于民间制造,用秫秆扎成"日"字、"田"字、"品"字形的架子,用秫秆篾片圈成三四寸的圆圈,中间做一细轴,用白莲纸染上鲜艳的红绿,把圈和轴粘成一个风轮。再用胶泥制作成铜圆大小的鼓框,用两层麻纸裱在一起做鼓皮,制成小鼓。而后把风轮、小鼓装在架子上,后面绞一小棍,风轮动,带动小棍击鼓发声。如此,风轮不断旋转,小鼓便不断咚咚作响,可谓赚足了孩童眼馋的目光。

我在奔跑的途中会停下,在感受虚无的风时,想象原本静止的风车为何旋转不停。这就像一个人漫长的一生,人是静止的,除了很难察觉的生长,在一座沉默的老屋中沉睡,在草木丰茂的田野上伫立,在面对苦难时凝神,在漫漫长夜中独语。而实际的情况是,人从来没有停下追逐的脚步,追逐缥缈的爱情,追逐梦中的奢华,追逐纸醉金迷之后的失落与空荡,追逐不可名状的追逐。这是一个有关追逐与静止的悖论,天有大美而不言,谁又能真正体悟到个中真谛?

堂·吉诃德的风车是一个迎风站立在荒野的巨人,起码在理想主义者的眼中,每一个有形的无形的事物都有它自己的属性。我在手执一只纸风车奔跑的途中不知能遇见什么,别人不解的眼神?赶路者不屑的一瞥?或者猛然间从某个角落里钻出来的傻二,伸出脏兮兮的那双手,嘿嘿——风车,我要,风车——转转。我把制作粗糙的风车递给傻二,傻傻的笑声和一阵风一起在风中奔跑,目的,和我们一样——通向或远或近的死亡。

从生到死是一个未知的距离,像一个简单的方程式,只看你如何求证、拆解。堂·吉诃德的不朽,在于对骑士文学的痴迷,这个瘦削的、面带愁容的小贵族,骑上一匹瘦弱的老马,找了一柄生锈的长矛,戴着有破洞的头盔,说,我要去当游侠,为人民打抱不平,扶弱济贫。他雇了附近的农民做侍从,又把邻村的一个挤奶姑娘想象成主人,于是以一个未受封号的骑士身份开始了他漫无边际幻想的冒险实验。

文学的孤独就在于会使一个孤独的人更加孤独,面对卷帙浩繁的经典,会天真地想到我也可能,也可能像一些大师那样写出流传千古的诗篇,以供后人叹服、瞻仰。这是理想主义的最高目的,用不停的书写代替有形的脚步。有一次在一个研讨会上,一个小地方的作协主席说到一个80年代的文学爱好者,北京来函,说是一个全国规模的文学研讨会,他是获奖者之一,参会的前提就是要交数额不菲的会费。卖了家中唯一的耕牛,不顾妻子的劝阻,就踏上了去北京的文学之路。回家,妻子带着孩子已经远走,徒留一座空荡荡的院落。

所有的人都在笑,我没笑。我知道其实有很多人像我一样,在乡间,在城市的某个角落,做着一件极为神圣却又极富冒险的事情。多年来形成的惯性,我会在劳作的间隙读书,写一些有关乡村的文字,看得开,有人会说那对文学是不尊重的,起码态度不够认真。试问,如果换成是你,一边是繁重的生活,一边是虚无的、可能无果而终的写作,除了看得开还有什么更好的方式吗?

无形的风依旧在推动巨大的风车旋转,我们可敬可爱的受封的骑士堂·吉诃德,又一次冲到风车面前。

风车说,来吧,让你的长矛更锋利,更准确一些,刺中我的心脏,刺瞎我的双眼,甚至把我打成残废,再大的风也不能再次让我复活。

风说,来吧,作为一个神话的始作俑者,即便不能逃脱被挑战、被诅咒的命运,宁愿伏在你的面前受死;或者说,当你足够强大之后,丢弃了所谓的封号,换上一匹俊美的坐骑,拥有世间最为坚固的铠甲,我会成为你最为忠实的仆人,浪迹天涯。

在一个信仰缺失的时代,我从风中走来,又无数次陷入风的围困。童年那只旋转的纸风车消失之后,很长一段时间我在没有方向的旷野中奔跑。我希望能听懂世间的风语,就像面对挚爱的亲人或者情人,走下去,无论旋转或者静止。只有风知道。

骑一头蟋蟀锦衣夜行

> 斗蟋蟀:蟋蟀相斗,原为人作孽,此君视力极差,鸡毛拨弄之,以为对方挑衅,遂起而攻之,岂知为他人所挑拨离间。世人皆眼明,而心不一定亮堂,极尽挑拨之能事。蟋蟀有知,故借贾似道之手,倾覆江山;故借蒲松龄之笔,诉尽人世悲情。而人知乎? 耳听秋虫唧唧,眼前皆是黄白之货——货通祸,玩物丧己也。

蟋蟀是卑微的歌者,你很难在钢筋水泥的丛林听见蟋蟀的歌唱,城市是傲骄者的天堂,只有在乡村,蟋蟀才肯抽出纤细的弓弦。背景是空旷的田野,清澈的月光是上帝设置的灯光,树叶是幕后的天使在合唱,拉开夜之帷幕,熟悉的乡村小夜曲开始奏响。

我太熟悉这样轻柔的旋律,谷物的香甜在村庄弥漫,婴孩在睡梦中露出天真的笑容,一只狗尚未因为白昼的追逐而疲倦,深深陷入这美妙的旋律。也许,这样的夜色只有一次,即便只有一次也因为秋虫的歌唱而缱绻。也许,这样的场景已经持续了千年,只是我们在今日的月光下才静下心来,听蟋蟀弹奏月光的琴弦。

促织鸣,懒妇惊,说的是一种乡村状态,如果到了蟋蟀歌唱的节气,一个村庄里的妇人还未给丈夫和孩子预备御寒的衣物,那么她会羞愧,会心生慌乱,赶紧趁着明亮的月光,纺纱织布,缝补衣物。这是民谚的一种暖,以虫为名,提醒季节的变迁。周作人的《知堂随笔》说的也是这个意思:"因了秋虫的鸣声引起来的感想,第一就是秋天来了,仿佛是一种警告。蟋蟀虽是斗虫,可是它独自深夜微吟时实在很有点悲哀,所以对于听的人多发生类似的感觉。"

我亦有这样的感觉,每逢入秋,就觉得时间一下子短了少了起来,白日里尚未做多少事情,夕阳就挂在了树梢。接下来是冷风吹,接下来是秋雨绵绵,接下来是雪花飘,好像一年的时光就这么恍惚一下过完,让人不免悲叹。

《聊斋志异》中的促织,说的是人世寒凉,起因来自于一个叫贾似道的家伙。宋理宗时,丞相贾似道十分喜爱斗蟋蟀,故将其位于杭州西湖葛岭的住所命名为"斗闲堂"。以他对蟋蟀的了解,撰写了《促织经》。这不得不说是一次旷古未闻的发明,一个丞相不研究如何治理国家,处理内忧外患,却以虫之名进行了另外一个行业的探索,到最后只留下"朝中无宰相,湖上有平章"的嘲讽。

接着说促织,为满足宫中斗蟋蟀之乐而"岁征民间"的任务摊派到了一个叫成名的人身上,成名不过是一个被里胥陷害的里正,面对征促织,既不敢敛户口,又不敢无所赔偿,形势所逼,只能自行捕捉。无所得,只有"转侧床头,惟思自尽"。作家毕飞宇在南京大学的一次小说课上说,"《促织》是一部伟大的史诗,作者所呈现出来的艺术才华足以和写《离骚》的屈原、写'三吏'的杜甫、写《红楼梦》的曹雪芹相比肩。我愿意发誓,我这样说是冷静而克制的。"不是没有来由,《促织》一文按事物发展的自然顺序记叙,情节曲折多变,故事完整。

故事的第四部分(第5至第7段)发展到了高潮,成名得虫,因儿子的一时疏忽丢失虫子,然后再得异虫。此时的成子已停止呼吸化身为虫,"忽闻门外虫鸣,惊起觇视,虫宛然尚在。喜而捕之,一鸣辄跃去,行且速。覆之以掌,虚若无物;手裁举,则又超忽而跃。急趋之,折过墙隅,迷其所在。徘徊四顾,见虫伏壁上。审谛之,短小,黑赤色,顿非前物。"

我小时就喜欢蟋蟀的歌唱,坐在门前的石磴上,听缥缈的夜色中传来轻柔的鸣唱,小心翼翼走到叫声所在的地方,忽而又在别处响起。再次走近,却又在另一个地方逍遥起来。由此,我断定蟋蟀是用灵魂在歌唱,小小的身体能发出一种飘忽的声音,游走在乡村的夜色里。到底是没亲眼见过斗蟋蟀,我也不愿看见同类厮杀的场景。不知何时起人们喜欢上了斗鸡、斗牛、斗羊、斗蟋蟀,如此的发明不胜枚举。但大多数都是源自旧时的宫廷,《开元天宝遗事》载:每至秋时,宫中妃妾辈,皆以小金笼捉蟋蟀,闭于笼中,置之枕函畔,夜听其声。

"8月28日消息,每年7月中旬至8月底,来自全国各地的蟋蟀爱好者汇集在泰安泗店镇收购蟋蟀,木工、壮工、泥瓦工甚至周边的上班族,都会抽出专门的时间到田间地头抓蟋蟀,外出务工的泗店人也会暂时丢下工作回乡抓蟋蟀。村民介绍说常年抓蟋蟀的抓上一个月下来至少收入在一万五以上。"这是一则如假包换的信息,当蟋蟀成了一种产业,疏忽的却是其巨大的乡村背景。接下来我又在百度输入"斗蟋蟀赌博",类似"上海破获斗蟋蟀赌博,单场输赢高达5万元""男子因斗蟋蟀赌博被赌友捅死"的新闻两万多条。

《促织》一文以成名入宫献促织得厚赏而巨富,成子复苏后言身化促织而结束,得到了喜剧形式的大圆满。而我却很久不能从曲折离奇的情节中走出来。

我所看见的蟋蟀,抛却被作为玩物的身份,应该是天籁中的音符之一,流淌的月光下,从《诗经·蟋蟀》中弹跳而出,落在安静的书桌上。"蟋蟀在堂,岁聿其莫。今我不乐,日月其除。无已大康,职思其居。好乐无荒,良士瞿瞿。"在苦行与享乐之间应该还有一条道路,就是要有作为人的起码的忧患意识。

那么,我情愿骑一头蟋蟀锦衣夜行,走过多情的人间。

与木偶作别的晚上

木偶戏:一人,一帷幕布,一锣,一镲,几具木偶,大戏开场。木偶受制于人,哭笑由人,皆无内心真实表达。游戏耳。人则不可傀儡,受纵于幕后黑手,跳踉前行,终不得人生要义。输赢勿论,遵从自由心性,死无憾矣。

那时的天是透明的,即便是夜晚,星光也像被擦拭一新,点缀在夜空,一弯新月升起,挂在村口的老槐树上。分不清季节,其实记忆中的童年只剩下一个大致的轮廓,我需要一笔一笔用心勾勒,才能找到清晰的线索。

演木偶戏的老人,撩起青色的长袍大褂,钻进预先架设好的长方形帷幕里。我比较好奇,但又胆怯,只能幻想老人如何操作木偶的情节。不需要坐下,一场木偶戏即是一段精彩的人世轮回,需要用心去演,不像现在的某些大牌,书没读过几本,也敢饰演经典故事里的角色,其生涩不亚于一个装腔作势的小丑,丧失了最基本的艺术精神。

有鼓声,有锣声,甚至有牧童的竹笛,看见一头犄角弯弯的水牛走上幕前,牛身上的牧童竹笛横吹,夜风吹拂摇曳的柳枝,竟如一脚踏入江南的春天。如此简单的画面叫假演,假演完毕往往请木偶戏的人家要站在旁边说上几句,说是添了新丁,大家同喜,说是殁了老人,松柏长青,驾鹤西游。总之,我们在贫瘠的日子里也能找到快乐的理由,借几个活灵活现的木偶,为简朴的村庄代言。

一阵催声鼓,一顿铜锣响,村庄里的男女老幼齐聚在大槐树下,看一场偶戏正式开场。张生夜会崔莺莺,墙下是红粉佳人,墙外是落魄书生,一架木梯摇摇晃晃,搭起了爱情之桥。这时多嘴的女人一般会伸出手指,说大闺女家家的真不知害臊,其实心里却想着少女时节的春情萌动,一片高粱地,一个麦草垛,完成从少女到女人的最初仪式。

我记忆颇深的是李逵打虎,相较于武松打虎更为惨烈,更让人寸断肝肠。背负母亲走了一路,李逵去为娘打水,年迈的李逵娘站在草木葱茏的山岗上,焦急等待,这时寂静的山林刮起一阵风,云生从龙,风生从虎,从对面的山林中钻出一只吊睛白额老虎,直扑向守望儿子归来的李逵娘。饿了一天的虎,饥不择食,一口将李逵娘吞下。李逵听见风声归来,暴喊了一声娘,和老虎撕扯。撕扯的过程是惨烈的,我能看见眦眦欲裂的李逵眼中流下的泪水,我能听见骨骼里的声响,人世最大的痛苦,摸过去失去朝夕相伴的亲人。

后来看《水浒传》,才知道是木偶老人的改编,"话说李逵将水取来,到得松树边石头上,却不见了娘,只有朴刀插在那里。李逵心头一惊,忙连声叫唤,却无人回应。李逵顿时心慌,忙丢了香炉提上朴刀四处查看,只见不远处的草地上有团团血迹。李逵见了,就趁着那血迹寻去,寻到一处大洞口,只见两个小虎儿在那里啃一条人腿。却不是老娘的尸身是什么?"

可见艺术改编一法因视角不同会产生不同的艺术效果,只是虎口夺娘太让人受虐,致使我很长一段时间从梦中醒来,紧紧抱住母亲,害怕某一天到来的生离死别。

木偶戏的起源可谓悠久,源于汉,兴于唐,在我们开始大踏步走向新世纪时销声匿迹。我不知道,这是木偶的悲哀,还是人类的悲哀,千年陪伴,一个个木偶在浓密的夜色中转身,回到一个孤独的所在。

郑板桥是一位奇人,在我们山东范县当过县长,我在十九岁那年两口喝过一瓶以板桥宴命名的白酒,辛辣,火热,狼奔豕突般在一座北方小城的夜色中流窜。后来又读到郑县长的一首诗:"笑尔胸中无一物,本来朽木制为身。衣冠也学诗文辈,面貌能惊市井人。"恍然发觉木偶的另外一层身份:傀儡。

傀儡一词是指不能自主、受人操纵的人或组织,也是木偶的源起。一个不能以真人示面的人是悲哀的,一个只做傀儡的一生是失败的人生。金钱、权利、股票、车房、美人,是一根根无形的绳子,在操纵行走坐卧,所谓的悲伤与快乐,也是背景里的发声,不能勾连个人的神经。

任半塘在《唐戏弄》中说:傀儡戏中,专以人生为主题,以老人为主角,散场之后,致使观众兴此生与一世之感,其有故事、有情节,有相当效果,不仅作龙钟踊踏,以博浅笑而已。可见偶戏其教化功能的一斑。

但木偶无罪,亦无知,一阵散场锣响,星星还是星星,月亮依旧悬挂在草叶间的露珠之上。所谓"志于道,据于德,依于仁,游于艺"。我只不过和一个远年的木偶作别,惺惺相惜,从此依附于个人的灵魂,再不做傀儡之戏。

一根绳子的时间简史

翻花绳:两人,一绳圈,交互翻之,有双十字、手绢、面条、牛槽、酒盅、小媳妇开门诸形。吾性蠢笨,至牛槽而不能喝完交杯酒,喊小媳妇开门,乃为憾事。《聊斋志异》交线之戏,封生聪颖,所以交线之后鸳鸯交颈而眠,是为梅女心机,翻案指日可待矣。

上古无文字,结绳以记之。说的是上古时代,人类尚未发明文字之前,如果有了重要事情就在一根绳子上做结,以免遗忘重要的事情。风吹山野,月光落在门楣上,一根简单辫结的棕绳在夜色中飘荡,那是时间排列的秩序,哪一个绳结关乎渔猎和谷物,哪一个绳结关乎爱情,哪一个绳结又代表着对先祖的祭奠,无不了然于胸。

我对绳结的深刻印象,来自于年轻时曾去渤海湾的一艘渔船上做工,那时懵懵懂懂,以为日夜与大海陪伴是一件多么浪漫的事情。事情的发展往往让人出乎意料,在经历了一天一夜的风平浪静之后,大海终于露出陌生而狰狞的一面,晕船,直到吐出一口一口苦苦的胆汁,有世界末日来临的绝望。

接下来的时间,就是学习如何拴系绳结。平结,左搭右,右搭左,用于拴系下网的浮标,一根细细的绳子一端是漂浮的竹竿,上面飘着一面小小的旗子。猪蹄扣,用于联系渔网与渔网之间的缆绳,在海底形成一面长长的网阵,以捕获命运多舛的鱼族子孙。另有渔人结,将一硬一软的两条绳子连接在一起,多用于拔锚起网。

小时候,老祖母教我翻花绳,凉月满天,促织在墙缝中叫个不停,老祖母从针线笸箩取出一根纳鞋底的棉绳,两端系在一起,形成绳套。老祖母结成双十字,我用笨拙的手指挑成手绢的形状,接下来是面条、牛槽、酒盅,老祖母念念叨叨,好像一条普通的绳子能翻出世间万物。翻到最后一个的时候,我长长打了一个哈欠,被老祖母刮了一下鼻子,说,小媳妇开门喽,快让我们家小小进去睡觉。

在简洁的乡村,一根细细的棉绳是我们从无形的时间中裁下的一截,可以缝补衣服,为我们遮挡风寒,可以做成舒适的千层底,从村庄走向更远的世界。也可以乘坐在光阴的渡船上,人与人面对,手与手交互往来,翻挑出时间的具象,以面对空旷的田野与虚无的时空。所以,你若是问及六七十年代的人,知道翻花绳么?那人准会说,喊,小儿科,小把戏,不信就试试谁翻的花样多。

我所知道的样式大概也就那么几种,老祖母在骑鹤远行时紧紧攥住我尚且稚嫩的小手,笑着。那意思好像明天还会醒来,和我坐在凉月满天的院子里翻花绳。一面唠叨:双十字,手绢,面条,牛槽,酒盅,小媳妇开门吧。

我终是没在老祖母在世时娶上媳妇,但她一定会在天上看着,看我一个人在村子里摇摇晃晃长大,看我成家立业。甚至,在某天夜深人静的时候,从门外悄悄走过,然后化作一缕缥缈的风,被写进虚无的时间简史。

《聊斋志异》中的梅女,是一个被人陷害的魂灵,有一天出现在封云亭居住的寓所,梅女美丽善良,是被盗贼贿赂贪官冤死的,冤魂不散,决心报仇。封云亭仔细听过了事件的来龙去脉,决定要帮助这个苦命的女子。但长夜漫漫啊,孤男寡女独处一室,封云亭难免心头小鹿撞撞。封曰:"与佳人闷眼相看,亦复何味?"女曰:"妾生平戏技,惟谙打马。但两人寥落,夜深又苦无局。今长夜莫遣,聊与君为交线之戏。"此中的交线之戏便是老祖母曾经教给我的翻花绳。

封云亭答应了梅女,两个人在孤苦的灯光下对坐,翻变良久,以至于封迷乱不知所从。而梅女则"愈出愈幻,不穷于术"。可见翻花绳的历史久远,沿着时间消逝的轨迹,与蒲松龄劈面相逢。

写到这里,游戏一种便可告终,至少我从多个侧面对一根绳子所带来的精神价值、实用价值做出了粗略的描写。但看着对面白白的墙壁,梅女时有可能从里面婀娜走出,央告我来一段交线之戏。不是怕,我有时会觉得鬼比人可爱,遇人天真,时作调侃之状,执着热烈坦诚。

那么不妨交代下事情的结局。

在封云亭的帮助下,梅女报了前世冤仇,告诉封云亭做一个装鬼的袋子挂在胸前,梅女化作一缕青烟钻了进去。封云亭到了延安,寻访到一个姓展的人家,展家有女初长成,"貌极端好;但病痴,又常以舌出唇外,类犬喘日"。一看就是吊死鬼的模样。求亲,展家应,合卺之时,封云亭打开布袋子,梅女与展家女灵与肉合体,于是成就了一段千古姻缘。

胶片是一首泛黄的诗

老电影:老电影的好,在于放映机发出的声音,嘶嘶哑哑,好像时间永无尽头。有一次看露天电影,散场,一个人独睡于场地中间,鲤鱼打挺爬起,顺着沟边的树,小河里的水声找到家。当夜做了一场噩梦,梦见身陷炮火之中,手榴弹、炮弹齐发,"向我开炮"的豪言壮语终未喊出,被尿憋醒。

我走在逼仄的乡间小道上,月光白白的,洒落在玉米的枯茎上,没有人肯与我同行,耳边只能听见蟋蟀的叫声,纤细,一如月光在天地间扯起单薄的琴弦。我记得那天我发了烧,在低矮的老屋里嘴唇干渴着醒来,我喊:娘,渴。母亲端了一碗水放在桌子上,一转身不知去了谁家。做梦,梦中是一团一团挤压过来的云团,足以让人窒息。天光逐渐暗了下来,木格窗棂外传来广口喇叭声,说是李家庄有电影。我想起来,我想让在院子里敲着盆子喂猪的三姐带上我,一起去看电影,三姐并不情愿地说了一声什么,转眼间陷入更大的空寂。

我不会忘记童年的很多片段,一旦静下来,脑子就像一架简陋的放映机,忽略攒动的人头,情人间的低语,忽略露天电影场周围高大的杨树,忽略谁家孩子哭喊着想要钻出拥挤的人群,只剩下放映机匀速的转动声,像时间流逝的声音。我无意探究电影的发展史,就像一个生活在村庄多年的人,不会条分缕析去分辨食物的营养、维生素、卡路里,这些都不重要,重要的是如何填饱肚皮。

　　电影该是村庄的启蒙。年少时的乡村,也只有电影能让我们听见不同的声音,看见一些新奇的场景与面孔,如果让我细数的话,我发现能清晰记起的也有几十部,现在说来,未免有点老掉牙的感觉,还是作罢。电影放映前,放电影的村子会在高音喇叭上一遍一遍播报,所以讯息得以瞬间传达。人们奔走相告——早吃饭,去看电影哇。更多的是年轻人,女孩和女孩一起,男孩和男孩同道,如此,才会在电影之外发生一些难以预料的骚乱。

　　年代再早一些的拉洋片,大约是电影的雏形。使用的道具为四周安装有镜头的木箱,箱内有准备好的数张图片,灯具照明。表演者在箱外拉动拉绳,图片在箱内移动。观者便可通过木箱上的镜孔看到图片上完整的故事,《夸美人》《大花鞋》《水泊梁山》。有一年在河北,民间艺术展演,一位老艺人收拾好一套一百多年的拉洋片道具,现场表演《渔樵耕读》。

　　老者的念白京腔京韵,一听就曾在皇城根下混过。"渔"是渔夫,东汉的严子陵,说是汉光武帝刘秀的同窗,颇得刘秀赏识。刘秀当了皇帝多次请他做官,都被严子陵拒绝。一生不仕,隐于桐庐,垂钓终老。"樵"是朱买臣,出身贫寒,卖柴为生,大略与我现在剃头的光景相仿。坏就坏在朱买臣和我一样酷爱读书,以至于后来媳妇不堪其贫穷也跟人跑了。这是一个经典的屌丝逆袭神话,穷书生遇得贵人推荐而成汉武帝的中大夫、文学侍臣,鱼跃龙门。"耕"所指的更是大牌,是说舜躬耕于历山,教导民众。"读"说的是苏秦,每天读书到深夜,困了就用母亲纳鞋底的锥子刺一下大腿,而后博得功名。

我本来不太喜欢说教的东西,但忽然发现文学的旨意无非是鞭挞黑暗,书写光明,甚至在佶屈聱牙的解构中辨析善美与罪恶。这很让人沮丧,以至于在我书写的过程中常常会诘问自己,写作的价值到底在哪里,如何才能通向一条更加深邃的通道。而现在,我不能偏离太远,在对一种朴素的乡村游戏剖解时陷入文学的迷途。

刀子是我要好的朋友,执拗地将父亲从部队带来的钢丝绳裁断,做成一件杀伤力极强的防御武器,系在腰间。梁子是上次在高庄看电影时结下的,西洼村的刘二用一根麻糖取得立春的好感,有人看见立春在月光下跟着刘二钻了麦草垛,回来时发间还有细细的麦草。立春是刀子的妹妹。

我能理解刀子所感受到的屈辱,那种对不洁的片面仇恨在瞬间刻印在乡村少年的内心。但我不能理解为什么男人一定要追逐女人,女人为什么离不开男人。后来上了初中,刀子神秘地从书包里摸出一个东西,说给你看,但一定不要说出去。眉眼之间仿佛在做一个见不得人的勾当。对着阳光,我看见一个外国女子的胴体,由模糊渐变为清晰,如此年轻,线条起伏,乳房,阴部,但凡从未见过的隐秘部位都浮出水面。我感到了事情的严重性,从那一刻起,告别童年。

乡村少年的天真,在于生活在蓬勃的草木间,没有人告诉你如何面对旺盛的成长,也没有人刻意启蒙有关人体的密语。所以很多时候我们只能在大地上奔跑,追逐莫名的远方,汗水淋漓,笑意淋漓,野性淋漓,殊不知体内的另一个自己正在开枝散叶,终有一天突破坚硬的冻土,雨后春笋。

那是一个标志性事件,少年刀子在电影散场后伏在一个黑黢黢的麦草垛后面,一通劈头盖脸,柔韧的钢丝绳落在刘二的脸上、身上、手上。而少年刀子也被人踹进路旁的水坑,头上被木棒击开,至今伤疤还在。

晚风拂,柳笛声残

　　响器:人要发声,借助于器物,此为响器。有管者,腔者,喇叭口者,更有西洋诸器。吾村响器,自柳笛始,泥口哨,到远古之埙,皆就地取材,哩哩哇哇,起伏于桑间濮上。迎亲曲,明媚高亢,吹的是《百鸟朝凤》;哀悼时,唢呐悲泣,一曲《大悲调》寸断肝肠。

　　在我的记忆里,春天从清明开始。头天晚上,父亲领着我去上坟。所谓的坟已经没有了坟头,只有一片萋萋的荒草。父亲点燃一卷黄表纸,嘴里念叨着思念亲人的话语,大略是既然走了,到那边就别不舍得花钱,没有了我们会准时送来,人在,香火在,肯定不会忘了祖先。回去的路上,父亲忘不了嘱咐我折些柳枝,"清明不插柳,死了变成流浪狗;端午不戴艾,死了变成老鳖盖。"有谁愿意变成流浪狗和老鳖盖呢,薄薄的暮色中,我一闪身爬上一株歪柳树。

　　柳笛,用三月的新柳制成。此时的树的汁液刚刚苏醒,从深埋的地下往上输送营养与水分。所以,皮与骨形成一个很容易剥离的润滑层,最适合拧柳笛。柳笛所需的材质务必是一根光滑的枝条,没有芽结,"邦邦——呕吃"就像一句灵验的咒语,用光滑的柳骨,敲一下拧好的柳管,尽力丢到最远处,一直到现在,我也没有弄懂此番动作的含义。

　　枯燥的日子大概需要一些律动的音符点染,我喜欢百无聊赖吹奏一支柳笛,在村庄里乱窜。这是极具诱惑的声音,每当听到一支柳笛响起,很多支柳笛都在暮色中响起,尖厉的,高过屋檐,直奔星星的方向飞去。舒缓的,像村前小河里的水,缓缓东逝去。低沉的,像一头折返回家的耕牛,一声长长的哞鸣,宣告耕种的节气开始。还有清脆的,大多是细腻的女孩子鼓捣出来的声响,柳骨与柳管,抽动间发出嘀哩的和声,脆瓜裂豆,鸟鸣啁啾。

　　还有一种泥口哨,形式仿佛一只鸟,需要在货郎李的木牛车上买到,二分钱,便可换来更为清澈嘹亮的声音。我对声音的敏感,来自于草木生长的田野,喜鹊的叫声,麻雀的叫声,高亢的蝉鸣,跌宕的蛙鸣,蟋蟀的拖了一根长线的弹拨,都会引起思维的共鸣。这是我们共同的家园,除了歌唱还有更好的表达方式么?

埙的起源可谓悠久,漫长的农耕文明开始,田野上有了劳作的身影,男耕女织。最初的可能大概是有人为了捕猎鸟兽,为了模仿鸟兽的声音,用泥土做成简单的口哨。随着时间的更迭与进步,演化为单纯的乐器,并逐渐增加音孔,发展成可以吹奏曲调的旋律乐器。最早的陶埙是在河姆渡遗址发现的,呈椭圆形,只有吹孔,无音孔,距今约七千年。

一只七千年的陶埙,在泥土中深埋,连同深埋的还有那近似混沌的远古的声音。听埙,需要冥坐于烟青色的黄昏,云雨将至未至,夜风将来未来,一声轻唤,就像远方的亲人,田野上的花儿就开了,村庄里的树就绿了,风霜止步,沧桑似一个巨大的身影,在近乎悲凉的声音中缓缓移动。我听见过一种不知名的鸟叫,鸣——鸣——在田野上传出很远,空旷,悠长,一瞬间打开周身的毛孔,刹那与天地融合。

每个人的来历都是一个难解的谜,你不知道自己的前生是一棵树,还是一株草,甚至是一只在大地上奔跑的兽。一段路,你会停下来,贴着泥土倾听,远处有大河涌动的声音,近处有指针滴答的声响,你甚至听见身体里洄流,就像周而复始的节气,绿了,黄了,生了,枯了,就这样草木般从春到秋。

所有自然发出的声音,都与情感和血脉连通,所有的声音都有自己表达的方式,所有的表达都暗合悲欢。

吹响器是一种笼统的表达,在平原不是嫁娶就是吹奏死亡。滴滴答答的唢呐在吹,是红色的,是漫天朝霞,是奔走相告,是百鸟朝凤,是鸾凤和鸣。众人散去的灯光之下,红晕尚在,心头撞撞的小鹿还在。——那个人是母亲,从少女的羞涩中蜕变成村庄里的女人。从此,家渐渐有了雏形。从此,你的悲喜哀乐将与她血脉相通。

死亡降临的时候,没有任何征兆,就像一株秋天的小草,在老河滩上过完悲欣交集的一生。村庄里的死,是喊出来的,是哭出来的,是唢呐与笙箫合奏出来的。一大清早,响器班子搭起一架简易木棚,有男有女,吊唁的人刚到门口,凄凉的音乐响起。依然是唢呐,在乡村,唢呐的声音高过田野树木房屋,直上云霄。仿佛那高亢凌厉的声音就是一位无形的引灵人。该走了,该交代的交代给儿女,该放下的都搁置在这片沉默的土地,该走的路不会很远,一声啼哭,一声喊,一声唢呐,一声唤,就站在了村庄之外。

晚风拂,柳笛声残,夕阳天外天。每年的清明,柳树还会生长鹅黄的枝条,每天还会有儿童在村庄的屋檐下吹奏柳笛。生,或者死,有欢快或悲伤的音符响起,就不孤单。

(原载《山东文学》2016年第4期)

电影放映员

李云雷

那时候我大约六七岁,很喜欢住在姥娘家,我小姨那时十八九岁,她初中毕业之后,就从学校回到我姥娘的村里,在生产队里干活,总是她在带着我玩。那时候还不兴外出打工,乡村里大姑娘小伙子很多,在村庄里,在田野上,到处都能听到他们的欢声笑语。我小姨也有几个好姐妹,她们一起扛着锄头到地里锄草,回到家里,又聚在一起纳鞋底。她们总是坐在我小姨西厢房的窗台下,一边纳鞋底,一边叽叽喳喳地说话,时而爆发出一阵大笑,时而一个女孩突然站起来就跑,另一个在她后面嘻嘻哈哈地追着,两个人嬉闹一番,又拉着手回到原先的座位上,继续干活,继续说笑。她们纳着鞋底,一直要纳到掌灯时分,我姥娘在厨屋里做好了饭,喊我小姨吃饭了,她的那些好姐妹才纷纷回家。"就在这儿吃吧,饭都好了。"我姥娘招呼她们,"不了不了,家里也都做好了。"她们叽叽喳喳地说笑着,欢快地跳跃着就回家了。有时候吃完饭,她们还会再回来,挤在我小姨的西厢房里,在煤油灯摇曳的灯光下,一直说笑到很晚。

我小姨和她的小姐妹都很喜欢我,她们到地里干活也会带上我,让我在地头的树荫下等着,一会儿从哪儿的瓜秧上扭一个甜瓜,拿来让我吃,或者发现了草棵子,带我去摘上面红色的小溜溜。在村子里,可吃的东西就更多了,桃、梨、杏、枣,她们爬到树上摘下来给我吃,或者从家里带来两块饼干、桃酥、馃子,逗我说喊一声姨才让吃,我脆声地叫喊着,她们就笑得乐开了花。

不过我最喜欢的,还是跟我小姨一起去看电影。那时候乡村里也常会放电影,每一次放映都是全村的节日。现在我还记得,放电影都是在村里小学附近的一块打麦场上,乡里的放映员拉来银幕、放映机、电锅、发电机、石英灯,他们要在两棵大树之间拉起那块银幕,将发电机、电锅、放映机和银幕连接好,再在银幕下面摆放一张小桌子,在桌上摆好石英灯,就算布置好了,放映员就被拉到村支书家里吃饭去了。他们开始布置的时候,村里就一传十十传百地传开了,等不及的孩子搬着板凳提前来占座,一排排高矮不一的板凳在银幕前摆开,还有的小孩会为争抢座位而吵嘴、打架,不少大人围在一边看,嘻嘻哈哈地说笑着,还有卖瓜子的、卖花生的、卖甜棒的外乡人,不知从哪里知道了消息,也一股脑地赶过来了,他们在银幕一侧占好有利的位置,高声地吆喝着,还有的村里人知道晚上要放电影,把出了门的闺女也接了来,扶老携幼的,一家人都来了,好久不见面的人相互寒暄着,问候着,说笑着,整个村庄洋溢着欢快。每到放电影的时候,我小姨也很高兴,她让我搬着小板凳早早去占位置,等到吃过晚饭,她和她的小姐妹带着我一起来看,有的时候,到了打麦场才发现,板凳被向后挪了好几排,我小姨很生气,就上去跟人家说理,直到人家换过来才肯罢休。

天黑下来很久,电影放映员才在村支书的陪同下来到打麦场,点燃石英灯,放映员坐在那个方桌后面,石英灯白炽的光照在他脸上,那一双剑眉很英俊,村里的人都看着他,他坐在那里淡淡地笑着,很从容。在放电影之前,照例是老支书要讲一番话,讲讲国际国内形势,讲讲庄稼的长势收成,讲讲村里的好人好事坏人坏事,最后才讲到这次放电影的意义,村里人早听得不耐烦了,吹口哨的,起哄的,骂街的,老支书双手往下压一压,"我最后再说两句……"又说了好几分钟,他才结束了发言。石英灯灭了,银幕上刺刺啦啦闪耀出人影,从模糊到清晰,终于对准了焦,才开始放起来。那时候常放的电影是《喜盈门》《咱们的牛百岁》《李双双》《柳堡的故事》等故事片,战争片是《地道战》《地雷战》《南征北战》,我记得还演过戏曲片《朝阳沟》《七品芝麻官》。我们小孩都爱看打仗的片子,看完之后就满村跑着打仗,我小姨和她的小姐妹却喜欢看故事片,看完之后还跟着唱电影里面的主题歌。《柳堡的故事》演过之后,有很长一段时间,她们都在唱:

　　九九那个艳阳天来哟
　　十八岁的哥哥呀坐在河边
　　东风呀吹得风车儿转哪
　　蚕豆花儿香啊麦苗儿鲜
　　风车呀风车那个咿呀呀地个唱呀
　　小哥哥为什么呀不开言

　　她们扛着锄头上工的时候在唱,坐在窗台前纳鞋底的时候在唱,走路也唱,干活也唱。

　　路上有人跟她们开玩笑,"唱得真好听,想小哥哥了?"她们就呸一声,羞红了脸,快步走开。我小姨胆子大,有时候还冲上去要跟他们算账,那帮人一看势头不好,连忙跑走了。

　　那时候放电影,是一个村放完,再到另一个村放,一个个村子演过去,喜欢看电影的人,就跟着放映队,今天在这个村子看,明天再到相邻的村子看。我小姨就是个爱看电影的人,在我姥娘村张坪看完,还要再跟到萧化村、七里佛堂、五里墩、吴家村、直隶村去看,越跟越远。每次去的时候,她和小姐妹都带上我,走三里五里的路,赶到那个村子,看完电影,再一路走回来。夏天的晚上,走在乡间小路上很凉爽,看电影的兴奋劲还没有过去,走着走着路,一拐弯,一弯新月悬在半空。

　　在路上,我小姨和她的小姐妹叽叽喳喳地议论着,说笑着,一部电影看过好多遍,她们都有话说,说故事,说人物,说着说着又唱起来了。有时她们也会说起那个电影放映员,说那个小伙子"真俊",又说给我小姨说婆家,干脆就说给他吧,说着说着她们又嬉笑打闹起来了。我不知道她们的说笑,我小姨是否当真了,但是那一段时间,我小姨看电影看得却更多了,一个个村子跟得也更远了,有时她那些小姐妹嫌路太远,不愿意去了,她还一个人带上我跑很远的路去看。还有一次,她竟然连我也没有带,一个人跑去看了。

在我姥娘家,我跟我姥爷姥娘住在一起,住在堂屋的东间。北面一张大床,是我姥爷姥娘睡的,南面靠窗一张小床,是我的。现在我还记得,我躺在小床上看到的风景,那时候还很少有玻璃窗,我姥娘家的窗子是木头格子的,夏天钉上纱窗,冬天糊上白纸,上面的隔扇还可以打开,透风。我记得我躺在小床上,经常去数有多少个格子,从左到右,一排数过去是八个,从上到下,一行数下来,是两个六个,下面固定的部分是六个,上面可以打开的隔扇也是六个,每天躺在小床上,我都会数一遍,好像不数一遍,那些格子就会消失一样。有时数着数着数错了,就从头再数一遍。我也还记得,我站在小床上,刚好可以到达隔扇那里,扒住隔扇向外看,可以看到整个院子,东边是厨屋、猪圈、茅房,院子里是几棵高大的梧桐树,西边是我小姨住的厢房、鸡窝、狗窝,再往南就是大门了。下雨时,我趴在隔扇向外看,可以看到雨滴从房顶上滴下来,可以看到一院子的水,那时整个天地都是寂静的,只能听到雨点啪啪啪砸在水洼里的声音,水滴落到窗台上,溅到我身上,有一丝丝凉意。

那时候乡村里的窗子都很小,晚上点的又是煤油灯,房间里整天都是黑洞洞的,大白天关上门,屋里也是昏暗一片,有时候姥爷姥娘和小姨都去地里干活,我一个人在家,摸索摸索这里,摸索摸索那里,也很有意思。我姥娘有一个放吃食的篮子,悬挂在梁顶垂下来的绳子上,那为的是防老鼠,也防小孩。那篮子里放的都是好吃的稀罕东西,每次我刚到姥娘家的时候,我姥娘就会把那个篮子取下来,从里面拿出好吃的东西给我,有醉枣、酸梨、蜜三刀等等,像是一个神秘的宝库。有一天我醒得晚,他们都去地里干活了,我在家里趸摸着玩,一抬头,发现了那个篮子,心里怦怦直跳,我想去够那个篮子,篮子挂得很高,我在下面垫了一只小板凳,也够不着,我又把八仙桌边上的太师椅拉过来,踩上去,仍够不着,后来把小板凳摞在太师椅上,很小心地爬上去，才抓住了篮子。里面有一袋芝麻糖，芝麻糖那时是很稀罕的吃食，里面是酥糖，外面沾满了芝麻，吃起来又酥又甜又香，平常里我们很少能吃到。我一见心里大喜，打开袋子，从里面小心地抽出了一根，我怕姥娘发现，又原样封好，拿着那根芝麻糖慢慢爬下来，爬到我的小床上，一点点把它吃完了。

吃完之后，我感觉意犹未尽，往那边一看，篮子在那里挂着，还在晃动，太师椅和小板凳还在那里摆着。要不要再去拿一根？我心里犹豫着，又想吃，又怕我姥娘知道了打我，最后还是美味的诱惑更有力，我在心里安慰自己，就只再拿一根，我姥娘肯定发现不了，嗯，就这么办！下了决心，心里很轻松，我又爬上去拿了一根，下来后把太师椅和小板凳都拉回了原处。可是吃完以后，我的心思又发生了动摇，我只好再把太师椅拉过去，拿了第三根，然后是第四根，然后是第五根。看看袋子里的芝麻糖，已经所剩不多了，我索性心一横，一把抓在手中，也不怕我姥娘的责骂了，想痛痛快快地大吃一顿，但就在我兴奋地往下爬的时候，不小心踩空了，从半空中摔了下来，跌在地上。我嗷嗷地哭了一会儿，也没人理我，看看手中的芝麻糖还在，我就含着泪，把剩下的芝麻糖一根一根吃完了。吃完之后，我又忍着疼痛，把太师椅和小板凳放回了原处，一个人爬到小床上，看看膝盖都磕得发青了。我姥娘回来之后，没有发现她的篮子被动过，倒是看到我的腿磕破了，还让我小姨给我炒了两个鸡蛋。

那几天我心里总是提心吊胆的，怕我姥娘发现芝麻糖不见了，会打我一顿，但是一天天过去，她好像也没有发现，我才慢慢放下心来。有一天晚上，我躺在小床上迷迷糊糊快睡着了，隐约听见我姥娘在跟我姥爷说话："我放在篮子里那袋芝麻糖，你动了吗？"

"没动。"

"那咋没了？"

"再想想放哪儿了。"

"就是放篮子里了，咋没了呢？"

"放别的地方了吧？明儿个起来再找找。"

"找了半天了,我记得是放篮子了呀,是不是叫老鼠拖走了?"

"这两天我也听老鼠吱吱叫,把碗柜都咬了。"

"明儿个到谁家抱一只猫来吧。"

"明儿个我一早去赶集,买几个老鼠夹子回来。"

我迷迷糊糊睡着了,不知睡了多久,半夜里醒来,听见我姥爷和我姥娘还在说话,屋里黑魆魆的,也没有点灯,他们躺在床上说话,像是在商量什么事。

"东三里庄李家又托媒人跟我说,想跟咱闺女见个面。"

"他们家人性咋样,那孩子是做啥的?"

"那年挖河的时候,我跟他在一个工地干过活,那是个老实疙瘩,他家的小孩,说是在烟庄乡的税务所上班,吃国粮。"

"你不是说让她舅打听一下那人家,他咋说?"

"上回赶集我碰见了他,他说也托人打听了,说那家人人性很好。"

"那就让他们见见面吧。"

"行,那就让他来家里见见吧。"

多年之后,我仍然记得当初的那个夜晚,我已记不清姥爷姥娘是否说了这些话,但我仍然记得他们说话的氛围和语气,他们劳累了一整天,晚上熄了灯,在静谧的黑暗中,躺在床上说说话,唠唠家常,说说心事,那是多么缓慢安稳的生活。

过了没有多久,在一个夏天的傍晚,一个陌生的老头带着一个陌生的小伙子来到了我姥娘家。那个老头笑得很夸张,声音很大,热情地夸赞着我姥娘家的狗、粮囤、门楼。那个小伙子默无声息地跟在他后面,很腼腆,很紧张,一直低着头,偶尔才敢抬头看一眼,很快就又低下了头。我姥爷让那个老头在八仙桌西边的太师椅上坐下,又让小伙子在靠西墙的板凳上坐下,他坐在东边的太师椅上,我姥娘坐在靠东边的马扎上。他们便闲谈了起来。他们先是说庄稼的长势、地里的收成,又说到各个村里的熟人,有谁发财了,又有谁让车撞了一下,没什么大碍,虚惊了一场。那个老头还带来了一大包礼物,放在了一进门的小饭桌上,我蹲在饭桌旁边通向东间那门的门口,好奇地张望着,不知他们在做什么,只是看到他们的影子很大,晃来晃去的。他们说着说着,天色渐渐暗了下来,我姥娘点着煤油灯,放在八仙桌上,屋里便有了一片昏黄的灯光。后来我姥娘又到厨屋去炒菜,煎炒烹炸,很快做好了四凉四热八盘菜。

从厨屋往堂屋里端菜的时候,我姥娘让我去西厢房里喊我小姨,我跑到我小姨的房间,见她正坐在床边发愣,我喊了她两声,她也不理我,我伸手去拉她,才发现她的手上滴满了泪水,我小声地说:"小姨,你哭啦?"我小姨也不说话,把我紧紧抱在怀里,过了一会儿,她才放开我,说:"你出去玩吧,小姨在屋里待一会儿。"

我跑到厨屋,我姥娘已经把菜都端到堂屋里,摆到八仙桌上了。那个小伙子也坐到了八仙桌靠南的一侧,他仍然默默地不说话,叫喝酒就喝酒,叫夹菜就夹菜,但是倒茶倒酒很勤快,那个老头在不停地夸他,说他人踏实,又勤谨,现在在烟庄乡上班,上上下下都说他好,给他介绍对象的可不少哩。那个小伙子静静地听着,慢慢地红了脸,有点不好意思地又站起来倒茶。突然他发现了我躲在身后,把我叫到他身边,轻声问我想吃什么,我说不吃,他从烧鸡盘子里掰下来一个鸡腿,递给了我,让我慢慢吃。我拿着鸡腿到院子里转了一圈,很快就吃完了,又回到堂屋里,那个小伙子见我空了手,又给我夹了两个藕合,我一手拿一个,边走边啃,心里也对这个小伙子有了好感。

那时候在我们那里,喝酒吃饭,女人是不上桌的,我姥娘炒完了菜,端了过来,就出去了。我看到我小姨那屋里点亮了灯,走进去,才发现我姥娘也在这里,她和我小姨都坐在床头,两个人在说着什么,我小姨的脸背对着光,看不清她的表情,只能看到她的两条辫子垂在床沿,泛着黑亮的光泽。我姥娘见我吃着藕合进来,让我到堂屋东间自己的小床上去吃,吃完别忘了洗手。我在院子里转了一圈,吃完了藕合,才回到自己的小床上,在那里躺着,不知不觉睡着了。不知过了多久,我被一阵夸张的笑声惊醒了,隔着门一看,只见那个陌生的老头还在笑着,我姥娘带着我小姨走过来,他们都站了起来,说了两句话,我小姨一掀门帘,又出去了。那个老头高声说笑着,带着那个小伙子向外走,我姥爷也站起来,跟在后面送他们。那个老头的笑声转移到院子里,又转移到胡同里,渐渐地远了。

那年夏天的雨水特别多,我小姨似乎有了心事,她扛着锄头上工时也不唱歌了,回到家里,也不坐在窗台前纳鞋底了。她的那些小姐妹来找她的也少了,偶尔有两三个结伴来找她,她们就躲在我小姨的房间里,脑袋聚在一起,叽叽喳喳地说悄悄话,像是在密谋着什么。说一阵话,就又走了,她们也不再嘻嘻哈哈地打闹了,走起路来,快得像一阵风。

那个夏天小姨也很少带我出去玩了,也没有去看过电影,我在姥娘家过得很没意思,盼望着我娘早点接我回去。每天姥爷姥娘和我小姨下地之后,家里就只剩下我一个人,我就站在小床上,扒着隔扇向外望。那是一个下雨天,院子里积了一地的水,雨水从梧桐树叶子的边缘滴落下来,砸在小水洼里,泛起一个个小水泡,小水泡在水面上滚来滚去,旋生旋灭,我呆呆地看着,院子里很安静。突然我听到胡同里有人吹着口哨走过来,很清亮,很熟悉,原来就是我小姨喜欢唱的那一首《九九艳阳天》,口哨声由远而近,停在了我姥娘家门口,就在那里不走了,吹了好一会儿。我正在纳闷,突然看到墙头上出现了一个人,他紧张地张望了一下,一纵身跳了进来。难道是家里来了贼?我紧紧地盯着他,只见他又四处看了一下,随后快步走到我小姨的窗口,掏出一个东西,压在了一块破砖头下面,转过身,三步两步跨上墙头,一闪身,又不见了。这时我才想起,他的身影很像那个电影放映员,当他张望时,我好像看到了那一双剑眉。

我很好奇,从小床上爬下来,走出堂屋,冒着大雨来到我小姨的窗台前。那个窗台很高,我探起身子去够,慢慢掀开砖头,在下面摸索,摸了好一会儿才摸出一样东西来,原来只是一张小纸条,这让我有点失望。我拿下来的时候没有抓稳,小纸条飘到地上,正好落在屋檐下面的小水洼里,我从水洼里捞起来,纸条全都湿了,还沾了些泥水。我拿在手里翻看着,上面只有两行字,我不认字,也不知道写的是什么。我想把纸条再压到砖头下面,踮起脚去够窗台,一不小心,又把纸条抓破了。这时我突然想到,纸条压在这里,也可能会洇湿,还不如等我小姨回来,我再拿给她。想到这里,我就把这个纸条揣在了裤兜里。但是后来,我就忘了这张纸条,直到第二年夏天,我娘给我洗衣服,在裤兜里发现了有一点纸浆,我才隐约记得有这么回事。

那一年冬天,我小姨就出嫁了,她出嫁的那一天,我去给她压嫁妆。那时候在我们那里,闺女出嫁的时候,都是要压嫁妆的。结婚的那一天,天还没有亮,男方就有人来接新娘了,娘家这边也有人送,接的和送的都是男女家族中儿女双全、脾气很好的嫂子,接了之后从娘家抬着轿子一路抬到婆家,送嫁妆的车子就跟在轿子后面。经过各个村子的时候,村民都会拥到路边挤着看,指指点点的,新娘在轿子里,他们看不见,他们最关注的就是嫁妆了,这家的嫁妆有六车,那家的嫁妆有八车,这家的嫁妆中有五斗橱和大衣柜,那家的嫁妆中有自行车和缝纫机,在很长时间里都会成为村里人谈论的对象,对于嫁妆多的他们啧啧地称赞着,对于嫁妆少的则会摇头叹息,低下头轻声议论着,将来再有谁家的孩子结婚时,他们就拿来比较,说谁家过得真殷实,嫁女儿也那么大方,或者说这家的家底真薄,打整嫁妆才打整了三车,连个缝纫机都舍不得陪送,等等——这在那个年代可是乡村生活中的一件大事。

那一天,天还没有亮,接我小姨的人就来了,我姥娘家厨屋里早炒好了菜,招待她们吃完,她们就催促着要走。可是我小姨就是躲在她的房间里不出来,我溜进去找我小姨,只见她坐在床边默默地流泪,不少婶子大娘围在她旁边劝,过了一会儿,她说想安静一会儿,让所有的人都出去,等一会儿。那些人都出去了,我小姨插上门,又坐到了她的床头。过了一会儿我们就听到了她的哭声,最开始是低声啜泣,后来她的哭声慢慢大了,到最后是号啕大哭,哭得上气不接下气。来接她的人和要送她的人都面面相觑,她的那些小姐妹一个个也都愁眉不展的,有的也在默默地流泪,或许她们也都想到了自己的将来。有两个嫂子在门外轻声地劝着她,让她开门,我小姨就是不开门,哭得撕肝裂肺的。她哭了好一会儿,接送的人都没有办法,不知道该怎么办好,她们悄声议论着说见过出嫁的女儿哭的,还没见过哭得这么痛的。最后不知谁想到了主意,让我姥娘过来劝她。我姥娘颤巍巍地来到我小姨的窗台前,轻轻地敲着窗棂,说:"闺女,别哭了,别哭了,娘在这里呢。"说着她也淌下泪来。又说,"闺女,别哭了,谁家的闺女不出门子呀,咱做女人的早晚都有这一天。"又说,"闺女,娘也知道这门亲事不如你的意,你别闷在心里,想哭就哭吧,哭完了咱还得往前走。"又说,"闺女,别哭了,天快亮了,也该出门了,走得晚了,让人家笑话咱不懂礼,让人家笑话你爹你娘……"

　　小姨一听见我姥娘的声音,哇的一声,哭的声音更大了,过了好大一会儿,才慢慢平静下来。她打开门,我姥娘走进去,她一把抱住我姥娘,又流出泪来,我姥娘哽咽着拍打她的后背,说不出话来。小姨重新洗了脸,换了衣裳,站在门口看了看她的桌子、她的床、她桌上摆的插花,就走了出来,坐上了花轿。

　　花轿出门了,前面是鼓乐班子,十几个人敲锣打鼓,有吹喇叭的,有吹唢呐的,有吹笙的,他们吹奏着喜气洋洋的乐曲,走在村子里的大路上。那些人一边吹着乐器,一边向路边围着看的人挤眉弄眼,动作和表情很夸张,惹得看热闹的人群不时爆发出一阵大笑。看热闹的人很多,有早起拾粪的白胡子老头,有抱着孩子的妇女,有扎着围裙的老太太,有扛着锄头准备下地的男女,他们站在路边,看着鼓乐班子走过,花轿走过,拉着嫁妆的大马车走过,看着、说着、笑着。还有跑来跑去的孩子,他们等不及在自家门口看新媳妇,鼓乐班子一响,他们就跑了过来,跟着迎亲的队伍在人群里跑,一会儿摔倒了再爬起来,一会儿呼朋引伴大喊大叫。看着这些孩子,我心里很是得意,以前我也是跟着奔跑的孩子,现在不用再跑了。我坐在高高的马车上,跟着嫁妆车一起向前走,在这个清冷的早晨,迎着刚刚升起的朝阳和满天彩霞,在乡村小路上逶迤前行。

那时候所谓压嫁妆,是拉嫁妆的大马车上,每一辆都坐一个小男孩,到了新郎家里,小男孩不下车,新郎家里的人就不能将嫁妆卸下来,所以嫁妆车到了新郎家门口,新郎家里的人就会说好话,塞红包,如果小男孩不满意,新郎家里的人就会不断地加红包,不断地哄着,直到小男孩满意了才会下车。在压嫁妆的小孩中,坐在第一辆上的小孩又最重要,他是所有小孩的领头羊,也是重点被关照的对象,他一下了车,其他的小孩就也都下车了。这次给我小姨压嫁妆,我就坐在领头羊那辆车上。在压嫁妆的前一天晚上,家里人就为我准备好了新衣服,又跟我说,到了那里,不要轻易下车,要为难一下新郎家里的人,让他们知道娶我小姨多不容易,他们以后才会对我小姨好,这话我暗暗记在了心里。

等进了新郎那个村,我的心就开始紧张了,到了新郎家门口,早有人迎在门口了,一大挂鞭炮悬挂在门楼上,噼里啪啦地炸响着。花轿抬进院子里,车子在院门口停下,一群人簇拥上来,有一个花白胡子老头来到我面前说,一路辛苦了,冻坏了吧?快到屋里烤烤火,说着往我兜里塞了一个红包,伸手要把我抱下来,我连忙把他推开说,不行,别想骗我!那个老头也不急也不恼,笑着说,你这个小孩还很难缠哩,来,我再给你加一个红包。说着他又掏出一个红包来,塞到我手里说,这回行了吧?外边多冷啊,快进屋吧!我才不吃他这一套,身子躲着,往家具缝里钻,连连说不行不行。这个老头无奈地摊开手,说这是最后一个了,都给你!你快下来吧。我接过红包,塞进口袋里,还是说,不行不行!这个老头无奈地摇摇头,苦笑着说这个小孩真难缠,说着他走开了。这时换上了两个中年男人,他们赔着笑脸,一会儿给我扔红包,一会儿又说,你看人家别的小孩都下车了,快到屋里去暖和暖和吧。我不理他们,爬到嫁妆车的最高点,那个大衣柜的顶上,就是不下车。他们在下面说着好话,晃着红包哄我下去,我坐在大衣柜顶上,两条腿垂下来,看着他们,不为所动。这时我想起我小姨在上轿之前的痛哭,心里很难受,突然也放声大哭起来。那些人看我哭了,一时不知所措,有的连忙问,咋啦,咋啦,磕着哪儿啦?有的赶紧跑去叫人。过了一会儿,新郎匆匆忙忙跑了过来,他爬上马车,攀上大衣柜,把我抱了下来,我的头偎依在这个曾给过我鸡腿和藕合的小伙子怀里,仍然痛哭不止。

现在是夏日的一个下午,中午我和我小姨夫喝了一瓶白酒,两个人都有些眩晕,坐在院子里葡萄架下的躺椅上,喝着茶闲聊。现在我小姨夫已经从烟庄乡税务所内退,在家里养养鸽子,种种葡萄。他和我小姨生了三个孩子,大儿子在家,去年结了婚,二儿子在南方一个城市打工,最小的是女儿,还在大学里读书。多年来我已习惯了这个家庭,和我家一样熟悉,但是在喝酒时聊起我第一次见他的样子,那时他还是一个腼腆的愣头青,这时我的脑海中突然浮现出了童年的种种印象,想起了我小姨带我去看电影的那条路,想起了我姥爷姥娘在黑暗的夜里说话,想起了相亲那个晚上昏暗的灯光,想起了压嫁妆那天早上凛冽的寒风,我也想起了那个电影放映员。在我的记忆里他的形象已经模糊不清了,只记得那一双剑眉,我不知道我小姨和他之间有没有感情,有没有故事,有没有撕心裂肺的往事。我也不知道,我隐藏的那张纸条是否改变了我小姨的命运,但是这个模糊形象在我脑海中渐渐清晰,让我意识到我小姨完全可能有另外一种生活,另外一种人生,而多年来我已经习惯了的这个稳固的家庭,或许也只是无数偶然所构成的一个必然。

我抬头去看我小姨,此刻她正带着她的小孙子蹒跚学步,清亮的阳光洒落下来,她两手抓住那个小孩的两只小手,在身后不停地鼓励他往前迈步,正在向我们走来。在她的身旁,三五只鸡在踱来踱去,还有一条狗趴在狗窝前面,热得吐着舌头不停地在哈气,周围的世界如此清晰,又好像是那么虚假,我像喝醉了酒一样,看到这个世界在眼前晃来晃去。

我想起多年前的那个夜晚,那天我小姨带我走了很远的路去看电影,在回来的路上,她问我喜欢不喜欢看电影,我说喜欢,她又问我想不想天天看电影,我又说想,这时她指着天上那轮圆月对我说,只要你有这个念想,天天想,天天对着月亮说,就能梦想成真了。我望望天上的月亮,又望望我小姨明媚的脸庞,用力地点了点头。我小姨轻轻刮了一下我的鼻子,拉着我的手继续向前走。我们穿过田野,穿过河流,穿过乡间小路,她的步伐是那么轻快、那么愉悦,一路上她都在轻轻哼唱着她最喜欢的那首歌:

  九九那个艳阳天来哟
  十八岁的哥哥呀细听我小英莲
  哪怕你一去呀千万里呀
  哪怕十八年呀才回还
  只要你不把我英莲忘
  等到你回来呀再相见

(原载《人民文学》2016年第4期)

哲学是他的生活方式

黄　萱

转眼间,父亲黄枬森离开已经三年了。但我通过父亲留下的文章、他的笔记、他的日记,感受着他的存在,就像他从未离开。阅读父亲的日记或者笔记的时候,我有一个鲜明的感觉,就是他的大脑没有一天不在思考着哲学问题。

这当然不只是说他从未退而休之。在他的晚年,哪怕是耄耋之年,也仍然是一篇文章接着一篇文章,一个科研课题接着一个科研课题,直到他生命的最后时刻。

我这里的意思是,只要他醒着,在没有琐事打扰他的时候,他的脑子里就全都是哲学问题,甚至于普普通通的家居生活,在他眼里,也充满着哲学意味和哲学情趣。

那还是20世纪90年代,父亲陪着我母亲去美国探亲。在那里的三个月,他没有办法带上他做学术研究不能离身的哲学资料和书籍,也没有办法继续他未完成的课题项目。按说这对他来说是一次难得的长假,然而,他那早已习惯思考的大脑却停不下来。

记得他回国后很高兴地告诉我,他在那里整理出了四十多篇哲学杂文题目,既然是杂文,那就不能像平时的论文,长篇大论,而是以千字为限,一题一议,力求通俗易懂。并且,他已经写出了头几篇。

我在帮父亲录入这几篇文稿时得以先睹为快。发现这几篇哲学杂文从题目看就很吸引人,如"从先有鸡还是先有蛋谈到哲学""自相矛盾的哲学家"等等。这些杂文与父亲通常写文章的语气结构均有不同,清新,生动,真正是寓高深的哲理于浅显的文字中。我欣喜地催父亲接着写下去,但父亲每次都说,等他的课题完成了,有了闲暇,再来写。然而,随着时光的推移,他手中要完成的工作有增无减,他所期盼的闲暇时光愈加遥遥无期。他也曾设想,在我退休之后,由我当他的助手,帮他完成两本书,一本是《我的哲学体系——对马克思主义哲学的解读》,另一本就是《生活中的哲学》,具体方法是由他把这些提纲列出来,或者用录音笔把想法口述出来,由我来整理成文。然而,直到2013年1月那个寒冷的冬日,长达十六年的时间里,他再也没有过类似的假期,最终也只留下了当年写于大洋彼岸的四篇杂文。

虽然哲学杂文没有续写,虽然父亲的工作是紧张的,但这却不妨碍他饶有兴味地品味着生活。只不过,这种品味,绝对是属于哲学家的。

父亲从美国回来后不久,我的女儿出生了,父亲非常喜欢孩子,他有时热心地帮我哄孩子睡觉,方法是操着浓重的四川口音对着几个月大的婴儿读他的哲学杂志,他说这叫工作生活两不误。效果居然奇好。

在父亲的眼里,孩子的成长过程也满含着哲学道理。他曾在日记里这样写道:"一岁三个月的宝宝看见妈妈集邮,用铁夹子夹票放入集邮簿内,也要了一个夹子夹纸片玩。她称纸片为'票票',夹子为'夹夹'。她当然不知道邮票为何物,也不知夹邮票在干什么,她能了解的是用夹子夹纸票,也就是说,她已有了初步抽象能力,但抽象出来的东西是表面的、初步的,这就叫从抽象开始,人的认识是从抽象到具体的过程。几年后,她的认识才能上升到'集邮'这一水平,那时她的认识当然就具体了。"

一个月后,父亲又有了新的发现:"一岁四个月的宝宝已经有'相对'概念。最初她只知道一个妈妈,即她的妈妈。当她的妈妈叫她的阿婆为妈妈时,她哈哈大笑。可能她觉得太可笑了,怎么又跑出一个妈妈来呢?慢慢地她懂了,妈妈是相对于谁来说的,阿婆是妈妈的妈妈。当她妈妈问她:我怎么叫阿婆? 她回答说:'妈妈。'进一步问她,我怎么叫阿公? 她回答:'爸爸。'"

父亲的哲学思考仿佛无时不在,无处不在。

清晨早起洗脸时,听见窗外公交车的行驶声自远而近又自近而远,他就想到:"我知道,实际上公交车的声音并没有变化……因为我知道我听到的声音大小是由两个因素决定的,一是声音的大小,一是声音离我的远近(当然还有我的听力如何,此处只谈外部因素)。我所听到的声音变化不是它本身的变化,而是它与我的距离的远近的变化,因此,我不会因为我所听到的声音变化就断定公交车在行驶中声音是忽有忽无,忽大忽小。我知道当汽车稳速行驶时,其声音基本上是不变——这是感性认识中包含理性因素的一个恰当的例证。"自然,随后还有一些学术思考的申发。

春节到了,姐姐一家、保姆小蒲一家连同我家和两个老人一起聚餐,父亲高兴地说:"四家人各坐一边,围着桌子团聚了,好不热闹。"姐姐的女儿接口说,不是四家人,是一家人。我们都说她说得好,父亲回答说:"我说的是小家,你说的是大家。"接着父亲满含哲理地说:"但愿大家似小家,不要小家似大家。"

餐后家人围坐打麻将,父亲也被我们拉上桌,尽管输赢的不是钱而是一堆黑白围棋子,但仍然是风水轮流转。晚上静下来后父亲写道:"世事如麻将也。各种博弈中,均有偶然与必然二因素,唯比例不同而已。在没有作弊的条件下,我估计对面下棋(各种棋类),技术、主体状况(必然)与偶然之比大致为90∶10,桥牌70∶30,麻将30∶70,纯赌博10∶90。"由此,父亲想到了人生,"个人达困、家道兴衰,棋乎,赌博乎? 偶然必然均有,比例则难言也。"

哲思于父亲,就像他须臾不离的眼镜,帮他看清眼前的一切。但有时,理性的思辨也会给他带来困扰。

我女儿长大后,常常因为工作加班深夜不归。父亲曾在一篇日记中记载了他的心情:"改革开放以来,经济上发展确实太大,过去无与伦比,但思想上、道德上、社会秩序上所付出的代价也太大。一个年轻女孩午夜独行就很不安全,全家都担心。真是辩证法弄人,令人左右都不是人!"父亲的理性与情感居然打架了。看到此处,莞尔之余,我再一次深深感受到父亲对晚辈的殷殷关爱。

辩证思维早已融入父亲的血液,以至于他表达最真挚的感情时也一样辩证。

2007年,我母亲八十岁生日时,父亲给她的祝词是这样写的:"近日写关于《两论》的文章,谈到绝对与相对之理,于是得此数句:我们初次相逢时,你二十岁,我二十六岁,我比你大六岁。六十年后的今天,你八十岁,我八十六岁,我仍比你大六岁。可见,绝对地说,我们都变老了,但是相对地说,我们仍然那么年轻。这不是诡辩,这是事实。因为在我眼前晃动的仍然是你年轻的容颜和身影。在我心目中,你永远年轻。"

父亲的哲思星星点点遍布他的日记和笔记。

比如夫妻关系,他说:"报上有文章讲,夫妻应是朋友。一般而言,夫妻关系远比朋友关系更为亲密,难道还要向更疏远更浅的关系看齐吗?这启发我想起,岂止夫妻关系应首先是平等的,即符合人与人之间最起码的原则——人道主义,许多高层次关系都缺乏人道主义的平等原则,如亲子、亲戚、朋友、同事、同志……莫不如此!"

再比如关于生死。他看见杂志上介绍西方世界末日思想与近期大灾难的可能,写道:"其实,就个人讲,人人都有一个'末日',天天都有人到达末日。'世界末日'好像是遥远之事,'个人末日'则是极其平常的。人们都能度过其末日,不能也能,又何惧世界末日?人能具有乐观地度过有成有毁的一生,人类何独不能乐观地度过其有成有毁的一生呢?遥想无边无际的宇宙中当有无数个人类生生死死,正如地球上有无数个人生生死死一样;每一个人类都想方设法拖延自己的毁灭,正如每个人拖延自己的死亡一样。是不是这样呢?"

生则只争朝夕,死则从容归去。马克思主义哲学给了他科学的世界观、通达的人生观、辩证的生死观。如今他已离去三年,大家还会聚在一起探讨他的哲学思想,所以,他对于我们,对于这个世界,并没有离去。

正如他在九十岁生日前一晚忽然悟得的那样:"中华民族天生是一个无神论民族。根据是中华民族的最早的神话:盘古开天地,女娲补天。他们不是创世主,而是世界的改造者。宇宙是从来就有的,他们只是用自己的劳动改变世界。"从加入地下党,继而转向马克思主义哲学的研究与教学算起,父亲辛劳了七十多年,他为用劳动改变世界奉献了自己的一生。

(原载 2016 年 4 月 23 日《人民日报》)

麦　事

刘汉斌

守望麦田

每到秋天，就家底殷实。

把一年的粮食全部盛入装过化肥的编织袋中，扎紧袋口，齐刷刷地码在老房子的过道里。粮食垛比我的个头还高。老房子只有十几平方米，盘下炕，就只剩下一个不足两米的过道，靠着屋墙码上粮食，满满当当，一点空地也不剩。进屋一抬腿就上炕，省时省事，我喜欢。炕和粮食一直是老房子里最重要的两样家什，老房子里可以什么都不用陈设，脚底有粮食，炕上有铺盖，简简单单，刚刚好，若是铺盖上再放几本闲时可以翻阅的书册，就显得奢华不少，我更喜欢这样简单的奢华。白天我大都在地里或者外面忙碌着，基本不在老房子里落脚。只有晚上或者遇到雨雪天气无法出门的时候，我才或躺在炕上看书，或趴在被窝里写字。每天夜里，我都是头枕着先贤的书册，脚向粮垛，躺在炕上看书到深夜，如果实在太累了，还是头枕着先贤的书册，脚朝粮垛，倒头便睡。或一夜无梦，或在梦境里赶着日子里的路。

今晨的情景，与我昨夜的梦境吻合。一地孕穗的麦子，旗叶迎风飘扬，麦芒还蜷缩在旗叶日渐隆起的叶鞘里，小麦黏虫铺天盖地地扑来了。我坐在老房子的炕上，隔着玻璃窗，等待日出。

父亲临出门的时候，把消灭黏虫的任务交给我，这是我自跟着父亲守望麦田以来,第一次受命艰巨的任务,我满怀着神圣,这种神圣感使我激动不已。父亲一再嘱咐,一定要等早晨的太阳将麦苗上的露水晒干了,才能将经过精确计算的农药喷洒在麦苗上,只有这样,才能让那些贪吃的黏虫立即闭嘴。

晨曦里,我背负着装满液体的喷雾器,跑步奔向麦田。药液的配比是,在四十公斤清水中,加入百分之九十晶体敌百虫四十五克,再加入百分之四十乐果乳油二十五毫升,搅拌均匀。药液调成乳白色了。麦田里,麦子欢呼雀跃,麦子的旗叶迎着风飘扬,发出沙沙的轻响,我一路狂奔,感觉耳边掌声雷动,背上的水声浩大。我在翻滚的水声里踉跄而行。呼吸之间,全是刺鼻的农药味,正是这浓烈的农药味,让我此行的心情格外凝重,我突然感觉自己就是天使,身负着拯救麦子的重任扑向麦田。

阳光下,麦子脆嫩的叶片因反光而发白,阳光如水,洒在叶子上,水花四溅,直晃人眼。麦子的叶缘满布虫啮的伤痕,肥胖的黏虫懒洋洋地趴在上面,通体发黑,像是薄薄的皮囊下裹着一股不断鼓胀的墨绿色的水,抓一只放在手心里,黏糊糊的,薄薄的皮壳,已经绷到了极限,似乎轻轻一碰,就会爆裂。这该是多么柔韧的皮壳啊,竟长在如此贪婪的一张嘴上,却依然没有被撑爆。

阳光下赤身裸体的黏虫,是一群厚颜无耻的强盗,一个个憋得脸色发黑,却仍然紧贴在嫩绿的麦苗上大肆咀嚼。

远处看去,麦田一片绿色,一片和谐,是安静的绿色。近前去,叶片体无完肤,叶片中部的叶肉已消失殆尽。路上、田地里、麦苗上,满满的,全是虫,无法下脚,一脚下去,爆裂四起,绿水四溅,腥臭难忍。

这些虫子有着和我的黑发一样颜色的脑袋,唯一不同的是,它们浑身没有一根骨头,我的身上全是药味,而这些药味并没有使虫子停止涌入,我知道农药不是诱杀剂,而这些虫子已经近乎疯狂了,药只能杀死喷到的虫,而新的虫子还在如潮水一般源源不断地涌入。不断涌入的黏虫,令我恐惧,我只好背着药液默默离开。

麦子的生长仍在继续，旗叶高高举起，上面爬满了虫子。瘦弱的旗叶哪能支撑一只肥大的黏虫，于是黏虫牢牢贴在低垂下去的旗叶上继续肆虐，大多数麦穗已经抽出来了，穗上的麦芒像针一样竖立起来，光着秆子的麦子就像是一地倒立的毛笔，指着天空。天空一汪无奈的湛蓝。

　　虫害，像突然降临却又悄然而去的一场瘟疫，在所有长了叶子的植物间蔓延，也因此而逼走了村里的壮劳力。虫子来时，气势汹汹。去时也悄无声息。仿佛只是一夜之间，这些虫子就凭空蒸发了，或者全都钻入了土地，除了留在地面上的那一层干瘪的虫壳，活着的虫子或上了天，或入了地，不见了。

　　由虫害引发的怪事，像一册薄薄的连环画，自虫群压境开始，从麦田里光秆儿的麦子一直延伸到农家炕头上缺男人的女人或者缺女人的男人，无一幸免。

　　守着麦田生活的人啊，他们的生活就是如此脆弱、如此简单。麦子一旦绝收，家家都会有一个或两三个人在外面回不来，麦子长到一拃高的时候，虫子就来了，以麦子为生的农人，被不断涌入的虫子搅得妻离子散、四下谋生。

　　那一场惊心动魄的虫害，仅仅是一场噩梦，梦醒之后，一切都恢复了平静，这让连环画的结尾显得索然无味。于是，我就像在年底掀过最后一张日历一样将这一页掀过去。掀过去，日子就又恢复了色彩。

　　而那一年的麦子，并没有因为被虫子吃掉了叶子而歉收，还是丰收。到了秋天，老房子的过道里，粮食袋子还是码到一人高。我每天夜里依然是头枕着先贤的书册，脚向着粮食垛睡在老房子的炕上，或无梦，或有梦。

与麦田独处

　　我喜欢像父亲那样，坐在田埂上，看麦子扬花。面对扬花的麦子，我常常闭口不语，赞美对麦子而言都是废话，废话于我无用，于麦子更是无用。

我还喜欢坐在老房子的炕上,对着满天的星光赞美令我心悦诚服的麦芒。麦芒是捏在母亲拇指和食指之间的那一根针,她长年累月地为我纳鞋底,缝补衣裳。四通八达的黄土路上,处处都有被我遗落的母亲的针黹印痕,我扶犁耕过的麦地上,麦子以如针的麦芒为我的母亲歌功颂德。

树叶倒悬的夏日,我的村庄是生长在一棵大树上的一片大大的树叶,小小的我吃住在村庄里,像一只隐姓埋名的毛毛虫,树叶就是我一辈子的粮仓。村庄暂时给我的名分是麦田里的淌水工,我觉得不够妥帖,我的工作不仅仅是给田地里淌水,一年四季,我也像所有的农人一样心系着麦田,侍弄庄稼。村庄里,大地是倾斜的,沟壑纵横。它的内脏已经被我的族人掏空,大地的内脏是可以燃烧的火,被我们挖出来,私藏了。天寒地冻时,用它取暖,滴水成冰的冬日里,火焰与我们的幸福生活一脉相承。

树叶茂密的大树,像先前那样成长,大地向北倾斜,我在北面的河里取水,河水供人吃畜饮。陡处的坡地,全是旱地,旱地里的麦子常常被我们遗忘,生死有命。东山的一角延伸至西坡,坡陡沟深,老榆树临崖而生,树桩歪七扭八,树冠却始终向着太阳。

麦田在村庄之外,由我亲手撒进黄土地里的麦子,从春至夏,麦苗青葱。我的耕地上的所有麦子都被村民们冠以我的名字。我的名字在麦田里人人皆知。我是习惯于在自己的土地上以主人自居。麦子在立穗之前,首先将旗叶立起来,旗叶高高在上,它是麦子的一面旗帜。麦子的旗叶迎风飘扬的时候,是麦子特征鲜明的青春期,我更喜欢在麦子旗叶竖立起来的时候,守在地头,等着给麦田淌水。

麦子扬花的六月,我在心情大好的时候,会哼着小曲,从清晨劳作到傍黑。或者独自一人淌水到深夜。那时候我很年轻,有一颗狂热的爱心。我不止一次在半夜里帮小寡妇的麦田看水,她是一个善良的女人,每次都是在天色黑净以前,她匆匆来到田头,伸手递给我一个碎花布包,一句话也不说,扭身就走了,她一转身,麦香扑鼻。我不用看,包里面一定是一包锡纸包的细盐,几棵嫩白的葱白,一杯放了糖的茶水,还有五个热乎乎的白面馒头。

六月的夜里,蛙声一片。我手握铁锹坐在田埂上,等待来自上游的水。水声辽远,眼前的一切都是夜的颜色,我的头发、眉毛、眼睛,还有麦苗,都裹在夜色里,晚风拂过,一地漆黑。我的黑白相间的眼睛里,只有星星亮着,像我在白天见过的所有眼睛一样,挤眉弄眼地看着我,我把赤裸的双脚伸进麦地,麦子毛茸茸的须根,与我的双脚同在。

前夜的水,在邻家的麦田里汩汩流淌,我侧耳聆听麦田夏夜的蛙鸣。蛙声此起彼伏,长一声,短一声,不长不短又一声,一声一声接一声。我听不懂蛙鸣,只感觉这绵延的蛙声让夜显得更加寂静,静得令人发困。夜风袭来,麦田里叶子沙沙作响,仿佛是有意在映衬着这一地漆黑的蛙鸣。静谧的夏夜里,青蛙是麦子的诗人,我在一片蛙声里独自静坐,并不觉得青蛙是在诵读关于麦子的史诗,或者歌颂着生命本身。青蛙不辞辛劳地从黄昏朗诵麦子所钟爱的诗歌到深夜。等待淌水的我,不懂诗歌,我心里只深爱着麦子,甘心只做个淌水的人,水若不来,我只等待。在漆黑的夜里等着淌水,是一件无比苦闷而又无聊的事情,一切了无情趣。

少年时期的荞麦

少年时期的我总感觉自己心里很苦,我一直期待着母亲能真的放手,让我独自去看那漫山遍野的荞麦花。荞麦是我一直隐于心而不便说出口的初恋。

我紧赶慢赶,还是没能赶上漫山遍野荞麦的花季。我到来的时候,荞麦花儿已经凋零,开败了花的枝头上已经挂满了血色的果实,这鲜红色的果实,看上去就像是荞麦在盛花期过后复又盛开的另外一种花,色泽艳丽却绝不妖艳。

荞麦的花朵凋谢了,花香留在枝头上,被血色的种皮包裹着,我来迟了,没能在花香最浓的时候赶来,花香不等人,花儿等不及了就被种皮包裹起来,挂了果的荞麦显出一副甜美的样子,就像是一个个内心甜美的人儿,在初秋的斜阳下抿嘴轻笑,这一笑,连空气也甜美了起来,漫山遍野全是荞麦在秋日里温婉、甜美的表情。

在山村的秋日里,荞麦地里有着大地上最动人的色彩,火红的红色与沉静的青翠交织着,温热的空气里有一抹轻轻的荞麦清香,温湿的土地散发出淡淡的泥土的芬芳。山野里的每一个角落都适合回忆少年时与荞麦有关的点点滴滴。

就是在这样的秋色里,依然是橘色的斜阳下,我在一片荞麦地的南头,她在荞麦地的北边,我面朝着她,隔着一片荞麦花的海洋,喊了一声,我爱你。我看见,她背过身去的刹那,就连粉红色碎花的衣衫也含着羞涩,微风掀起一缕黑发在空中飘散,她的脸在瞬息里变得比这荞麦花儿还要粉嫩,遍地盛开的荞麦花,就像是被我一声喊羞了的少女的脸颊。

十八岁的冲动和单纯,让我有足够的勇气对着心仪已久的女孩子说了声我爱你,这句话,就像蜜,带着荞麦花儿的香甜。那是一种用皮肤都能品尝出来的滋味,香得心醉,甜得心疼。一句我爱你,让十八岁的少女像受到了惊吓的小鸟,忽闪一下,就隐入了遍地粉嫩的荞麦花。

我自信十八岁的担当与承诺,一定就是鼓起勇气向她说声我爱你,这句话就是十八岁时的地老天荒,就是十八岁时的海枯石烂。我们都沉浸在倾心的甜蜜里,却忽视了隐于我们身后的那一双眼睛。他藏在暗处,用批判的、责备的目光,默不作声地盯着,任凭我们年轻的心,像荞麦花儿一样怒放。

花季虽美,毕竟是短暂的,花儿不只是为了在盛开的时候展示出美丽,花的使命在盛开时,也在花期过后,结果是顺理成章的事情。

我们在一片荞麦地里席地而坐,说着荞麦花儿一样甘洌的话,在遍地盛开的荞麦花中相恋,说好了就这样一起慢慢变老。我们亲眼看着荞麦花儿开了又谢了,枝头上挂满了血色的荞麦,在等待着荞麦成熟的日子里,我们依然甜蜜地认为,荞麦花变成了荞麦,对我们而言是一种鼓励,也是一种提示。

当我们经过了甜蜜的爱恋而注定要劳燕分飞的时候,我们所坚信的地老天荒却是一纸的苍白。

如今站在这片挂了果的荞麦地边,我的心里是一种甜蜜的苦涩,我在荞麦地边上,看到了一对隐身的孩子,他们就像是我年少时的影子,有意避开我的视线,掩映于荞麦的花海里,而我的那一双眼睛,有意地看着他们,却掩映在遍地的荞麦中。

夜幕像水一样泼洒下来,覆盖了遍地的荞麦,阻隔了我的视线,夜色中,我绕开荞麦地,轻轻地离开。我的正前方是一所学校,此刻正是一片灯的海洋,一回首,还未败落的荞麦花儿,趁着夜色盛开,透出星星点点的光亮,亮光连成一片,是一片荞麦花的海洋,两个相依而坐的孩子,依然沉醉在荞麦花的香甜里,像大海中游弋的一叶孤舟,忘了驶向灯塔的航线。

七月的麦田

昏黄的地皮皲裂,麦子熟了。

横呈于大地上的麦子,在烈日下宣告死亡。前些年,奔波于麦田的人先于麦子去了,像我亲手捆扎的麦个,一个一个,倒下去,被我抬埋在了麦地中央。七月的麦田里,麦子高的人影跪下一地,人模样的麦个跪下一地,我面朝着麦地跪下,我是这片麦地上承上启下的守麦人。

我出生的时候,小麦地就在那里,我用来到世界的第一声啼哭,向这老而不死的麦地问声好,老麦地就扎扎实实地一茬接一茬为我产出新麦。我把双手伸进七月的麦地,头顶烈日,我的脸上流着火,心若沸水般滚烫。我喜爱的和喜爱我的女子与我肩并肩,跪在麦地里,麦芒细长,轻轻地刷在脸上,睁不开眼。我的手中,她的手指细软,似乎软而无骨,绵软得令我心生恐惧,像一只软体的虫子,放在手心里,软软的,湿湿的,大热的天,她的双手冰凉。我不忍心让这么细软的一双女孩子的手,在成熟了的麦子坚硬的麦秆上往复打磨。

劳作的间隙里,我会一遍遍地想念一个女人,在我想念母亲之外的女人的这个七月,我开始关注一茬麦子的收成。我一直梦想着,就这样与我的女人一同在麦地里劳作,在村庄里出双入对。守着麦田的年轻情侣,是麦子之外的一道亮丽的风景。我多么想尽快地成为这一道风景,供人们观赏。

坡地里,那片生长过令我中意的小麦的土地,连年倒茬,先后种植过土豆、荞麦、豌豆,我在豌豆繁花似锦的花季里,想念下一茬麦子。豌豆地是我特意留给下一茬麦子的一个上好茬口。

成熟后的麦子,麦秸硬实,我舍不得让它在成熟后留在土地上,多么好的柴火,我一直都在用麦秸煮面,没有人当众揭发我人性中的这种残忍,而隐于心里的负罪感,常常令我不安。我曾经试着背向麦田,而习惯了在土地上劳作的双手,已经找不到比种地或守望麦田更为高尚的工作。

我习惯了在小麦成熟的时候将它们连根拔起,我的双手为此而布满老茧,我是一个务实的收获者,除了粪肥,我舍不得将一丁点的草秸留在土地上。我从来都没有觉得自己这样节俭,实在有些过分。

我曾经在清晨提着个粪筐,拿一把小铲,把每天夜里四处游走的畜生们,还有不安分在家里过夜的男人们遗落在外面的粪便拾回去,堆沤在自家的土地里,把土地养得肥肥的,种上小麦、谷子、荞麦和土豆,低调而谦卑地活着。

化肥的出现,打破了我原来的生活,我不再四处搜集粪肥,我开始习惯了连年使用化肥,土地一年比一年贫瘠。化肥,就像是土地的一剂药,这种药一用成瘾,用了,就再也离不开了。日渐瘠薄的土地,就像我老去的祖母,我们能给她的,只有这一剂价格昂贵的药,只能缓解她的疲惫,却无法阻止她身体一再的衰竭。

七月的麦田,有风的时候才美丽,麦浪一波赶着一波走,就像是一地的麦子在奔跑,每一棵麦子都是旗手,我迎风而立,注视麦田,无声的雀跃和欢畅,似乎把我当成了这片土地上最受欢迎的人。

　　我沉浸在七月的麦浪里醉死梦生。我决定用老房子里堆垛的旧麦自酿白酒或制作麦芽糖，调剂寡味的生活。把头一拨新麦全都磨成面粉，请小寡妇为我蒸上软软的白面馒头，我只吃麦粒中最白的那一部分，把黑面和麸皮掺了，喂鸡鸭、羊和年猪，我要像所有幸福的人一样，过年喝酒、吃肉、就馒头，延续从祖上传下来的简约生活。

　　　　　　　　（原载《西部》2016年第5期）

白　马

王　樵夫

一

当我被一阵马叫声惊醒的时候,屋地上站着一个人,他是买马归来的父亲。

父亲是什么时候离家走的,我已经记不清楚了。有一天,我突然发现父亲不在家,妈妈告诉我,父亲去贡格尔草原买马了。这时候,贪玩的我才猛然发现,父亲已经走了好几天了。

母亲说,要去买匹蒙古马回来。

我家马上就要有一匹马了!想到这里,我想起隔壁的陈二子,他家也有一匹马。自从那次我俩打完架,他就再也不让我骑他家的马了!那次打架,我逼着他还我送给他的水果糖。这把他难为坏了,他家只有白糖,我坚决地说不行,必须还我水果糖,而且还是粉色的糖纸包裹的那种。陈二子咧开大嘴哭了,哭声招来了他的二叔,问明原因后,他二叔骂他说你他妈的太完蛋了,你们哥俩还打不过他一个吗?白白地任他这么欺负?

陈二子和他兄弟当然打不过我,村里同龄的男孩有十多个,他们都尝过我拳头的厉害。

从那后,陈二子和我彻底恼了。每当在干活回家的路上,陈二子骑着马,路过我身边时,他还总是故意用力抽马几鞭子,那马便奔跑起来,马蹄扬起一阵烟尘,把我丢得远远的。

会是一匹怎么样的蒙古马呢?

一阵"咴咴"的马叫声再次传进屋,我光着脚丫跑出去。院子里的大榆树上,拴着一匹白色的马。

马的全身都是白的,一根杂毛都没有。我第一次看到这么白的马,雪白雪白的,就像冬天盖在山上的雪。我有点担心,冬天下了雪,这匹马会融进雪野里,要靠感知雪的温度才能找到它。

我高兴极了,陈二子家的马是灰青色的。我家的马比他家的好看。

只不过这匹白马个头虽大,却显得有些瘦,甚至马的胯骨瘦得都突出来了。马腿上的骨节也粗大。

有骨头就不怕没肉,妈妈好像看出了我的心思。

父亲高兴地说,这马怀揣着驹,过了年,就会生一匹小白马出来。

这时,我才发现这匹白马肚子出奇地大,就像一只大肚子蝈蝈。

这匹大肚子白马仰着头,高声地叫着,不时地瞅着我们一家。

我好奇地凑过去,白马扭过头,警觉地看着我,摇晃着脑袋,不安地转着身子,还不时朝我打响鼻。

我试图接近白马,走近了,它不安地掉过身子,把屁股对着我。白马的后蹄交替着在地上"啪啪"地踏着,我知道,再往前走一步,那对钉着铁掌的蹄子就会毫不犹豫地踢过来……

我被吓住了。

小时候我曾被马踢过。

在我七八岁时,每到冬天,村里的伙伴们都拿着用马尾搓成的套子套麻雀、山鸡,唯独我没有。

拥有一把马尾套子,成了我当时心中最大的渴望。

一天,有个媒人骑着马来我家,为大哥介绍媳妇。媒人把马拴在了大门外,淘气的我领上弟弟、妹妹,趁大人不注意,跑出去薅马尾,那匹马尥了一蹶子,我就昏在地上,什么都不知道了。

我醒来时,妈妈眼里含泪,说:"差点要了我儿子的命。"

弟弟趴在炕沿上,一看我睁开眼,马上咧开嘴笑了。

我被踢昏后,他一直趴在炕沿上目不转睛地瞅着我。

弟弟看我醒过来,比画着小手,兴奋地说,哥,马一蹄子,你就立马飞了起来,"啪唧"一下落在地上了。弟弟说"啪唧"的时候,小手还配合着往下面狠狠地按了一下。

我也咧开嘴笑了。为了表示我没事,我一骨碌翻过身,准备爬起来,我却"哎哟"了一声,马上又趴在了炕上。身上疼痛难忍。

我一连躺了好几天。

二

"你可以摸摸它……"有一天,父亲一只手牵着马缰绳,一只手拍着白马的脖子,笑着鼓励我。

我还是怯怯的,站在离马很远的地方,努力地伸出手,摸了摸马的前额。白马十分温顺,它只是摇了一下头,耳朵还配合地摆动了几下。我又摸了一下,一下,又一下……白马还是摇摇头,甩甩尾巴……不一会儿,我就敢摸它的脖子、耳朵,用手捋它的鬃毛了。

白马眼睛偶尔瞅我一下,温润地,好像里面浮着一层湿漉漉的水汽,像极了一个温顺听话的女人。

我摸了一下白马的鼻子,突然它的嘴唇向外翻开,张开嘴,伸出舌头,马上有一团热气扑到我的手背上。我吓坏了,以为它要啃我,慌忙缩回手,跳到老远,我连连道歉:对不起对不起……其实,是我不小心,把手指捅到马的鼻孔里了,所以它才发脾气。

父亲哈哈大笑。他拍了拍马背,说:"马通人性,它就差说话了。"

可是我固执地认为,马是会说话的。

父亲每次往马槽里添草,白马站在马厩里,扬着头,朝着厩外的父亲"哝哝"地叫着。为了让白马胖起来,下崽奶水足,每天晚上都喂料。当父亲刚拿起料兜子,白马就在马厩里不停地走动着,朝外面"咴咴"地叫。还有父亲从外面回来,路过马厩的时候,白马也叫,无论早晚。

这些在我看来,分明就是白马"说话"呢。

父亲为白马梳理着鬃毛说,你喜欢不喜欢它,它心里都知道。

良马比君子,畜类也是人。这是中国人自古就有的仁爱观。指的是一匹好马,当马认定了自己的主人之后,就会一生一世跟着你!

三

白马又不见了。

沙尘暴停了几天了,还不见白马回来。

自从一开春,白马经常跑丢。它一不回来,我们弟兄几个就要漫山遍野地去找,找到了,就在后面拼命地追,绕着大圈子,追到它的前面,围追堵截,把它"圈"回村子里。

常常是它在前面跑着,腾起一阵阵烟尘,我在后面跌倒了,叽里咕噜地爬起来,又接着追。

白马一次次跑丢,一次次地被追回来。

这一天晚上,羊群回来了,白马又没回来。

第二天吃完早饭,父亲放下碗说,走,去找找……

父亲、我、兄弟,三个人向不同的方向出发了。

尽管是春天,依然很冷。

我吸了一下鼻子,沙尘暴刚过,空气有些混浊,满满的全是沙土的味道。

料峭的山风从棉袄的后身钻进来,冰凉的,打在我瘦弱的后背上。棉袄是哥哥穿剩下的,十分肥大。

我解下鞭子,勒紧了宽松的棉袄。

我从村子的后山爬了上去,一边爬,一边向四周张望。都没有。

这是我前几次找马的路。

山峁上,山风很硬。冷冷地抽在我的脸上,就像被刀子划过一样。

一道道山,一道道坳。我累得气喘吁吁,筋疲力尽。

有马在山沟里、山坡上……黑色的、红色的,都不是我的白马。

我越走越远。远远地看到一个村子的上空飘起了炊烟,袅袅地缠绕着,我仿佛闻到了饭香。

这个村子叫陈家沟。离我家有二十多公里,下到半山腰,就是农田。去年夏天,我曾经拿着一个白色的编织袋子,大老远地来偷过地里的豌豆,回家烀着吃。

一想起香甜的烀豌豆,我更加饿得走不动了。

我一屁股坐在山峁上。

峁上的风更加凛冽。我蜷成一团,躲在一棵大杏树下面。

歇了一会儿,更觉得冷。我收拢四肢,蜷成紧紧的一团。

有一丛报春花在我的脸旁不拒严寒地摇曳着,头上举着几簇黄色的花朵。远望,山峁的阴坡里,有红红的山丹花在热烈地开着。我迷迷糊糊地想,白马不会是因为贪恋这些美景而忘了回家的路吧?

被冻醒时,有一只苍鹰在头顶上盘旋。我睁开眼睛,清冷的太阳斜斜地坠到了对面的山尖上。天黑了。

我惴惴不安地回到家,意外地发现白马拴在马厩里。

母亲说,父亲在去往牧区的路上追上了白马。

弟弟说,父亲把马撵回来,用笼头拴在马桩上,举起鞭子要打,可是举起了好几次,都放下了。

最后,父亲狠狠地把鞭子扔在地上。他蹲在马槽边,抱着头,剧烈地咳嗽起来。

父亲有个老毛病,一着急,一生气,就会莫名其妙地咳嗽。

妈妈说,老马识途,一到春天,被卖到外地的母马大多都往它的老家跑,因为老家里有它的儿女。

白马站在马槽边,浑身汗水淋漓,四蹄交替地踏着,头摇晃着,不甘心地四处张望。像个叛逆期明知做错了事,却不肯承认的孩子!

每次找回来都是这样。妈妈说,它回老家的心太急切了!

妈妈一边往白马料兜子里盛马料,一边生气地唠叨:你就跑吧! 就算你跑回去,也是白忙乎,挨冻受饿不说,没准也见不到你的儿女了! 估计,也叫人买走了……

妈妈把马料放到马槽上,摸摸白马的头,像面对一个不听话的孩子。无奈地叹口气,扭身回屋了。白马扭头瞅了瞅妈妈,闻了闻马料,打了一个响鼻,没吃。

白马的眼睛里湿漉漉的,像蒙了一层雾。

父亲沉默着,不说话。

妈妈在锅前一边盛菜,一边自言自语,又像是劝慰父亲:等白马下了马驹,有了牵挂,它就不跑了。我看到她转过身,用袖口擦着眼角。

锅台上,昏黄的煤油灯被风吹着,一会儿明,一会儿暗。

我守在饭桌旁,心中在暗暗地想,牧区有大片大片的草,如果我是白马,我也跑回去!

妈妈端起她的那碗粥,走进马厩里。

天气冷了下来,白马身上挂满了白霜。

妈妈摸着马头,又不紧不慢地唠叨起来……

白马在妈妈的自言自语中渐渐安静……

那天晚上,妈妈没有吃饭。

我记得妈妈曾经捡回一只被绑了腿、剪了翅膀的鸽子,给它松了绑,它已经不能飞了。渐渐地,和人熟悉了。妈妈在扫地的时候,鸽子站在凳子上,脑袋随着扫帚来回地转。妈妈说,来,让让……它就听话地跳到衣柜上。

妈妈说,要把这些动物当人养!

第二年开春,一匹青马驹在白马的身边撒着欢儿。

果然,白马再没跑丢。

四

青马驹已经一岁多了,长得快一人高了,但是身子纤细,比驴要小。

在牧区,像青马驹这样没被人骑过的马叫生个子。尤其是到了三岁的生个子,力气大,脾气最为倔烈,最难以驯服。

放寒假,我从学校回来,对弟弟说:"走,骑马去!"

"骑哪个马?"弟弟不解。

"好马都是骑出来的。我要把青马驹驯成一匹骑马。"我答。

白马和青马驹躲在一户人家的院墙处,避着风,晒着太阳。母子俩形影不离。

青马驹不心甘情愿让我骑。

我一次次尝试着抓住它。青马驹总是围着白马绕来绕去,不让我靠近。

我终于薅住了青马驹的鬃毛,一骗腿,骑上去了。青马驹驮着我绕着白马跑,还故意往墙上蹭,这小东西真够狡猾的,想把我蹭下来。

青马驹驮着我,绕来绕去。

我的腿蹭到了墙上,出血了。

突然,白马张开大嘴,在我的后背上狠狠地咬了一口。

我重重地摔在地上。

我忍着疼,从柴垛上抽出一根长长的棍子,气急败坏地把白马打跑,把青马驹撵到村头覆盖着厚厚积雪的田地里。这样青马驹跑不快,我掉下来又不会有什么大碍。弟弟在前面抓着马鬃,我骑着,一圈、两圈……突然,村头闪出一道白白的影子,原来是被打跑了无数次的白马又跑来了。它"咴咴"地向青马驹发出一声长叫,青马驹拼命地挣脱开弟弟,撒开四蹄,折身向村头狂奔,我被再次掀翻在雪地上……

雪尘飞舞处,母子会合,白马围着青马驹转了一圈,母子俩相互依傍着,向远方狂奔而去。

白马长长的鬃毛迎着凛冽的寒风,在冬天的雪野里飘扬起来,形成了一幅美丽的图画。

五

让父亲对白马产生深厚感情的,缘于一次事故。

我家承包的边地沟梁,是一块三十多亩的山地。尽管地广薄收,与土地打了一辈子交道的父亲仍旧固执地年年耕种。秋天,从梁上拉麦下来,必须经过一条狭长而陡峭的山路,车重路陡,有时驾车的牛收不住蹄,就会狂奔而下,车毁牛伤,后果不堪。

这次与以往不同的是,驾车的牛旁还套着已经对农活熟稔的白马。

夜间的一场秋雨,让本来陡峭的山路泥泞难行。一车湿漉漉的麦子,装在吱吱呀呀的牛车上,牛小心翼翼地往山下一步步地挪着,不时"哞"一声,求救似的。可是沉重的麦车产生的强大惯性,让车轮越来越快……牛不情愿地撒开四蹄,车声隆隆,泥点四溅。起初父亲紧贴着牛车跑,试图用他微弱的力量阻止一起即将到来的悲剧,可是车重路滑,最后父亲还是摔倒了,被车拖行了数十米。车可以毁,麦子可以翻,可是拉车的牛、马是全家人的命,父亲手中紧紧地攥着牛缰绳。在车轮的轰响中,在马嘶牛哞的杂乱中,翻滚在地的父亲隐约看到,他头顶上牛马翻飞的四蹄,看到飞快转动的车轮几乎就要轧在他的身上。这回真的完了,父亲绝望地闭上眼睛,他想起了早些年遭遇的那场车祸,虽幸免于难,却轧坏了尿道,时常小便堵塞,一次次地扩充手术,让他饱尝皮肉之苦。

突然父亲的身体轻了,脱离了地面,在空中飘了起来。这就是告别人世了!父亲想,他听说去往"那边"的路,人的肉身都是失去重量的……

父亲听到了妈妈遥远的哭喊声,强睁开眼睛……

妈妈说,拉麦的牛车翻在了山底的道下,跑得远远的,牛挣脱了绳套,身上、腿上皮开肉绽,不知是疼,还是受到惊吓,浑身哆嗦着,淌着血。而白马,仍旧站在父亲的跟前。

妈妈说,在生死之际,是白马叼住了父亲的棉袄。

白马救了父亲的命。

从此,父亲与白马形影不离了。出工干活,父亲都牵着白马,再累,也不骑;再气,也舍不得抽一鞭子。要催促白马,总是朝空中抽一鞭子,让白马听个响;而白马,也很认得这一声响,老朋友似的很听话。

春天,父亲用清冽的井水饮马,从不让白马喝脏污的雪水;夏天,父亲挥动着鞭子,驱赶白马身上的蚊虫;秋天,晚上割麦回家,总不忘给白马带一捆青草,这是白马的"夜餐"。父亲说:马无夜草不肥。

每有空闲,父亲用一把废弃的旧梳子,为白马梳毛。白马摇着尾巴,惬意地享受着特殊的待遇。一年四季,从春到夏,从秋到冬。

一年年就这样过去了。

白马的四蹄在村外的土路上,天天都在踏响。

白马老了。它那快捷有力的四蹄逃脱不了衰老的脚步。

在远离村庄的路上、山沟里,我时常遇见一堆一堆的马骨。马是累死的,还是老死的,我无从知晓。我曾经在一个大深沟里,看见了好多马的尸体。父亲说,那是枪杀的。是得了传染病的马。疾病没有让它们熬到自然死亡。

白马老了,在它人生的暮年,还生了一个小马驹。

白马瘦骨嶙峋,奶水也少。小马驹先天营养不足,后天没有充足的奶水,皮毛黯淡,瘦弱无力。

我回到家的时候,白马已经不吃草了。它瘦得骨架突出,肚子干瘪,眼睛无精打采地眯着,四蹄交替地抬起来,临风站着,一副摇摇欲倒的样子。

妈妈把装有谷子的盆举到白马的眼前,它慢慢地嗅了嗅,象征性地嚼两口,就不吃了。我看见有谷子伴着白马嘴里的黏液,掉在了地上。

妈妈含着眼泪,凄然地说,这回怕是真要不行了。

父亲一遍一遍地走出去,看马吃料了没有。

我着急了。让父亲抱住白马的脖子,我掰开马嘴,发现它的牙齿残缺不全,有的已经掉了,留下了一个个褐色的洞。洞里塞满了烂草渣子。牙龈的四周全溃烂了,散发出一股难闻的气味。

怪不得不吃草了。马老了,嚼不动草了,草把马的嘴扎烂了。

而我在专业学校里学的恰好是兽医。这会儿,派上用场了。

我让妈妈烧开了水,把玉米面沏得稀稀的,我把一根长长的胶皮管,从白马的鼻孔里插进去,一直插到马的胃里。然后在管子的外头插上漏斗,把玉米糊糊灌到马的胃里去。天天如此。

这样的事儿,需要的是技术。如果灌不好,会把马当场灌死。

然后用双氧水给白马嘴里的伤口消毒。

春天来了,草青了。白马逃脱了被饿死的厄运。

可是第二年,我回家过春节。正屋的墙上,挂着一把长长的、白色的马鬃毛。

妈妈说白马死了,一场无来由的病。临死前,邻居说它活不了了,捅一刀,还能吃肉。

父亲却任由它死在马厩里,只留下一把马鬃毛,挂在墙上……

(原载《民族文学》2016年第5期)

爱欲与哀矜

——重读格雷厄姆·格林

张 定 浩

一

"对小说作者来说,如何开始常常比如何结尾更难把握。"在《刚果日记》的某处注脚中,格雷厄姆·格林说道,他那时正深入非洲的中心,试图为一部意念中的小说寻找自己对之尚且还一无所知的人物。"……如果一篇小说开头开错了,也许后来就根本写不下去了。我记得我至少有三部书没有写完,至少其中一部是因为开头开得不好。所以在跳进水里去以前,我总是踌躇再三。"

小说家踌躇于开始,而小说读者则更多踌躇于重读。面对无穷无尽的作品,小说读者有时候会像一个疲于奔命的旅行家,对他们而言,最大的困难在于重返某处,在于何时有机会和勇气第二次踏入同一条河流。我有时怀念那些活在十九世纪和二十世纪初的度假客,他们像候鸟一样,一年一度地来到同一个风景胜地,来到同一座酒店,享受同一位侍者的服务,外面的光阴流转,这里却一如既往,令孩童厌倦,却令成年人感受到一丝微小的幸福。列维-施特劳斯,一位憎恶旅行的人类学家,他在马托格洛索西部的高原上面行走,一连好几个礼拜萦绕在他脑际的,却不是眼前那些一生都不会有机会第二次见到的景物,而是一段肖邦的曲调,钢琴练习曲第三号,一段似乎已被艺术史遗弃的、肖邦最枯燥乏味的次要作品,它已被记忆篡改,却又在此刻的荒野上将他缠绕。他旋即感受到某种创造的冲动。

二

因为现代意义上的艺术创造,很大程度上并非起于旷野,而是起于废墟,起于那些拼命逃避废墟的人在某个时刻不由自主的、回顾式的爱。

格林自然擅长于逃避,他的第二本自传就名为"逃避之路"。他从英伦三岛逃至世界各地,从长篇小说逃至短篇小说,又从小说逃至电影剧本和剧评,他从婚姻和爱中逃避,从教会中逃避,某些时刻,他从生活逃向梦,甚至,打算从生逃向死。他在自传前言中引用奥登的话,"人类需要逃避,就像他们需要食物和酣睡一样"。但我想,他一定也读过奥登的另外一节诗句:

> 但愿我,虽然跟他们一样
> 由爱若斯和尘土构成,
> 被同样的消极
> 和绝望围困,能呈上
> 一柱肯定的火焰。

(奥登《1939年9月1日》)

因为他又说:"写作是一种治疗方式;有时我在想,所有那些不写作、不作曲或者不绘画的人们是如何能够设法逃避癫狂、忧郁和恐慌的,这些情绪都是人生固有的。"于是,所有种种他企图逃离之物,竟然在写作中不断得以回返,成为离心力的那个深沉的中心。这些越是逃离就越是强有力呈现出来的来自中心处的火焰,才是格林真正令人动容之处。

三

爱若斯,古希腊的爱欲之神,丰盈与贫乏所生的孩子,柏拉图《会饮篇》里的主角,却也是众多杰出的现代作家最为心爱的主题。或者说,写作本身,在其最好的意义上,一直就是一种爱欲的行为,是感受丰盈和贫乏的过程。在写作中,一个人感觉自己身体被掏空,同时又感觉正在被什么新事物所充盈;一个人感觉自己不断地被某种外力引领着向上攀升,同时又似乎随时都在感受坠落般的失重;一个人同时感觉到语言的威力与无力。如同爱欲的感受让地狱、炼狱和天堂同时进入但丁的心灵,作为一种共时性的强力图景,而《神曲》的写作,只是日后一点点将它们辨析并呈现的征程。

格林当然也有类似的共时性经验。他指认《布莱顿棒糖》(1938)是关于一个人如何走向地狱的,《权力与荣耀》(1940)讲述一个人升向天堂,而《问题的核心》(1948)则呈现一个人在炼狱中的道路。这三部小说构成了格林最具盛名的天主教小说的整体图景,它们关乎爱欲的丧失、获得与挣扎。在一个好的作家心里,这些丧失、获得与挣扎总是同时存在的,不管他此刻身处哪一个阶段,至少,他总会设想它们是同时存在的。

更何况,这种爱欲体验在格林那里,是始终和宗教体验结合在一起的。他笔下的诸多主人公,均怀着对天国的强烈不信任以及对永世惩罚同等程度的恐惧在世间行走,换句话说,也就是在炼狱中行走。《问题的核心》中,那位殖民地副专员斯考比受命去接收一队遭遇海难的旅客,一些人已经救过来,另一些人,包括一个小女孩还活着却即将死去。斯考比走在星光下,又想起之前刚刚自杀的一位年轻同事,他想,"在这个充满苦难的世界上想要得到幸福,这是多么荒谬的想法啊","指给我看一个幸福的人,我就会指给你看自私、邪恶,或者是懵然无知"。

"走到招待所外边,他又停住了脚步。如果一个人不知道底细,室内的灯光会给人一种平和、宁静的印象,正像在这样一个万里无云的夜晚,天上的星辰也给人一种遥远、安全和自由的感觉一样。但是,他不禁自己问自己说:一个人会不会也对这些星球感到悲悯,如果他知道了真相,如果他走到了人们称之为问题的核心的时候?"

四

相对于自私和邪恶,格林更憎厌懵然无知。在《一个自行发完病毒的病例》里,那位弃绝一切的奎里面对某种天真的指谓惊叫道:"上帝保佑,可千万别叫我们和天真打交道了。老奸巨猾的人起码还知道他自己在干什么。"天真者看似可爱,实则可耻,他们在不知不觉中造成伤害,却既不用受到法律惩罚,也没有所谓良知或地狱审判之煎熬,你甚至都没有借口去恨他们。"天真的人就是天真,你无力苛责天真,天真永远无罪,你只能设法控制它,或者除掉它。天真无知是一种精神失常。"格林只写过一个这样的天真无知者,那就是《文静的美国人》里面的美国人派尔,他被书本蛊惑,怀着美好信念来到越南参与培植所谓"第三势力",造成大量平民的伤亡却无动于衷,那个颓废自私的英国老记者福勒对此不堪忍受,在目睹又一个无辜婴孩死于派尔提供的炸弹之后,终于下决心设法除掉了他。怀疑的经验暂时消灭了信仰的天真,却也不觉得有什么胜利的喜悦,只觉得惨然。

格林喜欢引用罗伯特·勃朗宁《布娄格拉姆主教》中的诗句:

> 我们不信上帝所换来的
> 只是信仰多元化的怀疑生涯

另外还有一段,格林愿意拿来作为其全部创作的题词:

> 我们的兴趣在事物危险的一端,
> 诚实的盗贼,软心肠的杀人犯,
> 迷信、偏执的无神论者……

在事物危险的一端,也就是习见与概念濒临崩溃的地方,蕴藏着现代小说的核心。

五

　　从亨利·詹姆斯那里，格林理解到限制视点的重要。这种重要，不仅是小说叙事技术上的，更关乎认知的伦理。当小说书写者将叙事有意识地从某一个人物的视点转向另一个人物视点之际，他也将同时意识到自己此刻只是众多人物中的一员；当小说书写者把自己努力藏在固定机位的摄像机背后观看全景，他一定也会意识到，此刻这个场景里的所有人也都在注意着这台摄像机。在这其中，有一种上帝退位之后的平等和随之而来的多中心并存。现代小说诞生于中世纪神学的废墟，现代小说书写者不能忍受上帝的绝对权威，因为在上帝眼里，世人都是面目相似的、注定只得被摆布和被怜悯的虫豸。但凡哪里有企图篡夺上帝之权柄的小说家，哪里就会生产出一群虫豸般的小说人物，他们，不，是它们，和实际存在的人类生活毫无关系。

　　因为意识到视点的局限，意识到一个人不可能完全掌握有关另外一个人的全部细节，小说人物才得以摆脱生活表象和时代象征的束缚，从小说中自行生长成形。格林曾引用亨利·詹姆斯的一段话："一位有足够才智的年轻女子要写一部有关王室卫队的小说的话，只需从卫队某个军营的食堂窗前走过，向里张望一下就行了。"唯有意识到我们共同经验的那一小块生活交集对于小说并无权威，个人生活的全部可能性才得以在小说中自由释放。

　　指给我看一个自以为知晓他人生活的小说家，我就会指给你看自私、邪恶，或者是懵然无知。

六

　　"一个人会不会也对这些星球感到悲悯，如果他知道了真相，如果他走到了人们称之为问题的核心的时候？"

　　换成中国的文字，那就是："上失其道，民散久矣。如得其情,则哀矜而勿喜。"

格林的主人公,几乎都是早早就"知道了真相"、已"得其情"的人,用唐诺的话说,格林的小说是"没有傻瓜的小说"。很多初写小说的人,会装傻,会把真相和实情作为一部小说的终点,作为一个百般遮掩最后才舍得抛出的旨在博取惊叹和掌声的包袱,格林并不屑于此。他像每一个优异的写作者所做的那样,每每从他人视为终点的地方起步,目睹真相实情之后的悲悯和哀矜并不是他企图在曲终时分要达到的奏雅效果,而只是一个又一个要继续活下去的人试图拖拽前行的重担。

"我曾经以为,小说必得在什么地方结束才成,但现在我开始相信,这么多年来,自己的写实主义一直有毛病,因为现在看来,生活中没有什么东西会结束。"他借《恋情的终结》中的男主人公、小说家莫里斯之口说道。这样的认识,遂使得《恋情的终结》成为一部在小说叙事上极为疯狂以至于抵达某种骇人的严峻高度的小说,而不仅仅是一部所谓的讲述偷情的杰作。在女主人公萨拉患肺炎死去之后,萨拉的丈夫亨利旋即给他的情敌莫里斯打电话告知,并邀请他过去喝一杯,两个本应势同水火的男人,被相似的痛苦所覆盖,从而得以彼此慰藉,这自然会让我们想到《包法利夫人》结尾处,包法利医生在艾玛死后遇见罗道耳弗时的场景。但与《包法利夫人》不同的是,《恋情的终结》的故事从此处又向前滑行了六十余页,相当于全书几乎三分之一的篇幅。在这部分篇幅里,我们看到莫里斯和亨利喝酒谈话,商量是火葬还是按照准天主教徒可以施行的土葬,莫里斯参加葬礼,莫里斯遇见萨拉的母亲,莫里斯应邀来到亨利家中居住,莫里斯翻看萨拉的儿时读物,莫里斯和神父交谈……生活一直在可怕和令人战栗地继续,小说并没有因主人公的死亡而如释重负地结束。

"我是睁着眼睛走进这一场恋爱的,我知道它终有一天会结束。"莫里斯对我们说。

"你不用这么害怕。爱不会终结,不会因为我们彼此不见面。"萨拉对莫里斯说。

无论是地狱、天堂还是炼狱,格林小说中的人物都是睁着眼睛清醒地迈入其中的,这是他们唯一自感骄傲的地方。

七

关于爱,格林擅长书写的,是某种隐秘的爱。作为一个对神学教义满腹怀疑的天主教徒,格林觉得自己是和乌纳穆诺描写的这样一些人站在一起的,"在这些人身上,因为他们绝望,所以他们否认;于是上帝在他们心中显现,用他们对上帝的否定来确认上帝的存在"。他笔下的男性主人公,都是胸中深藏冰屑的、悲凉彻骨的怀疑论者,他们常常否定爱,不相信上帝,但在某个时刻,因为他们对自我足够的诚实,爱和上帝却都不可阻挡地在他们心中显现。因此,爱之隐秘,在格林这里,就不单单是男女偷情的隐秘(虽然它常常是以这样世俗的面目示人),而更多指向的,是某种深处的自我发现,某种启示的突然降临。当然,这种启示和发现,转瞬即逝,是凿木取火般的瞬间,而长存的仍是黑暗。

隐秘的爱,让人在感受欢乐的同时又感受不幸和痛苦,让人在体会到被剥夺一空的时刻又体会到安宁。在《恋情的终结》的扉页上,格林引用严峻狂热的法国天主教作家莱昂·布洛依(他也是博尔赫斯深爱的作家)的话作为题辞:"人的心里有着尚不存在的地方,痛苦会进入这些地方,以使它们能够存在。"

这些因为痛苦而存在的隐秘之地,是属人的深渊,却也是属神的。它诱惑着格林笔下步履仓皇的主人公们纵身其中。老科恩在歌中唱道:"万物皆有裂痕,那是光进来的地方。"

八

我还想谈谈充盈在格林长篇小说中的、奇妙的均衡感。

很多的长篇小说,就拿与格林同族且同样讲求叙事和戏剧性的麦克尤恩的作品来说吧,每每前半部缓慢而迷人,后半部分却忽然飞流直下,变得匆促急迫,以至于草草收场。似乎,在一阵开场白式的迂回之后,作家迫不及待地要奔向某个设想好的结尾,你能感觉到他要把底牌翻给你看的急切,像一个心不在焉要赶时间去下一个赌场的赌徒。

格林就几乎不会如此。这一方面,或者源于他每天固定字数的写作习惯。"每星期写作五天,每天平均写大约五百个字……一旦完成了定额,哪怕刚刚写到某个场景的一半,我也会停下笔来……晚上上床,无论多么晚,也要把上午写的东西读一遍。"《恋情的终结》中小说家莫里斯自述的写作习惯,格林在两年后接受《巴黎评论》的访谈时,又几乎原封不动地重说了一遍。这些按照定额从他笔下缓缓流出的文字,遂保有了节奏和气息上的匀称一致。再者,格林的长篇小说无论厚薄,基本都会分成多部,每部再分成多章,进而每章中再分小节,这种层层分割,也有效地保证了小说整体的均衡。

但这些依旧还是皮相,我觉得更为要紧之处可能还在于,如果讲小说都需要有内核的话,在格林的长篇小说中,就从来不是只有一个内核,而是有很多个内核,它们自行碰撞,生长,结合,然后像变形金刚合体那样最终构成一个更大的内核。

他的人物,遂在各自的小宇宙里,从容不迫地交谈着,他们就在他们所在的世界里痛苦或欢乐,对一切专职承载主题或意义的面容苍白的文学人物报之以嗤笑。

九

也许我们最后还应该谈谈幸福。

格林并不反对幸福,他反对的是基于无知的幸福以及对幸福的执着。已婚的斯考比感受到幸福顶点的时刻,仅仅是他准备敲开年轻的孀妇海伦门扉的那一刻,"黑暗中,只身一人,既没有爱,也没有怜悯"。

因为爱旋即意味着失控,而怜悯意味着责任。这两者,都是人类所不堪忍受的。上帝或许便是这种不堪忍受之后的人类发明,他帮助人类承担了爱和怜悯,也承担了失控和责任,同时也顺带掌控了幸福的权柄,作为交换,他要求人类给出的,是信。耶稣对多疑的多马说:"你因看见了我才信,那没有看见就信的有福了。"格林像多马一样,并没有弃绝信仰,他只是怀疑和嫉妒这种为了幸福而轻率达成交易的、蒙目的信徒,就像《权力与荣耀》里的威士忌神父怀疑和嫉妒那些在告解后迅速自觉已经清白无罪的教徒,但反过来,他同样也难以遏制地爱他们中的每一个人,并怜悯他们。"比较起来,不恨比不爱要容易得多。"

"爱是深植于人内部的,虽然对有些人来说像盲肠一样没有用。"在《一个自行发完病毒的病例》中,无神论者柯林医生对那位自以为无法再爱的奎里说。

在福音书应许的幸福和此世艰难而主动的爱和怜悯之间,格林选择后者,这也会是大多数旨在书写人类生活的好小说家的选择。幸福不该是悬在终点处的奖赏,它只是道路中偶然乍现的光亮。构成一种健全人性的,不是幸福,而是爱欲与哀矜的持久能力。在敲开海伦的门并愉快地闲聊许久之后,斯考比"离开了这里,心里感到非常、非常幸福,但是他却没有把这个夜晚当作幸福记在心里,正像他没有把在黑暗中只身走在雨地里当作幸福留在记忆中一样"。

(原载《人民文学》2016 年第 5 期)

安放自我

梁鸿鹰

那些最初的年头

> 了解一个孩子最初六年的生活,也就可以了解他以后的生活。
> ——拉迪亚德·吉卜林《谈谈我自己》

英国作家拉迪亚德·吉卜林是 1907 年诺贝尔文学奖获得者,获奖时 42 岁。作为一个经历丰富的人,吉卜林写的东西异质性很强,其作品已成为儿童读物经典,如《吉姆》《丛林之书》和《丛林之书续篇》等等,很容易与史蒂文森那些见多识广、色彩斑斓的作品混淆。吉卜林说自己此生初始的印象来自于破晓时分,来自一个异域的集市,明亮的、红润的、金色的、紫色的果实摊位居然与他的肩膀持平,吉卜林先是与奶妈、后来是与姐姐分享着清晨孟买水果集市给予的喜悦。这个喜悦让他记取了一生。

一

而对本文所要描写的这个男主人公,我经常发现求证出"最初"的困难。这难道不是很正常的吗?比如,这一辈子见到的第一个人,谁也说不了实话;听到的第一声鸡叫,总要和以前的记忆打架;吃下的第一餐饭,那肯定早就在记忆中当饭吃了。

人们在此生最初阶段见到的、听到的,迟早有一天或者不断地获得新的解释。但确确实实,父亲或者母亲才是自己见过的第一拨人吧,他们在他最初的岁月里付出了怎样的辛劳,他们经历了怎样的甜蜜和忧愁?一切都不好考证和确证了。

"我们的记忆就像那燃烧的纸片。我们用它来照亮过去。首先是我们的过去,然后我们请老人讲述他们记忆中的东西。此后我们寻找死去的人们写的文字。用这种办法照亮了回去的路途。"英国艺术史家贡布里希在《时间的故事》一书中如是说。在他的记忆里,时间是与两种声音自始至终伴随着的,我们的主人公从记事的时候算起,就受到两个声音的撞击——早晨外面的鸡叫声与家里钟表的走动声,这两种声音好像植入一般无奈地停留,在很长一段时间里,怎么也挥之不去。

过往的岁月细节,往事的流逝,被他重视到可笑的地步,他数次试图点燃起探究、钩沉、发掘之火,却发现照亮的地方很有限,他依然是自己老记忆的奴隶。一些老记忆总是想覆盖新的设想与回味,头脑里的那些老印象,永远也撼不动,头脑里一些老念头,时常像翻跟头一样,出其不意地显现着威风。

他对自己人生的第一个场景的记忆始终没有变过形,经过风吹雨打,流年失落,没有走样——医院、垂死的老人和老人的一声浩叹。

这是一个与老人诀别的场景,同样是他遭受人生第一次打击的场景,为此他毕生耿耿于怀。他被自己的姥姥抱着,来到四壁皆白的单人病房,冰冷的铁床,透明而威严的吊瓶,大而无当的脸盆架子,使病榻上的老人显得那样孱弱无力。只记得老人有着与被单一样苍白的面孔,手臂枯瘦如柴,说话有气无力,现场人手的紧缺,益发使老人显得微不足道,这种空寂、冷清把姥姥怀中的他吓得不轻。

据姥姥讲,这是他的爷爷病入膏肓的时刻,他作为家族中的长孙,特意被抱来见老人家最后一面。他爷爷这最后一口气,就是等着他这个长孙被抱进来、看周详了,才能咽得踏实。

但这个长孙是那么不争气,一进病房就像中了魔,受了惊吓似的闹腾,别着脸,梗着脖子,拼着命就是不朝老人病床那个方向看。小孩子目光如炬、目光明净,他们最能洞穿一切,谁也糊弄不了,亲疏、善恶,孩子一眼就可以戳破。姥姥越是劝,他就闹得越厉害:踢腿、挥拳、大哭、叫嚷,鼻涕泪水一塌糊涂,响声巨大、举动怪异,完全控制不了,他这不停的发疯挣扎,他这要命的哭喊,让病榻上的老人大失所望,令旁边的人大为尴尬。

死之所以被视为一件荒谬的事情,是因为每个人必然到达,但只要不是降临到自己头上,每个人都不会承认自己会在这个终点撞线。死亡这种普遍性,让试图纠正的人心力交瘁,张炜在其《独药师》里写了一个雄心勃勃的死亡"纠正者"临死前的痛悔,他把自己的死归结为犯了不可补救的大错,因为时间不够,后人无法详知这个错误是什么。

爷爷眼下就陷入去往终点的路上了,他在挣扎中的心愿遭到猛烈的重击,令他猝不及防,他一定是把心碎在地上,根本捡不起来了。据姥姥后来说,爷爷见此情形说了句"没出息的窝囊废",就把手一挥,表明可以抱这个不争气的孙子出去了。于是,他在医生护士众目睽睽之下被移出了这间充满来苏水味道的病房,离开了这家长大之后经常往返的医院。

二

姥姥说的是不是那么回事,他已无法考证,与她生活在一起的时候没有想到考证,1987年冬与她再见面的时候,老人因偏瘫已说不出一句话。

他对活着的爷爷的印象也就仅限于早年在病室里的那次惊鸿一瞥留下的剪影——瘦得离谱,留着胡子,眼窝深陷,嘴型不小,也许还没有多少牙,努着劲要说出一些话来。像极了各种插图里的堂吉诃德。然后岁月就过渡到了他墓碑的照片。这张照片来自老相册的一张合影,是从很旧的一张全家福照片上摘取下来的。

他曾反复寻找自己与这个老人之间联系的确证,但异常困难,以失败告终之后,他并没有放弃寻找的努力。他对自己与"祖上"之间联系的蛛丝马迹异常看重。在借助父亲晚年的照片才勉强得到些许确证的时候,他仍然不想放弃。但现实和历史给他留下的机会是那样吝啬,他无法抓得住任何确证。

被阳光忽略的,没有被黑暗和风暴所忽略,一位叫罗伟章的作家如是说,文学打捞、记录已经遗失的一切,让记忆出来扮演一个貌似光彩的角色,实际上,我们只能无力地重新挽回和抚摸这些碎片,而无法将其拼接成有意义的画卷。

因为他发现,亲人、邻居、友人往往是自己建立记忆的救命稻草,尤其是早年的记忆,简直完全需要依赖于种种与自己有关、无关种种人等。他们的诉说塑造、修改自己原有的记忆,不断为他补充着斑驳的色彩和奇异的声响,但越是这样,画面越不完整,越难以令自己心悦诚服。

比如,在他见到爷爷之前,姥姥已经在他生命中开始扮演一个异常重要的角色了。不,应该不是"角色",而是实实在在融入他生命与全家所有鲜活细节的巨大存在。那个时候她已经接近70岁了,头发稀疏苍白,背微驼着。她是庚子年生人,但在他的眼里,她永远是接近70岁的样子,从来不会变得更年轻,也不会变得更老,正如她的胶东口音永远不会发生变化一样。

但姥姥从来没有怨过他,或许也从来不会考虑他是否会"窝囊"、会"没出息"吧。她没有就他的前途等等下过任何断言,当然也没有来得及,她看到和经营的只是他的童年。姥姥没有对他提过任何要求,只是关照他的成长,留心洗刷、缝补他经常破损的衣物,对他母亲糟糕的身体经常长吁短叹。高尔基说过,"我的头脑里充满了姥姥的童话,就像蜂房里充满甜蜜一样"。他经常想,在这个世界上,能如此发自内心地描述姥姥的人,一定是最可敬重、内心世界极为丰富的人。自己一直保留和捍卫着对姥姥挥之不去的记忆,这份柔情让他明净地看待世界,回首自己过往的那些年年月月,这是自己跨越过往的一种力量,是可以不断汲取,不断补充的一个"蓄能池",生生不息、清澈隐秘。可能就是高尔基吧,这个目光忧郁的大胡子,时常提醒着自己,过去的一切是何等的宝贵。

三

他的姥姥同样是个能够把万物变为神明的老太太,正如高尔基笔下的姥姥,她的上帝永远与她相随,"她甚至会由牲畜提起上帝;不论是人,还是狗、鸟、蜂、草木都会服从于她的上帝;上帝对人间的一切都是一样的慈祥,一样的亲切"。她对任何人、对任何事情唯一的武器就是悲悯、宽容与爱。高尔基的姥姥给他带来了光明,使高尔基免于在黑暗中受苦,他说"在她没有来以前,我仿佛是躲在黑暗中睡觉,但她一出现,就把我叫醒了,把我领到光明的地方……她马上成为我最了解、最珍贵的人",是的,世界上所有的姥姥、奶奶都是凭着对世界的无私的爱而生活的,人之幸运,在于接受过姥姥和奶奶的照拂,而对他来讲,根本就没有见过奶奶,但他此生拥有的最大财富,就是得到过姥姥的悉心照看。

姥姥接管的是一个失去健康的女儿的家,她要忍受女儿抑郁的沉默,她要压抑掉自己的任何正常愿望,小心翼翼地看着自己女儿的脸色过活。这更是一个长长的故事。

他出生于国家最为困难、饥饿的1962年,时为"三年自然灾害"的第二年,想必他的父母、亲人们一定在痛苦中坚持过、隐忍过、苦熬过,他们在悲情和无奈的期待中,等待着自己头生子的茁壮,但奇迹并没有出现,而且他们这个小家很快就迎来了第二个孩子——仅仅在第一个孩子一岁两周之后。这是个同样能哭、长相平平的女孩。伟大的亚里士多德在《动物志》卷七里说:"常例,受孕者如为一男胎,母亲的苦恼便较轻易度过,大体能保持比较健康的容貌,女胎则相反;这时,一般容貌要苍白一些,生理上更觉难受,还有许多实例,是下肢肿胀和肌肉下弛垂。"这些苦他的母亲显然都受过。

父亲则经常为女儿相貌的平庸而有"恨铁不成钢"之憾,他为此浩叹而无奈,显出一个父亲的绝大失望。在这个小家里,事物能够处于最佳状态的时刻,想必就是解决好吃喝问题的时候。

父母没有给这个头生子的胃口找到更好的满足途径,结果另一张不受欢迎的嘴又降临了。两位教师与其他市民一样,知道单位能给自己带来什么,而且也只有单位可以依靠——两个忙碌而清贫的学校,代表着当地知识的最高水平,但并不出产空中楼阁的福利。儿子有着异常好的胃口,他成天张着大嘴哭喊,就是因为饿,因为肚子空,把嘴都哭大了。而且嗓子也是哑的,用力过猛,长大了也发不出大声音,这一切把年轻的父母搞得异常狼狈。

四

按说,针对"人之初"这个时间段所做的任何回忆都没有什么准头可言,比如,是否吃过自己母亲的奶?他没有从母亲那里得到过任何类型的信息,或者已经完全忘记了,从多个亲戚那里得到的信息是,母亲没有一滴奶,母亲患有严重的空洞型肺结核。于是,父母求助于乡下的一家人,于是,他的生命里出现了传奇的一家人,那就是奶妈一家。

而在他的记忆中,母亲或父亲从没有一次正正经经和他说过有关"奶妈"这种类型的话题,因为自己太小了,母亲经常和姥姥合着伙诳他,说他和妹妹是捡来的,每当这样说的时候就很开心、很得意、很忘我,而且他和妹妹越是沮丧,她们越是得意。在他拼接自己早年经历的时候,由是否吃过母亲的奶这个画面,隐约中一个沉重而温馨的字眼出现了——那就是"奶妈"。

关于奶妈,他貌似是有印象的,其实也经过了自己的反复加工与修改。奶妈是一个以女性为主的大家庭的核心人物,瘦小得与身份、地位完全不相符。就她这小小的体量,到底是如何完成哺乳任务的,她的一家在灾害年头是如何维持下去一大家子的,这是他虚构不出来的。

普希金有一首叫《致乳妈》的诗:

"我苦寂的岁月的伴侣/我年迈的乳母,亲人/你独自在森林的深处/久久地,久久地等我来临。/你在自己的窗下,像岗哨/把凄凉的日子慢慢消磨/你多皱纹的手,拿着织针,织着,织着,渐渐停滞,/你望着那荒芜的门口/那幽黑而遥迢的路径,/是深深的怀念,预感,忧虑,/每一刻室压着你的心胸。"

这首诗让他内心深处涌起一股难以言尽的情绪——酸楚、苦涩但微甜。他有过奶妈,有过一个偎依难舍的怀抱,他含过那两枚顽强、博爱而慷慨的乳头,凭此在世界上存活,而后再将之完全忘却。

他曾经在这个以女性为主的家庭里同吃一锅饭,同喝一缸水,同裹一个被窝,但这家人已经从他的生命中完全消失。他并不愿意承认与其曾经息息相关,说真话,他不愿承认与这家人在一起睡过一盘炕,最主要的是不愿意承认,自己曾经在乡下生活过。就这样,他曾经从心中涌出来的感激之情,一遍遍被自己压抑下去,被不愿意提及乡下而制止掉了。这与妹妹大不相同,妹妹曾经寻找到自己的奶妈,与奶妈的子女过年过节聚会,并有过生意上的往来。

如今,当回忆袭来,压抑的往事被翻出来的时候,他已进入老境,已进入无法有所作为的衰年,他坐等回忆的袭击而无可奈何,最好的办法当然是等到让自己能够用稍微满意一点的语言,去承载那无端的哀愁。怅然并不能挽救他的失意,老去,终将是命运对他最大的审判,这个念头令他颓然许久。

被岁月和父亲所塑造

> 一个人意识到自己开始变老,是源于他发现自己开始长得像父亲了。
> ——加西亚·马尔克斯《霍乱时期的爱情》

人的一生该是岁月塑造的,相识的人塑造的,还是自己塑造的?难道不更是自己父亲塑造的吗?时间就像一把盲目的刀子,肆意挥舞在父亲的头上,然后是自己的头上,不论地域、时间与人种,再傲慢的人都逃不过这把刀子的砍杀。

一

2016年3月,西班牙作家哈维尔·塞尔卡斯因小说《骗子》中译本获人民文学出版社的"邹韬奋年度外国小说奖",他在颁奖式上说,我们对承认自己的本来面目断然拒绝。我们能够不厌其烦地说"是",却永远怯懦地不敢说"不"。我们所有人都扮演着一个角色,正如舞台上的演员一样,我们都是,也都不是我们本来的那个人。

他说得很有道理。我们都是戴着面具生存的,这是生活赋予的,也是自己无意中接受的,不管是在与自己的家人,还是与素不相识的旁人,我们摆脱不了"扮演"的宿命。每个人"扮演"自己的人,首先都要遇到自己的父亲,在对世界进行探究的时候,先探究自己的父亲,反思与自己父亲的关系,便会导致许多意想不到的结果。

父与子是世界话题,是世界文学史上那些留存久远的桥段,让儿子们找到掩盖自己的借口,或者在反叛中获得些许虚荣。在人类历史上,这对关系的探讨,纠缠了许多,美化了许多,每个人与他人的体验是那样相近,但却往往获得截然相异的诠释,相较于世界的另一半——女性,似乎母与女的话题失去了许多发言机会。

我从哪里来,要到哪里去?每当他在早晨照镜子的时候,总会自己问自己一次:你是谁?这人真的是你吗?你是父亲的儿子吗?头发如父亲般变灰变白,脸上像父亲那样,有的地方塌下去、有的地方鼓起来,身上该凸起来的凹下去了,该圆润的却骨感十足、支棱起来了。岁月除了给了胡思乱想的头脑,也给了不争气的肚腩。

而且,他沮丧地发现,自己和晚年的父亲越来越相像。这个自己最不想看到的局面,猝然地、宿命地出现了,令他无可辩白。去年有天他去照标准相,取出来吃了一惊,与自己父亲墓碑上用的那一幅出奇地相像——微胖的脸,短头发,目光直视,嘴边略带嘲讽的笑容,像得让他简直无法躲藏。像得让他被迫接受不想接受的事实。

他这才意识到,父亲的优点,父亲的毛病,父亲走路的步态,包括说话时不时出现的别人听不清楚、咳嗽时努着劲的声响,出门儿就想往地上吐痰的毛病,以及越来越喜欢吃面食、酸汤,吃饭坐不踏实,吃两口就要离桌溜达两圈,等等等等,如影随形,移步换形,都被百分之百地移换到了自己的身上。他明白自己终究是父亲的儿子,如同曹禺话剧《雷雨》中繁漪对周朴园儿子说的那样。

他还想起,早年自己就干过很多以父亲的名义、执行父亲使命的勾当,"以父之名"原来大都发生在父亲无力执行一些不合理的、不人性的职责的时候。

二

对于他所遗传于父母的这张长脸,他经常在镜子面前久久盯望,从中可以看到他们的笑容、眉眼走向和说话时嘴唇的角度,难道我们还有在遗传上的遗漏吗?我们还加以修改吗?望着墓碑上父亲那张脸庞略微发圆、发胖的轮廓,他当时有些不相信,这与他平时见到的长脸型、尖下巴的影像是有很大的反差的呀。

为什么过了60岁就发生了这样的改变?待他50岁那年由于工作需要照标准相的时候,这才发现,自己的脸好像一下子发福了,变圆了,变丰满了。变得与父亲那张照片如影随形。只有气色的不同,肤色的差距,没有轮廓和气象的不同。他拿到照片被震惊得无话可说。

他被击中了内心一块柔软的地方。自小就想与父亲保持距离,不想遗传他的行事作风、语言思维方式、生活习惯。尤其是那张他过于熟悉、不想复制过来的面庞。但还是失败了。

他明白,自己是父亲的儿子,必须百分之百地接受他的基因,在这一点上,他无可逃遁,没有死角。自从得出这个结论之后,他开始变得易于烦躁、悲伤、沮丧。

歌德说:"我们赞同的东西使我们处之泰然,我们反对的东西才使我们的思想获得丰产。"他发现自己生命中有个时时要热爱、发现并反思的父亲,赞同或反对经常使他纠结。他一直想给自己交代一个使命,给自己打气,好与父亲有所差距,但直到发现与自己父亲这张不太相像的照片的相像之后,变得无能为力的沮丧,益发感到宿命的力量。因为这是一种确证,是一种无处可藏的复制接纳,不得不全盘、彻底,这是真正的宿命。

其实这种宿命他很久以来就有,有两件事给他印象最深。一件是妹妹择偶的时候,奉父亲的命令,他去说服妹妹放弃她那次不理智的、在大人看来没有前途和不划算的婚前演练。他完全以一种家长的口吻、立场、态度向妹妹灌输一套陈腐、僵化的说辞——以一本正经的口吻,比如不能给家族丢脸,要考虑门当户对,"有里有面儿的"人才最合适等,不厌其烦地一通唠叨。做一个驯服的说客,充当父亲的代言居然如此轻车熟路,完全不顾妹妹的茫然、困惑和惊讶。此时的他,由妹妹的同盟、伙伴甚至密友,一下子变成了一个长辈、代言人、说教者,成了自己年龄的叛徒和敌人。他以与自己年龄不相称的成熟,拿出了光宗耀祖、不给家族丢脸、做个争气的好孩子等利器,使劲刺向了妹妹,完全忘记了自己只比她大一岁。

当他滔滔不绝、口若悬河地完成这一套陈腐理论铺陈的时候,他脑海再次涌出曹禺先生话剧《雷雨》中的那句著名台词——"你终究是你父亲的儿子"。

虽说妹妹的这场恋爱还没有开始就无疾而终,而且并没有造成任何遗憾。但这件事情充分证明了他与父亲在角色、价值、步调上的承传,他没有违逆、他依样画瓢地执行了父亲的所有指令。当妹妹掉下眼泪,表示不解,试图反抗的时候,他也没有停止使命的完成。

但事情从来都最易于从内部攻破。或许妹妹摸透了他的角色和特点之后,在若干年后再次谈恋爱时,便先从哥哥下手。在父亲尚未推行他的阻止计划的时候,已经把小伙子带到了哥哥的面前,小伙子显然机灵过人,进门就往他口袋里塞烟。一盒价值不菲的"凤凰"烟,让刚学吸烟的哥哥无法推却,下不了阻止这个手。连"不"字也说不出口。小伙子比他大两岁,但一口一个"哥"地叫着,更让他产生飘飘然的感觉。小伙子依然"农村"出身,这当然是"家族"的大忌,但这次劝说没有成功,因为他首先被"攻破"了。

三

还有一件"遗传"的铁证发生在他的身上。他有一次对妻子发脾气,向妻子大吼,当时他意识到,自己那带口音的普通话,无论从用词,还是从声调看,居然与父亲当年对妈妈呼喊出的,是一样一样的,是几乎不失任何板眼的依样复制,比如"滚尿开吧""我才不尿你呢"等等。

还有,在孩子小的时候,当他训斥不利时,居然喊出了"一个逼兜拍（piě）死你"这样的话。更让他吃惊不小。因为孩子在北京出生,根本不知道"逼兜"的意思就是耳光。他们茫然、无解、不理会。因为不知道爸爸说的是什么。只有自己知道这来自父亲的恶劣遗传——固执、不像样、不上档次。

还有他的步态,不时驼着背走路,说话的时候,一只脚放在另一只脚前面,以及他吃饭的口味、他早年的嗜烟。

舌头上遗传最是铁证,让人老老实实地投降,无法有丁点儿抗拒。唯独喝酒这一条没有传到他身上。传给了他喜欢醋,习惯蹲着吃饭这两条。他自己的两个儿子不喜欢醋,他们是吃麦当劳、必胜客、肯德基长大的,西化得厉害,醋至今拒绝。但愿意蹲着吃饭被一个儿子传到手了,这一点连他都自愧弗如。

他至今引以为憾的是可能没有从母亲那里遗传到什么,母亲给他留下的印象也太微弱了,可能相处时间太短,而且也时间晚了。她的短处、毛病、缺点了解并不多。她离去得早,给他保留了过多的良好的那些方面。她确定是个完美的母亲、女儿,她是教师和故事讲述者。但这些角色她都没有履行好,更没有履行完。她作为故事讲述者是出色的,这一点深深影响了他的人生。母亲生命过于短促,养病就是她的人生,占去了人生的绝大部分时间,使她成为家庭、职业、社会上诸多角色的缺席者、落伍者。这是他一生中的另外大话题。

　　当然,对父亲的违逆,他有些时候是有成功的记录的。一次与父亲吵架,他说了一句令父亲张口结舌、颜面大失的话。当时情况是这样的。妹妹学习向来不好,高中也没有读下去。这对以书香门第为傲的父亲是个巨大的打击,是个令父亲郁闷的心病。但儿子的"榜样"让父亲挺直了腰。由于儿子在求学、读书、就业等方面的表率作用,使父亲成为小城突出亮点之所在,父亲为此陶醉了一辈子,在朋友圈里风光了一辈子。

　　有次谈到妹妹学习一直上不去,学不进去,没有出息,他认为家庭环境影响很大。父亲不解地问:"那你是怎么回事?"他说:"我是战胜了干扰才做到的。"父亲大怒:"什么话,我怎么干扰了?"他这次表现得硬气十足,回嘴说,你回家就喝酒,一喝一晚上,中午也喝,家里老是坐着很多人,聊天、猜拳、瞎扯,能有学习的气氛吗?忘记父亲怎么说了,只记得他边抽烟边喝酒,脸涨得紫红,眼睛瞪得老大,屋子里的空气登时紧张起来,让人热得难以忍受,父亲的脸上面浮现着的不满、困惑、羞愧、惊讶,多种表情混杂在一起,纠缠在一起,难分难解,难言难说。这次一来一往的谈话,撕裂了父与子心里的很多东西,捅开了他们之间隔膜已久的那张纸,自此蒙上了一层不小的阴影。但倒也没有造成什么后果。

　　他向来是个好儿子、好学生、好干部。这三个"好"令父亲享足了荣耀。父亲由此得到的自豪历来是实打实的,是持久的,圈里圈外有口皆碑。而现在他这句话,把作为父亲的骄傲、口碑、荣耀的一角揭了起来,掀开了只有彼此才知道的隐秘一角。原来这种声誉居然来自违逆、抗拒、排斥,这是父亲万万没有想到的。

　　实情真的是这样。父亲的生活方式非常糟糕。烟、酒是他的生命和生活方式。他每天抽三四盒烟,每天花在饭桌上的时间超过一般人的三四倍,时间被他挥霍得太多了。早饭是边吃边喝边抽烟。烧麦、馄饨、豆腐脑,样样油大、味重、滚烫,吃一两个小时是常事儿。中午回家吃饭还要喝酒,而且进门就开喝,凉菜、酱豆腐、白酒、浓茶、香烟,一样不能少。父亲蹲在沙发上,喝到饭端上来,总得一两个小时,吃喝完倒头便睡。晚上如果不是在外吃饭,回到家里,照样重复中午的程序,只不过时间拖得更长,微醺之后才肯上床。

而在更多的时候,晚上是聚会,是聊天,是流水席。父亲愿意把朋友、同事聚在家里,下班开始喝起,一直喝到半夜。猜拳、聊天、劝酒、抽烟,大呼小叫,此起彼伏,其乐无穷。一个月里家中这种事情可以发生五六次,甚至十几次。这对正处于成长中的他、妹妹、弟弟能有好的影响吗?

但从另一个方面看,这对他成了好事情。就是逼着他从小立下志向,许下个决死一拼的愿望——永远离开这个家,与这样的生活方式彻底决裂——永远离开这个地方,与这些推杯换盏、吃吃喝喝的生活气氛划清界限。这样一个最浅俗、最本能、最隐秘的信念,支撑着他发奋图强,埋头看书,埋头钻研,所有的动力就是为了考出好成绩,到大城市去生活,离开这个家。而不像父亲所想象的那样,是有什么大志向、大追求。相反,父亲的生活方式、父亲的啸聚八方、呼朋引伴让他厌烦,使他痛恨,也使他奋起,使他获得和积攒了巨大的力量,最终使他对父亲的违逆获得了成功。

还有,每逢假期他就迫不及待地离开家,他一定要到姑姑家,到自己觉得亲近的亲戚家去住。十八岁离开父亲到陕坝复读,十九岁到呼和浩特上大学,然后到北京工作,他庆幸自己能够永远离开父亲,离开那块过于熟悉,熟悉得很有些痛恨的地方。

地域上是真正离开父亲了,但情感并没有甩掉父亲,思维方式更没有离开父亲,父亲如影随形,以强大的基因,在他完全意识不到的时候,在他的意志之外行使着权利,猝然无防地掌控着儿子,令儿子时时感到抵抗的软弱、狡辩的无力。

四

父亲,直到父亲从巨大的烟囱上飘走,都没有让他彻底猜透,他自以为足够了解父亲,其实不然,他至今不敢揭开父亲心里的那些幽暗的深处,去探个究竟。因为自己内心也躲着个野兽,要伺机挣脱牢笼,要摇摇晃晃地出来发飙、觅食、吃肉。

早年的时候他认为父亲无所不能,父亲就是自己的敌人,父亲阻止年幼的自己实现任何愿望,他行使着至高无上的权力,完全不顾作为儿子的心愿。后来一切都发生了逆转,父亲退休,变为弱势,连到北京后能否去动物园参观,都要看儿子的眼色。

德国浪漫派诗人诺瓦利斯有句话说得好:"即使听了相同的故事,每个人的体验,也都大为不同。"写下这些文字,希望唤起别人感同身受的阅读热情,往往会事与愿违的。

现在连自己也快成了老父亲,儿子们会探究自己吗?他经常问自己。但答案几乎是唯一的——肯定会。

世上最寒冷的那个早晨

> 百泉冻皆咽,我吟寒更切。半夜倚乔松,不觉满衣雪。
> ——〔唐〕刘驾《苦寒吟》

一

那是二十世纪七十年代第四个年头才刚刚到来的一天。那是被他记忆的潮水反复推出水面的一个清晨。

人类对真理揭示能力之异常强大,远非我们所能想象,即使凯鲁亚克这样公认为专擅玩世不恭的人,也不会漏掉一次揭示真理的机会。他的《在路上》结尾处有个痛切的说法:"除了无可奈何地走向衰老,没有人知道前面将会发生什么,没有人。"这句话让我完全改变了对这个时髦"偶像"的看法,我不再认为人是可以炒作出来的,我开始不再怀疑大众集体无意识的准确性。在没有人知道前面将会发生什么的时候,我们不会回忆,知道了,我们就会回忆。是的,衰老不可避免地到来的时候,你会发现与自己相处是如此之难,你会不停地想起过去那些日子,甚至为此可能忘记自己当下正在做的事情的紧迫性。你绝不会放弃沉思，不会考虑到这样做是否理性与实惠，你不会因为花费了这些宝贵的时间而心有戚戚，从此放弃这些努力，相反，你愿意将回忆的偏执延续下去。

　　回忆必然牵扯到的具体年份、具体日期、具体的人，总是要与细节打交道，摸不到细节就找不到回忆。一个回忆牵起另外一个回忆，连接着另一段往事。对往事的热情有时属于徒然的伤逝，有时属于无望的缅怀，能有些淡淡的忧伤，那只会是额外的福利，更多的时候，回忆、回味本身带来咀嚼的乐趣，发生在沉浸于忧伤的时候。回忆也并非全部属于伤逝。睹物思人，会有感伤，但追怀本身的感伤难道不会是有益的吗？人是个善感的动物，心里的任何涟漪都会突如其来，带来不可抹杀的价值。让你明白，感奋、激动和昂扬的拥有，不全由现实活动赐予。有时，回忆本身是可以带来预想不到的勇气、亢奋与力量的。

　　一个人与自己相处的困难，在于不能陷于思维的停滞，不能再在无所事事中获得心灵的平静。让时光大把大把地流逝，而又能免于陷入嘈杂、陷于公众生活之中的无奈，那是不太可能的。在自己独处的时候，你只想把纷乱无序的思绪交给无边的回忆，放任自己对往事的咀嚼，不计收获或遗失，常常在自己意想不到的时候，牵动自己没有料到的章节。

　　有个叫宇文所安的老外，毕生钟情于中国人的诗歌，他说过："写作是一种思考的行为，当它留给其他人，它就成为他们思考的对象。聪明的作者不会让他的作品去说教而是去纪念——使之成为共同记忆的部分。"是的，在写作的时候，人们会发现在更多情况下，写作所依靠的咀嚼、回味，会使自己陷入往事中那些不堪回首的段落，而当触碰自己心中最不愿回望的场景、细节甚至数字的时候，你不能不格外地小心翼翼。

　　长期以来，他忌讳 11 这个数字，但断断难以忘记这个数字。1 月 11 日是他生命中最难忘怀的日子，1974 年 1 月 11 日，他的母亲过早地离开了这个世界，年仅 37 岁。当时，他 12 岁，妹妹 11 岁。

二

事情的发生全然不可避免。在他自己懂事的时候,母亲就被疾病纠缠,她气喘,脸色潮红,无法照顾家人,她成为大家的谈资,她每天都在走向一个谁也不愿提及的必然结局。

那是一个干燥、寒冷、扬沙的清晨。他被家里的人叫醒了,他不记得自己晚上只睡了几个小时,反正没有睡踏实,他比家里那些已经熬了一夜的人们幸运多了,但他毕竟是事情的核心人物。叫醒之后根本没有洗脸和吃饭的时间,因为他的母亲正在与时间赛跑,人们必须跑得比母亲更快。尽管大家已经十分疲惫,但必须坚持下去——不计一切代价。

他被命令与一个名叫张焕的叔叔,去共同完成一个极端重要的任务,叫来母亲的二哥——赶在她与生命分离的时候,见证她与时间赛跑的最后结果。当时没有电话,没有汽车,没有畜力可以借重,只能依靠伟大的万能的自行车。

于是,他被载在自行车的前梁上,睁着睡意蒙眬的双眼,与张叔叔一同奔向二舅家。他明白事情的紧急与严重,但对事态的发展是茫然的,他不掌握任何判断的机会。他与张叔叔的使命就是赶快叫来那个见自己妹妹最后一面的人。

孤独的自行车在县城那条宽阔的、东西向延伸的、寂寥的大道上疾驰,这种无人无车的景观并非偶然,并非因为时间尚早,纯粹是因为城里的人太少、天太冷。其实当时天已大亮,个别店铺已经开门。但还是寂寥、荒芜、冷清,世界一副谁也不理会的样子。自行车在大道上由西向东行进的时候,一种从未有过的寒冷彻底笼罩了他——彻骨痛切、无法躲藏、铺天盖地,一种空白虚无感让他发慌,可怕的孤寂和大脑里的空白,让他阵阵发抖。他那偏瘦偏小的身体在前梁上不住地打冷战——天大的事情就要发生在他身上了,但世界并不理会他,又有谁会明白他此时的心情呢?

他心里憋得慌,闷得要命,但欲哭无泪,他能控制住自己的情绪,但觉得手足无措;他感觉到大脑里空空荡荡的,失去了转动的能力,就像身上丢掉了温度,就像被架空在前梁上,连任何可以挪动腿脚的可能都没有。自母亲重新住院、姥姥被劝走之后,家里便出现了前所未有的空旷局面,人少了,话少了,事情也少了——一种前所未有的空白感,让家里失去了生机。沉郁的空气压抑着每个人,阻止你产生任何想法。但他幼稚的心灵里却充满了从未有过的杂乱念头,这些念头翻腾着、挣扎着、对抗着。此刻任何可以看得见、看不见的一切,都令他恐惧和绝望——这下完了,完了,自己的生活,自己的一切都将陷入更加糟糕的境地。完了,自己生活的一切行将走到另外的尽头,家里的秩序将不复存在,家里的一切都不会恢复到原来的状态了,自己也将会被众人指指点点,不再配享有同龄人所享有的一些东西。同时,完全不出意料地,自己可能会享有来自别人的、说不清道不明的、不可推卸的同情和关怀。这是他最不愿接受的。

这条贯穿东西的小城唯一通衢大道,原来是如此之漫长。张焕叔叔口中的白气不停地呼在他戴着棉帽的头上,叔叔的呼吸粗重、均匀、沉稳,没有任何异常,如果有,也是必然的急促。他把手简在袖子里,但觉不出有任何热气。他的双脚别在自行车斜梁上,一动不敢动。

行进中,道路两旁的景物缓缓后退,完全没有叶子的干杨树,一棵高一棵低,像不穿衣服的人一样,完全失去了尊严和威风,树与树彼此间的距离显得格外远。因为失去绿叶子的装点与庇护,杨树枝杈狰狞、无依无靠,而匍匐于杨树脚下的红柳、酸枣和蒿子们,在寒风中瑟瑟发抖,更找不到半点依傍,偶尔能够看到一些废纸团儿在灌木丛中挣扎、翻滚、折腾。

路长得似乎永远无法到得了尽头,永远拐不到另外的方向,他正在这样想的时候,自行车开始上坡,也意味着即将转向另外一个方向、另外一条小路上了。但偏偏这个时候,一股大风迎面而来,自行车无法前行,张叔叔立刻双脚撑地,稳住自行车,他用劲喘了几口气,推了一段再翻身上车,张叔叔有气喘病,加上抽烟,现在喘得像个老人。那个时候的大人实际上也就四十来岁,可能还不到四十,但在他看来,大人就意味着力量、成熟及威严,大人是小孩只能听命、绝对不能违逆的对象。张叔叔一直是我心目中威严的大人，他一路无话，显得我们从事的事情的严重与紧急。

三

但县城毕竟不大，二舅家的院落终于到了。这是一个整洁、宽敞而殷实的小院，透露出男主人地位的庄重与女主人持家之有方。二舅是母亲在所生活城市里唯一的自家亲戚。母亲与二舅相差十几岁，关系很亲密，但平实过话并不多。王家人都很有教养，但并不交流，他们把一切都藏在心里，生活教会了他们隐忍，在同一个城市里，他们凭着自己的职业和品德，成为让人尊敬的人。他们受过扭曲时代政治气候的苦，他们唯一的武器就是恪守"老王家"的少言和亲善。

二舅头发稀疏，已经灰白，圆脸，大眼，眼皮和别的兄弟一样是很"双"的那种，他嘴上的表情很丰富，喉咙里老有"吭吭"的声音，并伴随着眨眼。在兄弟中他算是能说的，尤其不胜酒力，喝点酒就大谈特谈。他学的是财会，作为一个权威的会计，却是历史爱好者，家里有不少范文澜的"中国历史"，那个年代，范文澜似乎是依然能够找到的唯一历史学家，被二舅包了厚厚的书皮，整整齐齐地陈列在家里。二舅妈则是个热情的刀子嘴、豆腐心，说话声音高，对人好或者对人狠，都放在明面上。她也极富幽默感，每年到她家里拜年，总能得到最热情的款待，一坐下来，她准会说："先给你个屎饼子（柿饼子）。"她得理不让人，嘴不饶人，谁也别想惹她。招惹一次就会明白，这个女人，你算是惹错了。

这两口子一直在吵，但一直很和谐，他们过得乐融融的，三个孩子，两男一女，三世同堂在他在世的时候就实现了。但不幸，退休不久，二舅便半身不遂，见人只会仰着脖子笑，然后哭，什么都说不了，痛苦至极。二舅妈带着他远赴东北的双鸭山及佳木斯求治，无功而返。一家人伺候了十几年，给二舅送终后不久，二舅妈重蹈二舅的覆辙，瘫在床上，变成了一个移动困难的大胖子,老太太最爱喝可口可乐,但最不能喝可口可乐。这个漫长的与疾病作斗争的故事冗长得让人心痛。

见到他和张焕叔叔,二舅一切都明白了。他似乎早就知道会有这么一天,于是一句话也说不出来,就已眼睛红了。在二舅妈大声的嘱咐中,二舅匆匆穿上棉大衣出了门。二舅妈以浓重的胶东口音进行了简单的询问,在叹息间,她难以抑制地流出了眼泪。

四

他们返回之后,母亲情况的恶劣显然在急转直下,她的全部努力,就在为了多喘几口气。她拼着命,但收效甚微,终于她被安上了氧气罩,在氧气罩下,她的双唇紫得吓人,额头沁出了汗珠,脸颊倒是红的,但红得并不正常。

在很长时间内,他目睹过两个人的弥留,经历了他们的由生到死的过程,一个是此刻的母亲,一个是后来的四舅王光恩。

四舅逝世在一个春末夏初,同样是一个风沙肆意的上午。早上他被叫到宽街的北京中医院,走进病房,看到四舅眼睛瞪得大大的,喉结突出,吃力地在氧气罩里吐纳着呼吸,为几口气要命地挣扎,床边的监视器忠实而刻板地记录着床上濒死者的心脏、脉搏情况,由波动的巨大,到微有曲折,到一波一折、一波一折地缓缓流动,没过多久,四舅安静下来,监视器上的波纹很快变为直线。就在四舅妈冷静地指挥着大家为四舅穿脱衣服的时候,四舅的身体依然那样温热、柔软、白皙。而那剩余的温热让人心疼之外,让人怀有何等的侥幸啊,人们怀疑面前现实的真实性,但时间的急迫和身体的逐渐变冷、变硬,使得大家被迫放下这点牵挂,大家也终于获得了一次大喘息的机会。

奥地利诗人里尔克说:"死亡很大,我们是它嘴巴里发出的笑声。当我们以为站在生命中时,死亡大胆地在我们之间哭泣。"时间过得太快,时间也太无情,抹去的东西太多,有时候连一点点蛛丝马迹也不肯留下。死亡,因为还没有降临,我们认为离自己很远,不觉得自己与之有关,而留在脑子里的,永远是电影里、小说里看到的死亡。相信我吧,经历的所有事情终会由于时间的推移而变形、褪色和流失,但对死亡的某些细节,那是永远不会磨灭的。

母亲由弥留到故去的场景被反反复复地回放,脑海里一遍遍被他像过电影一样地播映,所有的细节都栩栩如生,但从来没有走过形。他和妹妹一人跪在母亲一边,妹妹已经哭得不成样子,但说实话,他一点泪都没有,知道不应该,但真的没有泪,嘴里发出的是哭声,但哭得并不真实,他知道这样不好,但就是哭不出来。他向来如此,不该掉泪的时候掉泪,该哭的时候不哭,该有泪的时候眼睛是干的,自己尴尬,别人也尴尬。

母亲的逝去异常艰难——过程漫长而熬人,但收刹得却突如其来。

在妹妹的哭声中,父亲拿出一把梳子,用颤抖的手挣扎着为妈妈梳头,这时的母亲眼边淌出了清清的、稀薄的泪水,正在梳理母亲头发的父亲,再也无法抑制自己的情绪,不争气地哭出了很大的声音。他发现父亲自己那双并不难看的手变得异常笨拙,拖着那只旧梳子,一下一下、轻轻地浅浅地滑过母亲稀疏的头发,他相信并未碰到对方的头皮,尽管这样,细心的人还是能够听到微弱的声响,两个最亲密的人离得如此之近,可以说到了声气相接的地步,他不认为此时母亲还能够认识父亲,但父亲是那样倾心投入,笨拙和专注,这是他见过的世界上最令人感动和令人愁肠寸断的场景,父亲的笨拙、战抖和痛哭,让这个场面悲惨异常,此时此刻,生离死别,真的是悲伤彻骨啊。那个笨拙的梳头的场景,该是他这一辈子见到的最伟大、最柔情的场景。他时时想到,自己是否也该为妻子梳一次头。什么时候?

随着梳子在妈妈稀疏的发间划过,空气变得越来越压抑,大家强烈地意识到大事的即将来临。母亲这具病体,正在越来越脱离大家生存的现实世界,即将成为另外的存在,即将成为大家的注意力的焦点,此时,其他的事情倒越来越无关紧要了。

而对于他、妹妹、爸爸而言,最要命的则是目前和之后的一切。

贪婪的时间试图独自吞噬所有细节,而且正如他后来读到的诗人辛波斯卡所说:"有些事情,没有按平常的时间开始/有些事情,没有像应该的那样发生/某人曾一直一直在这里/而后却突然消失,顽固地保持着缺席。"

"缺席"即将降临在我们这个狭小的家庭里,与别人作为看客不同,只有他们三个是当事人,他们与大家一样无法阻止这一切,他们的记忆无法筛选什么、挽留什么,只能任时光流逝,无暇顾及前面等待自己的是什么。岁月不停地告诉我们,生命或许只是一连串孤立的片刻,但拼接起来会投以错觉、幻象与自大的期许,忘记时间是始终悬在自己头顶的利剑。而且时间带走存在。

大家谁也不知道还有多久,病人将不复存在。氧气罩让她那张端庄、优雅的脸庞越发变形、苍白。母亲和父亲共同的朋友,医院的白桂兰来了——高高的个子,永远那么高傲、白净和果断,作为小城里最优秀的内科大夫,她的到来预示着母亲在世上的存在越发缺乏拖延的理由。

只有存在的东西才有什么消失吧,人类为任何存在的来临做好了一切准备,却并不打算为消失做好任何准备。

"消失"即将降临在他们这个小小的家庭,一个最亲密的人的身体、发肤、面容、步态、身形,即将消失,遁入寂静、虚无与不知名的远方,好多东西都会骤然被移除,会"没了"、会"消失"、会"无踪无影"。在他人的死亡面前,我们是变得异常乖觉的人,活着的人们在这个时刻同样是有力的,无论屏住呼吸还是移开目光,虽无济于事、于事无补,但存在就是力量和理由,仿佛有着天然的优越感。面对比自己年长的人的死亡,人们会怀有一种侥幸感,即使面临着同龄人的死亡,我们也像鸵鸟一样,不愿把这一切与自己联系在一起,蕴含在死亡之中的意义,无论眼前,还是将来,人们都不愿深入揣摩很多。

母亲终于呼出或吸入了最后一口气,氧气罩移开之后,嘴唇已经变为几近黑色,让他印象最深的是,母亲紧紧咬着右下唇,这个样子居然一直保持到在殡仪馆见她最后一面——幅度并不大,但紧紧的,角度偏右。

为什么是文学?

对文学的最初感情来自我的母亲和外祖母。

是母亲讲述的《西游记》和民间故事让我知道了日常生活之外幻想世界的精彩。记得我在上学前后那段时间,已经养病在家的母亲经常给我和妹妹讲唐僧带着徒弟西天取经的故事,唐僧收徒弟、蟠桃会、大闹天宫、猪八戒吃西瓜、高老庄娶亲、三打白骨精、过火焰山,以及豌豆公主、东郭先生的故事,多么奇幻迷人,她讲的"洋铁桶"历险记、小兵张嘎,一直被我视为民间传说。姥姥则用她浓重的胶东口音给我们讲牛郎织女、八月十五的传说,当然最多的是用"狼来了"的故事吓唬我们。她们的讲述牵动着我们的每一根神经,我们一遍遍着迷地听着。这些故事是那么美好、直接、有趣,里面的人物铅华洗尽、音容毕现,他们的呼吸、他们的声音好像就在我们四周一样触手可及,我确信妖怪们的魔力货真价实,相信豌豆公主有那般娇嫩,也丝毫不怀疑"洋铁桶"跳进粪坑就能躲过日本鬼子的追杀。这些故事诉诸我的想象,把我对世界的认识立体化、具象化、趣味化,这些"文学的人物"在遥远的空间和时间里飘来飘去,我渴望变成他们中间的一员,与他们在一起,参与他们的游戏与生活。

当我拥有了自己的连环画的时候,事情就不同了,图与文的结合给了我更多想象飞升的空间。我忘不了高尔基的《童年》《在人间》和《我的大学》。那个穿着厚厚衣服、永远围着围巾或者披肩的"外祖母"让我怎样地痴迷,又让我暗自流下多少泪啊——外祖母,我们身边也有个慈祥无边的亲爱的外祖母。这三本"小人书"我看到了这个世界上居然有那么多的争吵、搏斗、哭闹,有那么多的贫穷、欺诈、绝望。终于,我看到倒霉的阿列克塞长大了,他不单活下来了,还读上了书、出人头地了。可看到他在《列宁在1918》和《列宁在十月》里以紧锁眉头的大胡子形象出现的时候,除了高个头让我佩服外,我对高尔基大失所望。但这个"三部曲"给我的冲击是巨大的,我似乎由此开始设想自己未来的生活。

忽然有一天,我在里屋的书架上发现了邹韬奋文集中的一册——《萍踪寄语》《萍踪忆语》,这是怎样漂亮的书啊,硬壳精装,美轮美奂,上面有穿扮入时的男男女女的照片,工整的蝇头小楷信件影印件,邹韬奋一张英气逼人的标准像,所有这一切与我生活的那个物质、文化双重匮乏的现实相距都太遥远了,这本书让我心里隐隐作痛! 一页又一页地翻开、读着,我似懂非懂,只记得,邹韬奋在旅俄(或旅欧)的轮船上,看了一路,写了一路。可邹先生笔下这些人的生活离我们整天嚼红薯干、吃钢丝面、过节才能吃大米饭的现实无异于天上地下,这个优雅的、由女士和绅士构成的世界似乎不比齐天大圣上天入地的生活更现实。我们未来可能过这样的生活吗? 我当时这样想。

这种感受很快就被《高玉宝》《把一切献给党》《平原枪声》《铁道游击队》等带来的快感给淹没了,在打打杀杀的热闹中,在穷人翻身的喜悦中,我浪掷着自己的精力,投入自己的想象,这些小说或者读物帮我认识历史、认识世界——原来世上历来就有地主和贫农,他们水火不容,就像八路军和日本鬼子必须你死我活一样。《野火春风斗古城》《苦菜花》和《林海雪原》则给我更复杂的感受,里面的情感纠葛、多角男女关系吸引了我,革命的图景退在后面。正在我费力地要解读这些的时候,手抄本《梅花党》《一只绣花鞋》扑面而来,这些另类的革命斗争史、反特史,让我读得气喘吁吁、汗流浃背,而不同版本的手抄《第二次握手》则令我强烈地感觉到"知识分子"叙事的酸腐。手抄本文学在正规出版物之外构建的世界,从另外的维度上考验了我的想象力。

上高中前后,我开始用零花钱邮购上海的《文汇月刊》和北大的《未名湖》。《文汇月刊》封面很长一段时间都是竖道的,骑订印装,读的东西我全忘了,只记得里面的文章大声疾呼"文化开禁"。除了"伤痕文学""知青血泪"之外,我对朴素的《未名湖》的记忆只剩下王友琴和卢新华。王是全国的高考状元,卢新华则命名了"伤痕文学"。接着,我几乎跟踪似的,读刘心武、张洁、蒋子龙、徐迟,读张承志、阿城、韩少功、张辛欣,再后来就读到了很多让人心惊肉跳、想入非非的东西——因为我已进入了青春期。二十世纪八十年代的我国当代文学作品基本上消解了我在"文革"后期通过读《金光大道》《西沙之战》《红雨》和《小靳庄诗选》等建立起来的社会图景。

  高中毕业选择文学是必然的,此时文学已经成为我鲜明的爱好。上大学后,我把精力一头扎进外国文学的阅读中,主要是欧美文学——当然也只是翻译文本,如,董秋斯译的《战争与和平》《大卫·科波菲尔》,罗玉君译的《红与黑》,汝龙译的《复活》,周扬、谢素台译的《安娜·卡列尼娜》,傅雷译的《高老头》《欧也妮·葛朗台》《幻灭》,李健吾译的《包法利夫人》,钱春绮译的《浮士德》,杨苡译的《呼啸山庄》,李青崖译的《温泉》,罗大冈译的《约翰·克里思朵夫》,张谷若译的《德伯家的苔丝》,朱维之译的《失乐园》,查良铮译的《雪莱诗选》,王佐良译的《堂璜》,楚图南译的《草叶集》,杨绛译的《堂吉诃德》,朱生豪译的《莎士比亚全集》,纳训译的《一千零一夜》,祝英庆译的《简·爱》,李文俊译的《喧嚣与骚动》等,那些用发暗的新闻纸印出来、封面简约又大方的名著,伴我度过了多少个欣喜的夜晚啊。我只读经典的、最有名的东西,杨武能译的《少年维特的烦恼》、傅东华译的《飘》只能当作消遣的补充来读。这一番恶补使我看到外国经典的伟大,也感受了这些翻译名家的学养,名著的风范,是我在当代文学中很难感受到的。经典作品中的道德、正义、哲理魅力令我着迷,文学世界的宏大、精妙让我彻底折服。但我得承认,四年当中,唯一一本让我读得大气不敢出的作品是英国作家乔治·奥维尔的《1984》。我在外版书库偶然发现了这本书,是台湾人译的竖排版。不让外借,我泡在图书馆读了两天,一种"窥破天机"或读"反动书"的感觉让我心惊胆战了两天。书是在1984年前读到的,过了1984年,我也就把它抛在了九霄云外。

  在大学后半阶段我又重新发现了中国现代作家的不凡、古代话本小说的智慧,但即使是冰山之一角,我也尚未得时间窥其究竟于一二。这是我至今引为遗憾的。

大学时代学习的文学理论,从总体上看是苏联的框架,是对延安文艺座谈会讲话精神的贯彻,五六十年代的话语,但今天仍然有用。这就是理论的光芒。毕业后我留在文艺理论研究室,作家温小钰建议我到哲学系进修美学和西方哲学,以便承担更多的教学任务。我立下宏愿苦读中外文论,阅读兴奋点并没有转向中国当代文学。没想到一年后,我被派支援西部教育。边履行"支教"的使命,边复习考研究生,我只得权在各种文学选本中领略到一星半点文学之永恒与壮美。

三年研究生的生活是在无拘无束的无序状态中度过的。我们同专业的几个人,大都没有按照专业规定的方向读书,而是遇到什么读什么,二战以后特别是二十世纪六十年代以来的美国文学让我痴迷,我尤其对几位犹太作家感兴趣。南开大学校友美籍华人周仲铮给校图书馆捐助的大量英文书,我走马灯似的借过不少。印象最深的是波兰裔美国犹太作家杰西·柯辛斯基(Jerzy Kosinsky)的《漆鸟》(The Painted Bird),该书引马雅可夫斯基诗句作为题献——"只有上帝,/真正全知全能,/知道他们(人类)是不同种群的/哺乳动物。"篇幅不大,通过二战中从纳粹魔掌中逃出来的犹太男孩的眼睛,写东欧偏远落后地区的五光十色社会生活,主题是痛斥人类的愚昧与自相残杀,语言极简明、极有韵味。但后来,声名鹊起、已经贵为美国笔会主席的柯辛斯基终因剽窃、作伪曝光于1991年自杀。研究生阶段的美国小说阅读使我感受到,由26个字母组合起来的英语世界可以那样动人、可以那样意会与言传!从此之后,我再不愿读翻译作品——老一辈翻译家的译作除外。我理解,美国文学涉及的主题、宣示的理念,蕴藉的各种现代意识,实际上是人类长期思考的一些共同问题,但正是来自四面八方、有着不同族裔、人生和教育背景的美国作家,把这些题旨揭示得更有穿透力,从而搅动了世界文坛。霍夫曼的《美国当代文学史》对此进行的充分感性化梳理和分析,则极大提升了美国文学的影响力。

研究生毕业论文题目选择的是亨利·詹姆斯小说叙事理论研究,为此我似懂非懂地啃了大量有关詹姆斯的书,还专门从天津到北京的美术馆东街22号拜访过詹姆斯的译者、北大西语系教授赵萝蕤。当时老太太穿中式棉袄,独守着个偌大的院子,若干年后,《三联生活周刊》专门就这个院子被拆做过一期"封面文章",这时的赵教授已经作古,让人感慨良多。我在她家头一次看到像图书馆一样前后排列摆放的书架,架子上的书都很老旧,在昏暗的光线中默默地等待人们的翻阅。想不起谈话的内容了,只记得她说话江浙口音重,好歪着头,双眼从镜片后面紧紧地盯着我。我立题的时候詹姆斯还是个时髦题目,待我做完,这个题目已经"臭遍街"了。我的文章受当时"思潮热""翻译热""西方热"的影响很重,注重理论论证,不愿用文学实践支撑。关于小说叙事问题,南开大学通过对中国古代小说的研究多有揭示,如果把中外的实践经验与理论结合起来,对我国的小说创作想必会多有助益。如果东与西老死不相往来,学术与实践也永远隔离,文学研究又有何用?

到机关工作后,我做的第一件事情是通读《鲁迅全集》,然后就东一榔头、西一棒槌地读杂书。逛书店,特别是逛旧书店的毛病依然未改,我购进了大量的书,并开始重新触摸老祖宗留下的东西。书法字帖、中医典籍、杂家论著,我在那里面窥得了幽深无比的所在,初步领略了属于我们民族的表达方式、思维方式的奇妙,这里的大气与细腻、狂躁与沉敛、具体与抽象,似乎你永远也探求不尽。无论是刘勰、傅山,还是李斗、曹去晶,他们构建的世界诱惑着我们,这个迷人的世界让我们后人自卑。

但我确信,无论是古代的、现代的还是外国的、中国的,文学永远值得用生命去探究和守望。

为什么是文学?

为什么要守望文学的天空?

文学让我们想起生命的短暂,文学提醒我们宇宙的有限与无限。

文学让我们想起在这个世界上,作为过客和羁旅者,我们是孤独的。

文学也让我们想起自己是高贵的、聪慧的,因而也无比幸运。

(原载《十月》2016年第5期)

鸟　道

李青松

来不过九月九，飞不过三月三。

————巍山民谚

一

当鸟醒来的时候，森林就醒了。

这是一个寒凉的早晨，我带着一支小分队在巍山的林子中穿行，深一脚，浅一脚，沿着意外横生的林间小道。我们是清晨从管护站出发的。出发时未见天气异常，走着走着，忽然就下起雨，接着就雾气弥漫了。

细雨和浓雾打湿了衣衫，发梢及鬓角有水向下滴落，也不知是汗水还是雨水。七拐八拐，湿漉漉的林间小道归入一条蜿蜒的湿漉漉的古道。虽然脚步沉重，但脚下的古道却令我们兴奋，那是当年徐霞客走过的路，那是当年驮着普洱茶的马帮走过的路。磨光的石头路面上，泛着幽幽的光，深深的臼形马蹄窝里尽是传奇。

古道旁边是高大的松树，间或，经年的松针和破了壳的松果，跌满路面。松树下的蘑菇和菌子很多，松鼠在树上蹿来蹿去。松林里弥漫着一种松脂、腐殖层和菌子混合的气息，令人神清气爽。我随手摘下一枚松针，用手搓了搓，然后放在鼻孔前，尽情地吸着那浓郁的松香的气味，倏忽间，那种感觉又勾起了我记忆深处的某种东西。

是啊,现代文明夺走了我们对气味的敏感性。我们适应了汽车的尾气,适应了工业废气,反而对泥土的气味、草木的气味渐渐生疏了,我们对时令变化的感觉越来越迟钝了。

变化莫测的古道总是在前面故意丢下一些诱惑,把我们往高处引。行走相当艰难。说是在行走,实际上是在攀爬一座高山。只不过,一切都被这座猛恶的林子遮挡了,视线之内全是高高低低的树木。森林是以华山松为主的针叶林,树龄在三十年之上了。间有旱冬瓜阔叶树,也有南竹、箭竹、野山茶、厚皮香等竹子和灌木,灌丛中毛蕨菜多得很。一丛一丛,密不透风。密林深处,偶有惊悚的鸟叫传来,弄得人心里一颤一颤的。

这是险象环生的一段茶马古道,垭口,古称隆庆关。

康熙年间的《蒙化府志》(古时,巍山被称为蒙化)记载:"隆庆关在府城东,高出云表,西有沙塘哨,望城郭如聚,东有石佛哨,西山如峡,八郡咽喉。"这段文字寥寥数语,却把隆庆关的地理位置、险要程度、及所处的地位和所起的作用,描绘得清清楚楚。

向导告诉我,从前,在巍山,人跟人吵架吵得不可开交,或者做事发横寸步不让的时候,就会有人说:"你狠就到隆庆关站起嘛!"

向导是管护站的一名护林员,彝族汉子,绰号"野猫"。每天在山林里巡护,"野猫"熟悉这里的一草一木。他身穿迷彩服,头戴迷彩帽,黝黑的脸膛透着憨厚和淳朴。"野猫"家住在山下的村里,小时候就是捕鸟的高手,后来看了一部电影,就醒悟了,再也不干捕鸟的勾当了。

我问:"那部电影叫什么?"向导"野猫"说:"是一部纪录片,叫《迁徙的鸟》,好像是一个法国人拍的。"我说:"对,导演叫雅克贝汉。那部电影我也喜欢。""噗噗噗!"向导"野猫"用双手做着鸟飞翔时翅膀扇动的动作,说:"电影里的空气像是被鸟切开了一样。"我说:"是啊,雅克贝汉是一位了不起的大导演。"

忽然间,树干上的爪痕引起我的注意。"林子里都有什么动物?"我问。"豹子、林麝、野猪常在林子里出没,猞猁爬树最厉害。"向导"野猫"说。

一听说林子里有豹子野猪,大家就有些紧张,眼睛不由自主地往两边的树丛里打探,唯恐跳出一只豹子或者别的什么猛兽,把自己叼走,脚步便有些急促了。

尽管队伍阵形有些散乱,人人腰酸腿软,汗水横流,但没一个人掉队。我们目标明确,信念坚定,什么也动摇不了我们前行的脚步。经过艰难的攀爬,及至晌午时分,我们到达了目的地——准确地说是登临了目的地,那是一个神秘的所在,令我瞪大惊诧的眼睛。

二

那是一座奇崛的垭口。

海拔两千六百米,远看垭口高过云表,两端陡峭,隘口处可谓一夫当道万夫莫过。右侧是一座破败的石坊,名曰"路神庙",庙旁边赫然矗立着一块长条石碑,碑上刻着四个大字:鸟道雄关。

所立石碑距今已有五百年的历史了。向导"野猫"说,碑宽五尺一,高二尺一,厚三寸。他的粗糙的手指就是标尺,那碑已被他量过无数遍了。据说,那四个字为明代万历年间某位文人题写,可惜,其姓名已无从查考了。估计,也不是等闲之辈。向导"野猫"指着石臼状的深深的马蹄窝说,当年出关进关的马帮,马蹄必踩这个蹄窝,不踩,马匹就过不去。我仔细看了看,还真是——不难想象,当年马帮行走至此是何等谨慎和小心呀。

史料记载,这里是昆明由弥渡进入巍山,直通滇南而达缅甸的古道关隘。历史上,此处是滇西古驿道的必经之路,商贾、脚夫、货郎、马帮通过此关进入蒙化(巍山),往思茅,去西双版纳。往西呢,也可抵保山,达芒市、瑞丽而后入缅甸。

南诏时期,唐朝派出的官吏,就是从此关入南诏的。明代徐霞客也是过此关入蒙化的。"鸟道雄关"所在的山唤作达鹰山,这是前些年改的名,原名叫打鹰山。

有专家考证,这是地球上迄今发现的最早的有明确文字记载的鸟道。此处既是古代马帮通行的地面道路,也是候鸟通行的空中道路,是人道与鸟道的巧合,是一个空间与另一个空间的相叠。

巍山县林业局局长危有信告诉我,每到中秋时节,有成千上万只候鸟从这里经过,越过哀牢山脉,到缅甸、印度、马来西亚半岛等地去越冬。危有信说,每年飞经这里的候鸟有数百种,常见的有天鹅、鹭鸶、长嘴滨鹬、白鹤、海鸥、大雁、黄莺、斑鸠、画眉、喜鹊、鹦鹉、海雕等等。当中能叫上名字的,只是一小部分,更多的叫不出名字呢。

碑上的字为繁体字。"鸟"字颇有意味,头上的一撇被刻意雕成了一只鸟和一把刀的形状。繁体字的"鳥",下面应该有四个"点"的笔画,但碑上的"鳥"字只有三个"点"。也许,这是古人在提醒后人,要注意保护鸟,否则,鸟会越来越少吧。

候鸟迁徙是一种自然现象。

当地有民谚:"来不过九月九,飞不过三月三。"

候鸟的迁徙是一场生命的拼搏和延续。迁徙呈现了鸟类坚定的意志。迁徙虽危机重重,但却数千年经久不衰。为了履行那个归来的承诺,候鸟坚持飞向那遥远而危险的里程。飞翔,飞翔,飞翔,不停地飞翔,只有一个目标——为生存,最终却献出生命。当春天来的时候,候鸟们开始展翅起程,飞往北极出生地,有些是不舍昼夜的急行军,有些则是分阶段的,一程又一程,朝遥远的目的地奋力疾飞。

候鸟以太阳和星星来辨别方向,对地球磁场如同罗盘般敏感,始终如一地在不同纬度间穿梭飞行。它们经历着时间和空间的演进,它们看着花开花落,经历着生老病死,它们俯瞰着地球,呼吸着地球每一寸肌肤散发出来的气息。

它们生命的全部意义就在于飞翔和迁徙。

飞翔在体现候鸟生命存在的同时,也给了它们生命的目标——不畏严寒不畏风暴,无论白天还是黑夜永不停歇,即便是短暂的歇歇脚,也是为了更好地前行。沿途的美景不重要,重要的是目标和承诺。从寒冷的极地到炎热的沙漠,从深邃的低谷到万米高空,候鸟在迁徙的过程中,面对各种艰难环境和人类的贪婪,表现出了惊人的勇气、胆略、智慧和情感。

经过千辛万苦,到达目的地之后,候鸟便筑巢产卵,哺育后代,延续生命。不久,小鸟诞生了。随着时间的推移,新生命将跟随父母进行一生中的第一次迁徙。幼鸟才刚刚学会飞行,就要起程,没有预习也无须探路,便能惊人地抵达数千里外的目的地。

迁徙是候鸟关于回归的承诺,而它们为此却要付出几乎是生命的代价。

周而复始,矢志不渝。

那个永恒的主题还在继续——迁徙,迁徙,迁徙。

鸟类自身虽然拥有看清云层活动的锐利的"气象眼",但风暴和浓雾等糟糕的天气现象,常常干扰它的分辨力,使得航向选择发生局部错乱,并往往被光源所吸引而迷失方向。

中秋节前后,"鸟道雄关"常出现"鸟吊山"的奇景。

由于"鸟道雄关"特殊的地理位置,使得冷暖气流在此交会,形成浓雾缭绕的现象。夜晚,雾气更是浓重,甚至遮住了月亮星辰。候鸟至此,分不清路线,不得不停留下来。所有的鸟都涌向那个狭窄的隘口,它们互相碰撞,发出各种婉转凄切的叫声。此时,当地村民用竹竿击打,不消两三个时辰,即可捕获一两麻袋的鸟,俗称"打雾露雀"。

鸟类趋光现象,至今科学家没有给出合理的解释。

不单单是"鸟道雄关",在整个哀牢山地区"鸟扑光"的事情屡屡发生。据说,20世纪70年代,一猎人在山中打猎,夜宿山林,生火取暖时,突然间有大量鸟俯冲下来,扑入火堆,活活烧死。猎人认为这是凶兆。他不知所措,惶惶然逃下山去。

1958年,大理北边鸟吊山脚下有一座木棚失火,恰好那是一个无月有雾的夜晚,熊熊大火映红了夜空。霎时,引来无数的鸟,鸟群在火光附近扑棱飞翔。赶来救火的人,这才猛然想起,这座山为什么叫鸟吊山了。从此,每年秋天都有人来燃篝火打鸟,曾有人创造了一夜打的鸟装了八麻袋的纪录。人背不动,是用四匹骡子驮下山的。

当然,用竹竿击打,致使鸟雀直接毙命之法过于残忍,更多的则是布网于鸟堂或者鸟场之上,张网捕鸟。

早年间,当地农民在鸟岭上掘出很多坑,坑口用树枝和茅草遮挡,坑底铺之以树叶或者干草,人藏在坑里,眼睛透过坑口的掩盖物看着空中。坑口之上是一张张网,网前是点燃的松明子或干柴堆,也有点煤气灯、电瓶灯的。夜里,雾气弥漫,看不到星星了,鸟会产生一种错觉,把火光或者灯光当成了黑夜里的光明通道,纷纷扑来。坑里的人呢,就蹲着,守网待鸟。鸟扑进网里,就有来无回了。

那坑不叫坑,它有一个文雅的名字,叫鸟堂。而山顶树木砍掉后暴露出的林间空地,并且可以张网捕鸟的地方,则叫打鸟场。在南方的很多地方,田是田,地是地,鸟堂是鸟堂,打鸟场是打鸟场。土改时期,当地有分田分地分鸟堂分打鸟场之说,也就是说,鸟堂、打鸟场与田和地一样,都是革命的果实,是农民赖以生存的生产资料。田和地是可以继承的,鸟堂和打鸟场也是可以继承的。

在鸟堂里、在打鸟场上张网捕鸟是流传已久的民间传统。

1988年之前,一些村民一辈子就靠捕鸟为生,一个鸟堂或一个打鸟场就可以养活一家人。"鸟无主,谁捕谁有""鸟是天子送来的礼",村民把捕鸟看成如同采野果、采菌子一样寻常。

打开云南老地图就可看到,茶马古道沿线光是叫"鸟岭""打雀山""打鹰山""鸟吊山"的地名就有三十多处。据粗略估算,早年间,每年被捕获的候鸟都有不菲的数量。

年复一年,亘古不变。

直至《野生动物保护法》颁布,村民像挨了一记闷棍,被敲醒了。捕鸟成了犯法的事情,再也不能捕鸟了。鸟堂、打鸟场被渐渐废弃了。

荒草和苔藓,从废弃的鸟堂里百无聊赖地长出来了。

灌木和芭茅,从废弃的打鸟场上肆意妄为地长出来了。

三

一个秋日的黄昏,当雅克贝汉注视着一群叫不出名字的候鸟戛然划过巴黎上空的时候,他忽然想飞。他说:"在人类的梦想里,总有一个自由的梦想——像鸟一样自由飞翔的梦想。"我们这些早已在灵魂上折断了翅膀的鸟儿,在某个早晨或午夜,在登上飞机或走出地铁的一瞬间,是否也有一种久违的冲动呢?

每年,全球有数十亿只候鸟在繁殖地与越冬地之间飞翔迁徙。迁徙距离最远的可达两万公里,是地球上最壮观的景象之一。

候鸟迁徙往往沿着一条固定的路线飞翔。那条固定的路线通常又被称为"候鸟迁徙通道",简称"鸟道"。

地球上共有八条鸟道,其中就有三条经过中国。一条为东线,来自西伯利亚的候鸟沿大陆海岸线南下,至菲律宾和澳大利亚,以躲过寒冷的冬天。一条为西线,候鸟穿越四川盆地、哀牢山山脉和青藏高原山口,进入南亚次大陆和云贵高原越冬。一条为中线,来自蒙古中东部草原的候鸟经内蒙克什克腾旗沿太行山、吕梁山越过秦岭,经罗霄山脉与雪峰山脉之间的天然通道,往南方或南半球越冬。

鸟在水上飞,

鸟在山上飞,

鸟在树上飞,

鸟在风里飞,

鸟在云里飞,

鸟在梦里飞。

"鸟道雄关"仅仅为西线鸟道上的一个节点,而这个节点却有着至关重要的意义——它是整个西线鸟道的"喉结"。

喉结通畅,鸟道才能通畅。如果喉结出了问题,就有可能导致候鸟迁徙发生大的灾难。后果难以想象。

雅克贝汉说:"人总是在改变,而鸟却从来不。"鸟的眼睛长在两侧,它们实际上看不到前进的方向,但它们飞往目标的信念从未动摇过。人类的眼睛长在前方,但却常常处在迷茫中,找不到前进的方向。

四

浓雾,渐渐被我们甩到了身后,留给了稠密的森林。

从"鸟道雄关"下到管护站,由于出汗过多,口渴得要命。危有信差人找来刚刚采下来的新茶,用火塘上白铁壶里烧得滚烫的山泉水,为每人泡上满满一杯绿茶。我们顾不得斯文了,端起杯子就喝,结果被烫得够呛。

危有信向我们介绍说,"鸟道雄关"位于哀牢山北段的五里坡林场境内,这绿茶就是林场的茶园自产的,是原生态的高山云雾茶。我又端起杯子,先闻,后品,再饮……果然是好茶呀!

在管护站的屋檐下,我们坐在木墩上,围着一张木桌开了一个小型座谈会。

危有信介绍,管护站于多年前就组建了护林队,队长叫黄学智,1962年生。队员除了今天为大家带路的"野猫",还有六位,他们都在山林里执勤巡护,晚上才能回到管护站。他们的名字分别叫李友平、李家彪、字兴城、李如祥、字朝家、徐礼兵。他们多数是山下村民,因为自愿爱鸟护鸟,才被招聘来的。工资不高,每月才八百元,由县财政统一解决。

我说:"工资的确不高,应该增加一些。护林员也要养家。"危有信讲话还是带有一些当地口音的,我担心记错,就叫他把护林员们的名字写在一张纸片上。当危有信把写好名字的纸片递给我时,我惊讶地发现,危有信的字写得工整、稳健,是标准的行楷呢。

候鸟迁徙季节,队长黄学智和队员们就干脆在山顶搭上帐篷,昼夜巡护。让当地村民改变或者彻底放弃传统的捕鸟习惯是一件很难的事情。许多村民农闲时出去打工,候鸟回迁的季节,就追随着候鸟的翅膀回来布置机关了。捕鸟机关被护林员拆除后,还伺机报复。护林员到村里办事遭村民围攻或者追打是常有的事。有的护林员家里的稻田被投了除草剂,导致秋天颗粒无收。甚至,有人往护林员家里抛砖头,砸玻璃。

队长黄学智,眼神里透着机警。他个子不高,长得敦敦实实。他穿的那件汗渍斑斑的红马甲,边角都被刮破挂花了。一看就是个老山里通。他从事护林工作已经有三十七年了。在巡山时曾被兽夹夹中,险些失去一条腿。为了救治一只受伤的鸟,他爬树误碰了马蜂巢,结果马蜂群起攻之,他跳下树逃跑,而发怒了的蜂群并不放过他,疯狂追赶,情急之际,他一头扎进一个水塘里,才算躲过一劫。护林护鸟工作,实际上还是做人的工作,把人看住。黄学智经常提上酒,拎上腊肉,到那些老猎手家里喝酒,与他们交朋友。一边喝酒,一边讲解有关国家法律规定,苦口婆心地劝他们以后不要再打鸟。就这样,许多捕鸟人转变成了护鸟人。

1997年9月,国际鸟类研究会议在巍山召开。美国、英国、法国、印度、越南、泰国、印度尼西亚等国家和地区的四十多位鸟类专家参加了会议。会议期间,鸟类专家们还专门到鸟道雄关开展了科学考察活动,并环志候鸟八十八个品种两千五百多只鸟。

"都是为小鸟而来吗?"那些蓝眼睛黄头发白皮肤黑皮肤,操着难以听懂的各国语言的外国专家的到来,令巍山人瞪大了眼睛。随着外电的报道,"鸟道雄关"一夜之间世界皆知了。

然而,捕鸟人并没有因为"鸟道雄关"的闻名遐迩而收手。

2009年10月,某日凌晨,危有信正在沉睡,一阵急促的电话铃声把他吵醒,是护林员打来的。说"鸟道雄关"附近的山上有人捕鸟,人数众多,护林员制止无效,请求派森林公安干警出警。冒着细雨和大雾,危有信带领森林公安干警急速赶到现场。好家伙,护林员被围住了,数十束手电筒的亮光照彻夜空。旁边是"咻!咻!咻!"不绝于耳的用竹竿打鸟的声响。

危有信命令森林公安干警分两路包抄,说时迟,那时快,有五名捕鸟人被当场擒住,其余捕鸟人见势不妙,呼啦啦消失在夜幕中。现场泥泞不堪,追捕过程中有一名干警摔倒,造成腿部受伤。

这次行动收缴了一批竹竿和死鸟,还有数件雨衣、灯具等物。经询问才知晓捕鸟人都是石佛哨村人。危有信陷入沉思,宣传的力度不可谓不大,打击的力度不可谓不小,可为何捕鸟的事情还屡屡发生呢?

次日,危有信带领鸟类环志人员来到石佛哨村,把夜里收缴的竹竿、雨衣、灯具等一应物品放在村委会的木桌上,让村主任通知村民来认领。可是两三个时辰过去了,没有一个人来。村民以为,这是来抓人的。偶尔,有几个孩子在门口缩头探脑地张望。危有信把几个小孩叫进屋,问他们都叫什么名字。说话间,环志人员取出鸟环给随身带来的鸟戴上,然后让每个小家伙摸一摸。危有信说每只小鸟都能吃很多虫子,虫子少了,才能多收粮食。

"打鸟好不好?"危有信问。"不好!"几个小家伙异口同声地回答。小家伙们一双双天真的眼睛看着那只小鸟。"来,你们把它放飞了吧。"孩子们手捧着那只小鸟来到院子里,危有信说大家一起倒数五个数:"五、四、三、二、一,飞吧!"小鸟呼啦啦飞走了。大家热烈鼓掌。"回家告诉妈妈,不让爸爸打鸟好不好?""好!"孩子们蹦蹦跳跳地离开村委会,回家去了。

到底有没有效果呢? 危有信接连几个夜晚上山查访,"鸟道雄关"静悄悄的,一片安宁。

五

"鸟群高声的啼叫激活了漆黑的夜空,那震耳的歌声形成阵阵气流,我在薄雾渐消的黎明,听到了这种吟唱。"这是奥尔森描述的夜晚美国苏必利尔荒原上的鸟鸣。

然而,在中国云南的哀牢山,我分明也听到了类似的鸟鸣。尽管相隔万里之遥,但对于鸟的翅膀来说,距离从来就不是问题。

如果说奥尔森从古朴的荒野中找到了一种抵御外界诱惑的定力,一种与天地万物融为一体的安宁的话,那么我在哀牢山鸟鸣中,时而哀婉、时而欢愉的调子里,却感受到了某种复杂的无法准确描述的东西。这就促使我更冷静地思考,人与自然到底是一种怎样的关系?人该承担起怎样的使命和责任?

危有信告诉我,已将"鸟道雄关"申报自然保护区,保护的对象就是此处的山林及飞经这里的候鸟。巍山县政府颁布了禁捕令,严禁在"鸟道雄关"捕鸟,违者按法律惩处。然而,举凡天下事,从来堵不如疏。可是,如何疏呢?危有信说,准备在"鸟道雄关"建一个观鸟台,开展有组织的观鸟活动。通过观鸟活动拉动乡村生态旅游。山下村民可以搞一些"农家乐",为观鸟者和游客提供餐饮和住宿服务。让村民参与保护和服务,让村民在保护和服务中获得收益。

"变被动保护为主动保护",危有信的眼睛眨了几眨说,"当保护候鸟也能使村民的腰包鼓起来,也能买上小汽车,也能盖上新房子的时候,谁还会冒着触犯法律的风险捕鸟呢?"

我无法判定"鸟道雄关"的未来,因为未来不仅仅取决于今天的认识,还有行动和坚守。不过,鸟的翅膀与生态文明的脚步相伴相随,是可以肯定的了。

尽管地球表面被人类糟蹋得面目全非,但在天空中,鸟类仍然是主角,无论是雪鹅、野鸭,还是大雁,都有自己的尊严。雅克贝汉说:"对我而言,唯一重要的东西就是美好的情感。"还用问吗?雅克贝汉的美好情感一定在空中,那飞翔的翅膀,已经永留在他的梦里,永留在他的心间。然而,对鸟来说,鸟不会等任何人,它的目标是远方。

——稍纵即逝。

——稍纵——即逝。

在巍山走动的日子里,我常常被一种淡淡的幽香所吸引,所陶醉。原来,那是幽兰的芳香。巍山人养兰之风始于唐代南诏时期,民间一直有养元旦兰、素馨兰、朱砂兰的传统。朱砂兰更被尊为明清的贡品,被称为"圣品兰"。随意走进某个村落,推开半掩的院门,满院的清香就会扑鼻而来,让你无法闪避。

我想,爱兰花的人,也一定热爱生活,热爱生命吧。

由幽兰我又想到了候鸟。是的,当"鸟道"与"人道"相遇之后,人性深处的东西——善,或者恶,就淋漓尽致地呈现出来了。

候鸟,为了生存而艰难迁徙的历程,也许,并没有大开大阖的戏剧情节、跌宕起伏的个体命运,有的只是鸟的悲切与顽强、欢乐与不幸。飞翔,飞翔,飞翔。鸟的羽翼在风中闪动,我们似乎能够触摸到风的颗粒了。然而,看得越清楚,内心便越是凄凉了。为鸟?为我们人类自己?此时,这种复杂的心境,连我自己也说不清楚了。或许,今日鸟类的命运,就是明日人类的命运。

在巍山,在巍山的"鸟道雄关",跟随着候鸟飞翔的翅膀,我渐渐发现,与自然之间的接触,与动物之间的感情,其实对人类来说始终是一种需要。它让我们感受到生命存在的奇迹,感受到生物之间奇妙的感应和联系。

飞吧!飞吧!飞吧!

——候鸟。

(原载 2016 年 6 月 15 日《人民日报》)

和旧物相濡以沫

朝　颜

A

天空的颜色有点灰。我蹲在南墙的柴垛边,一个人低低地抽泣。四周寂静得让人害怕,只有屋檐上的麻雀吱吱喳喳地嘲弄我。我找不到母亲,她也许下田了;我找不到哥哥,他也许上学了;我从不找父亲,因为他压根就不大着家。我只是一不小心睡了一觉,就好像被整个世界给遗弃了。

而父亲偏偏在这个时候像一位侠客从天而降,他的自行车铃铛声自屋后的坡坎上丁零零地滚落下来,我潜伏着的委屈突然被无限放大,于是瞬间加大了哭泣的分贝。父亲骗腿从自行车上跳下,却怎么也哄不好我,只得将我抱上车后座:"我带你出去走走吧。"一路上,父亲慢慢地骑,柔声细语地抚慰,最后将我带到联系工作的地点,把主人家捧出的饼果喂进我嘴里。

那年我四岁,记忆中那是我第一次独自享用父亲的自行车,享用他耐心的陪伴,享用他与往常判若两人的细心和温柔。

更多的时候,父亲骑着他的自行车早出晚归。回到家里,他像个威严的将军,总是牢牢地占据着饭桌的首席,对于我们兄妹的吵闹,只要他大喝一声,我们立即吓得噤若寒蝉。在20世纪80年代,整个麦菜岭,父亲是唯一拥有自行车的男人,也是唯一吃着公社饭的人。彼时没有电视,电影放映员炙手可热,享受着上请下迎、前呼后拥的至高待遇。那辆凤凰牌载重自行车,像一匹血气方刚的儿马,驮着父亲满世界地跑。无论父亲的铃铛声在哪个村庄响起,人们都无一例外地要发出高声的欢呼。自然,他的威仪显得理所应当。

后来我才知道,这辆自行车给予父亲的,不仅仅是我眼中看到的威风和荣耀,还有责任、辛劳,甚至是几乎要搭上性命的危险。

当时的电影都是胶片制作,一部片子少说也有三四卷,用铁盒子装着,重达几十斤。片子得常换常新,因为看电影的人都是东村看了西村看,若发现重片总是咒骂声一片。于是,父亲每隔一两日便得蹬上自行车,翻过石罗岭,到三十多里外的县城去换片。简易的沙石公路像一条痉挛的大黄虫盘曲在石罗岭上,且不说路途遥远,单看那一环接着一环的高山陡坡和急弯,便令人望而生畏。的确,此路险象环生,时有人殒命山谷。而父亲,竟是终日颠簸其中,从未言苦。

父亲一直走得小心翼翼,可那天还是中了大黄虫的蛊,出事了。他推着沉重的片子,好不容易走完了上坡路,该是舒舒服服骑上自行车往山下溜的时候了。刚骑不久,他忽然发现车闸失灵。人的重量,片子的重量,自行车的重量,形成了惯性的加速度,像一股失控的旋风向下猛冲。已经来不及调整,来不及跳下,再冲下去,等待他的只有几百米高的深坑了。此时路旁恰好出现一个供路人歇息的简易茶亭,父亲于刹那间做出决定,拼尽全力扭转车头,向茶亭冲去。这猛力的一撞,车几乎是毁了,幸好,人没有亡。

此后当自行车逐渐成为更多人的代步工具,我无数次在麦菜岭的陡坡边看见过骑自行车的人,像被魔鬼裹挟一般凄厉地尖叫着冲到坡底的桥下,有的鼻青脸肿,有的头破血流,更有的已经不能动弹。我无法控制地想象父亲那一天的场景,他所经历的恐惧、生死瞬间的抉择……石罗岭比麦菜岭高几十倍,陡几十倍,父亲如何在一念之间逃过一劫?每想一次,内心都止不住地颤抖,泪水滚落下来。我见不得亲人的伤痛、委屈和险情,那种感觉比自己承受还要艰难百倍。我更容不得那个"死"字从脑海中穿过,但它偏偏像一只秃鹫盘桓在我的头顶,让我终日不得安生。我只能不断地对着那些可恶的念头"呸呸呸"地吐着唾沫,相信那样就能驱除不祥。

父亲那次筋骨大伤,有好几个月,家中都弥漫着正骨水、万花油、红花油、止痛膏混合的浓重药味。那辆自行车也经历了一次大修,继续驮着父亲翻山越岭。我开始变得敏感,每天关注父亲的行踪,直到他安全抵家,才把心安放进肚子里。我更乐意帮父亲擦车了,把手、三角架、钢圈,以及每一根辐条都擦得锃亮,还用布条塞进手指难以伸进的缝隙里,细致地左右拉动刮去尘垢。在此之前,父亲每次指派我擦车,我都有十万个不情愿,像个慑于地主淫威的佃户。但是现在,我只想着能让父亲骑得更顺心,更安全。每次擦完车,我会使劲地蹬动踏板,然后突然抓住刹车,看着后轮吱嘎一声停止转动,便有了心满意足的感觉。这些小小的秘密,隐匿在我早熟的少年时光里,无人知晓。

我期盼父亲的铃铛声响起,还有一个羞赧的原因。其时乡里人家有了红白喜事,大多要放一两场电影,方才显得隆重。作为放映员的父亲,三天两头就被人请去了。吃东道是少不得他的,让至上席,末了还会奉上一大包油炸的馃子。这对于几乎与零食绝缘的我,可谓一场盛宴。于是当铃铛声响起,狗儿扭着屁股迎出门去,我便开始引颈张望,口水更迫不及待起来造我的反。但我向不善欢蹦乱跳地撒娇卖乖,只是沉静地等待,藏得很深地馋。父亲从自行车龙头上取下那个黑色的皮包,拉开拉链,笑吟吟地提出馃子,放在饭桌上。我注视着这一系列的动作,就像看着一个魔术师变戏法般地掏出新奇的物件,满心的惊讶和欢喜。

小学三年级,我开始学骑自行车,用的也是父亲的"凤凰"。起初是推着一圈一圈地走,然后是踩了一边的踏板学习滑行。那应该是一个和煦的春日,父亲决定扶着我学习骑行。金黄的迎春花觍着脸笑,整天围着我转的母狗兴奋地呜呜叫着。我看到那一天的我,瘦弱矮小的身子,推着一辆齐胸高的载重自行车,那笨拙可笑的样子,多么像蚍蜉撼树。父亲在后面牢牢地握住车身,不断地鼓励我:"不要怕,身要正,往前看。"我大着胆子将右脚探进三角架,接住了另一个踏板,一次只能踏半圈,但车轮终于转动起来。不知什么时候,父亲已悄悄地放了手。等我发现,吓得不轻。母亲责怪,父亲却哈哈大笑:"不放手,她永远也学不会自己走。"许多年以后,我没有学会依赖,总是井井有条地自己打理着自己的生活,有时会突然想起这句话,仍觉醍醐灌顶。

从什么时候开始,父亲的自行车变旧了,父亲放的电影也没人爱看了呢?

在各种努力仍无起色的情况下,父亲终于认命,停止了骑着自行车走村串户的放映事业,对乡亲们的喜新厌旧亦不再腹诽。搬家的时候,父亲没有舍得丢掉他的自行车。这一次,它是随同诸多旧物一起,坐着卡车从麦菜岭出发,松快地穿过它曾无数次奋力丈量过的石罗岭,来到了热闹的街市。

现在,父亲仍时常骑着那辆和他一样上了年岁的自行车,行驶在城市的街道上,任无数的汽车、摩托车、电瓶车从他的身边越过。我望着他的背影,还有他身后一大片的黄昏,就像重温一部怀旧的黑白无声电影。那辆曾经让他引领潮流、风光无限的自行车,如今已经剥落了光华,与父亲一起,成为这个时代的落伍者。父亲骑着它,带它去认识城里新修的道路,新矗立的小区,却唯独不肯换一辆新的代步工具。

偶尔当我的车子出了状况,时间紧急时,父亲还会用自行车载着我匆匆地赶路。我跳上后座,看到他脑后的白发,他尽力挺得笔直的背,我听见他竭力抑制仍呼哧喘气的声音,明显感觉到了他的吃力。不禁鼻子一酸,我的父亲,真的就这样老了吗?

忆及儿时,父亲用这辆"凤凰"载着我们一家四口去赶集,我和哥哥并排斜坐在前杠上。高兴的时候,父亲开始炫技使坏,他加快速度朝路边的乌桕树冲去,就在我吓得哇哇大叫的时候,忽然抓紧了刹车。一次,两次,胆子极小的我亦开始安之若素。路人在侧目,树上的小鸟被惊飞。那时候,父亲更像一个淘气的学生,让母亲的嗔怪和教导像扔在海绵上的石头,无处着力。那时候,他多么年轻,多么有力。他掌控着力量,掌控着速度,掌控着全家的生活,也掌控着他的威严。

可是如今,父亲能够掌控的,还剩下了多少呢?我已不容自己细想下去。

B

"白纱衣,绿罗裙,奈何令我销断魂?"女子对华服罗裙的喜爱和向往,似乎是与生俱来的。五岁时,我拥有了人生中的第一条裙子,是母亲用缝纫机亲手缝制的。我穿着那条粗陋的裙子,出尽了风头,也成为全村女孩子羡慕嫉妒的对象。

想来那是母亲学习缝纫以来,第一件赶上时髦的作品了。拿今天的眼光审视,它的款式何其简单:一大块藏青色的棉绸布,裁成上小下大的梯形,缝圆了,再安上一条松紧带,便成了裙子。没有一点儿花色,也没有一点儿配饰,甚至连布料,都来自囤在箱子底的陈年边角料。

可那毕竟是一条裙子,整个麦菜岭唯一的一条裙子。

我穿上它在屋后的山坡上奔跑,夏天的风吹动我的裙裾,狗尾巴草冲着我摇摆不定地点头。我感到了最初的得意、轻飘,似乎从此拥有了飞翔的翅膀。整天和我玩在一起的堂姐建华眼睛都绿了,她在她妈面前哭闹哀求,像个芋头般在地上打滚,泥巴唾沫鸡屎沾了一身,也没能打动伯母的铁石心肠。最后,她恨上了我的裙子,赐给它一个极难听却又极形象的名字——鸡罾(囚鸡的竹制品,也叫鸡笼罩)。

其实母亲的缝纫技术真不算有多么好,但是她有缝纫机,彼时在全村独一无二。据说这台华南牌缝纫机与我同龄,来之不易。在物资稀缺的年代,购物得凭票证,大宗的机械指标更是极少。亏得有个亲戚起了作用,排上了号。父母亲付出了一百多元的购机巨款,为表感谢,还隆重地请了一次饭,又奉上了两只大公鸡。

我常常笑母亲太奢侈,那时候家里多穷啊,鸡蛋都不舍得吃,几分钱一个拿去卖,把我养得严重营养不良,却还敢买缝纫机。母亲一本正经:"我嫁给你爸,就提了这么一个要求,还是等你快出生了才实现。"那架势,真比我还叫委屈。童年里,我常常跟着大点的孩子念念有词:"单车手表收音机,嘀咯鞋子(高跟鞋)羊毛衣。"后来才知道,那就是农村人的结婚五大件。一件都没要上的女人,就叫嫁得屈。

可是为什么母亲什么都没要,偏偏要一台缝纫机呢?隔着三十多年的光阴,母亲对人生的伟大设计依然令我惊叹。原来,她早看出靠种田改善生活的艰难,想以一台缝纫机为起点,缝出将来的小康生活。奈何人算不如天算,母亲向一位资深的老裁缝华师傅拜师学艺,学费交了,年节也送了,还未出师,师傅却逝世了。梦想折戟,母亲再无余钱继续折腾,加之离圩镇较远,只好带着缝纫机和半拉子手艺归了家。

直到今天,我的睡梦中仍时常出现哒哒哒的缝纫机声,我怀疑,那便是我最早的胎教音乐了。在子宫里,在摇篮里,母亲用机器踩出的韵律安抚我,吸引我。我的摇篮就在缝纫机的旁边,以便母亲伸手可以顾及。我的屁股下垫着母亲缝制的尿片,身体上包裹着母亲缝制的棉褂子。它们粗糙、简陋、远没有精致的样式,却柔软、舒适,足以慰藉我对安全和温暖的需求。我睁开眼来,就可以看见黑得发亮的机身,亮黄的面板,棕色的皮带拉动着机头不停地转啊转啊,旋出一圈一圈白得晃眼的光。冬天,缝纫机边上会有一个暖烘烘的火笼,里面永远煨着一把三角形的烙铁,母亲时不时地取出来,朝着打湿的布料哧的一声熨下去,冒出一股白烟。

母亲没有得到多少师傅的真传。据说,在华师傅病重之前,她还只有打下手的份,于是只好买来一本《服装裁剪》,自己钻研。我还记得,那本布满了解构图的书,封面上是一把特大号的剪刀,锋口张开,仿佛随时准备冲锋陷阵。从父亲的裤衩开始,全家人都当了母亲练手艺的试验田。奶奶穿了一辈子的偏襟衫,师傅没教过,书上也没有,这对母亲是一个极大的挑战。怎么办?她找来旧衣服,照着样子比画,居然成功了。奶奶试穿母亲新做的咔叽布偏襟衫,左右手一齐凑至腋下,将布扣子一个一个搭进扣眼里:"厚实,蛮合身。"她咧开嘴笑,仅存不多的几颗门牙愈发显山露水。

婶子妯娌们渐渐找上门来,挣破的裤裆要缝紧,撕裂的口子要合上,还有那屁股或膝盖上磨得露了肉的,要拿布块贴上。母亲接过来,哒哒哒几下便好。"啧啧,瞧这针脚走得又细又密又匀,比我们用针缝的好看多了。"婶子妯娌们的称赞,让母亲做得更加起劲。左邻右舍亲连着亲的,收钱自是不可能。母亲企图靠缝纫发家致富的念头终于按进了庸常的生活,但她却因此收获了不错的人缘。

没有幼儿园可上,童年里,我有很多光阴是围着缝纫机转去的。实在无聊的时候,我从抽屉里拿出裁衣的粉笔来玩。这种粉笔薄而扁,方形,手感细腻,与我多年后教书用的圆柱形粉笔很是不同。无人教导,我拿着它在木门上画啊画,很莫名地画出了一个"才"字的形状,隐隐感觉这像个字,当时却再没有能力复制,只好胡乱涂画出诸多类似甲骨文的东西。多年以后,那些"字"还像前朝遗老一般排列在门后,而我也与文字搭上了终身的关系。常想,莫非宿命里确乎存在某种预兆和牵引?

秋天快要来到的时候,村小的民办老师扛着锄头打麦菜岭经过,他要去铲他家田里的草。可是他却忽然停下脚步,指着我说:"她应该上学了。"我还那么小,瘦弱、讷言,不知上学为何物,况且比我大两岁的堂姐建华还在家里做着野孩子呢。但母亲认了真,她又一次被自己辍学的余痛碾过,她将那些难过全部踩进了缝纫机里,哒哒哒的声音在麦菜岭的夜空里四处奔突。第二天,母亲递给我一个新书包:结实的深蓝格子布面,周边镶着两条草绿色的花边,长长的带子也是草绿色的,可单肩背,可斜挎。我喜不自胜,却不经意抬起头看见母亲眼睛里的某种光芒。

我想母亲是对了,她醉心于一个接着一个地帮我缝制书包。一个比一个精致,一个比一个有花样,我于是兴高采烈地一年一年往深里读去。我的堂姐建华,还有麦菜岭所有的女孩子,都没有背过我这么漂亮的书包。她们不爱读书,一年两年,最多勉强坚持个三四年,都闹着回家去了。多年以后,她们背着孩子回麦菜岭看望她们的母亲。而我,却带着母亲和她的缝纫机离开了麦菜岭。

母亲在城里的家安置好她的缝纫机,这些年,她不做衣服已经有很久了。当满大街时尚洋气、不断变换着款式的衣服迷花了她的眼睛时,她就知道,再没有人愿意穿她做的衣服了。从喇叭裤到太子裤,又从直筒裤到窄脚裤,她是看不懂人们为何要在穿着上反复折腾的。就连她做得最拿手的花书包,在世人眼中也堪称古董级别。她无力阻挡潮流哗哗地一页一页翻过,也追不上时代日新月异的脚步。母亲迟滞下来,她感到了危机与失落。她常常独自一人抚摸着她的缝纫机,仿佛和一个同样失落的灵魂对话。

但是很快,她的缝纫机有了新的用武之地。孙辈说来就来,母亲戴上了老花镜,熟练地穿针引线,翻动机头,哒哒哒的声音欢快地响起来。棉质的旧衣服,全变成了一条条方方正正的尿片。我的女儿出生在最热的季节,从未穿过纸尿裤。母亲站在阳光下晾那些洗过的布条儿,一脸的幸福一脸的满足。

后来,母亲痴迷于制作鞋垫。那真是一个浩大的工程,连父亲也被她调遣号令。衣橱里、箱子里的废旧衣物,悉数被翻找出来,拆的拆,剪的剪,最后还原为一捆厚厚的布。《服装裁剪》的书里,夹着十几种大小各异的纸鞋样。母亲像一只忙碌的蚂蚁,终日踩着缝纫机不放。最后,我女儿拥有了从一岁起直到长大后的各种规格的鞋垫。最大的,如母亲三十八码的大脚也可以使用。

现在,这台缝纫机多处油漆剥落,面板上是深深浅浅的划痕,越发显得老旧。更糟糕的是,这台老机器经常出些状况,就像母亲的身体,已经摊上了脑血管硬化等诸多附着在身上的病,时常冷不防用疼痛来强调它的存在。我有意为母亲换一辆电动缝纫机,但她说什么也不肯。

每当缝纫机不好用时,母亲总是戴着老花镜顽强地鼓捣着,直到能用为止。那天我下班回家,又一次看见母亲收起螺丝刀,捶着腰,拍着缝纫机说:"好了,这下总算可以了。"然后她坐下来,哒哒哒的声音再次畅快地流淌而出。我忽然想起许多次她在看过医生后,终于可以高门大嗓说话时的样子。我理解了母亲,不再提买新机器的事。

或许,这已经成了母亲对抗时间、对抗衰老的最佳方式。

(原载《散文选刊》2016 年 6 月上半月刊)

草原动物园

马 伯 庸

赤峰是我的故乡,对我来说,它是一个充满乡愁和魔幻的童话。我记得白云降落在草原上变成羊群,也记得一头孤狼穿行沙尘暴的身影,根本分不清哪些是我的亲身经历,哪些是童年时代的胡思乱想。

接下来我要讲的这个故事,也拥有同样的质地。我没法回答你,它到底是一段被湮没的真实历史,还是一代代赤峰人在梦中构建出来的回忆虚像。我只能说,它和我一样,在赤峰这里出生、成长,然后和这个真实世界慢慢融合。

光绪末年,美国公理会派遣了一位叫摩根·巴瑞的教士,前来中国传教。

从巴瑞教士唯一留存的照片来看,他个头不高,肩膀却很宽阔,两条长长的眉毛尽力向两侧撇去,几乎和健茂的络腮胡子连缀在一起。优点是坚韧不拔,缺点是有点异想天开。谁也说不清楚,教士接受这次使命,是为了散播主的荣光,还是想满足自己的好奇心,抑或两者兼有?

巴瑞教士在灯市口教堂接受了为期半年的训练。他在语言方面表现出了耀眼的天分,可惜始终学不会摆弄那两根小木棍。

巴瑞教士前往赤峰的安排颇具戏剧性。

在一个有月光的夜晚,他和其他十二名教士被召集到总堂的休息室内。这里悬挂着一张中国地图,红色图钉代表这个区域已经有了本堂教士,没有图钉的地方则意味着公理会尚未进驻。

他们被告知可以在红色图钉之外的地方任意选择。

巴瑞教士安静地站在人群中,眼光扫过地图。这张地图绘制得十分详尽,上面勾勒着各个行省、山川、河流和道路——这些地理线条蜿蜒玄妙,看起来就像是一个由许多弯曲线段组成的汉字,蕴藏着复杂而细腻的意味。

巴瑞教士决定听从自己的内心,他闭上眼睛,默默向上帝祈祷。当他再度睁开眼睛的时候,地图上的一个地名跃然而起,跳进他的视野。

那是两个汉字:赤峰。

他的汉语学习成绩不错,知道这两个字的意义,脑海中立刻浮现出一番奇妙景象:一座红如火焰的山峰拔地而起,冲破云雾,直刺苍穹。他咀嚼着这两个字,仿佛有天使在远方吹起号角,令他的内心沸腾烧灼起来。他毫不犹豫地伸出右手的食指,先在胸口画了一个十字,用嘴唇亲吻指肚,然后点在那个地方。

总堂的会督告诫巴瑞教士,那里的居民多是信仰佛教的蒙古人,不易沟通劝化。他回答道:"如果不是艰苦之地,又怎能彰显出主的荣光?"

就在巴瑞教士着手准备行装时,他无意中听到一则新闻。

光绪三十三年,北京西郊建起了一座万牲园,这是中国第一个动物园,从大象狮子到鹦鹉天鹅一应俱全,深受市民喜爱。可自从慈禧死后,朝廷终止拨款,德国饲养员走投无路,只得对外拍卖动物,指望换回几张船票回欧洲。

巴瑞教士的好奇心突然蠢动起来——倘若用这些珍禽异兽在赤峰建起一个动物园,岂不是更容易吸引居民来听布道?

一个草原上的动物园!多么异想天开却又绝妙的主意!

巴瑞教士兴冲冲地跑到了拍卖会的现场,拍回了一头叫虎贲的非洲雄狮,一对叫吉祥、如意的斑马和五只南美青猴,德国饲养员还慷慨地赠送给他一只虎皮鹦鹉和一条蟒蛇。

拍卖结束后,德国饲养员带着巴瑞教士去查验动物。他们走过万牲园蜿蜒而荒芜的小道,教士看到道路尽头,一头瘦骨嶙峋的小母象正孤独地站在假山旁。她的长鼻子低垂下去,深陷的双目黯淡无光,连萦绕四周的绿豆蝇都不能让她眼珠转动一下。她的右后腿上拴着一条锈迹斑斑的铁链,链条紧紧勒入皮肉。

教士问这是什么,德国饲养员说这是一头从印度捉来的母象,是大臣端方送给慈禧的礼物,名叫"万福"。饲养员说,现在园内根本无力负担她的口粮,没几天她恐怕就会饿毙,所以连拍卖也不必参加了。

教士走到万福的身旁,伸出手,去抚摸那粗糙龟裂的皮肤,用灵巧的指头赶开苍蝇。忽然一滴巨大晶莹的泪水从万福眼眶里流出来,落在满是粪便的沙地上。她巨大的身躯晃动了两下,两条前腿跪倒在地。这个卑微的举动,一下子让巴瑞教士泪流满面。他认为自己听见了一个受苦的灵魂正在呼救。

巴瑞教士对饲养员表示,希望能把这头象一并带走。饲养员有些为难,他本打算等这头象死掉后,把尸体卖给京城里的一位医生。但巴瑞教士伸开双手:"给些怜悯吧,弟兄,她与我们的祖先曾同在方舟。"最后饲养员悻悻地让步了。

"跟我去赤峰吧,那里是你我的应许之地。"巴瑞教士喃喃地说。万福似乎听懂了这句话,她努力卷起长鼻子,用如同手指一样的鼻前突起,轻轻点了一下新主人的额头——这对虚弱的她来说,可是一个奢侈的举动。

万福的出现让巴瑞教士意识到,这个草原动物园的意义比原来想象的要深远得多。他决定无论遭遇什么困难,都要让它实现。

困难很快就出现了。

从北京到赤峰不通火车,只有一条不太平坦的官道供商队通行。巴瑞教士以卓绝坚忍的精神和几乎全部的个人积蓄,组建起了一个车队。车队里包括几辆双辕大驼车和宽板牛车,都配着裹了铁皮的榆木轮毂,勉强可以运走动物。

可万福是个例外,任何畜力车都没办法承受她的体重。巴瑞教士只好把她拴在牛车后头,让它自己跟着走。这让整个车队的速度变得极慢,每天还要沿途补充大量干草。但巴瑞教士不在乎。

出发的日子是在六月的一个清晨,当这个车队穿过东直门黑漆漆的城门洞子时,巴瑞教士恰好听见一阵悠扬的钟声从紫禁城的方向传来,浑厚绵长,余音缭绕,仿佛是家乡的教堂在为他送行。

这支车队从北京到承德一共走了五天,然后偏离大路,从皇家围场中的一条隐秘小路朝赤峰走去——据说这样比较近。到了第八天的清晨,车队艰难地翻过塞罕坝山的一道缺口。车夫甩着鞭子道:"前面就是草原啦。"巴瑞教士兴奋地从车厢里探出头。

在山梁的另外一侧,展现出的不是一片纯净的绿色,而是像野餐桌布一样的杂色,大片大片的绿原中夹杂着褐色与灰黄色的丘陵。

巴瑞教士望着地平线,对自己和母象说:"这里就是草原了,我和你的应许之地。"

可还没等教士分享完喜悦,他们就遭遇了马匪。

马匪们从远方的地平线飞驰而来,由远及近。他们穿着灰土色的蒙古短袍,胯下的坐骑毛色斑杂。为首的人右侧眼眶上没有眉毛,整个脸庞像是两片不相干的油画拼接而成,看上去扭曲而狠戾。

马匪们张扬地把车队团团围住,像踩死老鼠一样把车夫们逐一杀死,最后逼近教士。这时趴在笼子里的狮子虎贲猛然抬起了头。它抖了抖鬃毛,发出了一声兴奋的吼叫。

这家伙鬃毛戟张,血盆大口,草原上从未有过这样的怪物。马匪们被吓坏了,他们争先恐后地逃走。首领愤怒地想要喝止,可连他自己的坐骑都嘶鸣不已。转瞬间,马匪们逃得干干净净,比来时还要快。

死里逃生的巴瑞教士站起身来,浑身发抖,不知所措。他蹒跚着走过去,眼前的草原一片狼藉,车夫们的尸体躺倒在地,到处都是破碎的马车零件和行李。只有动物们幸存下来。

教士一阵晕眩。他没想到，只是顷刻之间，这个异想天开的草原动物园，就遭到了毁灭。教士跪倒在空旷的蒙古草原上，濒临崩溃的内心产生了一丝怀疑，当初的那股热情是否真的出自上帝的意旨？

不知过了多久，天色暗淡下来。今晚多云，连月亮和星星也看不见。太阳一落山，周遭的空间便陡然收紧，就像整个世界都跌入一口漆黑的井。

巴瑞教士点起一堆篝火，用一张毯子把自己裹紧。四周不时有绿色的眼睛闪过，远远地绕着圈子。他在惊恐和沮丧中度过了三个小时，过度疲惫，昏昏欲睡。忽然，那只鹦鹉发出清脆的叫声，拍打着翅膀飞了起来。

教士抬起沉重的眼皮，看到一幅他完全想象不到的情景。

不知何时厚云已被夜风吹散，深邃的夜空中露出一轮浑圆的明月。银白色的月光自下缘缓缓滴落，飘洒在整个广袤而寥廓的草原上，蔓延到每一株青草的草尖。无论是人还是动物，还是整个大地，都像是披上一层疏离的白纱。黑暗退却到远方的地平线，被稀释成一道灰色的影。

教士仿佛被月光催眠似的，缓缓起身，打开了所有的兽笼。他伸开双手喃喃道："走吧，走吧，前面的路还长呢。"然后他转过身去，恍恍惚惚地朝营地外面走去。

那一刻，有神秘的风吹过整个草原，将尘土吹入每一只生灵的鼻孔。

最先跟过来的，是斑马吉祥和如意，它们谨慎地跟在教士身后，脖子上的小铃铛还会偶尔响起。然后是五只猴子，这里没有树可以攀爬，它们高举双臂一摇一摆，略显滑稽。那条蟒蛇也游了过来，它在长草中隐没前进，看不到身躯，只能听见鳞片滑过草地的咝咝声。

最后一个跟过来的是虎贲，它抖动慵懒的身躯，从笼子里走出来，慢条斯理地掉在队伍尾部。它对前方那些动物毫无兴趣，只偶尔瞥一眼教士的身影。那只鹦鹉不知何时飞了回来，落在虎贲的臀部，左顾右盼。

至于万福,她一直沉默地跟在教士身旁,眼神安详而温柔。

事情就这样成了。

在银白色的暗夜草原上,一位身着黑袍的传教士踽踽前行,后面跟随着一队来自远方的大象、斑马、狮子、猴子、鹦鹉与蛇。它们没有争斗,没有乱走,沉默地跟随着巴瑞教士。在月光映衬下,每一只动物和人都化为一个庄严的黑色剪影,走过地平线,走过硕大的月亮,走向草原的深处。

这一幕难以言喻的奇幻景象,后来一直出现在许多赤峰人的梦里,但没人能说清楚为什么。

这一次马戏团式的草原巡游持续了整整一夜。晨曦的第一束光自东方投下之时,巴瑞教士终于恢复了清醒。他第一眼看到的,是一个美丽女子掀开蒙古包的门帘。

这个女子叫作乌兰图雅,是喀喇沁王爷的一个侄女。她看到草原上突兀地出现了一个传教士,身后还有一群奇怪的动物,便发出了一声尖叫。几名护卫扛着火铳急忙赶来,差点轰爆了教士的脑袋。幸亏乌兰图雅及时制止了他们,然后把教士请进帐篷,递过去一碗热气腾腾的奶茶和一把炒米。

乌兰图雅受过新式教育,对这些动物并不陌生,可她不明白它们为何出现在草原上。

"我想建一个草原上的动物园。"教士把自己原本的想法说了出来。乌兰图雅睁大了眼睛:"这是个多棒的主意呀!"

"可是主并不赞同。"教士很沮丧。昨天的遭遇实在太可怕了,一想到这计划被天意阻挠,他就灰心丧气。乌兰图雅说:"可你一个人带着这些动物,穿行了几十里地的草原夜路,遇到了我。要知道,最大胆的牧民,也不敢这么做,而你却做到了。"教士怔住了。

"如果你的神不愿意你这样做,他在一开始就应该阻止你,不是吗?"乌兰图雅认真地问道。

注视着姑娘美丽的双眸,教士忽然意识到,这不是一次挫折,而是一次主赐予他的试炼。

那些动物被重新装回笼子,被乌兰图雅调来的车队带出草原，连同教士一起送到赤峰城里去，随车而至的还有一封王爷的推荐信。乌兰图雅说，她会经常过来探望。

赤峰城上空始终刮着大风，人的眼睛可以轻易分辨出风的形状，因为它裹挟着大量黄沙，时而在天空飞舞变化，时而穿行于大街小巷。狭窄的街道如冬天的枯树枝杈密布城区，两侧是一片片低矮的汉式房屋。为了防沙，每一栋房子的窗户都开得很小，用宽宽的木檐遮住，对外界充满警惕。

与冷漠的房屋相比，街上却热闹得多。这里有出关的参客，也有翁牛特旗的牧民；有红袍的喇嘛，还有关内的农民。每一条路上都洋溢着牲畜粪便、烟土和松香的气味，与嘈杂声交叠成一曲杂乱而充满活力的交响乐。

巴瑞教士一只手扶住车座，一只手放在《圣经》的硬皮封面上，观察着这一切，试图理解这混乱中所隐含的秩序。他相信，只有理解了这种秩序，才能真正把握这座城市的心。

动物车队的到来，轰动了整个城市。赤峰的居民们争相拥过来，好奇地朝车队看去。教士发现，他们看到这些不属于草原的动物时，浑浊的眼神里会透出一丝光芒，那是孩童式的好奇——单纯、清澈，不掺杂任何用心。

在城里，教士得到了知州的热情接待。知州告诉教士，袭击他的马匪头目叫作杜老包，是个凶残如狼的人。衙门已经发下海捕文书，不日即可缉捕归案。

知州谨慎地询问教士，那些动物是用来做什么的？教士回答得很圆滑，说它们是已故皇太后的遗产。听到这个回答，知州便放下心来。他慷慨地给教士拨了一片土地作为教产。这是红山脚下的一片浅浅的盆地，方圆大概二十多亩，全是黄沙。英金河就在不远处流淌而过，但这里却连草原上最耐活的胡杨都活不成。

巴瑞教士对此并不介意，当年圣彼得也是在一块磐石上立起的教堂。不过他此时要面对的窘境，却是圣彼得所不曾遭遇的——马匪抢走了大部分金钱，他现在只剩下一点儿钱，只够修起一处建筑。

要么教堂,要么动物园。

对于普通传教士来说,选择起来很容易。但巴瑞教士却犹豫起来,建教堂是他的职责,可刚才进城时赤峰居民注视动物的好奇眼神,让教士不由想起《浮士德》里的一句话:"多么美好啊,请让我停留一下。"

那些动物们暂时被安置在一个废弃货栈的畜栏里。它们经过一系列长途跋涉,已经筋疲力尽,连最吵闹的青猴都保持着安静。

教士打开笼门,把食物喂给它们,说着它们听不懂的话。最终他停在了万福的身边。母象非常虚弱,可她依旧保持着站立,用巨大的影子遮蔽着教士。一人一象视线交错,黄沙吹过,万福眨了眨眼睛,教士几乎在一瞬间做出了选择。

他俯下身子,摘下胸前的十字架,亲吻了一下,埋入脚边的沙中。这是个惊世骇俗的选择,他默默地向上帝祷告,请求原谅并作了解释:他觉得与其将教堂建在土地上,不如建在人心中。

教士叫了一辆马车,去勘察了一圈沙地的地形。然后他返回畜栏,靠在万福身边拿出纸和笔,就地勾画起来。

夜幕降临,巴瑞教士的兴致却丝毫不减,点起一盏马灯,继续工作着。随着细节的不断丰富,动物园慢慢从纸面上浮现出来:它有着一个拱形的天蓝色铁门;万福的象舍外面画着棕榈树的纹路;邻近的虎贲拥有一整座石制假山;而如意、吉祥两匹斑马则拥有动物园最宽阔的圆形跑场。在动物园正中央,还应该有一座简易的圣心布道堂。

教士本想给动物园起一个名字,可他实在是太累了。想着想着,头一歪,他居然靠在万福身旁沉沉睡去。

教士太累了,居然忘了应该先把畜栏锁好。到了午夜时分,神秘的月光再一次出现,狮子、斑马、蟒蛇与猴子同时昂起脖子,走出自己的笼子。在鹦鹉的带领下,它们鬼使神差地从沙地走向赤峰城。只有万福没有走,她的长鼻子正垫在教士的脑袋下面。

此时整个赤峰已陷入沉睡,浑然不知多了几个闯入者。

虎贲踱着步子在二道街上闲逛,引起了一连串的尖叫;福顺粮栈的护卫惊恐地看到两匹浑身都是黑白斑纹的怪物闯进来,去啃车边散落的胡萝卜;猴子们从一个屋檐荡过另外一个屋檐,扯落了一串巡夜的灯笼;蟒蛇不动声色地缠在喇嘛庙的旗杆上,月光把它与旗杆融为一体,几乎无法分辨。

居民们一个接一个地被惊醒,他们纷纷点亮油灯,推开窗子的木檐朝外看去。昏黄的灯光,从无数小窗口陆续亮起来,就像是整个城市睁开了好奇而惊恐的眼睛。

静谧被撕扯成碎片,人们和动物在同一座城市的黑暗里呼喊、奔跑,他们对彼此心怀恐惧,却又渴望相见,这让局势变得更加混乱。

只有鹦鹉获得了礼遇,它被一个商人的女儿小心翼翼地收在笼中,和两只鹩哥关在一起。

整个小城足足喧腾了一夜,直到太阳初升,这些动物才被重新收拢起来,关在头道街中央的一处围栏里,连万福都被赶了过来。只少了一头叫如意的斑马。有人看到它踏出了城市边缘,义无反顾地迎着月光向草原奔去。

城内没有人命伤亡,只有一头骡子被虎贲咬死,但民众们聚在衙门前大声抗议,这让知州很头疼。知州对巴瑞教士委婉地说,传教没有问题,但动物园还是不建为好。

巴瑞教士试图争辩,可知州客气而坚决地表示:"要么把动物们如数送回京城,要么就地宰杀。"巴瑞教士不肯接受这个建议。

眼看这些动物即将面临厄运,一位喇嘛忽然出现在头道街。

这位喇嘛身披一件破僧袍,背着扁背架,手里还拿着两根柳条子。他站在头道街的围栏旁,背对着那些动物,对着来往行人放声唱了起来:

> 问我的祖居吗?
> 是富饶的大巴林。
> 问我的家乡吗?
> 是银色的查干沐沦。

问我的身份吗?
是福缘寺的游僧。
问我出来干什么吗?
背着扁背架追赶太阳。
问这些可怜的牲口是什么吗?
它们比我们要高贵得多。
这头威猛的青色雄狮哟!
是文殊菩萨的坐骑。
这头六波罗蜜的大象哟!
是普贤菩萨的灵兽。
问它们来到凡间是为了什么?
这只有佛祖才能知晓吧。

嗓子是破锣嗓子,却蕴含着缥缈神秘的力量,很快就汇聚了许多居民。这里的牧民多笃信喇嘛教,当场就有信徒跪拜在地,焚香祝祷。还有人从庙里取来两位菩萨的画像对比,发现文殊、普贤的坐骑果然和这两只动物很像,这引发了更大的轰动。万福的身上,挂满了哈达,不过暂时还没人敢接近虎贲。

至于那位喇嘛,站在围栏边坦然接受着人们的膜拜,却谢绝了奉上的酥酪和果品。

巴瑞教士不知道,这个人,是远近闻名的"疯喇嘛"沙格德尔。他是个疯疯癫癫的云游僧,经常把诺颜贵族们的丑事随口编成歌谣,公开吟唱,所以在赤峰民间有着很大的影响力。

沙格德尔的出现,让知州的态度发生了很大改变。这些动物既然成了两位菩萨的灵兽,自然无法按照原计划处置。知州没办法,只得告诉巴瑞教士,他可以继续动物园的计划,但是一定得严格管束。

巴瑞教士虽然松了一口气,可隐隐觉得不妥当。他不明白那位喇嘛为何会帮这个忙,明明彼此的信仰截然不同。更让教士不安的是,他带着这些动物前来,是为了宣扬主的福音,现在却被百姓奉为密宗的灵兽,有悖初衷。

教士走出衙门,在围栏边见到了疯喇嘛。沙格德尔有一双深邃的眼眸,一下就看透了巴瑞教士的苦恼。他丢开红柳条子,笑眯眯地对教士说:"草原的天空很空旷,每一只鸟儿都可以尽情飞翔。"巴瑞教士不太理解这句话,沙格德尔神秘一笑,垂下眼睛,竖起一根手指放在唇边。

"您为什么会来帮助我呢?"教士问。

"受一个朋友之托,来拯救另外一些朋友。"沙格德尔回答。

教士这才知道,原来那个朋友是乌兰图雅。她早就知道事情不会么顺遂,便拜托沙格德尔来帮忙。

沙格德尔说,如果在草原上碰到那匹黑白相间的斑马,一定会回来通知教士。说完以后,他就走了,继续他的云游生活。

有了疯喇嘛的帮助,动物园的建设变得顺利起来,许多人主动过来帮忙。木房一层层地垒起,土墙一截截地夯实,图纸上的设想慢慢在沙地上变得立体起来。

赤峰居民对待那些动物的态度,越发恭谨。除了万福和虎贲之外,那几只猴子、鹦鹉和仅剩的一匹斑马吉祥也被传为某些神祇的宠物。那些神祇的来源很杂,有佛教、道门、萨满,甚至金丹道、一贯道和一些无法分类的草原信仰。在他们心目中,这么多神仙派遣坐骑下凡来到赤峰,一定是有一个大缘由。

巴瑞教士每天花费的最大精力,不是在监督工程,而是把给万福和虎贲磕头的信徒们劝走。

接触多了,巴瑞教士发现赤峰的居民有一种淳朴的天性,他们可以泰然接受诸多信仰,并不觉得矛盾或困惑。

整个赤峰城里唯一不太高兴的,是福缘寺的喇嘛们。疯喇嘛给他们带来了很多麻烦,说不定这个洋人也会。更何况,如果那头大象和狮子是菩萨的灵兽,它们下凡也理应在福缘寺,而不是在洋教的地盘。

动物园在深秋顺利落成了,一切都像教士设计的那样,入口是一个漂亮的月桂形木拱门,上头悬挂着一朵云形的木板。动物们相继进驻,一切都很顺利。教士决定把这个动物园命名为"诺亚"。

乌兰图雅特意从喀喇沁王府赶来祝贺,还穿了一身素白的袍子。作为动物园的第一个正式游客,她好奇地巡视了一圈。乌兰图雅最终停在象舍前,她走到栏杆边缘,好奇地俯身朝里面看去。万福像是受到什么感召似的,缓步走了过来,姿态庄严而肃穆。她伸出长长的鼻子,与乌兰图雅伸进来的指尖相触。

乌兰图雅扯下丝绸头巾,转头宣布:"我想要跳个舞。"

于是,在象舍之前,在悠扬的马头琴声中,乌兰图雅跳起了"查干额利叶"。这种舞蹈来自于白色萨满的传承,可以求得神灵庇护、消除灾厄。她的舞姿非常健美,每一个动作都柔畅而坚决,又带着蛊惑人心的魅力,手中的头巾挥舞,如一只云雀翱翔。

教士情不自禁地被她吸引住了,他感受到一种磅礴的生命力在迸发,像草原上的草在随风摆动。

乌兰图雅一直跳到夕阳西下才停下来。她香汗淋漓地坐到教士旁边,递给他一个镶着银边的半月酒囊。教士尝了一口,被烈酒呛得直咳嗽。

乌兰图雅笑着说:"你真是一个奇怪的人。我认识的传教士里,只有你会先建起一个动物园。"教士狼狈地擦去胡须上的酒渍:"我的教堂不是建在沙地上,而是建在人心里。"

"你知道吗,自从在草原上看到那些动物,我回去就做了一个梦,里面是大象、狮子,还有你说的斑马与青猴,哦,对了,还有那条蟒蛇,它可真吓人。我从前根本不会梦到这些,你把它们带到草原,也带进了我的梦里。"

教士不知该怎么回答,他只是怔怔地看着乌兰图雅优美的侧影。

"我的妈妈是东蒙最后一位白萨满,她跟我说过,梦是灵魂安居的地方,你心里祈愿的是什么,灵魂在梦里就是什么样。"说到一半,乌兰图雅忽然惊喜地抬起头,一朵晶莹的东西落在鼻尖。

初雪翩然而落,赤峰的冬季来了。

"有了这个动物园,每一个赤峰人都会梦到不一样的东西吧?谢谢你。"

乌兰图雅离开了,素白色的身影几乎要和初雪融为一体。

冬季的赤峰既冷又麻木。可赤峰人对动物园的热情,却非常高涨,整个城市都跃跃欲试。每天来参观的游客络绎不绝,他们把双手揣在厚厚的袄袖里,在冻成冰地的雪面上踮起脚尖,好奇地向围栏内望去,一望就是半天,丝毫不觉厌烦。

甚至有许多人从遥远的科尔沁、锡林郭勒等地专程过来。那段时间,城里的谈资全是这个叫诺亚的动物园,赤峰居民们挺直身板,一脸自豪,眼神闪闪发亮,仿佛它是这个城市最骄傲的景点。

在所有动物里,万福最受老人欢迎,她有着温柔悲伤的眼神,老人说,这是菩萨的眼神。不过小孩子们更喜欢那五只青猴,它们不畏严寒,经常把爪子伸过围栏,讨要松子和栗子。年轻人更喜欢虎贲,但它太懒散了,几乎足不出户。牧民们则围着吉祥指指点点,不明白长生天为何允许这匹马身上长出黑白条纹。至于蟒蛇,没人喜欢,大家最多充满猎奇地瞥上一眼,悚然离开。

教士并不收取门票,只要求游客看完动物后,能来布道堂坐上一坐。居民们像对待喇嘛一样对待教士,不太虔诚,但非常尊重,时常还会带些供品过来,问一些荒唐问题。

教士知道,他们把福音当成了脑海里动物园里的另一只动物,有些无奈,但还保持着耐心。时机早晚会到来的,教士对自己说。

这一年赤峰的雪非常大,连续下了几场,整个赤峰城已经被白色覆盖。每一个动物的住所都安置了厚厚的白桦木墙和炉子。不过教士没什么钱去雇帮工,只好每天早早起床,亲自去检查每一个屋舍的取暖状况。

外面的雪积得很厚。教士忽然看到地面上多了一串脚印一直延伸到蟒蛇的屋舍门前,还带有血迹。

蟒蛇的屋舍和别的动物不同,没有院子,只有一间瘦长的小屋,正中是一棵从红山上移过来的松树。教士发现屋舍的门半开着,里面倒着一个人。

这人右侧眼眶上没有眉毛,两侧的脸很不协调。巴瑞教士一眼就认出来了,这正是当初在草原劫掠车队的马匪杜老包。杜老包明显身负重伤,整个人昏迷不醒。大概他被官兵追击,慌不择路逃来这里。

上帝把这个罪人送过来,是天意要他接受责罚吗?

可教士忽然回过头去,发现蟒蛇仍旧盘卷在枯树上,对嘴边的猎物无动于衷。

也许这才是真正的启示。这个人拼命逃到这里来,谁知道是不是为了寻求忏悔和宽恕呢?教士想到这里,没再犹豫,俯下身子把杜老包扶起来,往自己屋里带。

从此以后,诺亚动物园里多了一个沉默的守园人。这个人从来不跟别人说话,总爱用一顶宽檐帽子遮住面孔,胸口是一个粗糙的木制十字架,走起路来一瘸一拐。大家都说,巴瑞教士终于找到一个真正的信徒啦。

守园人每天负责打扫园区、给动物喂食,等到游客们来了,他就默默地退回仓库里。偶尔他会外出采购,可身上那股阴冷的气息,让大家都觉得不舒服。曾经有个小孩子在晚上偷偷跑进动物园,他说守园人从来不会靠近虎贲的居所,反而在蟒蛇屋里会待很久。于是又有谣言传出来,说他就是那条大蛇所变。

远在北京的公理会总堂终于发现,这位可敬的同僚没有建起教堂,反而造了一座动物园。总堂非常恼火,他们简直不知道在报告里该怎样写。

更关键的是,哪怕一个正式领取圣餐的信徒,巴瑞教士至今也没有发展成。

于是总堂发了一封措辞严厉的信,要求他回归到正确宣扬主的道路上来,否则他们将撤销巴瑞教士在赤峰地区的传教权,另派人来。

巴瑞教士陷入巨大的困境中。他知道自己的任务并不成功,可他也知道动物园在赤峰人心中的位置。他把自己关在布道堂里虔诚地沉思,一遍又一遍向天主和自己诉说。

守园人默默地守在门口,手里提着一把锋利的斧子。教士一直祈祷到半夜,当月光照临时,才起身熄灭油灯,走出布道堂。

红山口的风声阵阵,吹开夜幕上空的云。教士的眼神向前延伸,追着月光望向远方,仿佛又回到了草原上的那一夜。

教士发现,驱使自己把这些动物带来蒙古草原的动力,是来自于一个极其单纯的理由:好奇。

这是一个无关信仰的理由,这是一个关乎人性的理由。古老的草原城镇,已和这些外来的动物结合在一起。某些东西已然改变。进入梦里的情景,再也不可能忘却。

"沙地上的动物园已经矗立,我不会把它推倒。"教士说。

听到这个回答,守园人便收起斧子,抖落肩上的雪,一言不发地回到蟒蛇的屋舍。

巴瑞教士给总堂回了一封信,态度坚决,表示他的行为是来自于上帝的意旨,万福即是启示的见证。附在信中的还有一张巴瑞教士站在动物园布道堂前的照片,这也是关于这个动物园和教士唯一的一张照片。

面对他倔强的态度,总堂决定保持沉默,既不派人去取代教士,也不继续主动联络。在公理会的名册上,不再出现巴瑞教士的名字;而在那张标记本堂教士的地图上,赤峰州仍是空白。

巴瑞教士对此一无所知——或者说不关心——此时的他,已经完全被这个事业迷住了。万福和虎贲,一次又一次在漫长的冬夜进入赤峰人的梦境,再也不会离开。

赤峰的春天来得晚,可也来得快,暖风很快消融了冰雪。诺亚动物园经受住了严冬的考验,居然一头动物都没有死去。城里的居民都很高兴,认为这是一个吉兆。拥向动物园的人越发多了,他们已把逛园子当成了生活的一部分。

这一天,动物园来了三位喇嘛,他们来自于城北的福缘寺。他们恭敬地对教士说,希望能把万福和虎贲接到寺里去。他们的理由很简单,既然两头灵兽是菩萨的坐骑,自然应该和菩萨住在一起。

任凭喇嘛们许下多么丰厚的酬劳,教士都毫不犹豫地拒绝了。喇嘛们见劝说无效,试图使用暴力,冲进动物园去强牵。可这些人从来没见过大象和狮子,不知道这两种动物发起怒来有多么可怕。

万福和虎贲很久不曾如此愤怒过,它们用长鼻子和利爪把喇嘛们吓得连滚带爬。就连猴子们都跳出来,去撕扯他们的僧袍。喇嘛们惊慌失措,本还想纠集一批打手来找回面子,可守园人默默举起斧子,横在其中一位喇嘛的咽喉上,他们只能仓皇而逃。围观者发出阵阵哄笑声,当晚就传遍了全城。

没过几天,一个恶毒的旧谣言开始流传:"动物园里的守园人,是蟒蛇变的。"这个谣言开始只是一个笑话,可在别有用心的人的推动下,越传越离谱。到了后来,谣言已经变成教士驱赶着蛇精潜入草原拐卖儿童,再用西洋邪术把他们变成动物,供人参观。

赤峰城的居民们最喜欢这样惊悚的流言,他们半是畏惧半是猎奇地四处散布,然后跑到动物园门口,对守园人指指点点。又过了几天,一个铁匠的孩子无故失踪,他常玩的拨浪鼓被人在动物园后墙找到,这立刻成了洋教士养妖精吃小孩的铁证。孩子的妈妈在动物园前号啕大哭,一定要教士出来负责。

这起纷争引来了诸多民众围观,聚拢在动物园门前久久不散。衙门的兵丁匆匆赶到,知州暗示教士说,他可以把守园人交出来,声称受其迷惑,官方才好出手去安抚民众。但巴瑞教士拒绝了:"他是一个我应该宽恕的人,而我已经这样做了。"

知州长叹一声,低声吩咐护卫好好保护教士,免得闹出命案,其他的则不必理睬。

民众们不愿散开,他们很害怕,也很愤怒。他们没想到这个充满神奇的动物园,居然包藏着如此的祸心。回想起来,之前每个人一进来就如痴如醉,那一定是一种可怕的法术吧?

这时福缘寺的喇嘛适时站了出来,说眼前这头又黑又没有象牙的怪物,是佛魔所变。民众们想起之前流传的谣言,立刻变得群情激愤起来。一个人说:"我经常会梦见那头大象。"另外一个人惊叫:"没错,我会梦见狮子和斑马。"所有的人都发现,自己的梦里或多或少地出现过动物园的奇景。

许多人想起了萨满的传说:控制梦境的人,就可以控制灵魂。

这是一件多么可怕的事,许多人不由得尖叫起来。喇嘛们得意扬扬,拿出诸多法器,在动物园前做起了驱邪的法事。那些曾在动物园里流连忘返的百姓们,现在却成了最痛恨动物园的人。他们挥舞着铁铲和草叉,高举着火把和松枝,把石头和泥块丢向魔窟。

守园人已经不知逃去哪里了。只有巴瑞教士孤身一人,伸开双手,站在动物园的拱门底下。在他面前,是愤怒的曾经的游客,在他身后,是那些孤独的动物。知州的护卫们蹲在墙角,漠然关注着整个局势。

教士似乎又回到了在草原遭遇马匪的一幕。这一次他同样孤立无援,可并没有惊慌或沮丧。教士俯下身去,从土里捡起一枚十字架。那是他第一次来到沙地时,插在地上的。

不知谁高喊了一声,人们不由自主地朝动物园冲去。巴瑞教士像一块顽强的礁石,面对着人潮汹涌,丝毫没有退却。他牢牢站定,相信这些羔羊怒火下的眼神,仍旧保留着那一丝单纯的惊喜。

越来越多的人闯入园区,他们在冬天来过许多次,所以对地形非常熟悉。可这一次他们却不是为了参观,而是为了毁灭,似乎不这样做就无法洗刷曾经的喜爱。巴瑞教士被撞倒在地,扑倒在沙地上,额头似乎多了几道血迹。他的身影很快就淹没在人群和烟尘中。

就在这时,动物园里有一缕黑烟飘起,仓库似乎被人点起了火。赤峰的春季非常干燥,红山口的风又特别大,火借助风势,飞快地蔓延到了动物园的其他建筑。一时间黑烟弥漫,脚步纷乱,那些激动的闯入者变得不知所措,不知是该躲避还是继续。

一声震耳欲聋的吼声,穿透了黑烟和火焰,让带头的福缘寺喇嘛手腕一抖,铜铃摔在了地上。原来大火烧开了狮子兽舍的木门,虎贲趁机凛然而出,显露出了凶猛野兽的本性。

人们吓得四散而逃,生怕成为它的口中餐。衙门的护卫急忙举起火枪,进行了几轮射击。子弹射穿了虎贲的肩胛骨和后腿,让这个万兽之王痛苦地号叫起来,动作更加凶残。护卫们连连开枪,烟雾弥漫之下根本没什么准头,又射击了十几轮,才看到那尊雄伟的身影轰然倒地。

护卫们放下枪,发现原本倒在地上的巴瑞教士不见了。

此时再想冲进去搜查已来不及了,得到营养的火焰逐渐变得狂野而巨大。它像是一座拔地而起的赤色山峰,将所碰触到的一切东西都吞噬一空。动物园里都是木质建筑,没过多一会儿,整个园地就被炽热的大火所笼罩,火苗直冲天际。远远望去,红山脚下仿佛多了一座小小的活的红山。

所幸这里是沙地,周围没有其他建筑。当大火烧无可烧时,终于悻悻熄灭。这个寿命未满一年的动物园,就此沦为一片黑乎乎的废墟。

护卫们清点现场,发现虎贲的尸体恰好横躺在拱形门下。他们还找到了五只猴子被烧焦的尸体,以及一截巨大的焦炭,应该是那条冬眠未醒的蟒蛇。

可蹊跷的是,万福和巴瑞教士却不知所踪,找遍了整个火场,都没有他们的踪迹。目击者众说纷纭,有的说,教士牵着大象去投了英金河;有的说,教士化为一溜黑烟,借着火势飞过天空;也有人说,他亲眼所见,那头叫万福的大象,用鼻子卷起昏迷不醒的教士,轻轻把他放在背上,离开了沙地,缓缓向着草原深处走去。

整个动物园里,唯一的幸存者是那匹斑马。它早早挣脱了缰绳,跑去了红山脚下吃草。本来喇嘛们想把它牵走,却被从喀喇沁王府赶来的乌兰图雅拦住。

乌兰图雅说这是王爷想要的,于是喇嘛们退却了。她站在已成废墟的诺亚动物园前,再次跳起了"查干额利叶"。这一次的舞姿凄婉、哀伤,像是在祭祀亡灵——只有她去世的母亲才能明白,这里还有更深一层的含义,那便是指引灵魂进入那梦中的图景。

说来也怪,这一年的开春,原本荒芜的沙地上居然长出了一片绿色的草苗,恰好覆盖了那一片动物园的废墟。有老牧民说,烧出的草木灰会化成肥料,所以来年才会长出青草。

沙格德尔再次出现在这里,他俯下身去拔下一株幼苗,用嘴唇去亲吻上面的露珠。不知何时,他的肩上多了一只虎皮鹦鹉。有人问他是否碰到过那匹叫如意的斑马,沙格德尔竖起一根手指放在唇边,轻声道:"是啦,是啦,已经交还给它的主人啦。"然后唱着嘶哑缥缈的歌儿离去。

与此同时,福缘寺起了一场离奇的大火,几乎被烧成了白地。有人看见在起火之前,悍匪杜老包从庙里走出来,远处一条大蛇在迎候着他。

赤峰城的居民们听到这个消息,说什么的都有,或认为教士包庇了匪徒,或认为福缘寺喇嘛心黑遭了报应,还有惋惜以后看不到动物园的。就在当晚,月光一片灿烂,城里的每个人都梦见了同一幅难以言喻的景象,一直流传到今日:在银白色的暗夜草原上,一位身着黑袍的传教士踽踽前行,后面跟随着一队来自远方的大象、斑马、狮子、猴子、鹦鹉与蛇。它们没有争斗,没有乱走,沉默地跟随着巴瑞教士。在月光映衬下,每一只动物和人都化为一个庄严的黑色剪影,走过地平线,走过硕大的月亮,走向草原的深处。

(原载《人民文学》2016年第6期)

故园的女人与花朵

王 彬

那蔷薇,就像所有的蔷薇,
只开了一个早晨。

——巴尔扎克

写下这个题目,有些纠结。纠结什么呢?一时难以说清。但有一点是明确的,即:题目中的故园是指鲁迅的故园。既然是鲁迅的,那么至少有三处,绍兴、北京、上海,都有资格成为鲁迅故园。如果我是绍兴人氏,则毫不犹豫地选择绍兴,如果是上海户籍呢?而我是北京人,熟稔的当然是北京,因此以鲁迅在北京曾经的居住地而作为写作中心,也就没有什么可以迟疑了。然而,虽是如此,也还是有些纠结,纠结那些女人与花朵,尤其是女人——新与旧的女人,真的一时梳理不清。那就暂时放下,从故园的猫说起。

一

在北京,鲁迅曾经居住过四个地方:一处是南半截胡同七号的绍兴会馆;一处是八道湾胡同十一号周氏兄弟旧居;一处是砖塔胡同八十四号;一处是宫门口西三条二十一号的鲁迅故居,现在被包围在鲁迅博物馆的院子里。在绍兴会馆,鲁迅住了七年半,从一九一二年的五月到一九一九年的十一月,先是住在会馆西北的藤花西馆,因为邻人吵闹而迁移到会馆东南的补树书屋。关于邻人吵闹,鲁迅在日记中这样记载:"半夜后邻客以闽音高谈,狺狺如犬相啮,不得安睡。"但是搬到南部的小院以后,虽然逃避了"狺狺犬啮",却又平添了猫的骚扰。周作人在《鲁迅的故家》中回忆,对于猫叫春,像小儿一样绵长的啼哭,他们那时是"大抵大怒而起"。他在一九一八年的日记里,也有"夜为猫所扰,不得安睡"的记载。不得安睡怎么办?只有采取行动,"拿着一支竹竿",周作人写道,"我搬了小茶几,到后檐下放好,他便上去用竹竿痛打,把它们打散,但也不能长治久安,往往过一会又回来了。"谁拿竹竿?揣摩文意,既然周作人"搬了小茶几",那么就应该是鲁迅,是鲁迅手持竹竿与搬着小茶几的周作人走到后檐下面。打猫为什么不在前檐,而偏要绕到房子的后面,舍近求远地走到后檐下呢?我近日去那里探访,绕到补树书屋的后面,明白了,后檐的地势相对前檐至少高出半米,站在那里可以很容易打散在屋顶上叫春的猫。

当然,在补树书屋,对鲁迅而言,更多是岑静与寂寞,是抄古碑的好地方,而且"古碑中也遇不到什么问题和主义"。夏夜时分,"蚊子多了,便摇着蒲扇坐在槐树下",鲁迅在《呐喊》自序中说:"从密叶缝里看那一点一点的青天,晚出的槐蚕又每每冰冷的落在头颈上。"关于这株槐树,研究鲁迅的著作记述多矣,这里不再多说。我感兴趣的是槐树之前的历史,因为文献记载,补树书屋的墙壁上,曾经嵌有一方石匾,刻有这样一些文字:

昔有美树,花夜合。或曰楝别种莲敷。

夜晚将花朵合拢的,是什么树呢?是合欢吗?合欢我是熟悉的,北京曾有一条胡同将其作为行道树,夏天的时候绽放绯红的花朵,后来不知道出于什么原因统统被砍掉了。合欢的叶子在晚间闭合,因此在日本有"睡觉树"之称。叶子是这样,花也是这样吗?

什么植物的花在夜晚一定闭合呢?有一种叫"夜合花",又称"夜香木兰"的,有九片花瓣,外面三瓣是绿色的,里面六瓣是白色的,清晨开放,晚间合拢,香气幽馨,直径有三四厘米,是一种偏大型的花卉。把这样的树,称为"美树",自然是不错的。但这只是我个人猜测,因为还有这样的话:"或曰楝别种莲馩。"楝,又称苦楝,果实是圆球形状的,成熟以后焕发一种金黄的色泽,因此又叫金铃子。在中国文人的情怀里,楝是高洁的树木,庄子《秋水》篇中便有凤凰非梧桐不栖,非楝实不食的议论。楝花一蓓数朵,颜色紫红,芳香满庭。

楝,这种树在印度被称为神树,是雕刻佛像的好材料。那么,楝的别种"莲馩",是楝的哪一个品种呢?可惜也一时难以说清,而历史中的现实是,在鲁迅的时代,无论是"夜合"还是"莲馩",都早已在壬寅年的春天死掉了。壬寅年是道光二十二年,即公元一八四二年。这一年,距鲁迅入住的时间还有七十年,距周作人还有七十五年。他们所见的槐树,种于癸卯年,与壬寅年相差一年——公元一八四三年,如果从这一年算起,周氏兄弟眼中的槐树正当盛年,正是亭亭如盖、青翠如幄的好姿态。周作人说住在这里,盛夏的时候屋子里并不很热,"不大有蚊子,因为不记得用过什么蚊香,也不曾买有蝇拍子,可见没有苍蝇进来",自然与这株槐树有关,"它好像是一顶绿的大日照伞,把可畏的夏日都挡住了"。这是槐树的好处,当然也有坏处,只是槐树上的"青虫很有点讨厌"。青虫,在古人的笔下是尺蠖,鲁迅写作槐蚕,是一种像蚕那样的小虫子,以槐树的叶子为食,北京人俗称吊死鬼。这种小虫子,时常用一根细长而雪亮的白丝吊下来,落在地上一屈一伸地爬,不小心,落在行人的身上是免不了的。如果落在"头颈上"呢,会像鲁迅那样,产生"冰冷的"感觉吗?周作人呢,他奇怪的是:"那么旧的屋里该有老鼠,却也并不见。"这其实是与猫大有关系。周作人说:"谁家的猫常来屋上骚扰,往往叫人整半夜睡不着觉。"这些扰人清梦的猫便是驱逐老鼠的功臣吧!

二

展现在我们眼前的是三个活泼的姑娘：俞藻、俞芳与许羡苏。照片中，俞芳与许羡苏之间是鲁迅的母亲鲁老太太。

俞芳与俞藻有一个姐姐叫俞芬，俞芳后来回忆，八岁那年，她们的母亲去世了，比她大十二岁的俞芬，带着她和小妹俞藻一起到北京读书，住在西城的砖塔胡同六十一号，即今之八十四号。俞氏三姐妹的父亲叫俞英崖，六十一号是俞英崖朋友的房产。俞英崖在外地工作，俞氏三姐妹便借住在这里。一九二三年七月鲁迅与周作人失和，离开八道湾而迁居于此。

与鲁迅初次接触，俞氏姐妹很拘谨。但是，很快发生了变化。一天，鲁老太太给她们讲鲁迅小时候的故事。说鲁迅穿着红棉袄，手持大关刀，模仿关羽征战的样子，高喊："娘，给你看看！"听了这个故事，俞芬立即拿起鸡毛掸子，模拟鲁迅小时的样子高喊："大先生，大先生，你看！""这是红棉袄，这是大关刀，和尚师父给我做的，给你看看！"陌生的界限一下子打开了。

俞芬与许羡苏同为绍兴人，是鲁迅三弟周建人在绍兴女子师范教书时的学生。许羡苏到北京女子高师读书的时候，俞芬在高师附中读书，因此许羡苏在回忆往事的时候，说她这位同学是一位超龄的活泼的女中学生。鲁迅借寓在砖塔胡同六十一号便是通过许羡苏介绍的。一九二〇年，许羡苏从绍兴来到北京报考北京大学，住在八道湾，鲁老太太很喜欢她。后来，许羡苏考上了北京女子高师，住到学校里去了，鲁老太太舍不得，流了好几次眼泪。许羡苏当时剪了短发，与高师当局的要求相抵触。当时剪短发的，还有廖伯英、甘睿昌和张挹兰。张挹兰后来转到北京大学，与李大钊同日遇难。高师当局下令这些剪短发的学生必须把头发养长，而这四个学生拒不遵命。高师当局于是找到学生的保证人、监护人或家长，要求他们督促执行。许羡苏的保证人是周作人，为此，周作人退掉聘书以示抗议；鲁迅则写了一个短篇《头发的故事》，表达他的激愤与支持。

一九二六年八月二十六日,鲁迅与许广平南下,由此,鲁迅与许羡苏的通信也频繁起来。以八月二十七日至十月二日为例,根据《鲁迅日记》他们之间的通信次数是:

八月

二十七日上午以明信片寄寿山、淑卿。午蹬车,一点钟发天津。

二十九日晨七时抵上海……以明信片寄淑卿。

九月

一日下午寄羡苏明信片。

四日下午一时抵厦门,……以明信片寄羡苏及三弟。

五日午寄淑卿信。

八日下午得淑卿信,二日发。

十二日下午寄淑卿信及明信片一。

十八日上午寄许羡苏信并《语丝》十本。

二十三日午后得羡苏信,十五日发。

二十四日上午寄羡苏信并《语丝》。

二十七日收小景片十二枚,十六日淑卿自北京寄。

十月

二日下午得羡苏信,廿四日发。

淑卿,即许羡苏。鲁迅九月八日得到许羡苏的回信应是对九月一日以前三张明信片的回复。许羡苏二日寄出的信,鲁迅六天就收到了,说明其时邮路是顺畅的,作为平信的收发时间在今天也大抵如此。从八月二十七日到十月二日,在三十七天的时间里,鲁迅与许羡苏通信十三封,鲁迅八封,许羡苏五封。后来有人根据《鲁迅日记》统计,鲁迅与许羡苏的往来信函大概有二百五十余封。其中鲁迅包括邮寄书籍,有一百多封,许羡苏的也有百余封。

在鲁迅的人生中,许羡苏是一位难以回避的女性。许羡苏面容姣好,性格活泼,历史如果给鲁老太太再一次选择儿媳的机会,有的研究者认为,她一定会选择许羡苏。友人曹聚仁在一本关于鲁迅的评传中,更是把许羡苏直接称为"鲁迅的恋人"。鲁迅的学生孙伏园曾经私下里将许羡苏、许广平与鲁迅之间的关系称为"二许之争"。这样的闲话,很快传到鲁迅的耳朵里。一九二六年九月三十日,时在厦门的鲁迅,致信在广州的许广平,转述伏园的闲话:"他所宣传的,大略是说:他家不但常有男学生,也常有女学生,但他是爱高的那一个的,因为她最有才气云云。""高的那一个"是指许广平。对这件事,鲁迅看得很淡,认为是:"平凡得很,正如伏园之人,不足多论也。"看到鲁迅的信,不知许广平的心情如何,而许羡苏又会翻涌怎样的波澜呢?

一九二七年一月十一日,鲁迅在即将离开厦门大学的时候,给许广平写了一封长信,述及厦大的学潮以及关于北京的一些传闻,说到一位从北京南来的教授白果"为攻击我起见,便和田千顷分头广布于人,说我之不肯留居厦门,乃为月亮不在之故",将许广平喻为皎洁的月亮。信尾又告知这样一件事情:"我托令弟买了几株柳,种在后园,拔去了几株玉蜀黍,母亲很可惜,有些不高兴,而宴太即大放谣诼,说我纵容着学生虐待她。"宴太即周作人的妻子羽太信子,令弟即许羡苏。这封信收进《两地书》时,羽太信子与许羡苏的真实姓名都被芟夷而改为代称,前者是可以理解的,是为了避免麻烦,用鲁迅的话是"力求清宁";后者呢,回避什么?许广平是许羡苏在女子高师的同学,比许羡苏大三岁,称其为令弟自然可以,但有什么必要回避其名?

"柳"的背后蕴有什么深藏的故事吗?

三

当然,这样的柳也可以理解为自然之柳。

一九二四年六月二十五日,鲁迅从砖塔胡同移居"西三条胡同新屋"。次年四月五日,请云松阁栽种绿植。计有:"紫、白丁香各二,碧桃一,花椒、刺梅、榆梅各二,青杨三。"《鲁迅日记》中的丁香、碧桃、花椒、刺梅与榆梅,今天还可以见到,丁香位于前院正房两侧,壮硕蓬勃,已经高过屋顶了。其余的植物均在后园,一株在正房背后东边的是碧桃。余者则位于后园的北墙之下,从西向东依次是花椒、刺梅、榆梅。三株青杨呢,现在是一株也没有了。

青杨是杨树的一种,在中国土著杨树的种类中,与青杨相对应的是白杨。白杨树皮皎洁,青阳树皮青灰。清人陈淏子在辑录的《花镜》中比较这两种杨树的区别时说,白杨的叶子在萌芽之际,包裹一层乳白的茸毛,及至舒展开来,上面是淡青色,背面依旧是白色的。白杨的叶子似"梨叶长而厚","蒂长两两相对",也就是"对生","遇风则簌簌有声"。岂止是"簌簌",有时简直会发出骤雨一般的暴响。相对白杨,青杨的叶子要小许多,高度也相对低矮。在中国的传统文化中,杨树不种在院子里,而是多植于茔冢之间。由于这个缘故,北京的四合院里很少有这种树。说是很少,是因为,还是有一些新进人士,比如周氏兄弟,不愿意接受这样的束缚而任性自为。我不知道鲁迅对白杨是何种态度,周作人则似乎颇多喜爱,我忘记了他在哪篇散文中说过,在西教中,白杨是有罪恶的,因为基督临死之前背负的十字架是白杨做的。青杨呢?他,包括鲁迅似乎都没有述及,虽然不见于纸上的烟霞,却见于鲁迅的后园,而且在不大的园子里栽种三株,可见主人的志趣与喜爱。

如同杨树,西三条栽种的那些花木,也基本不见于北京的四合院,只是反映了鲁迅个人兴趣而已。见于《鲁迅日记》中的刺梅即黄刺玫,榆梅即榆叶梅。二者在花期的时候都绽放黄色花朵,而且都是重叠的花瓣,只是刺梅有刺,榆梅无刺,叶子细小似榆树的叶子而已。丁香就不用说了,盛开的时候香气馥郁,只是味道有些怪异,因此不太被人们所接受。尤其叫人费解的是花椒,有什么观赏价值呢? 当然,这样的说法难免偏颇,因为《花镜》里不仅收有花椒,而且把它列在"花木类考"里。《花镜》描述它是"本有尖刺,叶坚而滑",气味辛香,"蜀人取嫩芽做茶"。北京却没有这样雅,春天的北京人,只是以炸"花椒芽"自飨和飨客罢了。

一九四七年六月二十八日,南京《新民报》记者来到西三条,采访鲁迅的夫人朱安,说到鲁迅,说到院子里的两株植物,一株是阳桃,还有一株是樱花。朱安说,鲁迅喜欢的那株樱花被虫子咬坏了,去年才将它砍倒。而记者看到,"鲁迅亲手种植的那株阳桃,高出屋脊,绿叶森森,遮盖住西边的半个院子"。阳桃是南国的嘉果,实如橄榄,成熟以后泛射蜜蜡的色泽,半透明的黄色很是秀丽。阳桃,在《两地书》中,写作杨桃。关于杨桃,在许广平与鲁迅的通信中多次述及。先是,一九二六年九月二十八日,许广平在信中诉说广州的天气:时常有雨,空气十分潮湿,"衣物书籍,动辄发霉,讨厌极了"。而"无雨则热甚",上课的时候汗流浃背。"蚊子大出","蚂蚁也不亚于厦门","食物自然更易招致,即使挂起来,也能缘绳而至,须用水浇,始得平安"。这些是牢骚话,当然也有好吃的水果,"现时有杨桃,五瓣,横断如星形,色黄绿",这样的水果,"厦门可有么"?十月四日,鲁迅回信说,在厦门有香蕉、柚子,都很好吃,"至于杨桃,却没见过,又不知道是甚么名字,所以也无从买起"。两周以后,鲁迅在给许广平的信中再次提到杨桃说"我很想尝尝杨桃",然而要吃杨桃得去广东,但是现在却难以成行。原因是"经济问题",因为厦门大学已经提前支付了工资,倘若现在就走,鲁迅在十月二十九日的信中说:"玉堂立刻就要被攻击,因此有些彷徨。"玉堂,即林语堂,是鲁迅来厦门大学教书的介绍人。

在鲁迅与许广平合著的《两地书》中,以厦门为背景的通信最多,鲁迅给许广平的信,不仅心迹袒露,而且颇多顽皮之态。比如,十月二十八日:

> 楼下的后面有一小片花圃,用有刺的铁丝拦着,我因为要看它有怎样的拦阻力,前几天跳了一回试试。跳出了,但那刺果然有效,给了我两个小伤,一股上,一膝旁,可是并不深,至多不过一分。这是下午的事,晚上就痊愈了,一点没有什么。恐怕这事会招到告诫,但这是因为知道没有什么危险,所以试试的,倘觉可虑,就很谨慎。例如,这里颇多小蛇,常见被打死的,颚部多不膨大,大抵是没什么毒的,但到

天暗,我便不到草地上走,连夜间小解也不下楼去了,就用瓷的唾壶装着,看夜半无人时,即从窗口泼下去。这虽然近于无赖,但学校的设备如此不完全,我也只得如此。

我不知别人见到这样的文字有什么感想,我是不由得产生了一种微微的莫名的兴奋,同时浮想沙翁的喜剧《仲夏夜之梦》。那时的鲁迅,恐怕是中了小精灵迫克(Puck)紫色的魔汁,虽然也间或掠过一丝爱情所固有的烦恼,但即便如此,亦是欢乐、青春、幸福的。

而在此之前,在九月三十日的信中,鲁迅说,听课的学生渐渐多起来了,大概"有许多是别科的",有男生也有女生,"女生共五人"。对这些女生,鲁迅的态度是:"我决定目不斜视,而且将来永远如此,直到离开了厦门。"对鲁迅这样的剖白,许广平在十月十四日的信中认为"邪视"有什么要紧,"许是冷不防的一瞪罢"!对恋人的戏谑,鲁迅回答:"邪视尚不敢,而况'瞪'乎?"什么是瞪?瞪,是正视——正面看。"瞪"既可以是冷不防,也可以是长时间看。这时的鲁迅,对讲台之下的女生,既不可以邪视,又不可以正视,在这样的情形下,有什么办法呢?要么,闭目不看;要么,像高老夫子那样仰头看天花板,借以表达对恋人的忠贞吧。然而,女学生固然可以不看,但杨桃还是要吃。过了几天,孙伏园,也就是散播"二许之争"的那位,从广州带来了杨桃,从而满足了鲁迅想吃杨桃的渴望。然而,吃过以后,鲁迅的态度却是:"我以为味道并不十分好吃,而汁多可取,最好是那香气,出于各种水果之上。"

阳桃我是吃过的,的确如鲁迅所云没有任何味道,只是汁液多,吃一只可顶一瓶矿泉水。说香气似乎有些夸张,并没有"出于各种水果之上"的感觉。

四

如同一切家庭,鲁迅与许广平的婚后生活也是琐碎、物质的,因为琐碎故而真实,因为真实所以物质。萧红在一篇回忆鲁迅的文章中说,吃饭的时候,鲁迅不和家人在一起,而是在楼上单开一桌。许广平总是亲手把放着小菜的木盘端上去。小菜盛在碟子里,碟子直径不过两寸,有时是一碗豌豆苗,有时是菠菜或者苋菜,如果是鸡或者鱼则必定选择其中最好的部位。

面对妻子——比鲁迅小十七岁,这个男人的内心会是怎样,当会充满幸福与感激吧。使我们感动的是,临终之时,他说过的那些话:忘掉我,管自己的生活;儿子倘若无能,千万不要做空头文学家。这是对许广平,对上海的家人;那么,对北京,对北京的家人,他的母亲与朱安,他想到了什么呢?在他去世以后,西三条的家里也设立了灵堂,接待前来吊唁的亲友。在正房对面的南房,北京人素常所说的倒座的东墙上,悬挂着陶元庆所绘的鲁迅肖像,下面是一张方桌。朱安一身素服坐在方桌左侧,在袅袅的烟篆里,祭奠远逝的丈夫。据南京《新民报》报道,"鲁迅夫人的身材很矮","脸色很清癯,眼睛里永是流露着极感伤的神态,上身着的是咖啡色带白花的短夹袄,青裤,白鞋,白袜扎腿,头上挽着个小髻,也用白的头绳束着"。朱安让记者坐下以后,有一个女仆执一水烟袋相进,她一边吸着,一边接受采访:

> 关于后事,她这里还没什么打算,完全由他三弟周建人在上海就近办理,她不预备到上海去,因为她母亲(鲁老太太)在这里,今年已八十岁,处处需要人照顾,不能离开,同时去上海也没有多大的用处。记者因为谈话已有半点钟,乃起而辞别,她最后很客气地说:"谢谢你!他死了你们还要给他传名!"

鲁迅去世以后,朱安给周建人发的电报中有这样两句,一句是:"一生辛苦如是作终";再一句:"缅怀旧事痛不欲生"。前句是对鲁迅的盖棺之论,当然是朱安对鲁迅的理解,后句是朱安自己内心的表达。朱安的电报,虽是请人代笔,却真实反映了那一时代旧式妇女在丈夫死后的情感与心境。

鲁迅去世以后,朱安还给周建人写过一封信,希望许广平"择期整装,早日归来"。若果"动身有日",请"先行示知","嫂当扫径相迓,决不能使稍受委曲"。住在哪里呢?朱安已经料想得十分周详了,如果这些地方都不合适,也可以住在朱安自己的房间:"或住嫂之房,余再腾他处","一切什物自必代备","许妹与余同一宗旨同一境遇,同甘共苦扶持堂上,教养遗孤,以慰在天之灵"。朱安说这些都是出于"肝膈"的话,"特竭诚相告也"。朱安是旧式妇女,对许广平以姐妹相称,以鲁迅正室自居——她的确是正室,是可以理解的,而作为现代女性的许广平,自然不会接受这样的邀请而把自己嵌于旧家庭的屋檐之下。

十年前,在闻听鲁迅与许广平在上海同居以后,朱安与俞芳有过这样的对话。俞芳问朱安今后打算怎么办,朱安痛苦地说,"大先生和我不好","我想好好地服侍他,一切顺着他,将来总会好的"。但是现在朱安绝望了,"我好比是一只蜗牛",她说:"从墙底一点一点往上爬,爬得虽慢,总有一天会爬到墙顶的。可是现在我没有办法了,我没有力气爬了,我待他再好,也是无用。"听了这些话,俞芳很是惊异,她比朱安小三十岁,面对一个比自己小三十岁的邻家女孩揾泪倾诉,可以想见朱安的内心有多么痛楚与压抑。

一九四七年六月二十八日,南京《新民报》记者采访朱安,其时距朱安辞世仅仅一天。在那一天,朱安对记者说身体不好,全身浮肿,关节发炎,由于经济匮乏,又不愿意变卖"先生的遗物","只好隔几天打一针"。她说:"周先生对我并不算坏,彼此之间并没有争吵,各有各的人生,我应该原谅他。"关于她与鲁迅的关系,朱安曾说,老太太抱怨我没有孩子,大先生从来不和我说话,怎么会有孩子呢!她曾经向鲁迅表示想过继朱家的一个侄子,但是鲁迅没有表态。说到许广平,朱安的态度也很友善,她说:"许先生待我极好,她懂得我的想法,她肯维持我,不断寄钱来,物价飞涨,自然是不够的,我只有更苦一点自己,她的确是个好人。"

一年以后,北平版的《新民报》刊登了一篇介绍朱安生平的文章和一帧照片。文章的题目是"鲁迅夫人",对朱安的生平进行了简短回顾:

> 夫人朱氏,绍兴世家子,生于清光绪五年七月。父讳某,精刑名之学,颇有声名于郡国间。夫人生而颖慧,工女红,守礼法,父母爱之不啻若掌上珠,因而择婿颇苛,年二十八始归同郡周君豫才(即鲁迅)。

文中描述朱安是:"柔色淑声,晨昏定省","事其太夫人鲁氏数十年如一日"。抗战胜利以后,生存日艰,"蒙蒋主席赐予法币十万金,始延残喘"。文末感慨:"呜呼!夫人生依无价之文人,而文人且不能依。""依"而不能"依",朱安的悲剧就在这里。

据说,临终之前,朱安嘱托两件事:第一件,葬在"大先生"的坟垄一侧;另一件,每七需供水饭,五七时请僧人念一卷经。第一件自然做不到,友人提议把她的灵柩也安葬到板井村,从而陪伴鲁老太太,但不知为什么没有实现而是埋葬到了保福寺,而这一地区,恰是今天中关村的核心区域,早已鹤归辽海人事皆非。每次我经过那里,尤其是夜间乘车从保福寺桥下通过,总免不了产生一种惴惴的不安,现在还有多少人知道这个旧时代的女人?肯定会有的,夜色中的蜗牛也会吐出幽寂的光芒吧!

五

二〇一二年三月五日,我接到一个《新京报》记者的电话采访。他说鲁迅先生住过的砖塔胡同八十四号即将拆除,问我对此有什么感想。我说,在八十四号,鲁迅创作了著名的短篇小说《祝福》,完成了《中国小说史略》的下半卷,是研究鲁迅生活变化与创作心境的重要场所。次日,我致信给西城区负责人。不久,西城区政府在官方微博中回应,八十四号暂不拆除。

近日,我路过砖塔胡同发现,八十四号以东一带的房屋都被拆掉,只留下了围墙与院门,每一处院子的围墙上,都画有一个巨大的白圈,里面写着一个吓人的"拆"字。八十四号,还在,只是原本画在墙上的"拆"字被抹掉了。我和妻子进去,见到一位中年妇女,她说是外地人在这里租房子住的。几年前我来过这里,当时的房主都是北京人。小院更加湫隘、脏乱、衰败,对着院门的地方有一株树木,看着并不十分粗糙的树皮,我猜度应是小叶榉。在俞芳的回忆中,八十四号,当时是六十一号,有三间北房与东西厢房,北房西侧是院门。在北京,胡同北部的院子,院门一般设于西北角。因为按照九宫格的原则,西北属于"西北六白"吉地。六十一号是三合院,与北房相对的南边没有筑屋,只有一座花坛。花坛上栽种了花卉,是北京人喜欢的玉簪——黄昏以后递送幽细的清芬?我不记得俞芳有过什么记载,也许有,忘记了。法国人莫迪亚诺在他的小说《暗店街》的结尾处,有这样一段讲述,说是在俄罗斯南方的海滨疗养地,一个小姑娘突然放声大哭起来,她不过是想在海滩上再玩一会儿。但是,她母亲坚决不同意,把她拉回家。她们走远了,穿过街道,拐过路口,再也听不到她的哭声,我们的生命不是和这个孩子的悲伤一样,也会迅速地消逝在冥冥的夜色里吗?而现实是,在原本是花坛的地方加盖了简陋的小屋子,不像今天的八道湾十一号,补种了不少绿植与花朵。

  关于八道湾十一号,我曾经向有关部门建议,作为周氏兄弟的文化遗产应当保护起来。不久,八道湾拆掉了,十一号被规划进北京三十五中校园,被保护起来。房屋修葺一新,也补栽了不少植物,却不知为什么,最多的是花椒树,至少有四五株,仿佛出操的士兵排成一列,站在正房的背面。正房的堂屋背后是一间平顶的小房子——北京人叫灰棚,使人想起西三条的老虎尾巴,其实这也是老虎尾巴,是一条更早的老虎尾巴,鲁迅在这里工作、休息。先后两条老虎尾巴提供的历史信息是一致的。正房北侧是九间后罩房,西首三间周作人一家住,中间三间周建人一家住,东首三间招待客人。西首三间的窗下有一株碧桃,东向则间隔均匀地栽种木槿一类的植物。对于碧桃,我向来不喜欢,原因很简单,它的花形繁缛、呆板,仿佛是绯色的表彰纪念章挂满树枝。

  记得八十年代读过一篇文章,作者是一位与周作人有过工作关系的编辑。一天,周作人送他出门时指着院内的丁香说:

"这是家兄种的树。"语气中流露出怀念之情。从兄弟怡情到形若参商,关键人物自然是他的妻子羽太信子,是围绕羽太信子而掀起的"窥浴"风波。关于兄弟反目,鲁迅后来在《〈俟堂专文杂集〉题记》中写过这样一段话:

> 曩尝欲著《越中专录》,颇锐意蒐集乡邦专甓及拓本,而资力薄劣,俱不易致……迁徙以后,忽遭寇劫,孑身逭遁,止携大同十一年者一枚出,余悉委盗窟中……甲子八月廿三日,宴之敖者手记。

俟堂,是鲁迅早年别号。《俟堂专文杂集》,是鲁迅所藏古砖拓本的辑本,但在鲁迅生前没有印行,一九六〇年三月由文物出版社出版。"迁徙以后,忽遭寇劫",当是指周作人侵占鲁迅书物。宴之敖者的署名,据许广平在《欣慰的纪念》中说,鲁迅曾经向她解释:宴从宀、从日、从女,意为"家里的日本女人",也就是羽太信子;敖从出、从放,意为"驱逐";宴之敖者就是"被家里的日本女人驱逐出来的人"。如果没有这个女人,鲁迅与周作人大概不会分手,中国的现代文学史或者会出现另一番景象,这既是一个对周作人,也是对鲁迅发生过重要影响的女人。关于这个女人的灰色评论甚多而不必再说。这里只说她的三件事:其一,鲁迅的母亲有肾炎,需要吃西瓜,为了让她在冬天也能吃到西瓜,羽太信子就想出了煎熬西瓜膏,以便在冬天也可以食用的办法;其二,羽太信子每餐必先在牌位(鲁老太太、周作人的女儿若子、周建人儿子丰三)前面供上饭食,然后全家人才开始吃饭;其三,羽太信子弥留之际说的胡话,居然是绍兴话而不是日语,这使周作人大为感动。羽太信子病故于一九六二年,周作人猝死于一九六七年。而前一年的八月,东风骤起,杜鹃啼恶,自此周作人饱经批斗、殴打、凌辱,羽太信子真是幸运得很!

与这些,相对这些远逝的女人——幸福与不幸福的,故园的花朵,也同样复杂得很。有的今天依旧繁花灼灼;有的早已梅子心酸而褪尽残红,有的被补种,却也真是莫名其妙。一九四九年,补树书屋檐前的槐树被雷电殛死,补种了一株枣树;八道湾,补种了大量多刺的花椒,却没有补植那种香气悠长、其香气可以令人骚动的丁香与笑靥灿烂的黄色刺玫;而在西三条,蜜蜡一样的阳桃与流霞一样的樱花呢,忘记了。而我也忘记了是谁说过这样的话,女人的陨落对应着花朵的绽放,是这样吗?也未必都是这样。至少,故园的女人与花朵未必如此!

(原载《人民文学》2016 年第 7 期)

母亲来电

张　晓　东

　　西安城北行百十里许,有一个古老而繁荣的镇子,就是我的老家庄里镇,我母亲就独居在镇里。从镇子再朝北十几里地,就到了乔山山脉的边缘。翻过一座山垭,眼前一片平整开阔的川道。母亲的娘家,就是说母亲的母亲就生活在那里的一个小山村。

　　母亲人缘很好,乡誉极佳。因为一个人居住的缘故,所以串门的人特别多。无非是喝茶聊天,有时也唱戏。家里偶尔有些重活,邻人们也都帮着干了。所以母亲并不孤单,甚至不乏热闹。我一般两到三周回去一次,也就是陪她说说话,请她吃个饭,走时留点钱。如果三周过了我还没回去,母亲就会打来电话,说:"你最近忙啥哩?哦,没事?我也没事,就随便问问。"接到这样的电话,我就赶紧跑回家去。我知道,她是嫌我期限过了还没回去。

　　回到家里,母亲会亲自给我泡上一杯好茶,是我送回家的,她舍不得喝的好茶。然后坐下来说些闲话,无非是谁谁谁又死了,或者是街上又开了一家怎样的新店,石川河上又架了桥之类。如果我没有吃饭,她就去厨房很快擀一碗面条来,外带一两盘凉菜。但她并不吃,只是坐在对面,摇着扇子看我吃,或者说等着我吃。无话可说的时候,她会用一种探询的目光觑我,似乎有什么提议。可我一看她,她却目光挪开了。我当然知道她的心思,但我就是不说破,看她咋办。她三番五次总是欲言又止的样子,后来索性到院子里转一圈,再回来的时候,似乎下了决心,直视着问我:"你不急着走么?"她这句话一出来,我就想笑,我问她:"咋？又想去看你娘了?"她一听,释然一笑,说:"就是,好久都没有去看你外婆了,这不是趁你有车么!"两周前才去过,也叫个"好久"？我笑着说那就走吧。她一听腾地站起身来,丢了扇子,旋即跑进里屋,换了一身出门的衣服,提上她装钱的小包,轻快地说:"那赶紧,到北头停一下,给你外婆买点菜,再买点水果。"这句话早已成了经典戏剧台词,每到此处必要重播一番,几乎一字不差。

  母亲当初由山里嫁来镇上后,除了正常的相夫教子、参加生产劳动,做得最多的事就是反哺她的娘家。在我幼小的记忆里,母亲总是频繁地回娘家,每次回去都会大兜小兜地买好多东西。她对我几个舅舅的帮助,大大超出了一个农村妇女的能力,由此导致我的父亲时发怨言。母亲每年都会把外婆接来住上几次,每次十天半月不等。但我觉得外婆每次都是乘兴而来败兴而归,因为她们母女每次都会斗嘴吵架,最后以外婆负气回到山里而结束。过后不久,外婆又笑呵呵地来了,接着又生气地回去了。母亲就给我哭诉:"你外婆这人不讲理!"让我觉得可笑。俗语说"多年母女成姐妹",我看是果然不假,哪有不吵架的姐妹呢！记忆中的一些重要节日里,镇上的国营食堂就会做一些传统的糕点,比如油糕酥饺之类。母亲总会想方设法借点粮票排队去买,然后让只有十岁的我,跑十几里山路送给外婆吃。为防我路上偷嘴,母亲总是把袋子口扎成死结,使我纤弱的手指无法解开。

  去外婆家的路上,有一段狭窄的山路,路边长满了粗硬的灌木和枝条伸张的花椒树。每次路过,车身都被刮擦得刺啦作响,底盘也被凸起的车辙顶得咚咚有声,让我很是揪心。但看母亲,她却无事人一样看着窗外。有次我开玩笑问她:"为了看你娘,把你儿的车刮成这样,你也不心疼?"结果母亲说:"车不就是用来刮的嘛!"咦！一向会过日子、爱惜家物的母亲怎么会说出这么通脱的话来！看来与孝敬她母亲的事相比,她儿子的车就不算个东西了。不禁一乐。

到了外婆家,门虚掩着。外婆并不在家,母亲说我去找。须臾就听到外婆那清朗的笑声从屋后传来,只见她头戴一顶破旧发黑的草帽,脖子上挂一条毛巾,手里倚把老锄,脸色因出汗而变得通红。外婆已经八十多岁了,还下地劳作,这让母亲很是作难,总是唠叨她的母亲"不知道享福",而外婆只是哈哈大笑。

进了家门,母亲就开始涮茶壶,洗茶杯,开始泡茶,然后坐下来跟外婆拉闲话。过上一会儿,外婆就会去厨房做饭,母亲也就跑去打下手。外婆连和面带擀面,很快做出"削削子"。"削削子"又称"驴蹄子",是关中的一道传统面食,因其粗硬筋道像驴蹄子一样难嚼,故名。外婆跟母亲一人吃一大碗,而我只能吃一小碗,母女俩的饭量让我惊奇。

将要告别的时候,母亲就会给我使眼色。我当然明白她的意思,就拿出200元递给外婆。外婆却不接,笑着说:"婆不要,婆不要,婆有钱哩,我娃快装上!"母亲站在旁边看着这一切,像审判官一样裁决道:"娃给你哩你就拿上,你有是你的嘛!"外婆这才接过钱,攥进手心,很心疼的样子。

前一阵子我因为出差,快一个月都没回家,却没接到母亲来电。心里不禁忐忑,就电话打回家里,问母亲在忙什么。母亲接了电话,语气显得轻松愉快,说:"我把你外婆接来了,正给你外婆做饭呢,那我先挂了啊。"你看你看,母亲就是这样,只要有她亲娘在,也就不管她的儿子了!

(原载2016年9月24日《西安晚报》)

像海鸥那样飞

韦 晓 明

教育部出国人员外语培训中心的英语培训可以关注一下,看看是否有合适的时间参加一期——打完这行字,我顺势按了回车键,这些字符瞬即以几千万分之一秒的速度飞越崇山峻岭、江河湖泊,飞向两千公里外的北京,定格在北京一所著名大学某个房间或教室的另一台电脑屏幕上。

"啾啾"两声响起,电脑屏幕的任务栏上一格红灯闪烁,点开——没有时间,九月份都还要上课。

不放暑假吗?——按回车键。

约莫一分钟,又是两声"啾啾",点开——你就不要再操心我的学业了,我有自己的安排。

玩 QQ,我是笨鸟,好不容易从键盘到屏幕安排好"好的"两个字,对话框里顷刻又刷来——你是不是还要逼我去读个博后!几乎同时,惯性让我按下回车键,"好的"两个字立马飞了出去,于是这"好的"就成了对对方后一句话的应答。此时想要收回来也已不可能了。

我怔在那里,哑然。

一、曾经狠逼儿子飞

我一向认为,人是需要承受点压力的。逼迫一个人做点事,这不特殊,也不重要,有时甚至还很有必要。重要的是这种逼迫是否过头了,被逼者能否承受得住?老鹰这样教雏鹰学飞,老鹰将雏鹰携向百丈悬崖之端,然后一翅膀将雏鹰扫下悬崖,雏鹰在垂直坠落的过程中拼命挣扎嘶叫,展翅扑腾,这拼命的挣扎展翅中雏鹰知道,它必须飞起来,飞不起来就必定粉身碎骨。这种逼迫才惊心动魄,这种逼迫叫做"置之死地而后生",是雏鹰今后七十几年生命历程的起始。

  动植物的生存的法则是一样的,只有逼其强大起来,才可以生存下去。雏鹰一生都要面对的热风冷雨、电闪雷鸣、豺狼虎豹、陷阱杀伐,我们的孩子难道就可以不面对?孩子的生存,我们血脉的强悍,需要我们对下一代施以适当的逼。儿子四岁那年,我带他到南宁看大世界,在白龙公园逛了一个下午出来,儿子喊累了,要我背。我说还是自己走走好,锻炼锻炼吧。儿子噘起小嘴赖在那不走。路边正好有捆两米多长的篾片,我扯了根扬起来唬他:"不走就打。"过往游人纷纷侧目,这就叫"知我者谓我心忧,不知我者谓我做秀"了。

  高二学校分文理科,我让儿子读文科,他语文、英语明显要优于物理、化学,再说,他读文科,我书架上的书就能继续有用。但儿子执拗于理科,他认为他物理最好。事实上,儿子多年来痴迷的都是他抠下零花钱订的《飞行器》《兵器知识》《船舶与舰艇》《计算机及其外部设备》之类的期刊,我书架上的书,他连翻一下的兴趣都没有。儿子动手能力强,花三百多元钱,就能自己捣鼓出商场里标价上千元的山地自行车,家里第一台电脑,也是儿子比照《自己动手装电脑》组装的,性能和速度远超一些品牌机。较劲一个星期,到了学校规定的最后期限,我没办法了,说那就随你吧,只是以后千万不要后悔。但每周,我仍要逼他抄古文,像《送东阳马生序》《黄生借书说》《庖丁解牛》这些我当年背过的,则至少要抄三遍。尽管已进理科班的儿子极不情愿,但我的絮叨他无法抗拒,最终老老实实地抄了一大本。大学才读一个学期,儿子忽发奇想,说要休学再考文科,向节目主持人方向发展。我知道后哈哈大笑:"你这岂不是开国际玩笑啊?当初要你读文你硬要读理,现在生米煮成熟饭你想退堂!你一个学地质勘探的怎么一忽儿心血来潮要上镜？"笑归笑，儿子的忽发奇想我却不得不认真对待，儿子可从来不是说说就罢的主，他是说了就要做的。小学四年级，我们一家就住在窑埠古渡边上，担心他独自下河搞水，我没给他买游泳圈，于是他将家中还来不及清理掉的包装盒泡沫板抖搂出来，然后菜刀锤子一齐上，硬是捣鼓了艘救生艇，呼朋唤友扛到河边去。等我发觉，七月天里惊出一身冷汗。如今相隔几千里，我只能一天五六条短信轰他，我以我搞新闻数十年的体验陈述利弊，晓以利害，还从网上下载近百篇资料硬塞进他邮箱。这些估计他都看了，但不见回音，不见回音我就直接电话劝告、逼迫，他也只是听，不回话，听筒里偶尔传来一声叹息。我使出最后一招，让他给我他们班主任的电话号码。他这才出声："你要这个干吗？我们不叫班主任的，叫辅导员！"我说那也行。"你总不至于要辅导员找我谈话吧？"我说那讲不定。"兴师动众的，唉，算了，我不惹你了还不行吗？"

  我们这代人，有很多的不如意，于是就将很多的希冀放到了子女身上，逼迫他们做我们想做而没有做到的，逼迫他们去实现我们没有实现也不可能实现的梦想；坎坷的人生给我们带来诸多阴影，于是在梦想的让渡中，这些阴影也不可逆转地转移到了子女的心坎上，使得他们本应铺满春阳的少年时光，罩上了厚重的雾霾，使得他们本应展示青春风采的朗朗笑声，变成了无奈的沉重叹息。他们在不经意的失误带来的惶恐不安中，得到的不是谅解、宽慰和扶持，而是他们根本无法接受的"不争气"和"垮了的一代"这类斥责。我们这代人就是这样无理、霸蛮和愚蠢。比起逼子女练飞自己先坠崖底飞起来拿命示范的老鹰，我们的可怜不言而喻。

  曾经很长一段时间，每天在印刷厂照排室跟夜班录入员校改版面，等着清样出来签完字夜已深沉，在大街的冷寂中狂飙单车回到家，家里只有客厅一盏灯燃着微弱的光等着我。我蹑手蹑脚开门进了儿子卧室，在他床边站定，借窗外透进的微光默默打量他的睡态。儿子侧着身睡，很安静，连一丝鼻息都听不到，却总要顽皮地把一只脚撑出被子外。我怜惜地摸摸这只脚，轻轻将它挪进被子里。我知道,除了我,没人能保护好他,我肩上的责任,沉重于山。我的这些举动,儿子是不知道的,他只知道他上学时我还没起床,于是他开门关门格外小心,但最后那细微的咔嚓一声我总还是听得到。

有个星期天我起得算早,可阳台上的阳光比我还早。我扶着栏杆往下看,恰好推着单车去学校补课的儿子也抬头往家看,他看见我,眼睛眯成一条缝,笑了。阳光打在他脸上,柔柔的,荡漾着青春的纯净;两颗虎牙反射着太阳光辉,那笑容由是更加动人。他冲我挥挥手:"拜拜。"骗腿上车,箭一般地飞走了。我没有笑,没有语言,也没有动作,只觉得阳光很晃眼。

我对儿子的逼,除了絮絮叨叨外,便是这无声的暗劲。

二、那个暑假儿子去打工

对儿子,我最不满的是他事事无所用心全凭兴趣而为,而且性子、动作都慢,与我的急性子比,完全就是两个极端。假期在家,每每夜里一两点还泡在网上,白天则日上三竿才懒懒散散爬起来。我想治一治他这个毛病,却苦于无计可施,也狠不起心肠。

孰料大一暑假再回来,这毛病只持续一周,情况就有了变化。

吃晚饭时,儿子期期艾艾地说他准备去打工,已经找好了地方。我与妻子对视一眼,都觉得不可思议。我问打什么工啊。"这个你们不用管,反正我得自己去挣点学费。"儿子低头扒拉碗里的饭。"还学费呢,路费怕你都挣不了。这样吧,我请你打工,就一大早起床,搞家里卫生,清洁程度到我认可为止,每天十元,怎样?"儿子说他从来不看好家族企业。

翌日,儿子果然起了个大早。我一看床头的钟,哎哟,才六点半。他动作很轻,几时出门我竟不知道。

晚上将近七点儿子才回来,一脸疲惫不堪,匆匆吃了他妈给他留的饭菜,冲了凉就进房间睡觉,一连几天都如此。我跟妻子说,到底是打什么工,我总觉得这事有点不对劲,得好好问问。妻子感觉亦然。很快就到周末,妻子叫儿子晚上早点回来,今晚我们加点菜。

儿子真的六点钟到家,但依旧闷闷不语。我提议喝点啤酒如何。儿子说好。我是没备有啤酒的,赶紧下楼买。一瓶将要见底,儿子说他已经炒了前头那个老板,换了个口,新老板戴副眼镜,斯斯文文,看来比较实在,中午饭老板是和伙计一起在店里吃的,不像前面那位,说好供应午餐,却打发工仔到大东门那乌七八糟的饭摊吃三块五的所谓快餐;而且脾气还很暴,动不动就骂人。新老板卖布艺玩意,也在五星街那带,生意好,请了五个小工还忙不过来。老板承诺底薪每天十元,包中餐,另有销售提成。此时离儿子开学,也就只有三十天了。

儿子幽幽地诉说着,我和他妈都不插嘴。我们发现,儿子真的长大了。

此后每晚儿子回到家,总是就先进房间写写算算,还一张张清点着从兜里掏出来那花花绿绿和电蚊香片一样大小的硬纸牌。他妈说他是在盘点当天的销售业绩,那些花花绿绿的硬纸牌面值有大有小,是月底销售提成的兑换券。

一天,餐桌上儿子心情很好,他说老板要给他加薪,五人中只他获此殊荣。"前天店里来了对老美,是我接待的,这回老板一脚进账八千多,老板说前所未有。见我能跟老外讲英语,老板更是惊讶。"看着儿子晒黑了的脸,我兴奋得连干了两杯。儿子又说,他没有告诉老板自己还读着书。我正色道:"你辞工一定要提前跟老板讲,好让他有准备招人接替。"儿子说这个他懂。

果然,儿子宣布即将结束打工时,老板还以为他嫌钱少:"再给你每天加五块,怎样?"此前老板还跟他切磋邀他入股合伙干的事呢,当老板知道他还要回学校时,差点惊跌眼镜。那时不像现在,那时柳州大学生假期打工的基本还没有。

三十天儿子赚了一千多块辛苦钱,离家时他买了条红河烟放在我书架上,对我他不说,却告诉了他妈。

儿子读的是工科,地质勘探专业,这个专业很辛苦,于是这个专业两个班八十多人几乎都是男生。但是要读好这个专业却颇不容易，因此从这个专业毕业出来，根本不愁就业。那年，我们一干人赴北京国家教育行政学院受训，每个周末，我从京南大兴出发，倒几次车赶往位于京北海淀的石油勘探开发研究院。儿子此时已签了驻在石勘院的一家石油勘探公司，搞地震波数据处理。这个大院，前身是中国石油大学，建筑布局严谨，夹杂在阴阴郁郁的古树中间，成群的喜鹊在楼廊、树柯间蹦来跳去，大院就成了热闹喧嚣中一个难得的清凉之所。这清凉之所里硕士博士身影憧憧，于是这清凉中包裹了浓郁得化不开的学术韵味。

父子同居一室，和从前一样没有多少话语。但此时的儿子，已不像在家时睡得那样恬静。我在熟睡中常常被他窸窸窣窣起床、开灯、翻书吵醒。到凌晨三四点他总算睡了后，我又会听到他不清楚的梦呓和叹息。

"考研吧你！"天亮了我说。儿子无言。

"还记得那三篇古文么？"我问。

"记得！"

"那你怕什么？"

"我怕什么？"

……

这种对话很累。于是我说，我们去郭沫若故居看看吧！儿子在电脑上查了地图，说好吧！学工科的儿子在北京五年了，去个名人故居还要查地图，这样看来，他对自己还是有主张的，而且这种主张很对我脾胃。到积水潭，下车徒步，走过几条胡同口，回头竟不见了他，只好站在路边等。几分钟后，儿子赶来："嘿，这边有家老理发店，理次发才八块。好了，以后理发有地方了。"我这才注意地从头到脚打量他，那套读书时穿的衣服松松垮垮挂在单薄的身上，显得尤其搞笑。我说不看什么故居了，我带有钱，去给你买套西装。儿子死活不干。

我们再穷，给儿子买一两套好衣服还是办得到的。但儿子说不。

当年我逼他抄古文,或许害苦了他。

三、逼儿子考研

从北京回来后,给儿子发信依然是考研、考研、考研。在QQ上,我给他灌输:"青春短暂。过去了的不能重来,你务必在三十岁前,将该拿到手的学问学历都拿了!"此后不管传去的文字、句式有何种变化,这个意思大体不变。对此,儿子不置一言,有时干脆就直接闪开。到了年底,儿子突然说决定考研了。

我很兴奋,就好像他不是决定考,而是已经考上了。此后一遇到有关考研的资料、经验之谈,我就下载整理,然后一股脑发到儿子的邮箱里去。

但他给他妈的电话却依然是上班、出差、出差、上班,一忽儿河北唐山,一忽儿川西某地,近的自驾车,远的空中飞。有一阵,去得最多的是曹妃甸。此间他喜欢上了摄影,而且上手很快,传回来的那些景色都很美。传回来的曹妃甸风光,有一张海鸥飞翔的特写令我感动莫名。一大群海鸥在蓝天里展翅飞翔,朝霞映照在它们灰白色的羽翼上,光彩夺目,雪白的扇形尾翼,被染成鲜艳欲滴的金红色;海面上碧波荡漾,万顷金光涌向水天相接的远方……

就这样很诗意地去与一百五十多万人竞争,有可能获胜吗?我心有怅恨但不能说,怕坏儿子的情绪。网络告诉我,硕士研究生入学考试虽然只有四门卷,但题量大得吓人,不经努力拼搏刻苦钻研,光看完卷就让你缴械出门。单说英语,不仅题量大,题型还特古怪,非考级可比。新东方的老师这样调侃硕士研究生英语考试:这是世界上最难的考试,因为一个单词如果有十种意思的话,它只会考你从来不会留意的最后两个意思。面对这样的考试,如果没有一年半载的充分准备,就算考过了八级也要抓瞎。

果然,这一年工科国家线 A 区英语定死在三十六分,儿子以一分之差被拉了下来。虽然儿子不在家,但这个家那段时间阴云惨淡,暮霭重重。我说话更少,喝酒更多了;不喝酒一句话不说,喝了酒就没完没了地说。妻子被我惹恼了:你这样逼他有意义吗?为什么就要读研?只要身体好,干什么不行?他就是一辈子打工又有什么不好?

是啊,这个世界上干什么不行干什么不好呢?同样是开发资源,找石油的难道就一定比收破烂的高贵?为什么非得压制孩子去读书?这身边因读而致贫的例子还少么?这身边大学毕业即失业的例子还少么?七十二行,行行出状元。你笑剃头佬贱,剃头佬笑你浮漂。这世间是人就平等,你不敬我,我又凭什么尊你!道理大家都懂,安慰别人谁都会。可子女没出息真的落到自己头上,我们有谁能开怀畅意?

我频频拨打儿子的电话,他不接。我气极,却又无可奈何。我在电脑上将那张海鸥飞翔的照片放大至满屏:儿子,你为什么不像海鸥那样高傲地飞?

四、儿子考取硕士生

终于在一个月后儿子给我发来短信:能给我八千元吗?算我借,以后一定还你。我想去北二外进修英语!积水潭胡同口儿子衣着松松垮垮的模样跳了回来,我心酸楚,立马回复:没有半点问题,十天后给你。

十天内我东挪西借,总算凑够了八千块。儿子辞了职,住进北二外学生宿舍。

国家计划内硕士研究生入学考试考四门课程,公共课的政治和外语满分为一百,两门专业课均为一百五十分,录取时全国分三区划总分和英语单科两条线,一区(A区)最高,英语是个硬指标,三区无论哪区,只要英语少一分,总分哪怕第一也无望。除此之外,各校还有大量应届毕业推免生(学校推荐免入学考试),这部分约占招生计划总数的三分之一。每年一百五六十万考生,能上去的只有二十万人不到。我劝儿子考二区或者三区,儿子说那还不如不考。

儿子报考Ａ区一所大学的海洋地质学专业，这一次，他决定全力以赴。

辞了职到学校里用功，就心无旁骛了，我因此也少了担忧。至于儿子用功程度如何，我们无从知晓。他考完后回家，他妈说这个崽瘦多了。我一看，是瘦了蛮多。

儿子说如果这次还不上他就要去查分，分数不够就查卷。他信心满满。我说你不会只是自我感觉良好吧，去年你也是很有把握的。他妈骂我你怎么就这样讨厌？

等查询成绩我比儿子还着急，公告查分明明还得等一个礼拜，我却每晚都挤进儿子报考那所学校的网站，巴望突然可以提前查分。此间我还溜进该校考研论坛，分享论坛里考生的喜怒哀乐。论坛里揪心的考生很多，分析考卷答案、估测自己分数、预测国家线等等，无所不有。估分低了的，大喊"悲催"，哀叹"杯具了"。有人还做了模，分析历年来国家线变化情况，推导出这一年的录取线。事后证明这个分析非常准确。现在的孩子聪明透顶，岂是"垮了的一代"！

可以查分的一刻到了，儿子、妻子、我齐齐站到书房里的电脑前，儿子输入姓名、考号、身份证号，说："你来点吧！"我推妻子："你来！"妻子推儿子："还是你自己来！"儿子坐下，挪动鼠标，轻轻一点，总分三百九十，英语六十八分。比对去年，这个成绩无论英语还是总分，都绰绰有余了。我一把将儿子拉起来，紧紧抱住他："儿子，好样的，祝贺你！"我轻轻拍打他背脊，说："真的难为你了……"

将近两年啊，这几百个日日夜夜是怎样挨过来的，是怎样的欢乐和痛苦，是怎样的憧憬和绝望，是怎样的放了又捡起，非此中人，绝难想象。儿子知道他不是一人在战斗，他也因此而硬挺了过来。这之中，我的作用微不足道，儿子的老师、同学、朋友，乃至他原单位同事、领导，他们给他出主意、讲方法、解难题、找真题，这种关心和帮助才是直截了当极端给力的啊！儿子在考研论坛里向志愿辅导考生的硕士生师兄求教，尽管用的是网名，还是给我发现了。我发短信给他，说那个叫"老虎"的真是助人为乐。儿子回信:你怎么总是无处不在的哩?

这一年,全国Ａ区工科学术型硕士研究生入学国家线英语、政治定在四十分,专业课定为六十分,总分为三百分。各校以一比一点二比例从高到低通知考生进入复试。也就是说,即使初试成绩很高,复试不合格同样被刷。我叮嘱儿子全身心进入复试准备,强化英语口语。儿子将五分钟的英语口语自我介绍中文稿拟稿任务交给我,我花了好半天写成发过去。他回信说你这个完全是汉语,英语是不能这样说的。

结果,在进入复试的考生中,儿子复试成绩还是名列前茅。

但很快就有一事让我们纠结起来:国家重视培养专业硕士,专业硕士好就业,学校也动员初试考得好的考生报读专硕,儿子在专硕、学硕两者间颇难取舍,问我怎么办。我问两者间最大的区别在哪里,儿子说专硕不可以直博而学硕可以。那你就按原来报考的,读学术型硕士。我这下果断了。

是海鸥,就要在大海上飞。

五、儿子读了博士

一年的基础课专业课后,儿子真的开始飞了。新疆、青海、甘肃、四川……满天飞,考察、取样、做模拟实验……等到我们收到他从疆北邮来的特产时,他人已到了川西。我疑惑不解:海洋地质学怎么老在内陆转圈?儿子说,地质都是相通的,何况几亿万年前,这些地方也是大海,真到海里去取样或实验,成本高且不说,今天的条件也还不完备。

"你要写点东西啊,研究生不能没有论文吧!"我又逼他了。

几个月后,儿子说完成了一篇论文。我让他发过来,"看看能不能在文字上为你把把关!"论文发过来,我一看就傻了眼:这哪是我能对付得了的啊?那一个个专业术语、概念,对我简直就如天书。文字方面,简洁利索、明白晓畅,十足的论文范式,我一个字也动不了。"你这个是自己弄的吗?"看看,我这是怎样一种心态!儿子对此没有任何回应,他的不回应令我无地自容。

这篇论文投向几家核心刊物,不久,桂林理工大学学报就通知说要采用。

　　这一年,学校研究生院奖励儿子发表论文两千元,加上研究生津贴节余和导师发给的酬劳,儿子一下子有了一万多进账。寒假回家,他不容商量地拿一台液晶大屏幕电视将我们用了十几年的乐华彩电打发到房间一个角落里去。

　　而他身上,还是那套松松垮垮洗得快溶了的衣服。

　　这一年,我更大的欣慰是,由于学位课程成绩都在优秀以上,经学校严格的审核、复试,儿子被批准进入博士生阶段培养。紧接着,根据"选拔一流学生、到国外一流的学科专业、师从一流导师"三个"一流"原则,经层层选拔,儿子被国家派往比利时攻读博士学位。

　　海鸥,迎着风浪展翅飞……

(原载《红豆》2016 年第 9 期)

月亮，月亮

罗张琴

日落汹涌，晚霞燎烈，每粒尘埃都散发碎金的光芒。高虎脑水库一池碧水，幽深、静谧。一群鸟儿猛然飞起又落下，落下，又飞起。大坝上的孩子，以各种姿势站立，顺着平远静穆的水面，看西边山崖被夕阳砸出一片红黄。他们不再言语，仿佛一天喧嚣，只为这一刻安宁。

周六早上，大巴载着我们，先后到单位对口帮扶的两个贫困村接留守孩子，走水电站、看水工程、赏水生态。水是生命之源，领着留守孩子一起，亲水知水爱水，与自然亲密接触，该是能帮助他们找到重回母亲怀抱的感觉吧。

已是九月，秋的明亮澄澈似乎没能在这些孩子身上留下任何印迹，更多是羞赧、拘谨。他们身形局促、神色黯淡。女孩子清一色扎着马尾，似有力不从心之感。男孩子衣着马虎，大多还趿着疲沓的拖鞋。

留守孩子被天上同一轮明月所照，却总会让人发出一种无可奈何的感叹。他们不仅不能像其他孩子那样，头抵妈妈温暖的怀抱、手摸爸爸慈爱的微笑入睡，而且时常被"失爱"和穷困包围。幼小的生命被孤独"留"太久，也许微笑、自尊、自信，还有点点滴滴的幸福感就快要"守"不住。打拼的至亲，是离土的蒲公英，在外面的世界无根飘浮。孩子呢，却是蒲公英散落在家乡的种子。种子，太轻太微，年年岁岁，日日夜夜，只能对着远方思念。思念将月亮撑满，越近中秋越圆。团圆的深刻意义在于父爱母爱都是心灵所需。盼不回父母,圆月成了留守孩子内心最难耐的荒凉。

我和她几乎是同时看到彼此。招招手,她在我身边的空位坐下。这个瘦小、清秀、干练的女孩叫莲儿,是我"一对一"帮扶对象的孩子。莲儿嘴角下弯,天生苦役者般的神情。动人的,是眼睛。在她那双眼睛里,始终透着一种习惯太多灾难之后的无限安详的眼神。莲儿一出生似乎就面临险境:妈妈被查出患尿毒症,双肾萎缩,因血小板偏少无法做血液透析,靠药物维持。每吃一个疗程的药就得辗转省城复查一次,被病痛折磨到只剩一把骨头。爸爸为填补被病魔捅大的生活窟窿,没日没夜在县城打拼,电工、泥瓦工、农机修理工……兼着好几份职。只是,这个窟窿太大了,吞光血汗钱的同时,几乎将一个家庭的笑声吞没。爸爸越来越阴郁,妈妈越来越虚弱,爷爷奶奶越来越衰老,莲儿闷声不响,咬紧牙关将里里外外的许多活一件接一件地做。她忘了自己还只是个十岁出头的孩子。

第一次见莲儿,在她家,贫困户调查摸底。"家徒四壁"真实存在于眼前,我没能忍住一声叹息。她很敏感,觉得叹息太刺耳,猛睁着一双凛冽的大眼深深看了我一眼。对后来开展的调查,她既不热络,也不拒绝,更不害怕,问一句答一句。罕见的早慧,坦荡的冷漠,令人生畏。记录完基本情况,我离开,颇有落荒而逃之感。读书人的同情,组织的调查,对这样的家庭会有用吗?有没有除调查和同情之外的一种方法,能帮到这个风雨飘摇、空荡荡的家?我辗转反侧。

三年扶贫攻坚战让我们不断相见。

第二次见,我带着一笔不多的捐款。那是全系统干部职工响应倡议,献出汩汩爱心汇集而来的善款。点滴互助,于她生活的改善或许只是杯水车薪,可于纷繁的世道,却还是能传播一些仿若古风的东西,聊作人心的慰藉。

第三次,是"六一"儿童节,送她一个毛茸茸的布娃娃和一些书。与她沿着田埂一直走,将国家扶贫政策挨个讲遍。我注意到,讲关于教育和医疗的扶贫政策时,她听得最仔细。

第四次,填报短期扶贫产业扶持资金申请表。五千元不多,但足够帮助她家买回来一头小母牛。

第五次,县里组织贫困户发展长期扶贫产业,从农艺局帮她家领回来五十株井冈蜜柚苗。记得那天,天下着蒙蒙细雨,我们一起,在门前荒坡,整地,打穴,栽种。春来发枝,秋到挂果的憧憬,全在我们的相视一笑里。

对于莲儿,扶贫的点点滴滴像是对她生命的一次更新,她不再假装自己无喜无忧无惧。她有了暖意的体温。她每天都在尝试,一点一点,与这个世界亲密和解。她会笑了,会主动找我说话了——"爷爷到牛圩挑了一头小母牛,用县上补助的钱""妈妈解决了低保,缺钱看病的窟窿从此小了一点""爸爸不再是'机器人',会咧嘴乐了""《钢铁是怎样炼成的》这本书我最喜欢,就想做个'铁姑娘',撑起这个家"……

车子一摇一晃,莲儿低垂弦月般分外迷人的眼睛,斜靠我肩上睡着了。我轻轻执起她的手,唯愿手心相抵的温暖可以助她穿越岁月无情的甲胄,她美好的面目不为一切悲哀之魔所啮伤。环顾车内其他孩子,相互熟悉的,正咬着耳朵,吃着东西,偶尔低声惊叹天地万物之美。醒着的,端正一张满怀期待的脸,东看看西瞧瞧。困倦的,歪着脖子,微张着嘴,似有若无地吐着"睡泡泡"。有什么东西在我眼眶里涔涔萌动。窗外掠过金黄的稻田,沿路有荷塘。残荷、断梗、枯莲蓬悬浮水面,像旧歌本上的五线谱,那是区别于蓬勃的另外一种美。

站在坝上,看秋时的山,树叶斑斓,野果满树。山环拢着水,头插枫红,身染桂香,似柔美恬静的姑娘。孩子脸上有圣洁的光芒。想来,人在山水草木间的成长,才是平等的、融洽的。一不小心,谁手中握着的果子落入江心,激荡起一圈一圈的涟漪。

"姐姐,我们能不能等到月亮升起再回去?"孩子的眉眼,全是水月亮的痕迹。

"好,我们一起等月亮。"妙造自然,最令人神往的,莫过于明月映照着湖水。月色朗洁,清辉遍照,山长水阔的牵挂,经风,送抵海角天涯。

坝上,铺几张圆圆满满的简易塑料布,间距相等,将圆分成好些"格"。"格"中,放有月饼、水果、香花生。有孩子轻轻一掰,手中的石榴,露出红红的果粒,多像一颗颗剔透晶莹的心。"格"对应赏月的位子,孩子们坐一个,空一个,想来是有意为藏在月饼里的妈妈或者爸爸留着的。暮色四合。我凝视那些瘦瘦小小的剪影。剪影面山向水,与晚霞秋风一起构成了光感、线条、空间比例,构成了画面以及心灵。思绪很远,困窘的现实也已成过去,此刻,他们心里只待银盘似的月亮到来。

亘古不变的月亮,古老而饱满的生命,千万年来,见证那么多的幸福,见识那么多的愁苦,却始终不动声色,在人类心灵的河流寂寂流淌。它是所有行走天涯人的乡愁,是所有留守故乡孩子的念想。

月亮还未从东山升起。不知谁起头,竟让月亮先泗水而过,哽哽咽咽,湿润了小小的心:

——想和爸妈过中秋。月饼好甜,月亮好圆。

——中秋爸妈不回来。月亮,是能飞的翅膀。

——中秋,敞开窗户睡觉。月亮伏上被子,就像妈妈的手抚摸我的脸庞。

——八月十五,我在村口借月光,爸爸回家不害怕。

秀秀甩甩头:"都不会说,惹出眼泪来有什么好。中秋除了月亮,不是还有火烧塔么?多好玩啊,你们怎么不说?"秀秀,本是最该哭泣的孩子啊。她的疯妈妈不知流落哪个他乡,她的爸爸是智障。此刻,她小脸涨得通红。急急语速渲染下,我似乎从她眼睛里,看到了两束可照耀未来、点燃希望的火苗。火苗,在火烧塔绵延过来的快乐火苗的映照下,贫穷的桎梏,生活的窘迫,再可怕,破坏终究有限,生活的欢愉和璀璨的笑靥终将这些苦痛睥睨,踩在脚下。

我遥想一个画面:皎皎之夜,星星提灯聚拢而来,夜里苍穹犹如一个充满萤火虫的童话世界。村子中央大片大大的晒谷场,垒起一座座火烧塔。孩子围着塔,唱歌,跳舞,往塔里添火加柴。火苗蹿得好高,炽热了青灰的塔身,煨熟了躺在塔尖瓦片上的黄豆、花生,温暖了天上清冷的月亮。黄豆、花生、月亮忍不住,齐齐咧嘴大笑。银河般的夜幕里,这些远离父母、体温微凉的孩子和静谧的事物,一起发光。

  一轮明月,穿心而过。归去,繁霜洒在一路花草上。天上是否鸿雁来,檐下有无玄鸟归,已经不重要了。中秋的温情,此刻团圆在孩子们明亮的瞳孔里。

(原载2016年9月15日《江西日报》)

绥远,绥远

艾贝保·热合曼

在乌鲁木齐生活久了,你就会发现这是一座典型的混血城市。单从一些很有意思的地名上来看,就可以断定居住在这里的人们,除了那些土生土长的原住民,还有来自天南地北的移民,而且时间非常久远。就以坐落于城南水源地的乌拉泊古城而言,"建于唐代沿用至元,是乌鲁木齐现存时代最早的古城遗址"(引自乌拉泊古城全国重点文物保护单位刻立碑文)。据一些专家考证,这就是历史上赫赫有名的古轮台税城,由此联想到边塞诗人岑参的诗句:"轮台九月风夜吼,一川碎石大如斗",足以印证很久以前乌鲁木齐就是一个交通要塞,留下过南来北往的古代行人的印迹。如果我们再探究一下乌鲁木齐这个名称,则是以蒙古族语言来命名的,其意为"优美的牧场",同样也能说明这座城市的地貌特征,各民族共同生活的历史传统。而且放牧和牧场的概念一直保留到现在,无论东山、达坂城,还是南山,均属半农半牧地区,一部分农牧民的生活收入,依旧来自于牲畜养殖。小时候一到春季,远在托克逊的维吾尔族牧羊人,甚至翻山越岭把羊群赶到乌鲁木齐周边的山上来放牧,后来才知道,这些山地同样也属于托克逊人的过渡草场。

在乌鲁木齐外围,比如达坂城就有"兰州湾子"这样的地名,顾名思义,和甘肃兰州有关。听老人们讲,清朝末期有几户回族杨姓人家,因生活所迫,一路向西来到达坂城东沟,本想暂作休整继续向前行进,但看到这里水草茂盛,土地肥沃,是一个养家糊口的好地方，便有所迷恋，从此留在了此地。到了乌鲁木齐北郊，地窝堡乡有个行政村则叫"河南庄子"（立新村），80年代末90年代初，我曾在地窝堡乡任职，经常到河南庄子走访，所到之处大抵河南口音。他们有不少是1941年河南尉氏等县闹水灾后灾民的后裔，有一个突出特点，就是勤劳能吃苦。那些年，地窝堡机场西侧312国道旁一片片鲜绿诱人的韭菜，就是河南庄子的招牌蔬菜，不知装满了多少乌鲁木齐人的菜篮子。再往安宁渠四十户乡，还有一个村子叫"广东庄子"，一下子从北方到了南方。民间有两种说法：一说原先这里是一个驿站，林则徐当年发配伊犁，在此地短暂停留，一些随行的年老体弱者再无力前行，就留在这里，从此有了广东庄子这个地名。另一种说法是二百多年前，由于一批广东人被官府流放到这里拓荒开垦，所以才有了这个具有地域特征和充满血泪史的地名。

后来昌吉回族自治州米泉县划归乌鲁木齐市管辖，我就对"三道坝"、"古牧地"（乌鲁木齐有马料地）、"黑沟"和"羊毛工"这些地名非常感兴趣。就以羊毛工为例，不了解历史的人很容易望文生义，以为这里曾经是盛产羊毛的地方，其实羊毛工这个名字却与青海有关。光绪二十年，青海西宁地区发生灾荒，一个叫南川羊毛沟的十来户回族人沿途乞讨到了新疆，被遣送至三个泉一带开荒种地，后来逐渐形成村庄，为了不忘家乡，怀念故土，便将拓荒之地以羊毛工相称。在这里"工"即为村落，据考证最早也是出自青海，像甘都工、黑成子工、卡尔岗工等，都和垦荒有密切联系。由此联想到乌鲁木齐头工、二工、三工和中营工这些村落的名称，最早大概也是如此来由。

而乌鲁木齐城区，随便举几个地名例子，地域色彩也很浓郁，而且大都集中在天山区一带。宁夏湾、固原巷、山西巷等，都是老人们耳熟能详的地名，说起来雪白的胡子和记忆中，深藏着不少难以忘怀的故事。而且乌鲁木齐城区的回族人口，生活在这一带的，相对而言也比较多，加之回族有着围寺而居的古老传统，一些清真寺因此也明显带有地域符号：如陕西大寺、河州寺、青海寺、固原寺、绥远寺等，由此可以推断，乌鲁木齐回族的先民,主要来自于陕甘宁青和山西等地。

说实在的,自打结婚以后,我的注意力更多地放在了"山西巷",以及由此派生的"山西"和"绥远"这两个地理名称上面。从艾贝保·热合曼这个名字,一眼就可认定我是维吾尔族,然而我的妻子却是有着柯尔克孜血统的回族。因而除了对维吾尔族历史文化有着浓厚的兴趣之外,我对回族风土人情和民俗关注度也很高。而之所以对"山西巷"情有独钟,说到底还是源自于岳父一家的影响。岳父不止一次对我们讲,山西巷最早是一个人头攒动的热闹"巴扎"(集市),官名龙泉街。实际则是一条半截死巷道,进出口都在东头,与现在南北走向的解放路交会,往西则是新华南路。岳父说之所以叫做"龙泉街",自然和这里的一眼自喷清泉有关,泉水常年汩汩流淌,挑水的、拉水的、驮水的人和牲畜络绎不绝。也因为这一眼清泉的关系,后来一个叫季登魁的山西大同人看中了这块风水宝地,便在这里开设了"山西驼场",成了奔波于内地与边疆驼户的一个驿站和货物集散地。时间一长,人们就记住了山西巷这个名字,而龙泉街不是标识在公交车站站牌上,就是存留在书面文字里,人们一般很少提及。

岳父说,他还是尕小伙的时候,总是隔三岔五去山西巷转一圈,这当然也是受到父辈潜移默化的影响,虽说当时已是30年代初期,汽车开始通行,驼运日渐衰落,岳父还是想一睹"山西人"的亲切面容,听一听来自远方骆驼嘶鸣的动听声音。每每讲到这些的时候,岳父都会停顿一阵,端起茶碗喝一口茶水,面容显得有些焦虑,而眼神透露着苍凉和无奈。即使以后成家立业,举家迁至八道湾,后来又到芦草沟,只要有机会进城,岳父还是情不自禁来到山西巷,这里瞅一瞅,那里溜达溜达,好像能够穿越时空,让自己回到当年山西人出出进进的独特场景,时刻提醒自己:"我是骆驼客的后代,我的根在山西!"

实际上后来我从岳母口中听得最多的不是山西,而是绥远这个名字。一开始我也糊涂,怎么一会儿山西,一会儿绥远,二者到底是什么关系,是不是把这两个从未到过的地方搞混淆了。

这个一直让儿女们纠结的问题,岳父说不清楚,岳母也弄不明白,但从两个老人断断续续却又时而清晰、时而模糊的叙述当中,似乎又觉得这两个地方或多或少有着内在的必然联系。直到后来查阅很多历史资料,加之岳父岳母提供的从岳父上一辈那里得来的一些基本情况,证明山西和绥远历史上确实曾经有过一段特殊的关系。

据史料记载,早在清朝时期,绥远为归绥道,属山西省管辖,1914年袁世凯政府将之分出山西,与兴和道建立绥远特别区,到了1928年改称绥远省,省会为归绥,也就是现在的内蒙古自治区首府呼和浩特市。所以后来我坐火车路过河北张家口、山西大同、内蒙古集宁和呼和浩特的时候,我的眼睛总是一眨不眨,总想着我们的太爷辈,或许曾经就生活或者奔波于这片地域。我的大妻哥,一段时间甚至萌发了到山西和呼和浩特寻根问祖的冲动,只是因为时间太久远,亲人间的音讯早已隔断,就像大海捞针,怎么找,去哪里找,希望非常渺茫。加之那些年生活条件根本不容许,运动又频繁,关键是岳父头戴一顶富农分子的帽子,子女受株连,只有老老实实接受劳动改造的份,怎么可能有机会让你出远门去找亲戚呢,想一想也很不现实,只能就此作罢。

而岳父自称是骆驼客的后裔,完全是小时候从他的父辈那里,通过口口相传承袭下来的。后来岳父和岳母成婚,先后养育四男四女八个孩子,两位老人就把山西和绥远这两个既陌生又遥远的名字,不停地灌输给儿女,目的也只有一个,让子孙后代永远不要忘了自己的祖籍在哪里。

前面我讲到,历史上乌鲁木齐回族的先民主要来自陕甘宁青和山西,而之所以背井离乡、远赴新疆,大致可分为这几种情形:从军征战、流放发配、逃难谋生、垦荒屯田和经商做生意。岳父的父亲就属于后者,跟着别人拉骆驼,跑贩运,走新疆。那么远的路途,穿戈壁、越沙漠、翻大山、过险滩,驼队见首不见尾,步履缓慢、疲惫不堪,抗御自然灾害和土匪打劫的能力都很弱。出一次门不是十天半月,而是整整几个月时间,没有相当毅力、决心和一个健康的身体,很难走完全部路程。丝绸之路打开中国和外国的通商之门,茶马古道连接内地和边疆的供需,而兴盛于新(疆)绥(内蒙)的驼运线路,从早期清朝的军用所需,发展到后来的民间所求,大抵都靠"沙漠之舟"骆驼来完成,而那些"牵骆驼的人",则是有着吃苦耐劳和经营头脑的绥晋之人,我们的爷爷就是其中之一。

儿女经常问岳父这样一个问题:"那么远的路咋么走呢(音尼)么?骆驼都驮着些啥(音撒)东西?"这个时候岳母就脸带着微笑看着岳父,而岳父则捋一捋白色的胡须哈哈一笑道:"听老人说,他们出绥远,过包头,穿宁夏,绕甘肃,进新疆!"这个"老人"指的是岳父的父亲,我们的爷爷。"不过我也听你们的阿爷说,有的时候走到半道,也有可能迷路绕圈子,多走一些冤枉路。"岳父补充说。"骆驼驮的啥(音撒)?来的时候是茶呀、布呀、药呀、糖呀啥(音撒)的,回去的时候是皮子呀、毛呀、毯子呀、葡萄干啥(音撒)的,反正不走空趟子!"岳父总是好像自己也当过骆驼客似的,这时候脸上笑成一朵花,有点扬扬得意的样子。

虽然是孩提时代听大人们讲的,但都深深刻在了岳父的脑海里。这一点我是非常敬佩岳父的,记忆力出众,人聪明,善钻研,手艺好。早先在乌鲁木齐的时候,就学得一手做豆腐和做糖的本事,后来搬到乡下,种地又是一把好手,地里头不管啥活,没有他不精通的,要干就要比别人干得好,没有不佩服的。后来我和妻子成了一家人后,夏天吃的菜都是岳父自己种的,包括韭菜、辣子、茄子和西红柿,还有豆角芹菜啥的,样样行行,一个不少,不要说我们了,街坊四邻也都受益不少。不过最令人叫绝的,还是岳父的多面手和文化素养,多面手是指他除了农活,还能干木工活、泥瓦活、皮匠活,而且一干就是师傅,别人只能打下手。岳父没有上过几天学,但讲起《三国》和《水浒》,一套一套的,唱起秦腔也是一折一折,而且伴有动作,一招一式都很到位,不服都不行。不过岳父说得最多的,还是新疆解放前的一些历史和掌故,尤其是和我父亲,也就是两个亲家坐在一起的时候,总是少不了这个话题:什么盛世才、霍加·尼亚孜、马仲英、骑五军等,只要打开话匣子,一时半会儿刹不住车。特别是"骑五军"(听成了"齐武俊"),以前我总以为是一个人的名字,后来才搞清楚,骑五军原来是青海马步芳骑兵部队的一个简称。

根据岳父的转述,后来我专门查阅了《乌鲁木齐志》,果然和岳父的说法大体上一致。史料中记载:清末是新疆至绥远间驼运的鼎盛时期。清光绪十年(1884年),大约有1万峰骆驼来往于归绥与迪化之间,到了民国十九至二十一年(1930—1932年),迪化仍然有五六千峰骆驼从事长途贩运。而这历史悠久的驼运线路主要有两条:一条称之为"大草地"和"北路",自迪化向东北方向行至古城(今奇台,在维吾尔语发音中奇台就是古城),再向北经阿尔泰地区东部,进入今蒙古国科布多边境大草地东南行回到我国绥远境内,最后途经百灵庙、武川到达归绥;或者由迪化经古城东去镇西(今巴里坤),再折向东北进入今蒙古国境内,再沿上述线路到归绥。另一条路是"小草地",从迪化出发后一路向东经古城到木垒,再过七角井、哈密,到甘肃北部的居延、额济纳旗,之后由宁夏北部进入绥远,最终经包头、武川达归绥;或者由迪化经古城、镇西,由明水沿前述路线到达归绥。

经过分析和判断,我觉得我们的那个"阿爷"和他们的驼队,选择的是驼运北路。有两个理由:一是岳父在几十年的叙述过程中,经常提到"阿山"和"伊犁河"这两个名称。"阿山"就是阿尔泰山的简称,尤其以盛产黄金著称,说不定骆驼客间或顺道做一些黄金生意。二是我前面提到,妻子有着柯尔克孜族血统,而柯尔克孜族在新疆的分布情况是,除了大都集中在南疆克州和周边一些乡村牧区外,还有一些居住在伊犁州的一些地方,相对集中在特克斯县和昭苏县,而且还有夏特和阔克铁热克两个柯尔克孜族民族乡。由此可以断定,岳父的父亲不但走驼运北道,而且最远还到了伊犁。不仅如此,还在伊犁这块充满诗情画意的地方,娶了一个柯尔克孜族女人为妻,为我们生下一个浓眉大眼、英武漂亮的父亲和岳父。而这样的岳父和曾为大家闺秀的美丽岳母结合,所生养的八个孩子,男的出落得俊朗和气度不凡,孝敬父母,成为女孩子追慕的对象;女的则是天生的美人坯子,一个比一个漂亮,一个比一个知书达理,攀亲的、说媒的、偷偷一封一封写情书的,为数不少。但从相貌上而言,多多少少都有一些混血的痕迹,随岳父的特征就明显一些,而随岳母的特征则不太突出。女孩当中,妻子的相貌比较接近我们的柯尔克孜族奶奶,不说话外人总以为她是维吾尔族。走在大街上,问道的维吾尔族老乡,一开口都对她讲维吾尔语。男孩当中,大小舅子一双眼睛最突出,大大的、深深的,双眼皮,因为开出租,如果是维吾尔族乘客,门一开就跟他说明要去的地方,诸如"董阔热克噶巴然木斯孜(二道桥您去么)?"或者"乌斯塔,特孜,特孜,乌琼其都克都尔汗噶巴热曼(师傅,快,快,我要去三医院)!"弄得大小舅子哭笑不得。这就是遗传基因的力量,抹杀不去,遮挡不住,而且还会一代一代传下去。

　　是的,我们的奶奶是柯尔克孜族。一些从血脉里带来的东西,那是根深蒂固,至死也不能改变的。譬如饮食习惯,虽说嫁了爷爷之后"夫唱妇随",逐渐适应新的生活,然而喝奶茶,吃馕饼的嗜好一直保留着。一次奶奶突然想吃熏马肠了,而附近又没有,简直馋得不行,眼泪汪汪地望着爷爷,一副可怜巴巴的样子。爷爷于心不忍,四处打听,听说乌鲁木齐有的卖,大冬天的冒着严寒,从早赶到晚,硬是长途跋涉几十公里,自己饿着肚子,却给焦急等待的柯尔克孜族奶奶弄回来一两截熏马肉和马肠子,放进锅里用水煮了,不等肉熟了,仅凭弥漫在满屋子的熟悉而又久违的亲切味道,我们的奶奶就一边吸着鼻子,一边泪流满面地连声对爷爷竖着大拇指夸耀说:"外巴约胡大,加克斯,加克斯(主啊,好,太好了啊)!"

　　阿爷从那么远的地方来,举目无亲,人生地不熟,而且又是不同民族,虽说都信仰伊斯兰教,但毕竟语言不通,无法交流。而且一个是来自绥远农耕人家的骆驼客,一个是世代逐水草而居的游牧民,生活习俗天差地别,双方怎么适应,彼此如何了解,关键是两人是怎么走到了一起的?莫非绥远本身就意味着"随缘"，是真主的安排，命中注定的，真正意义上的"千里姻缘一线牵"了。

岳父告诉我们，爷爷是随舅舅一起来的，一个单趟就达数月之久，一个来回则是一年半载。先是舅舅在伊犁娶了一个柯尔克孜族老婆，见爷爷也到了男大当婚的岁数（我估计也就20岁出头），就也给爷爷说了一房柯尔克孜族媳妇。岳父说，实际上爷爷的舅舅这个时候在新绥两地都成了家，也就是说在老家绥远早已有家室，到新疆伊犁又找了一个女人。然而世上没有不透风的墙，时间不长，这个消息就传到了绥远，紧接着老家那边就来人，跟爷爷的舅舅讨要说法。说是讨说法，实则不由分说"棒打鸳鸯"散，几乎采取"绑架"的手段，强行将爷爷的舅舅和柯尔克孜族女人分开，一路哭着、闹着、横断着把他押回了绥远。

因为来者不善，不是别人，而是爷爷舅舅的儿子。那可是眼里容不得半粒沙子，母亲在老家眼巴巴盼着团聚，老子却在遥远他乡有了新的老婆，是可忍孰不可忍啊，"不跟着一起回家，这就死给你看！"儿子最终在随行者们的鼓励和撺掇下，向父亲发了毒誓。儿子是一个犟脾气，冲得很，也横得很，拳头捏得"嘎巴嘎巴"响，眼珠子瞪得牛一样，呼呼喘着粗气，脖子的筋都端扎着，一副不依不饶的样子，这么危机的时候，稍微有个闪失，说出人命就出人命了。就这样，爷爷的舅舅权衡再三，最终不得不撇下可怜的柯尔克孜族女人，眼含着热泪，满怀着愧疚，无可奈何而又一步一回头地跟着儿子他们走了。岳父说，爷爷的舅舅其实也是因为心地善良，才娶了那个柯尔克孜族女人。包括爷爷的那个女人，都属于山那边异国他乡的逃难者，生活无着落，前途一片黯淡，加之又是女人，危险和不测随时存在。爷爷的舅舅最后也是动了恻隐之心，才萌生了再娶一房女人的想法，不料想到头来落得这么一个结局，心里肯定非常难受，却又无能为力，也算是一个悲剧。我们就问岳父，那为什么不把爷爷也一起"押"回绥远？岳父说，因为爷爷这时已经有了孩子。儿女是父母的心头肉，再把父亲从儿女身边活活"押"走，一个是太残忍，再一个这一回"死给你看"的，很有可能就是爷爷的这个柯尔克孜族女人了。

实际上,绥远骆驼客在新疆再讨一房老婆的事情并不稀奇。就在笔者为撰写此文收集素材的日子,就听到了这样一个故事:说是一个绥远骆驼客到了乌鲁木齐,经人介绍娶了当地的一个女人。这个女人生性泼辣,倔强,敢说敢做,用现在的时髦词语来形容,活脱脱就是一个"女汉子"。故事乍一听有些雷同,往后再发展,却又出乎人的意料。就是说,这个绥远骆驼客,和我们爷爷的舅舅一样,也是先有绥远的家室,再有迪化的老婆。绥远的女人见男人一去不回,不但让儿子来寻找父亲,而且自己也跟着一起撵上来了。到了山西巷子一带一打听,骆驼客果真有了新的家庭,这还了得,哭天抢地、歇斯底里就登门去兴师问罪。然而母子俩根本不是泼辣女人的对手,劈头盖脸一顿擀面杖,三下五除二,就把远道而来的母子俩打出了家门。可怜的绥远女人和儿子哪里见过这阵势,一边尖叫着,一边抱头逃窜,丢了魂一样,一时找不到一个藏身的地方。

正当母子俩惊魂未定,沿着巷子铆足了劲往外逃窜时,突然一个院门打开了,紧接着出来一个女人,不由分说把母子俩藏了起来。泼辣女人大喊大叫着,紧跟着就从后面追过来,一看人不见,挨家挨户开始找,一边找还一边破口大骂:"我们可是正儿八经办过手续的,亲戚邻居哪一个不知道,你还野猫想赶家猫走,满大街坏我的名声,胆子也真是太大了,这不是找上门来找挨打吗!"泼辣女人喧宾夺主,反戈一击,底气足得就跟快要爆裂的气球一样,反倒把一路按图索骥、一门心思想着要物归原主的一对母子吓了个半死,硬是躲在别人床底下,颤抖着身子,屏住呼吸,不敢动弹。男人夹在两个女人中间,手心手背都是肉,深不得、浅不得,最终还是强龙压不住地头蛇,绥远来的母子俩,满含着悲愤与羞辱,重又回了绥远。直到后来都上了岁数,而且听说绥远的女人重病在身,泼辣女人这才良心发现,不但准许男人回了一趟绥远,而且大大方方,自己也一道陪着去了。据说,两个女人见面的场面特别感人,很多人都掉下了眼泪。

后来新绥两地的驼运逐渐衰败,爷爷一家流落到了昌吉,再后来兵荒马乱,局势动荡,老百姓就成了替罪羊。那个时候,新疆历史上发生了一些大事情:甘肃的军阀马仲英先后两次率兵进疆,1933年春夏,马仲英竟然把迪化城围困了起来。四面楚歌的迪化城爆发了"四一二政变",而"九一八"事变后,由苏联退入新疆的东北抗日义勇军将领和归化军联手发动军事政变,把省主席金树仁赶下台,刘文龙被推举为临时政府主席,具有实权的东路剿匪总指挥盛世才被推选为新疆督办。就是在这种背景下,迪化的军事政变和权力更迭,自然引发不少残酷的斗争和充满血腥味的屠杀,并波及近在咫尺的昌吉,伤及了无数的无辜百姓。岳父说,有一天一队人马追追杀杀到了昌吉,到处枪声不断,大街小巷笼罩在一片恐怖之中,人们躲在家里不敢出门,然而依旧不能摆脱苦难的命运。那一天爷爷的家里突然闯入几个荷枪实弹的,不由分说举枪就开始向人射击。爷爷出于本能,第一时间老母鸡护小鸡一样,把婆姨娃娃挡在了身后。一声枪响,子弹先是洞穿了爷爷的胸膛,接着子弹又穿膛而过,一下射中了柯尔克孜族奶奶的躯体。令人不可思议的是,罪恶的子弹仍然没有停下来,继续在爷爷大女儿身上发威,刹那间把她的胳膊也打伤了。岳父说,当时他姐姐,后来成了我们的姑妈,胳膊一下子就折了,很不听使唤地甩着,而当子弹运行到岳父身上的时候,总算没有再造成伤害,而是在他身上燃起了火花,岳父急中生智,一个原地打滚,才将火扑灭。只有小姑妈安然无恙,那是因为她用最快的速度藏在了窗帘后面。大冬天的,一家人都穿着厚厚的棉衣,可是杜世曼的一颗子弹,就这样接二连三伤害到亲人的身体,齐刷刷四个人躺在血泊中,最终两个大人离开了人世,一个孩子终生残疾。岳父每每说到这里的时候,一家人唏嘘不已,潸然泪下,尤其是我的妻子,很长时间有一个心结打不开。

既然舅舅都"押"回绥远去了,那么这个"生不见人,死不见尸"的外甥的下落,就没人再过问一声吗?人心又不是石头长的,难道就不心疼这个孤苦伶仃的木萨普尔吗?或者是已经听说了什么不幸的消息,却因为路途太遥远,天下又很不太平,到处烧杀抢掠,最终心有余而力不足,遗憾终生了。

三个孩子从此成了孤儿,分别被人领到三户人家。妻子推算,当时大姑妈13岁,岳父11岁,小姑妈9岁,从此一家不知道一家的消息。直到岳父即将结婚的时候,大姑妈才找上门来,这时她已经成婚有了孩子。而那个给人当了童养媳的小姑妈,和岳父的见面,则是到了更晚的时候。岳父告诉我们,父母双亡以后,他被一个没儿汉的老两口收留了,卖了一年的奶子后,被爷爷在乌鲁木齐的一个朋友发现,就把岳父从昌吉带到了乌鲁木齐。没有多长时间,这个爷爷的朋友,又把岳父送到他的岳父家,实际上是给他的岳父找了一个长工。夏天到八道湾种地,冬天回到城里打工,不是粉房就是糖房,受了很多苦,也学会了很多手艺。我岳母家姓周,当年在八道湾置得一片耕地,爷爷朋友的那个岳父正好就给岳母家当佃户,每年一到春上,一家人都搬到八道湾。因为年富力强,又是种地的好把式,岳母家大人为了守住土地,关键是岳母家几个男人,都年纪轻轻就遇害了(岳母家的这一段悲痛历史,我在《遥远的梧桐窝子》一文中作过叙述),家里缺少男丁,卖了土地就意味着败家,后来没有办法,就招岳父当了上门女婿。一开始这桩婚姻很不被看好,岳母家是有钱人家出身,城里有一大院房产,直到我大舅哥结婚那阵子,还靠吃房租补贴家用。加之岳母是大家闺秀,上过迪化回民女子中学和经文学校,号称经、书两家学,能识文断字,和一个没爹没娘的散漫惯的莽撞汉子结婚,总觉得太不般配,太让岳母受委屈,却又实在无可奈何,只能牺牲了岳母,来保全八道湾那一片土地。

　　岳母家之所以如此看重这一片土地,哪怕不惜这么大代价,让岳母屈身下嫁,一个根本原因,还是在于想留下对失去亲人的一个最直接的念想(外爷爷和他的弟弟,两个活生生的家中顶梁柱,突然一夜之间失联于梧桐窝子,从此渺无音讯),而要让这个念想保持得更长久,家里没有一个遮风挡雨、顶天立地的男人,是万万不可能的。事实最终证明,这个男人不是别人,就是真主派来的我们的岳父。

　　人家是从农村走向城市,岳父家则是由城市一步步向农村迈进，归根结底还是和土地有关。从八道湾到芦草沟，先近后远，即便到了芦草沟，还是摆脱不了不停搬家的宿命（妻子说这是受了爷爷辈奔波命运的影响）。先是红土湾子（现在的水磨沟区石人沟村），后又因为做豆腐的手艺，举家到了十二队（米东区人民庄子），再后来就到了芦草沟村二队。就这样，岳父家从此在芦草沟村二队扎下根，直到两个老人先后归真，一待就是五十五年。从一开始的一个孤儿，到后来的八个儿女，再到后来的十八个孙儿孙女，直到今天的十五个重孙子，总共四代人，包括女婿媳妇总共六十五口人，可以说是一个庞大的家族了。

岳父岳母在世的时候，念个索，干个尔麦里，除去阿訇曼拉和亲戚街坊，仅自家人就要待上五六桌子，虽说一个个忙得团团转，累得够呛，却又一个个脸上乐开了花。几代人同堂享受天伦之乐，要的就是这个兴旺的人气，难忘的时刻。也正因为儿孙满堂，即使岳父岳母已成为亡人，儿孙们依旧发扬着两位老人留下的美好传统，那就是每每到了爷爷无常的忌日，一定会轮流举行或大或小的祈祷仪式，为我们的爷爷做个好杜瓦，为所有已经故去的亲人们做个好杜瓦，当然也包括遥远的绥远和那些离世的却又不知姓名的亲戚们……

（原载《民族文学》2016年第11期）

冬 夜 记

李 娟

"我要一个宝葫芦。雪青色的。"

小时候的富蕴县,冬天真冷啊。睡到天亮,脚都是冰凉的。我和我妈睡一个被窝,每当我的脚不小心触到她,总会令她惊醒于尖锐的冰意。被子那么厚,那么沉,却是个大冰箱,把我浑身的冰冷牢牢保存。然而被子之外更冷。我俩睡在杂货店的货架后面。炉火烧到前半夜就熄透了,冷却后的铁皮炉和铁皮火墙比一切的寒冷都冷。那时,我还是个八九岁的孩子,就已经开始失眠了。我总是静静躺在黑暗中,相峙于四面八方的坚固寒意。不只是冷,潜伏于白昼中的许多细碎恍惚的疑惑也在这寒冷中渐渐清晰,膨胀,迸裂,枝繁叶茂。我正在成长。一遇到喧嚣便欢乐,一遇到寂静便恐慌。我睡不着,又不敢翻身。若惊醒我妈,她有时会温柔地哄我,有时烦躁地打骂我。我不知道哪一个是真实的她。我活了不到十年,对所处世界还不太熟悉不太理解。好在不到十年就已经攒存了许多记忆,便一桩桩一件件细细回想。黑暗无限大。我一面为寒冷而痛苦,一面又为成长而激动。

就在这时,有一个姑娘远远走来了。

我过于清晰地感觉到她浑身披戴月光前来的模样。她独自穿过长长的,铺满冰雪的街道,坚定地越来越近。仿佛有一个约定已被我忘记,但她还记着。

我倾听许久,终于响起了敲门声。我惊醒般翻身坐起。听到我妈大喊:"谁?"

仿佛几经辗转,我俩在这世上的联系仍存一线细细微光。仿佛再无路可走,她沿光而来。在门的另一边轻盈停止,仿佛全新。

她的声音清晰响起:"我要一个宝葫芦。雪青色的。"

我妈披衣起身,持手电筒走向柜台。我听见她寻摸了一阵,又向门边走去。我裹着被子,看到手电筒的光芒在黑暗中晃动,看到一张纸币从门缝里递进来,又看到我妈把那个小小的玻璃饰品从门缝塞出去。这时,才真正醒来。

小时候的富蕴县真远啊。真小。就四五条街道,高大的杨树和白桦树长满街道两侧,低矮的房屋深深躲藏在树荫里。从富蕴县去乌鲁木齐至少得坐两天车。沿途漫长的无人区。我妈每年去乌鲁木齐进两到三次货。如果突然有一天,县里所有的年轻姑娘都穿着白色"珠丽纹"衬衫、黑色大摆裙及黑色长筒袜;或者突然一天,所有人不停哼唱同一个磁带专辑的歌——那一定是我家的小店刚进了新货。在小而遥远的富蕴县,我家小店是一个可看到外面世界些微繁华的小小窗口。

又有一天,所有年轻人每人颈间都挂着一枚葫芦形状的玻璃吊坠,花生大小,五颜六色,晶莹可爱。"宝葫芦"是我妈随口取的名字,一旦叫开了,又觉得这是唯一适合它的名字。我知道它的畅销,却从不曾另眼相看。还有"雪青色",也从不觉得有什么特别。然而一夜之间突然开窍。从此一种颜色美于另一种颜色,一个人比另一个人更令人记挂。原来世上所有美丽的情感不过源于偏见罢了。我偏就喜欢雪青色,偏要迷恋前排左侧那个目光平静的男生。盲目任性,披荆斩棘。我在路上走着走着,总是不由自主跟上冬夜里前来的那个姑娘的脚步。我千万遍模仿她独自前行的样子,千万遍想象她暗中的美貌。又想象她已回到家中,怀揣宝葫芦推开房间门。想象那房间里一切细节和一切寂静。我非要跟她一样不可。仿佛只有紧随着她才能历经真正的女性的青春。

我总是反复想她只为一枚小小饰品冒夜前来的种种缘由。

想啊想啊,最后剩下的那个解释最合我心意:她期待着第二日的约会,将新衣试了又试,难以入睡。这时,突然想起最近年轻人间很流行的一种饰品,觉得自己缺的正是它,便立刻起身,穿上外套,系紧围巾,推开门,心怀巨大热情投入黑暗和寒冷之中。

我见过许多在冬日的白天里现身的年轻姑娘,她们几乎长得一模一样。穿一样的外套,梳一样的辫子,佩戴一样的雪青色宝葫芦。她们拉开门,掀起厚重的门帘走进我家小店,冰冷而尖锐的香气迎面扑来。她们解开围巾,那香气猛然浓郁而滚烫。她们手指绯红,长长的睫毛上凝结白色的冰霜,双眼如蓄满泪水般波光潋滟。她们拍打双肩的积雪,晃晃头发,那香气迅速生根发芽,在狭小而昏暗的杂货铺里开花结果。

我是矮小黯然的女童,站在柜台后的阴影处,是唯一的观众,仰望眼前青春盛况。我已经上三年级了,但过于瘦弱矮小,所有人都以为我只是幼儿园的孩子。说什么话都不避讳我。我默默听在耳里,记在心里,不动声色。晚上睡不着时,一遍又一遍回想。一时焦灼一时狂喜。眼前无数的门,一扇也打不开。无数的门缝,人影幢幢,嘈嘈切切。无数的路,无数远方。我压抑无穷渴望,急切又烦躁。这时敲门声响起。雪青色的宝葫芦在无尽暗夜中微微闪光。霎时所有门都开了,所有的路光明万里。心中雪亮,稳稳进入梦乡……然而仍那么冷。像是为了完整保存我不得安宁的童年,世上才有了冬天。

这世上那么多关于青春的比喻:春天般的、火焰般的、江河湖海般的……在我看来都模糊而虚张声势。然而我也说不清何为青春。只知其中的一种,它敏感,孤独,光滑,冰凉。它是雪青色的,晶莹剔透。它存放于最冷的一个冬天里的最深的一个夜里,静置在黑暗的柜台中。它只有花生大小。后来它挂在年轻的胸脯上,终日裹在香气里。

青春还有一个小小的整洁的房间,一床一桌,墙壁雪白,唯一的新衣叠放枕旁。是我终生渴望亲近的角落。小时候的自己常被年轻女性带去那样的空间。简朴的,芬芳的,强烈独立的。我坚信所有成长的秘密都藏在其中。我还坚信自己之所以总是长不大,正是缺少这样一个房间。我夜夜躺在杂货铺里睡不着,满货架的陈年商品一天比一天沉重,一夜比一夜冷。白天我缩在深暗的柜台后,永远只是青春的旁观者。

那时的富蕴县,少女约会时总会带个小电灯泡同去,以防人口舌。同时也源于女性的骄傲,向男方暗示自己的不轻浮。我常常扮演那个角色,一边在附近若无其事地玩耍,一边观察情意葳蕤的年轻男女。他们大部分时候窃窃私语,有时执手静默。还有时会突然争吵起来。后来一个扭头就走,一个失声大哭。

她大哭着冲向铺满冰雪的河面,扑进深深积雪,泪水汹涌,浑身颤抖。很久后渐渐平复情绪,她翻身平躺雪中,怔怔眼望上方深渊般的蓝天。脸颊潮红,嘴唇青白。冬天的额尔齐斯河真美啊!我陪在她旁边,默默感知眼前永恒存在的美景和永不消失的痛苦。就算心中已透知一切,也无力付诸言语。想安慰她,更是张口结舌。真恨自己的年幼。我与她静止在美景之中,在无边巨大的冬天里。

有时候我觉得,一切的困境全都出于自己缺了一枚宝葫芦。又有些时候,半夜起身,无处可去。富蕴县越来越远。可一到夜里我还是睡在货架后面。假如我翻身起床,向右走,走到墙边再左转,一直走到尽头,就是小店的大门。假如我拔掉别在门扣上的铁棍,拉开门,掀起沉重的棉被做的门帘,门帘后还有一道门,拔开最后一道门闩我就能离开这里了。可是没有敲门声,也没有宝葫芦。似乎一切远未开始又似乎早已结束。我困于冰冷的被窝,与富蕴县有关的那么多那么庞大沉重的记忆都温暖不了的一个被窝。躺在那里,缩身薄脆的茧壳中,侧耳倾听。似乎一生都处在即将长大又什么都没能准备好的状态中。突然又为感觉到衰老而惊骇。

(原载 2016 年 12 月 4 日《文汇报·笔会》)